포기브 미

## 포기브미

2017년 1월 17일 초판 1쇄 발행
2017년 4월 12일 초판 2쇄 발행

**지은이** 박태준
**펴낸곳** 도서출판 북캐슬
**펴낸이** 한정희
**주소** 경기도 파주시 회동길 445-1 경인빌딩 B동 4층
**전화** 02-325-5051  **팩스** 02-325-5771
**홈페이지** www.wordsbook.co.kr
**등록** 2004년 3월 12일 제313-2004-000061호
ISBN 979-11- 86619-05-6  03810
**가격** 13,000원

*잘못된 책은 구입하신 서점에서 바꾸어 드립니다

이 도서의 국립중앙도서관 출판예정도서목록(CIP)은 서지정보유통지원시스
템 홈페이지(http://seoji.nl.go.kr)와 국가자료공동목록시스템(http://www.
nl.go.kr/kolisnet)에서 이용하실 수 있습니다.(CIP제어번호: CIP2017000474)

# 포기브 미

박태준 지음

북캐슬

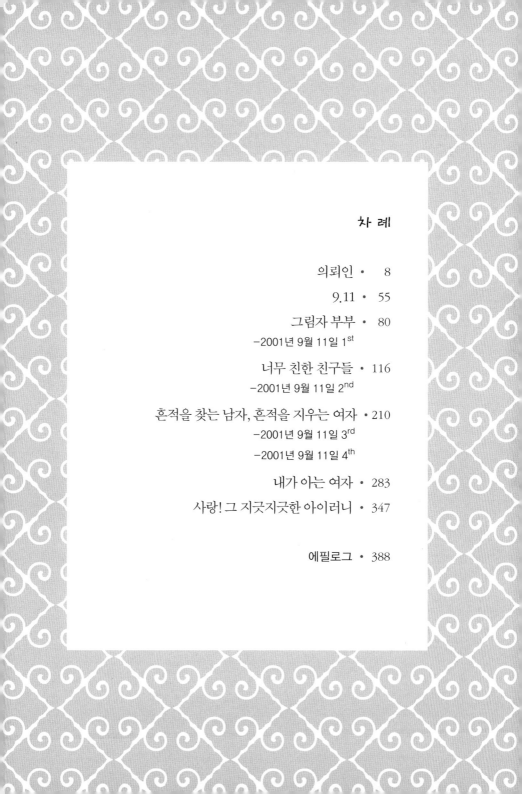

# 차 례

"제이. 사랑한다고 말해주겠어?"

목탄 같은 아스팔트는 쓸쓸하게 뿌려진 비에 젖어있다. 향기라고 하기에는 둔탁한 냄새였다. 오월의 새벽, 어릴 적 집 앞에 막 포장된 도로의 냄새를 끄집어내게 했다. 혼동이 왔지만 눈앞에서 들린 목소리는 분명 기억 속에 있는 그 소리였다. 그것도 아주 뚜렷이… 먼 옛날이 그리웠고, 금방 지나간 그 순간도 그리웠다. 그러나 이제 다 끝이다. 모든 것이 원점으로 되돌아가야 한다.

그녀를 보았다. 가슴 깊숙한 곳에서 올라와 목을 타고 넘어오는 묵직한 그것을 내뱉지 않으려 몇 번이고 침을 삼켰다. 의미 없이 매달고만 있던 두 팔, 안간힘을 쓰며 들어 올렸다.

"네가 맞는 거야? 내가 아는 여자가 맞는 거냐고!?"

흐느끼는 그녀의 얼굴을 요동치는 두 손으로 잡았다. 눈물이 빗물과 만나 손등을 타고 흘러내렸다. 물에 젖은 그녀의 독특한 향기가 코를 찔렀다. 헤드라이트 불빛이 덩그러니 서있는 남녀를 휘감고 난 후 뒤에 누군가가 서 있다는 걸 알았다.

"그만해! 내가 다 얘기할 테니…"

'바(bar)'로 들어가기 전 제이가 전화로 들었던 그 여자 목소리였다.

허탈한 신음 소리가 터져 나왔다. 제이는 최소한 그 순간만큼은 여기서 끝냈으면 했다. 다시 내일이 오지 않기를 바랐다. 모든 것이 무너져 버릴 것이다. 시간을 잃어버리면 다시는 보상 받을 수 없다. 무엇을 잘못 했는지. 어디서부터 어떻게 어긋난 건지…

아주 가끔씩 도로에 지나다니는 차들이, 빗물을 훑고 멀리 사라지는 소리가 들렸다. 다시 적막이 찾아왔다. 남녀와 또 다른 한 명은 아무 말도 하지 않았다. 단지 흐느끼는 소리만 적막을 질투할 뿐… 바퀴에 감기는 빗물소리가 또 다시 들려왔다. 그러나 이번에는 환한 빛과 함께 다가왔다. 그녀 뒤에서 빛과 소리가 점점 더 커졌다. 누군가 질주해 오고 있었다. 누구일까? 반드시 이렇게 잔혹하게 끝내야 하는 것인가? 지금에 와서 아름다웠던 추억을 땅에 묻어버려야 하는 이유는 무엇일까? 손에 잡힐 만큼 시커멓고 거대한 괴물이 돌진해왔다. 강렬한 헤드라이트 빛 때문에 운전자의 형체가 검은 그림자로 보였다. 기억이 모든 것을 잡아먹었다. 그 후로…

# 의뢰인

"케이를 기억하십니까?"

"그럼요. 학창시절에 단짝이었는걸요."

"어떤 학생이었습니까?"

"조용하고, 따뜻하고 머리가 좋아 한 번 본건 절대 안 잊어버리는 아주 똑똑한 아이, 때로는 냉정하고 차가운 면도 있었지만 친구로서는 더할 나위없었죠. 왜 그러시죠?"

"사건 의뢰가 들어왔습니다만…"

"하지만 그 사건은…"

앞에 앉아 있는 형사는 고개를 숙인 체 여자의 진술을 기록하고 있다.

"뭐. 특이한 사항은 없었습니까? 인적사항이 보통사람들과는 좀 다르던데요."

형사의 눈빛이 다시 반짝거렸다.

"다른 건 잘 모르겠고. 눈에 띄게 예쁘고 어린데도 우아했어요. 그래서 정말 인기 많았거든요. 근데 걔는 그 인기를 싫어했어요. 처음에는 내숭인줄 알았는데 정말 싫어하는 거였어요. 전 잘 알죠. 단짝이었으니까. 그리고 다른 건… 아! 있었어요. 가끔 없어졌어요. 특히 주말에 사라졌다가 화요일에 나타나곤 했어요. 그래서 몇 번이나 월요일에 결석을 한 적이 있죠. 그 기억도 분명해요."

"어디 갔었다고 하던가요? 그 사라진 며칠 동안 말입니다."

남자가 다시 고개를 숙였다.

"음… 모르겠는데요."

"단짝이었다면서요?"

콧등으로 내려온 안경을 치켜 올린 남자가 의아하다는 표정을 지었다.

"그러니까요. 그런데 그건 잘 모르겠어요. 몇 번 물어봤지만 대답을 꺼려해서 그다음부터는 물어보지 않았어요. 케이는 그냥 지방이라고만 했거든요."

"지방이요?"

"네."

"마지막으로 연락을 한 건 언제죠? 십분이라고 했는데 얘기가 길어졌네요. 혹시 바쁘시면…"

"아니에요 괜찮아요. 제 친구일인데 시간을 내야죠."

"언제였나요?"

형사는 좋은 음식이 바로 눈앞에 있는 것처럼 침을 꿀떡 삼켰다.

"2001년 9월 9일이었을 거예요. 그 전날 받은 메일이 너무 감격스러워 다음날 바로 전화카드를 샀거든요. 그땐 학생이라 경제사정이 그렇게 좋지 않았어요. 카드로 전화를 하는 것이 제일 쌌죠."

"메일 내용은 어떤 것이었죠?"

"취업이 되어 파이낸셜펌에 인턴으로 출근한다는 게 주요 내용이

었고 나머지는 친구들의 안부, 그리고 미국생활 등 그런 것들이었
어요."

"그렇군요. 당시 스물네 살이었고 아버님이 잘나가는 기업의 오너
셨는데 그렇게 경제적으로 힘드셨나요?"

"아! 네. 그게 뭐 제 돈인가요? 아빠 돈이지."

"통화 내용은요?"

"당연히 축하 전화였죠. 목소리도 듣고 싶었고."

그날을 회상하며 엄지로 눈물샘 근처를 살짝 누른 여자는 꼬고 있
던 다리를 바꾼 뒤 자세를 고쳐 앉았다.

"그때가 몇 시쯤 됐을까요?"

"일부러 저녁시간에 맞춰 전화를 하려고 했으니까 아침 일곱시에
서 여덟시 사이였을 거예요. 뉴욕은 저녁 일곱시 정도 됐었겠죠?"

"지금도 미국 쪽과 일을 하시나요?"

"네. 북미와 유럽 쪽 사람들을 만나긴 합니다. 출장은 아주 가끔
가죠."

형사는 십삼 년 전 일을 참 자세히도 기억한다고 생각했다.

"케이 씨와 마지막으로 연락한 사람이 또 있습니다."

"누구죠?"

여자는 의자에서 등을 떼어낸 후 허리를 꼿꼿이 세웠다. 사슴같이
긴 속 눈썹, 일부러 조각이라도 한 것 같은 둥근 서클에 아이라인을
짙게 그린 여자의 커다란 눈이 잔잔한 호수같이 너울거렸다.

"제이라는 분입니다."

남자는 수첩을 덮었다.

"제 남편이라고요? 저한테는 그런 말 없었는데… 정말이죠?"

"실례 많았습니다. 시간 내주셔서 감사합니다. 아시겠지만 서에서도 이런 사건은 큰 기대를 하지 않습니다. 이미 종결된 사건이고 워낙 엄청난 사건이었으니 말이죠. 재수사가 아니라 형식적인 자료수집이니 부담을 안 가지셨으면 합니다. 그럼 이만."

남자가 수첩과 휴대폰을 들고 일어났다. 남자는 훤칠한 키에 샤프한 얼굴을 하고 있었다. 남자는 유리로 된 문을 열고 대답을 기다리는 표정을 짓고 있는 여자에게 가볍게 목례를 했다.

"저 그런데. 한가지만…"

"네. 말씀하세요."

"의뢰인이 누구죠?"

"음… 그건 말씀 드릴 수가 없습니다. 그럼 이만."

남자의 뒷모습이 사라진 곳을 한참동안 바라보던 여자도 자리에서 일어났다. 아랫배가 묵직하고 허벅지 안쪽이 절여왔다.

'올 것이 또 왔군. 누가 반긴다고 매번 찾아오는 건지…'

여자는 스마트폰의 보안을 해제했다.

"지금 출발해. 청담동에서 볼래?"

LA 오렌지 카운티의 대저택. 미남 미녀들이 모여 파티에 흠뻑 젖어있다. 초호화 파티를 연 사람은 SPI 부사장 제임스이다.

"저기 두 명은 어디 애들이야?"

"한명은 일본, 다른 한 명은 우리 쪽."

"오랜만이네. 고추장 들여온 게. 누구 라인이야?"

"새로 부임한 영사관 딸입니다."

비서는 스마트폰에 저장되어 있는 리스트를 재빠르게 보며 말했다.

"좋아. 저번에 왔던 아이들보다도 훌륭해."

"그러네요. 학생이고. 이름은 자넷… 자넷킴입니다."

"자넷킴! 음…알았어."

남자는 고급 크리스털 잔에 담긴 1829년산 샤토를 입에 털어 넣은 후 과장된 에어링을 하며 욕망에 찬 눈빛으로 여자들을 바라봤다.

"준비할까요?"

"상황을 좀 보자고. 오늘 캐빈한테 뜯어낼 게 조금 있단 말이지. 아프가니스탄 물량 받으면 바로 러시아 쪽과 거래야. 자그마치 이억 불이라고."

미간에 힘을 준 제임스는 손가락으로 '두 개'를 표시하며 금액을 강조했다.

"네. 알겠습니다."

제임스는 잔을 들고 두 명의 남자와 네 명의 여자들이 서로 엉켜 있는 대형욕조로 향했다.


"형사가 찾아왔었지. 왜 말 안했어?"

"어! 뭘? 이런 약아빠진 아가씨를 봤나. 자 요렇게. 요렇게 하면?"

"까르륵… 까르륵… 아빠 그만! 간지러워 죽겠어."

여자아이가 뱅뱅 돌며 온몸으로 방바닥을 쓸고 다닌다.

"잠깐만 바다야. 엄마랑 얘기 좀 할게."

"싫어 아빠. 안나 공주가 성에 들어간 뒤에 어떻게 되는 건데? 아빠 차례까지 하고 엄마랑 얘기하면 안 돼? 응? 아빠…"

아이는 울상을 지으며 몸을 이리저리 돌려 어리광을 부린다.

"바다! 공부도 안하고 매일 놀기만 하다가 또 시험 망치면 어쩌려고 그래? 빨리 올라가지 못해!"

"엄마 미워! 자꾸 아빠를 빼앗아가고! 안나를 구해야 한단 말이야! 아빠가 없으면 성에 침투도 할 수 없는데…"

토라진 아이가 엄마를 노려보며 입을 삐쭉거리다 쏜살같이 계단을 올라 모습을 감추었다.

"여보. 무슨 말인지 알면서 왜 능청이야?" 소파에 앉은 여자는 팔짱을 끼고 남편을 노려본다.

"아! 형사 찾아 온 거? 그냥 몇 마디 나누었을 뿐인데. 자기한테도 찾아갔어?"

"난 도대체 남편하고 사는 건지, 사춘기 학생하고 사는 건지 착각이 들 때가 한두 번이 아냐. 대화가 있기를 하나, 그렇다고 나한테 관심을 주기를 하나. 자기 일만 열심히 하고 아이하고 잘 놀아주는 게 좋은 남편의 기준은 아닌 것 같은데 어떻게 생각해 당신은?"

살살 피해 다니다가 오늘 잘 걸렸다, 라는 아내의 표정이 제법 날카롭다.

"우리 마나님. 또 뿔나셨네. 왜 항상 혼자 저렇게 뿔이 나는지 모르겠어."

"또! 얼렁뚱땅 넘어가려고 한다. 벌써 올해가 세 달이나 지나고 있는데 말 좀 해보라니까? 그 형사 이야기. 그리고 왜 아직까지 말을 안했는지도 알고 싶어."

"흐흐흠…"

허탈한 웃음, 소리는 작지만 얼굴 표정은 제법 그럴듯하다. 남자는 불안한지 다리를 떨기 시작했다.

"아가씨. 제가 꼭 말해드려야 하는 이유가 뭐죠?"

"남편이니까!"

남자가 여자 쪽으로 얼굴을 돌리고 손가락으로 동그라미를 그리며 아! 그렇군요, 라는 뜻을 표현한다. 개그 프로에서 나오는 제스처 카피를 시도했는데 여자의 표정은 전혀 변화가 없다.

"장난 그만하지. 또 며칠 굶고 싶은 거야?"

"자기가 주방을 지배하고 있다고 생각하는 모양인데 매일 나오는 맛있는 반찬들은 모두 아줌마가 조리한다는 사실은 지나가는 바퀴벌레도 아는 명백한 사실이거든요."

"이 아저씨가 정말! 내가 한 요리가 더 맛있다고 해 놓고선…"

등 뒤 소파에 앉아 있던 여자가 남자의 목을 팔로 감았다. 요리는 도우미 아줌마가 하지만 신혼 때부터 요리에 사용되는 식재료는 아내가 직접 산다. 그것이 아내의 유일한 집안일이기도 했다.

"헉. 알았어. 얘기할게. 얘기한다고."

"진작 그렇게 나와야지. 자 그럼…"

소파에서 일어난 여자는 입을 삐죽거리며 테이블 위에 앉는다. 남자가 양반다리를 하고 앉아 있었기 때문에 고개를 십 센티미터만 숙이더라도 커피색 스타킹으로 감싸져 있는 은밀한 부분을 감상할 수 있다. 여자는 남자의 약점을 너무도 잘 알고 있다. 커피색 스타킹, 마법에 걸린 분비물의 묵직한 향기…

"그저껜가? 그 형사한테서 전화가 왔어. 케이에 대해서 물어볼 것이 있다고 하더라고."

"응. 그래?"

"학교 근처에서 만났지. 키 크고 샤프하게 생긴 남자 말이야."

"그래. '그럼 이만' 그 남자. 그 말을 잘 쓰더라고. 자기가 좀 멋있다고 생각하나봐. 난 그 남자를 '그럼 이만'이라고 부르기로 했어."

"케이가 그렇게 된 지 십삼 년이나 됐는데 무슨 자다 말고 남의 허벅다리 긁는 소리를 하냐고 했지. 첫 번째 질문이 그거였어. '케이를 기억하십니까?'"

"그래 나도 그랬어."

여자는 흥미를 보이며 남자에게로 조금 더 다가갔다.

"이런저런 얘기하다가. 별 볼일 없다는 듯 휙 가버리더라고."

"그게 다야?"

"응."

남자가 여자의 무릎을 짚고 일어났다. 남자는 표정 관리에 약하다. 그걸 아내가 모를 리도 없다.

"아함… 오늘 바다랑 두 시간을 놀았더니 너무 피곤한 걸."

찢어지게 하품을 한 남자는 노트북을 들고 방으로 향했다. 아내는 일부러 피하는 것인지도 잘 알고 있다.

"의뢰인이 누구래?"

"의뢰인? 물어봤는데. 알려줄 수 없다고 하던데? 자기는 안 물어봤어?"

테이블에서 일어난 여자가 다시 팔짱을 꼈다.

"어? 나!… 나한테도 똑같은 얘기였어."

남자가 방문을 열었다.

"나, 내일 또 중국 출장이야. 일찍 나갈 테니 일어나지마. 알았지?"

남자가 방문을 닫았다. 여자는 남자가 방문을 급하게 닫는 것이 수상하다고 느끼며 몇 걸음을 옮겨 문고리를 잡았다. 하지만 이내 마음을 고쳐먹고 문고리를 놓는다.

"보안 팀에서 A사이트에 사람 보내 확인하도록. 경비견들은 필요 없고, 산 밑에까지 소음이 들릴 수 있으니 저번과 같이 다섯 집에 5백 불씩 찔러주고, 오케이?"

"도우미 배치는 어떻게 할까요?"

흥분된 전화 속 남자의 목소리였다.

"그건 별도로 연락을 줄 테니 스탠바이까지만. 넉넉히."

"몇 시경 쯤 도착하십니까?"

"삼십분에서 사십분 후. 시간이 없으니 서둘러야 할 거야. 아참! 차에 연료 좀 채워놓고."

"네!"

휴대폰을 양복 안쪽에 집어넣은 남자가 욕조에서 나온 남자 세 명의 뒤를 따라가고 있었다.

'삐릭!' 휴대폰에서 메신저 알람소리가 울렸다.

'병선! 모하냐?'

'모하긴. 일하지ㅋ, 어디야?'

'중국. 오늘 들어왔어. 넌?'

'나? ㅋ 알잖아. 제임스 가랑이 사이!'

'언제 들어 오냐?'

'모르겠어. 곧 들어가겠지?'

'곧이 벌써 몇 년이냐? ㅋ. 일보고 또 연락하자. 아참! 이 얘기

하려고 연락한 건데.'

'뭔데? 뭐 좋은 거 있어?'

'형사가 찾아 왔었어. 케이 건 땜에.'

'케이!! 야! 제임스가 부른다. 나중에 얘기해!'

휴대폰을 재킷에 집어넣은 비서는 잰걸음으로 제임스가 손짓하는 곳으로 향한다.

"잘 됐어. 캐빈과 둘만 갈 테니 아까 얘기한 애들 잘 챙겨놓고."

"네. 영어 못하면 문제가 되겠죠? 그 일본 친구 말이에요."

"상관없어. 캐빈 그런 거 더 좋아하잖아. 그리고 A사이트 준비 됐지?"

"네."

"헬기 준비해줘. 시간 없으니까."

비서는 말을 하면서도 춤추고 있는 두 명의 여자들을 주시하고 있었다. 제임스가 등을 돌리자 비서는 빠른 걸음으로 그녀들을 향해 걸어갔다.

<br>

※　　※

<br>

호텔에 들어온 제이는 녹초가 된 몸을 침대에 던졌다. 담배 한 대가 간절했으나 코를 막고 있는 바다의 얼굴이 떠올라 입맛만 다셨다. 제이는 노트북의 전원을 키고 'E'드라이브의 'OSOM' 폴더를 클릭했다. 케이를 잃고 나서 컴퓨터를 사용할 때 버릇처럼 하는 행동이다. 혼자 있을 때는 성에 찰 정도로 케이의 잔재를 마음껏 즐긴다. 아내가 옆에 없다는 것이 그저 감사할 따름이다.

백십 개의 파일이 저장되어 있다. 제이는 맨 밑에 파일을 클릭했다. '108' 케이가 보낸 마지막 메일을 스캔한 파일이다. 마지막 메일을 한 번 더 읽고 바로 위에 있는 파일을 클릭하니 케이와 함께 찍은 스티커 사진이 나타난다. 케이와 한 장씩 나누어 가졌던 둘 만의 추억이 담겨 있는 사진이다. 2001년 7월, 의정부의 낮과 밤은 제이의 머릿속에 문신처럼 새겨져있다. 케이와 첫날이어서 그랬고 마지막이어서 더욱 그랬다. 노트북을 덮은 제이는 침대에 몸을 맡기고 아련한 추억을 떠올리며 눈을 감았다.

"면회다."
"면회요?"
제이는 들고 있던 기타를 내려놓고 악보를 거꾸로 덮었다. 악보 위에는 '이등병의 편지'라고 적혀있다.
"애인이야? 위병소에서 그러던데 연예인 떴다고…"
"에이 참, 농담도 혹시 잘못 들으신 거 아니에요? 온다는 사람도 없었는데…"
토요일 오후 세시, 제이는 일직 상사를 잘 구슬리면 외박도 가능했기에 면회신청이 잘못된 정보가 아니기를 바라며 위병소로 내려갔다. 위병소와 붙은 면회실 문을 열자 그 순간, 제이는 꿈이 아니기를 바랐다. 언젠가 콘서트 티켓을 가지고 불현듯 나타났던 그녀의 기억이 스치고 지나갔다. 그녀가 눈앞에 있다. 단 한 순간도 잊지 않았던 케이가 바로 앞에 있었다.
"케이? 케이가 맞는 거야?"
면회실 병사들의 경례는 눈에 들어오지 않았다. 그동안 몰라보게

성숙해진 케이. 그녀가 손을 흔들며 웃고 있었다.

"제이! 아니. 병장님! 안녕하세요?"

"지금 미국에 있어야 하는 거 아냐? 혼자 온 거야?"

"응. 혼자야. 들어온 지 며칠 됐어."

제이는 케이에게 잠깐 기다리라는 말을 하고 일직사관이 근무하고 있는 사무실로 한 걸음에 달려갔다. 평소에 기타를 가르쳐 주던 효과가 오늘에서야 나왔다. 코드와 스케일을 알려주고 얻기에는 너무도 값진 '외박증'이었다.

"내가 보낸 메일은 봤지? 졸업과 동시에 바로 취업하려고. 파이낸셜펌에 원서 내놓고 왔어. 입사하면 한동안 한국에 들어올 수 없으니까. 네가 보고 싶기도 했고… 언제 제대야?"

"구월이야. 바로 복학하려고."

"하마터면 너 군복 입은 모습도 못 볼 뻔했어. 잘 됐네. 이렇게 보게 돼서."

"애들한테는 연락했어?"

"아니. 나 들어온 거 모를 거야." 제이는 더 이상 묻지 않았고 잠시 희선을 떠 올렸다.

"오늘 서울 올라갈 거지?"

제이는 조심스럽게 말을 건네고 케이를 물끄러미 쳐다봤다. 긴장해서일까, 간절한 바람일까 제이는 손을 오므렸다 폈다를 반복했다.

"아니…"

"정말? 와! 진짜?"

제이의 목소리가 너무도 커 갑자기 주위가 조용해졌다. 사람들의 목소리가 섞여 다시 들리자 케이가 어깨를 살짝 올리며 입을 열었다.

"오늘 같이 있어도 돼? 그동안 너무 오래 못 봤다. 우리…"

제이는 케이에게서 건네받은 방 키를 들어 올리며 방 호수가 의미 있는 숫자 '404'라는 것을 케이에게 보여주었다. 방에 들어가자 어색한 분위기는 어디에 자리 잡고 앉을 수 없을 만큼 짙었다. 제이는 텔레비전을 켜고 볼륨을 줄인 후 맥주를 마셨다. 케이도 제이를 따라 맥주 캔에 입을 댔다.

"케이. 그날 아야진 별장에서 말이야."

정적이 흐르고 잠시 멈추었다가 또 다시 정적이 흘렀다. '쿵'하는 옆방의 방문 닫는 소리가 크게 들렸다. 제이는 두 번째 맥주 캔을 땄다.

"말하지 않아도 돼. 별장에서 그날 일 나 알고 있어."

떨리는 제이 목소리에 비해 케이의 목소리는 차분했다.

"미안해. 난 그저…"

"밀쳐낸 것도 알고 있어."

케이는 제이와 화장실에서 있었던 사건에 대해 희선한테 들어 이미 알고 있었고 희선이 말해준 사건이 반쪽짜리라는 건 영서한테 다시 들어서 알고 있었다.

"난 그 일 때문에 제이 널 미워했고 사실 다시는 보고 싶지도 않았어."

케이는 제이를 차갑게 바라보았다.

"하지만 나중에 영서가 바로 잡아줬지. 희선이 자존심이 엉망이 됐었다는 걸."

케이가 어깨를 한번 들썩이고 차가운 표정을 지웠다. 제이는 이때다 싶어 케이의 말을 바로 받았다.

"사실 너 미국 들어간다고 했을 때 잡고 싶었어. 고백도 할까 했었고, 입대를 생각하지 않을 수도 있었어."

"제이!"

이번엔 케이의 목소리가 떨리고 있었다. 오랫동안 묻어둔 침묵을 이제 막 꺼내려는 찰나였다. 작고, 가늘고, 사랑스러운 소리였다.

"응."

"사랑해. 그리고… 널 영원히 사랑할거야."

기습적인 케이의 고백에 제이는 정신이 혼미해졌다.

"기억나지? 우리 처음 미팅했던 날. 그때부터 지금 이 순간까지 너밖에 없었어. 이제 다시는 사랑하는 사람을 잃지 않을 거야. 절실하게 느꼈어. 사랑하는 사람을 잃는다는 게 얼마나 비참한지를…"

"케이! 나도 널 사랑해."

촉촉하게 젖은 제이의 두 눈이 에메랄드 같이 반짝였다. 제이가 침대로 몸을 옮기며 케이의 손목을 잡아 부드럽게 끌어당겼다. 케이가 그의 허벅지에 앉자 치마가 양 옆으로 넓게 퍼졌다. 케이는 남자의 상체를 두 손으로 감싸 안고 자신의 입술을 그의 입술에 올려놓았다. 입맞춤은 희선과는 달랐다. 격렬하고, 뜨겁고, 서로가 서로를 간절하게 원했다.

"케이. 널 갖고 싶어."

케이의 얼굴을 두 손으로 잡은 제이의 입술이 가늘게 떨렸다. 케이의 안면이 연꽃같이 분홍빛을 띠었다. 눈동자에 들어갈 정도로 강렬한 시선을 서로에게 보내고 가슴과 가슴이 붙어 터질 것 같은 심장과 심장이 두껍게 포개졌다. 케이가 눈을 감았다.

만남은 반드시 헤어짐을 동반하기 때문에 남은 시간을 그저 넋 놓고 원망할 뿐이다. 케이는 제이의 얼굴이 닳도록 자는 모습을 지켜보다 제이가 눈을 뜨자 심장이 멎은 사람처럼 눈을 꼭 감았다. 해가 뜨고 방안에도 빛이 들어왔다. 케이는 옷을 걸치고 마치 준비된 것처럼 가방에서 엽서를 꺼냈다.

"아빠가 이탈리아 출장 때 사온 거야. 그림 제목이 '입맞춤'이야. 자! 첫 키스 선물."

얼굴이 발그레해진 케이가 제이의 품에 몸을 묻고 남자의 입술을 만졌다. 제이는 그림엽서를 눈앞에 올렸다.

"그림에 숫자가 있어. 다음 만날 때까지 숙제야." 제이는 그림에 나타난 손가락을 세며 '십'이란 숫자를 떠 올렸으나 케이에게 말하지 않았다. 둘은 오전 내내 한 몸으로 붙어있다 모텔 종업원의 재촉에 할 수 없이 거리로 내몰렸다. 제이와 케이는 바로 앞에 있는 라볶이 집에서 요기를 했다. 케이는 스티커 사진을 찍어 "The Kiss"라고 새겨 넣고, 레코드 가게에 들어가 김광석 추모앨범을 CD로 두 장 구입하여 조그만 인형이 달린 가방에 집어넣었다.

헤어짐이 현실이라는 건 부대 앞에서 절실히 느꼈다. 제이는 케이와 잡은 손을 놓지 못해 위병 근무를 서고 있던 부하와 몇 번이나 눈을 마주쳤다. 제이는 마지막으로 눈을 맞추고 입술을 포개고 끝내 손을 놓았다. 그 느낌은 오랫동안 잊을 수 없었다. 제이가 외박을 마치고 위병소를 지날 때 근무를 서고 있던 김 상병이 제이가 나간 후 다른 여성 한 분이 찾아 왔다, 고 했던 말은 귀에 들어오지 않았고 오랜 시간이 지난 후 책에 끼워둔 비상금이 생각났었을 때처럼 불현듯 머리를 스치고 지나갔다.

　제이는 초인종 소리에 놀라 현실로 돌아왔다. 잠시 숨을 죽이고 있으니 초인종 소리는 더 이상 들리지 않았다. 제이는 룸을 잘못 찾은 거라 생각하고 화장실로 향했다. 담배에 불을 붙이고 연기를 내뿜으며 자신을 바라봤다. 바다의 얼굴은 더 이상 생각나지 않았다. 못난 놈. 그때 잡았어야 하는데, 제이는 후회하며 담배 한 개비를 더 꺼냈다. 제대가 한 달만, 아니 일주일만 더 빨랐어도 제이는 케이와 헤어지지 않을 수도 있다고 생각했다. 제이는 희선의 말을 떠올렸다. '내가 그때 뉴욕에 있었더라면 최소한 케이는 나를 위해 시간을 냈을 텐데.' 영서의 말도 떠올랐다. '그때 희선이가 미국에 있었던 건 확실해.' 제이는 화장실에서 나와 창밖의 야경을 바라보며 생각에 잠겼다. '민호는 케이가 아니라 희선일 마음에 두었을 거야.' 병선이 한 말도 머리를 스치고 지나갔다. 제이는 침대로 돌아와 텔레비전의 전원을 켰다.

　마침 9월 11일이어서 관련된 특집방송을 하고 있었다. 끔찍한 그 사건의 피해자이자 당사자인 제이는 2001년 그날 이후로 사건과 관련된 어떠한 방송이나 자료도 보거나 듣지 않았다. 하지만 오늘은 달랐다. 께름칙하고 자꾸 의문이 생긴다. 형사가 나타나 움직이니 더욱 그랬다. 자료화면에 9.11 사건의 시간이 나왔다. 영문인데도 눈에 한 번에 들어온다. '같은 날, 다른 시간. 뉴욕과 한국의 시차' 제이는 시차를 손가락으로 따져봤다. 정확하지는 않지만 정상적이지도 않다. 케이한테 마지막으로 받은 메일은 '2001년 9월 11일 10시 20

분'이다. 9.11이 터진 시간은 2001년 9월 11일 9시이다. 제이는 형사를 떠올렸다. '서울에서 만 킬로미터나 떨어진 곳의 일을 어떻게 확신하죠?'

제이는 벌떡 일어나 인터넷에 접속했다. 당시 전 세계를 경악시켰던 사건이었기에 어렵지 않게 찾을 수 있었다.

– 8시 45분 AA11편 항로를 바꾸어 세계 무역센터 북쪽 건물과 충돌.
– 9시 4분 UA175편 남쪽 건물과 충돌.

제이는 뉴욕과 한국의 시차는 열세 시간이어서 뉴욕이 11일 오전 9시 3분이면 한국은 12일 저녁 10시 3분이 되어야 한다고 생각했다. 하지만 메일을 받은 시간은 10시 20분이다. 사건이 발생했을 때 메일을 쓰고 있었다고 해도 시간의 차이가 너무 크다. 하지만 모든 것이 너무 명확하다 9.11 사태 사망자 명단에도 있었고, 시신도 찾았으니까. '형사는 과연 무엇을 알고 있는 것일까?'

"제임스! 안 되겠어. 걔들 말이 먹히지가 않아."

허겁지겁 달려온 비서가 제임스 앞에서 진땀을 흘리고 있다.

"왜? 뭐가 문제야? 내 초청을 거절했다는 거야?"

제임스는 붉게 달아오른 얼굴로 비서를 쳐다봤다.

"그거 하나 처리 못하고! 다른 대안은 있는 거야?"

제임스의 침이 온 사방으로 튀었다. 비서는 어쩔 줄 몰라 하며 진땀을 흘렸다.

"야! 저쪽에 춤추고 있는 애들 세 명 보이지? 꿩 대신 닭으로 저

애들 데리고 가자. 저 정도면…"

"알았어. 한번 해볼게. 죽순이들이지만 A사이트에는 가본 적 없는 애들이야. 확실해!"

비서는 발이 보이지 않을 정도로 재빠르게 움직였다. 제임스 말이라면 지나가는 개가 싸놓은 똥도 먹어 치울 기세였다.

헬기를 타고 그들이 도착한 곳은 오렌지 카운티에서도 백 킬로미터 이상 떨어진 조그마한 섬이었다. 섬의 북쪽에 우뚝 솟은 산 위에는 제임스가 아끼는 별장이 있었다. 그들은 그 곳을 A사이트라고 불렀다. 대지 천 평 위에 지하 이층에 지상 사층으로 된 웅장한 건물이 있으며, 건물 뒤편 십 미터짜리 통 유리 바깥쪽에는 널찍한 테라스가 깎아지른 절벽과 이어져있어 그곳에서 탁 트인 바다의 아름다운 경치를 감상할 수가 있었다. 제임스는 그곳을 밀회를 즐기기에 안성맞춤이라고 생각하는 곳이었다. 물질만능주의의 표본인 그는 항상 돈이라면 안되는 게 없다고 생각했다. 그것을 증명이라도 해주듯 그가 하고자 했던 일은 거의 대부분 돈으로 해결했고 여자라면 더더욱 그랬다.

"캐빈! 당신 와이프가 요즘 LA 다저스 야구선수와 놀아나고 있다는 루머가 있던데 사실이야?"

제임스는 캘리포니아 주 최고의 갑부이자 사업파트너인 캐빈의 신경을 일부러 건드렸다. 돈, 둘째가라면 서러울 제임스였지만 인맥과 세력을 모아 큰 거래를 시도하려면 캐빈이 반드시 필요했기 때문이다. 따라서 캐빈을 붙잡기 위해서는 반드시 약점이 필요했다. 오늘이 그 작업 날이다.

"그래. 제임스! 나도 참을 만큼 참았어. 몰래 만나는 것도 한계가 있지. 머리가 나쁘면 인간관계라도 좋아야지. 안 그래? 다 내 손바닥 안에서 놀고 있더라고! CCTV 녹화필름에 사진까지 다 확보했지."

마흔을 조금 넘은 캐빈이지만 비만과 탈모로 외모는 족히 오십대 초반 이상으로 보인다.

"벌써 두 번째잖아. 당신 전 부인과의 소송도 9회 말까지 가지도 못하고 콜드게임으로 끝났다고 알고 있는데…"

"그건 고교 야구라 순수함이라도 있었지. 제기랄. 당신도 여자를 조심해야 돼. 백악관과 깊은 관련이 있는 집안만 아니면 벌써 목을 날렸을 텐데. 우리 아버지의 정치 생명은 그 집안이 주리를 틀고 있다고. 나도 선택의 여지가 없어."

"그래서 약점을 잡아놓고 여유롭게 기다리는 것이 전략인가?"

"전략은 무슨. 그 젊은 놈하고 놀아나는 년이 무슨 생각이 있겠어. 내가 빨리 이혼해 주기만 바라는 거겠지. 하지만 자기 아버지 얼굴에 먹칠을 하면 안 되니 자기 쪽에는 잘못이 없다고 얘기를 끌고 갈 거야. 분명히…"

캐빈은 교활했고 또한 술이 문제였다. 술만 먹으면 냉정함을 잃고 자기의 모든 생각을 털어놓는다. 특히 친구라고 생각하는 사람들한 테는 유독 그렇다.

"오늘은 아무 생각하지 말고, 좀 즐기자고. 내가 준비해온 선물도 있으니까 부인 생각하며 이미지 복수라도 좀 해봐. 어이! 데이빗!"

제임스가 비서인 데이빗을 불렀다. '똑똑' 소리와 함께 문이 조용히 열렸다. 비서의 모습은 보이지 않고 파티에서 모습을 보였던 미

결국 아내 희선은 그 집중력을 발휘해 원했던 대로 케이의 자리를 대신했다.

"여보. 오늘은 어땠어? 뭐 재미있는 일 좀 있었어?"

"바다는 자?"

"자기는 항상 그러더라. 내 말에 대답은 안 하고. 바다만 찾아. 당연하지 지금이 몇 신데."

"내일 장인어른 생신이지?"

"응. 저녁 일곱시에 다들 모인데. 올 수 있어?"

"연착만 아니면 여섯시 삼십분 쯤 도착할 거야."

"아빠 선물은 사오는 거지?"

"알았어. 좋아하시는 걸로 사갈게."

전화통화를 하면서도 제이는 컴퓨터에 더 집중하고 있다. 모니터에서 보여주는 내용은 시차에 대한 검색 결과다.

"오늘 '그럼 이만'한테 또 전화 왔었어."

"'그럼 이만' 그 형사?"

"어떻게 알았는지 타임캡슐 얘기를 하더라고."

"타임캡슐?"

"응."

"나도 까맣게 잊고 있었네. 그런데 그거 어디에 있지?"

"그때 케이가 가지고 간 것 같은데…"

잠시 생각에 잠겼던 제이가 휴대폰을 들고 자리에서 일어났다. 까맣게 잊고 있었던 물건. 제이는 형사가 잊고 있던 걸 하나씩 꺼내도록 하는 재주가 있다고 생각했다.

1995년도 말, 제이는 케이가 술집에서 일한다는 소문을 호프집에서 일하고 있던 케이를 눈으로 확인한 뒤에 알게 되었다. 제이는 영서한테서 그 소문을 들었으나, 소문의 발단이 어떻게 시작되었는지는 아무도 몰랐다. 1995년 마지막 날을 기념하기 위해 한 자리에 모인 친구들 중에 케이는 없었고 그 호프집에도 케이는 없었으며 그녀가 어디로 갔는지 아는 사람도 없었다. 그날 제이는 제야의 종소리가 서른세 번 울리고 한참을 지나서야 케이의 집 앞에서 등을 돌렸다. 눈이 내리던 새벽, 제이가 집 앞에 도착하자 희선이 있었다. 그녀는 눈물을 흘리지 않았으나 슬퍼보였고, 소리치지 않았으나 화가 나 있었다. 그녀는 그 어떤 말도 하지 않고 그녀를 부르는 제이의 목소리를 뒤로 하고 눈 속으로 사라졌다.

1996년 1월 6일, 가수 김광석이 사망한 그날, 케이는 아무렇지도 않게 나타나 펑펑 눈물을 쏟으며 다시 돌아오지 않을 젊은 가수를 애도했다. 그리고 며칠이 지난 토요일 오후 케이의 제안으로 친구 여섯 명은 사과나무에서 처음에 만났을 때처럼 한자리에 모였다. 케이는 보라색 상자를 테이블 위에 올려놓고 십 년 뒤 각자 자기의 모습을 상상하여 타임캡슐을 만들어 상자 안에 넣자, 라는 제안을 했고 희선은 한 술 더 떠 고3 일 년 동안 연락을 하지 말자라는 제안을 했다. 모두가 고개를 숙였지만 반대하는 사람은 아무도 없었다. 제이는 상자에 달려 있는 자물쇠의 비밀번호를 잊지 않고 있다. 앉은 자리대로 남자들의 생일에서 여자들의 생일을 뺀 숫자 세 자리 '404'여서 그랬고 백십 개 폴더 안 어딘가에 있어 기억이 더 뚜렷했다. 상자는 십 년 뒤 결혼한 커플이 있으면 그 신혼집에서 열어보기로 했다. 상자는 케이가 보관하기로 했다.

"케이가 가지고 간 거 맞아? 내가 알기로는…"

한참동안 말을 하지 않았던 제이는 아내의 목소리에 정신을 차리며 아내도 그때를 잠시 떠올렸을 거라고 생각했다.

"근데 케이도 없고 그 타임캡슐은 어디서 찾지? 그 형사가 타임캡슐을 찾아야 한다고 했어?"

제이는 아내와 오분 이상 전화통화를 하지 않는다는 것을 철칙으로 생각하고 있는 사람이다. 오늘은 국제전화인데도 불구하고 십분이 다 되어간다. 슬슬 짜증이 나고 있는데 항상 그렇듯 아내는 또 제이를 공격했다.

"제이. 자기 정말 그 형사와 관계가 없는 거지? 예를 들어 의뢰인이 당신이라든가…"

"…"

"여보! 당신. 또 그 병 도진 건 아니겠지?"

"무슨 말을 그렇게 해? 난 단지 궁금해서 그래. 너무 갑작스럽게 이런 일들이 생기니까."

희선이 날카롭게 받아치고 숨을 죽였다.

"잘 자! 내일 될 수 있으면 빨리 갈 테니까."

제이는 자신도 모르게 거친 목소리를 토해냈다. 제이는 신경질적인 반응을 후회하고 있었으나 아내의 목소리는 이미 들리지 않았다. 휴대폰은 다시 울리지 않았다. 다시 통화한다고 해서 좋을 건 없다.

기내 방송이 흘러 나왔다. 기장이 목에 이상이 있는지 부기장이라고 하는 사람이 대신했는데 그날따라 유독 버벅거렸다. 기장의 컨디션과 이륙하는 데는 아무런 상관관계가 없다는 걸 거침없이 대기를 가르는 제트엔진의 소리를 듣고 깨달았다. 몇 시간 후면 불편한 자리에서 어색한 웃음을 지어 보여야 한다. 제이는 한숨을 목 아래로 놓으며 무릎에 덮고 있던 담요를 가슴까지 끌어올렸다.

잠깐 눈을 붙였다고 생각했는데 착륙을 위한 방송이 흘러나오고 있었다. 다섯시 십분, 제이는 시간을 확인하고 논현동까지 가려면 부지런히 움직여야겠다고 생각했다.

"여보. 여기!"

몸에 붙는 베이지색 원피스를 입은 아내가 손을 열심히 흔들고 있었다. 공항으로 마중 나온다는 얘기는 없었다. 일정에 없는 일을 하는 걸 싫어한다는 것도 잘 알고 있는 아내가 공항까지 나오는 돌발 상황을 만들어낸 것을 봐서 분명 다른 목적이 있을 것이다.

멀리서 본 아내의 몸매가 처녀 때와 별반 차이가 없다고 생각한 제이는 아름다움의 유지는 부지런함과 노력이라고 생각했다. 아내 옆에 서있는 이십대 중반의 여자들보다 그녀의 미모는 확연히 눈에 띄었다.

앞에 나란히 걸어가고 있던 세 명의 중국인 시선이 일제히 그녀에게 돌아가 한참동안 고정되어 있었다. 그다지 질투는 나지 않았지만 오늘따라 아내가 섹시하다고 느꼈을 때 문득 아내의 선물도 준비해둘걸 그랬다, 고 다소 비즈니스적인 생각을 했다. 그리 달갑지 만은 않았지만 일부러라도 웃어야 했다.

"뭐 하러 나왔어. 힘들게."

제이는 아내에게 손을 한번 들어 보이고 어색한 미소를 미었다.

"자기 보고 싶어 나왔지."

희선은 한쪽 다리를 들며 두 손으로 남편의 목을 감싸는 자지러지는 애교를 부렸다. 제이는 순간적으로 구경하고 있던 중국인들의 눈치를 봤다.

"힘들게 뭐 하러. 차는?"

"주차장에 있지. 내가 리무진 보다는 빠르지 않겠어?"

희선이 자동변속기 레버를 드라이버에 놓고 핸들을 움켜잡았다. 아내는 남편을 위해 차안에 커피까지 준비해 두었다. 커피의 온기는 아직 남아있었다.


"생신 축하드립니다!"

기내에서 두 병까지는 괜찮아요, 라고 말하며 법적인 문제는 책임 안 진다는 애매한 표정을 한 스튜어디스의 말에 카드를 건넸던 기억이 났다. 제이는 중국 명주 두 병을 장인께 건네고 다시 자리에 앉았다. 현금은 아내가 미리 드렸으니 오늘의 임무는 여기서 끝이다.

"일이 중요하지. 생일이 뭐 큰 행사라도 된다고 챙기고들 그래."

마음에도 없는 소리라는 건 장인을 빼고는 다 아는 사실이다.

"아빠. 건강히 오래 사셔요!"

'뽕!'

샴페인이 터졌다. 열 명 남짓한 참석자들의 박수소리가 조용히 흘러나왔다.

"케이크는 사위 두 명하고 같이 자르세요."

"그럴까? 이리 오게들."

제이와 손위 동서가 자리에서 일어나 장인에게로 걸어갔다.

"와! 오랜만에 그렇게 있으니 정말 보기 좋네요. 작년에는 아빠 입원해 계셔서 그냥 약식으로 병원에서 했잖아요. 생각나시죠?"

'짝짝, 짝짝짝…'

다시 박수소리가 터져 나왔다.

"자 이제들 먹자고. 나도 점심을 시원찮게 먹어서 그런지 배가 많이 고프네. 자 한 잔씩들 받지."

"네. 아버님."

옆에 앉아 있던 손위 동서가 먼저 잔을 들이 밀었다.

"사업은 잘 되고?"

"병원이 다 그렇죠. 뭐. 요즘 경쟁이 심해서 예전 같진 않습니다."

"그래. 막내 사위도 한잔 하지."

"네. 아버님."

"학교 일은 어때? 작년에 김 총장 만났을 때 얘기 듣긴 했네. 학회에서도 인정받고 일을 잘 한다면서… 그래서 내가 사위 자랑을 좀 했지."

"그냥 꾸준히 하고 있습니다."

"교수도 비즈니스야. 모든 것이 그런 것처럼…"

"아빠. 다리 좀 괜찮아지면 우리 미국여행이나 갈까요?"

명품으로 휘두른 처형이 샐러드를 입으로 집어넣으며 말했다. 그녀는 분홍색 입술에 묻은 소스를 혀로 핥아 입안으로 집어넣은 뒤다시 말을 이었다.

"희선아! 우리 어릴 때 하와이 갔던 거 기억나니? 난 그때가 그렇게 생각나더라. 너무 좋았어. 아빠, 엄마, 나, 희선이. 아참. 희선이 너는 하와이에 얼마 있지도 않다가 LA로 바로 날아갔잖아. 그렇지?"

"어? 응… 어…"

'탁' 희선이 들고 있던 젓가락을 땅바닥으로 떨어치자마자 곁눈으로 제이를 쳐다봤다. 제이는 희선이가 LA에 갔다 왔다는 걸 못 들었는지 의외로 담담했다. 제이가 음식을 입에 넣고 옆에 다가와 있는 남자를 올려다봤다.

"여기 있습니다."

어느새 깡마른 웨이터가 등장해 새 젓가락을 건넸다.

"누구를 만난다고 했더라. 그때 아빠를 설득 못해 울고불고 한 거 아직도 기억 난다. 호호호… 호호호…"

집안에서도 가장 싫어하는 처형의 웃음소리에 제이는 속이 좋지 않았다. 독선, 가식과 비굴의 합작 캐릭터를 지닌 그녀는 이제 얼마 남지도 않은 장인의 재산을 차지하려고 온갖 잡수를 다 쓰고 있었다.

"허허… 그래. 희선이 쟤가 그렇게 고집을 피우고 울고 그랬지. 난 결국 또 막내한테 진 거고. 그랬던 애가 저렇게 결혼도 하고, '바다'도 낳고. 이 애비는 이제 더 이상 바랄게 없다. 바랄게 없어."

"그때가 아마 2001년 9월 이었지? 정말 꿈같이 좋았던 시절이었어."

"정선! 그만 좀 하지?"

아내가 언니를 날카롭게 쳐다봤다. 두 살 터울인데도 자매는 서로 이름을 불렀다.

"9월 9일인가? 10일인가? 그랬었지? 아 맞아! 9.11 사건 때문에 똑똑히 기억한다. 맞아! 9월 9일에 하와이에 도착했고, 희선이 네가 9월 11일 첫 비행기를 타고 LA로 갔으니까 말이야. 어찌나 놀랐던지. 뉴욕이 아니라 LA라서 다행이었고…"

얼굴이 시뻘게진 아내가 젓가락을 조용히 테이블 위에 올려놓았다. 제이는 조용히 음식을 먹으며 처형의 말에 귀를 기울였다. 제이는 가끔 턱을 목 쪽으로 당기곤 했는데 그건 뭔가 이상하다고 생각될 때 하는 행동이었다.

"정선! 내가 LA가 아니라 뉴욕으로 갔으면 했다고 말하는 거지? 그 여행하고 아빠 생신하고 무슨 관련이 있다는 거야? 난 그때 일 떠올리고 싶지 않으니까 그만 좀 해. 나도 감당하기 힘든 공포 때문에 많이 힘들었다고."

끄르륵, 하며 의자 미끄러지는 소리가 났고 희선이 문 쪽으로 또 각또각 소리를 내며 걸어갔다.

"엄마! 어디가?"

"여보?"

"놔둬라. 막내도 힘들었겠지. 지상초유의 사태 때 미국에 있었으니까. 정선이도 그만해라. 자! 밥들 먹자."

장인의 한 마디에 테이블은 다시 조용해졌다. 제이는 아내를 찾으러 나가지 않았다. 물어볼 말이 있었지만 지금은 냉정할 때라고 생각했다. 젓가락을 놓고 앞에 있던 잔에 술을 채워 한 번에 털어 넣었다. 기분이 좀 나아지는 것 같았다.


"바다는 벌써 꿈나라네. 당신도 괜찮은 거야? 술 많이 했잖아."

승용차의 시동은 이미 꺼져 있었다. 안전벨트를 풀기 전 눈 감고 있던 남편을 깨웠다.

"바다 좀 안아줘."

제이가 뒷좌석에 너부러져 있는 바다를 조심스럽게 안았다.

"내일은 학교로 바로 가는 거지?"

"…"

남자는 말이 없었다.

"내일 시간 되니까 태워다 줄까?"

"혼자 갈게. 바다나 잘 챙겨."

"바다는 아줌마가 챙기잖아."

엘리베이터에서 도착을 알리는 소리가 흘러나왔다. 아내가 현관문을 열었다. 제이가 바다를 눕히고 내려오는 시간은 그리 오래 걸리지 않았다.

"LA 얘기는 왜 안 했어?"

소파에 앉은 제이가 먼저 입을 열었다.

"LA? 뭐? 하와이 갔다가 거기 갔었다고 언니가 말한 거?"

백을 내려놓고 시계를 풀고 귀고리를 빼던 여자는 옷을 갈아입기 위해 방으로 들어가고 있었다. 소파에서 일어난 제이가 여자를 뒤따랐다.

"9월 11일 하와이가 아니라 LA에 있었다는 거 왜 말 안했어?"

"그게 내가 말을 안 한 건가? 그럼 하와이 여행을 '하와이, LA, 하와이' 여행이라고 해야 돼?"

미리 준비해 놓은 대사라는 것쯤은 제이도 알고 있었다. 명군을 내놓을 차례다.

"우리 신혼여행 기억나? LA 가본 적 없으니 LA는 코스에 꼭 넣자고 했잖아."

"자기야. 그때 LA를 너무 짧게 갔다 와서 그렇게 말한 거야. 하루. 그것도 공항이동 시간, 비행시간 빼면 LA에 있었던 시간은 정말 몇 시간도 안 돼."

속옷만 입고 있는 아내는 화장대에 앉아 머리띠를 이용해 머리카락을 이마위로 깔끔하게 올렸다. 아내는 유난히 화장을 오래 지운다. 그것이 좋은 피부를 유지하는 비결이라고도 생각했다.

"왜 그렇게 급하게 갔다 왔는데?"

원형을 그리며 마사지를 하던 손가락을 멈춘 아내는 거울로 남편을 쳐다봤다.

"일이 좀 있었어, 고등학교 때 친구가 급한 일로 만나자고 그랬거든."

여자의 손가락이 다시 원형으로 움직였다.

"무슨 일? 고등학교 친구? 누구?"

"여보. 도대체 나한테서 알고 싶은 게 뭐야? 당신 지금 케이 사건 때문에 그러는 거지? 또 그러는 거지?"

여자가 벌떡 일어서서 남자를 노려봤다. 분노에 찬 얼굴이 지워진 화장 때문에 더욱 창백하게 보였다.

"아니라고 말해봐! 도대체 언제까지 케이를 잊지 못하고 살 건데! 죽었다고 그 아이는! 다 확인했잖아. 도대체 뭐가 문제야? 당신 나를 조금만이라도 생각한다면 나한테 이러면 안 되는 거 아니야? 내가 얼마나 비참해지는지 생각이나 해봤냐고!"

"그래 말 나온 김에 하나 더 물어보자. 그렇게 친했으면서 왜 케이를 궁지에 몰아넣은 거지? 내가 모를 줄 알아? 고3 때 술집 나간다는 루머가 돌았잖아. 우린 뻔히 다 맥주 집에서 아르바이트 하는 걸로 알고 있었는데 말이야. 그 소문을 낸 장본인이 바로 당신이고, 또 케이의 부모님이 범죄행위를 저질러 살해당했다고 말한 사람도 바로 당신이잖아. 내말이 틀려? 틀리면 한번 말을 해 보라고!"

"누가 그래? 어떤 년이 그런 말을 했냐고!"

턱에 맺혀 있던 아내의 눈물이 방바닥에 떨어졌다.

"질투야? 증오야. 도대체 뭐야?"

고함을 토해낸 제이는 방문을 거칠게 닫았다. 아내는 소파에 엎드려 눈물을 흘리며 통곡했다. 한참 동안 소리 내어 울던 희선이 머리를 들었다. 머리카락은 얼굴을 덮었고 눈빛이 머리카락 안에서 살기를 띄었다.

"나쁜 새끼!"


"똑. 똑."

새벽 두 시. 음악이 꺼진 후 이십분이 흘렀다. 잠시 문이 열리고 까무잡잡한 피부에 키는 백오십 센티미터도 안돼 보이는 삼십대 초반 여성 도우미의 반쪽 얼굴이 보였다. 십 년째 불법체류를 하고 있는 중국남방 사람이다.

데이빗은 주먹만 한 검은색 봉지를 도우미에게 전달하고 문제가 있으면 전화를 하라는 표시를 했다. '별일 없어야 할 텐데', 데이빗은 야외로 나와 담배를 물었다.

"휴… 벌써 십삼 년이 흘렀네."

9월 11일의 기억이 악몽처럼 머리를 스치고 지나갔다.

"실장님. 오늘은 별일 없겠죠? 지난번처럼 사고가 생기면 경찰 쪽에서도 가만있지 않을 겁니다. 경찰 쪽 보스 바뀐 것 들으셨죠?"

"뭐. 알아서 잘 하시겠지. 마흔이 멀지 않았는데. 담배 하나 줘?"

"저 담배 안 피우잖아요. 실장님도 좀 끊으세요. 불혹이 멀지 않으셨잖아요. 히히…"

"올해 계획에 들어가 있었는데 또 실패네. 직업을 바꾸거나 한국으로 들어가야 가능한 얘기야."

"부사장님은 실장님 없으면 한시도 못 견디시는데 회사 그만 둔다고 하면 순순히 들어주시겠어요?"

"그래 잘 알지. 지옥까지 쫓아오시겠지. 그래서 벌써 오 년째 말씀 못 드리고 있잖아. 사표는 항상 가슴에 지니고 다닌다고. 분신처럼…"

"그래도 대우는 최고잖아요. 이십 년 친구라면서요? 중학교 때부터."

"하하!! 내 신상도 다 털린 거야? 내 재산은 얼마나 되는 건데?"

남자는 괜한 얘기를 했다는 듯 머리를 긁적였다.

"부러워서 그러는 거죠. 저희들한테 실장님은 우상이에요. 롤모델이죠."

"부러워하지 마라. 인생 꼬이면 돈이고, 명예고 다 필요 없다. 그저 건강하고 행복한 게 최고지. 휴…"

담배연기를 하늘에 길게 내뱉은 데이빗이 시계를 봤다.

"다들 끝난 건가?"

'삐리릭. 삐리릭.'

전화벨 소리가 울렸다. 그리고 중국여자의 목소리가 흘러 나왔다.

"들어가 봐야겠다."

데이빗은 옆에 있던 보안직원에게는 그냥 있으라는 사인을 준 후 건물을 향해 걸어갔다.

'똑똑.'

같은 도우미가 똑같은 표정으로 문을 열었다. 도우미는 손짓으로 이층을 가리켰다.

거실을 지나 이층으로 가는 계단에 발을 얹었다. 거실 한복판에 오른팔에는 흑백 한자로, 왼팔에는 컬러로 된 화려한 문신을 한 여자가 술과 약에 취해 흐릿하고 초점 없는 눈으로 데이빗을 올려다봤다. 나체인 여자는 뭐가 그렇게 좋은지 침을 질질 흘리며 실없는 웃음을 짓고 있었다. 데이빗은 과연 저 여자가 오른팔에 새긴 한자를 이해할지 궁금했다.

삼면이 유리로 된 방문을 열자 이십 평 남짓한 공간에 맞춤 제작된 동그란 침대가 덩그러니 놓여 있었다. 삼면의 유리는 침대 밑의 카펫 색과 일치하는 진한 자주색 블라인드로 가려졌으며 창문이 살짝 열려 있는지 블라인드 한쪽이 앞뒤로 하늘하늘 거렸다.

육중한 몸짓을 한 캐빈은 침대 위에 대자로 뻗어 있다. 알몸의 여자들은 구렁이가 통나무를 돌돌 감은 것 같이 남자의 몸에 찰싹 달라붙어 있으며, 한 여자는 일부러 큰 도움이라도 주는 듯 남자의 힘없는 물건을 움켜잡고 있었다.

"그림은 제대로 나오는군."

데이빗은 휴대폰을 들고 무음 셔터로 조정한 후 앵글을 맞췄다.

'찰칵. 찰칵. 찰칵.'

세 장의 사진이 부사장 제임스와 캐빈의 '거래'에 적지 않은 작용할 것이라고 믿어 의심치 않았다. 데이빗의 턱 관절에 붙은 근육이 꿈틀 움직였다.

아래층으로 내려오니 여자는 거실 카펫 위에 너부러져 있었다. 약에 취해 꽤 오랫동안 잠을 잘 것이다. 도우미는 임무를 다 마쳤는지 항상 지키고 있던 그 자리에 없었다. 통유리의 맨 끝 부분 유리문이 살짝 열려 있는 걸 봐서 제임스는 테라스에 앉아 '오늘은 여기까지'라고 외치고 있을 것이다. 데이빗의 임무도 여기까지다. 퇴근할 시간이다.

"데이빗!"

제임스의 목소리가 들렸다. 코를 찡긋거린 데이빗이 문고리를 잡고 앞마당에 나갔다가 갑자기 튀어 나온 뱀을 만난 것처럼 몸을 정지했다.

"제기랄"

데이빗이 제임스 귀에 들리지 않을 정도로 혼잣말을 중얼거렸다.

"데이빗!"

제임스의 목소리 톤이 한층 더 높아졌다. 데이빗이 몸을 돌려 통유리 쪽으로 이동했다.

"네. 이만 주무셔야죠?"

"둘이 있을 때는 좀 편하게 하자."

"네."

"또!"

"알았어. 버릇이 돼서."

"오늘 나 멀쩡하다. 약은 입에도 안 댔어. 한잔하자 오랜만에."

머뭇거리던 데이빗이 고풍스런 테이블 의자를 잡아당겼다.

"자! 건배!"

제임스가 데이빗을 쳐다보고 느물느물한 표정을 지었다. 데이빗은 '사진 잘 챙겼지?'란 의미일 것이라고 생각했다.

"병선아?"

"응?"

술잔을 내려놓은 데이빗이 오랜만에 한국이름을 부르는 제임스를 보고 다소 놀란 표정을 지었다. 냉정함으로 똘똘 뭉친 부사장 제임스. 하지만 오늘은 달랐다. 뭔가 어두웠고 지쳐 보였다. 친구들이 생각나는 걸까? 데이빗은 조심스럽게 생각했다.

"철없던 시절이 그리워. 음… 학창시절로 돌아가고 싶다. 친구들도 보고 싶고."

"한국 안 나간 지 꽤 오래됐잖아."

"나가면 뭐 하니. 노인네 또 잔소리하는 거 다 받아줘야 하는데. 형이 알아서 잘 하겠지. 잘난 놈이니까."

취했던 술이 깨는지 얼굴이 다시 하얗게 돌아오고 있었다.

"미국 생활도 벌써 십팔 년이네, 숫자도 엿 같다. 씨팔!"

데이빗이 살짝 웃었다.

"제이, 희선, 영서도 모두 보고 싶다. 꿈 많던 고딩 시절 그게 내 인생의 황금기였어. 넌 어때? 애들 안 보고 싶어?"

"보고 싶지. 당연히."

"가끔 연락은 하니?"

"응 가끔. 제이랑은 오늘도 연락 했었어."

"그래도 너한테는 연락을 하는구나. 난 네가 부럽다. 병선아."

"…"

"걔네들 결혼한 거 보면 정말 신기해. 꼬맹이 때 만나서 어떻게 그렇게 결혼까지 할 수 있는지…"

"희선의 인간승리지 뭐. 케이도…"

"희선이 그 애는 정말 대단한 거 같아. 자기가 원하는 건 뭐든 손에 넣었으니까 말이야. 원래 짝사랑이 이루어질 확률은 거의 제로에 가깝다고 하던데."

"이젠, 제이도 진심이겠지. 그땐 아니었다 해도…"

데이빗이 담배를 거꾸로 잡고 테이블에 '톡톡' 치고 있다. 담배를 끊은 제임스를 위한 것이다.

"피워라. 난 가끔 냄새 맡으면 좋더라. 나 희선이 좋아했던 거 알아?"

"희선이?"

"응."

"몰랐는데? 언제부터?"

"처음 만났을 때."

"그런데 왜 말 안했어? 난 관심 없는 줄 알았는데?"

"제이 때문이지 뭐. 처음 미팅한 날 제이가 희선을 뚫어지게 쳐다봤거든. 한눈에 반한 줄 알았지. 친구니까 포기한 거고."

"그랬구나. 정말 몰랐는데."

"잠깐이었지 뭐. 그런데 나 희선이 그날 처음 본 거 아니야. 시간이 많이 흘러 생각난 거지만, 초등학교 때 그 애를 본 것 같아. 차 사장이라고 희선이 아버님 말이야. 우리 집에 딸과 같이 가끔 오셨거든. 그 애가 희선이었어. 칠 년 전 희선이 어머님 돌아가셨을 때 그 차 사장님이 거기에 계셨을 줄 누가 알았겠어?"

제임스는 술잔을 다시 입으로 가지고 갔다.

"그랬구나. 희한하다. 그런 일이 다 있네."

"그렇지 뭐. 사람 인연이라는 게…"

"민호야!"

"왜? 내게 이름을 불러주니 좋네. 흐흠… 무슨 할 말 있어?"

"영문은 모르지만. 누군가 제이를 찾아왔다고 하더라고, 우리한테는 뭐 중요한 얘기는 아니지만 말이야."

"누가?"

"형사래."

"형사? 무슨 일로?"

"케이 사건 때문이라고?"

"케이!"

제임스가 테이블에 놓여 있던 담배를 물고 고개를 숙였다. 데이빗은 조용히 라이터를 건넸다. 둘은 말이 없었다. 멀리 보이는 수평선 위로 어둠을 깨고 가을단풍 같은 붉은 빛이 솟아오르고 있었다. 하루가 가고 또 하루가 온다.

"한국에 한번 들어가자."

민호의 얼굴을 물끄러미 쳐다봤다. 의미심장한 표정. 민호는 과연 무슨 생각을 하고 있는 것일까? 병선은 할 일이 하나 더 생기겠네, 라고 생각하며 담배 한 개비를 더 꺼내 다시 테이블 위에 '톡톡' 쳤다.


"1983~85년 사이에 용암류가 로얄가든을 여러 조각으로 황폐화시킬 때 지질학자들은 이, 삼분 만에 수백 미터로 써지를 형성하는 용암류를 관찰하였는데 그 분출이 마무리된 후, 유체 용암은 빠져나가 주위 용암류보다 더 낮은 긴 채널을 남겼습니다. 여러분들도 나중에 볼 기회가 있겠지만 이런 채널은 마우나울루에서 나온 용암류에서 크레이터체인 도로를 따라 볼 수 있습니다.

파호이호이 용암류는 빨리 움직이는 채널을 형성할 수도 있고 혹은 용암관에 의해 공급되는 천천히 움직이는 용암류를 형성할 수도 있고…
자. 오늘은 여기까지!"


"교수님! 감람석과 그린샌드의 관계에 대해서도 알려 주신다고
하셨는데요?"

열혈 지질학도는 기억력도 좋다. 그 수업한 때가 벌써 3주나 흘렀
는데 아직도 기억을 하고 있어? 라는 표정의 제이가 미안한 듯 말을
한다.

"다음 시간에 꼭! 오케이? 마침 중국에서 가지고 온 감람석도 있
으니 말이야. 아 잠깐! 여보세요?"

한참을 진동에 떨고 있던 휴대폰을 귀에 갖다 댔다. 십분 연장된
수업 때문에 받지 못하고 있던 참이었다. 수업시간까지 기가 막히게
꿰고 있는 아내였다.

"자기. 오늘 저녁 시간 돼? 나 영서 보기로 했는데."

"영서? 그 바쁜 노처녀가 오늘은 시간이 된데?"

"응… 자기는 어때? 시간 괜찮아?"

"나 저녁에 약속이 있어. 다음에 보지 뭐. 그런데 웬일이래?"

"요즘 우리 사이에서 화두는 '그럼 이만'이잖아. 드디어 찾아왔
데. 영서한테도."

"그 형사가?"

"응. 삼십분 시간 뺏는데 이백만 원 날아갔다고 투덜대던데?"

"아! 그래. 안부나 전해 줘. 끊는다."

제이는 휴대폰을 재킷 안쪽 주머니에 꽂아 넣었다. '후훗… '그럼
이만' 님이 잘 하고 있군.'

제이 교수가 학교에서 즐거워하는 모습을 처음 본 듯 지나가는 학생이 고개를 갸우뚱거렸다.


영서는 희선을 만날 때 대학 동기를 만날 때 보다 두 배의 시간을 더 할애해야 했다. 거울 앞에 앉은 지 벌써 한 시간이나 흘렀지만 영서는 거울 속의 모습이 마음에 들지 않았다. 이러다간 화장품을 전부 써버릴지도 모른다고 생각한 영서가 차가 막힐 것을 감안해 신호대기 시간에 마무리를 해야 되겠다고 마음을 먹었다.

차 안에 미리 챙겨둔 구두를 바꿔 신고 시동을 걸었다. 옷이 구겨질까봐 안전벨트도 하지 않았다. 일분 동안 들리는 경고음을 참는 건 대수도 아니다. 비가 온다는 일기예보를 듣고서도 오전에 빨간색 애마를 거금 들여 말끔히 목욕시켰다. 비가 오지 않기를 고대할 뿐이다.

'대리주차를 해줘야 되고 커피는 핸드드립, 치즈케이크는 수제로, 실내의 커피향기가 은은하게 퍼져 있어야 하며, 고급스럽고 고풍스러운 가구, 거리가 보이는 창가 옆자리, 깜찍한 커피 잔, 많이 붐비지 않아야 하고, 가격은 어느 정도 있어야 하며(될 수 있으면 어린애들의 출입이 없어야 하므로) 종업원들은 수준이 있으면서 친절해야하고 멋들어진 남자가 운영하는 곳이어야 한다'는 것이 자기들은 까다롭지 않다고 말하는 그녀들의 카페를 고르는 기준이었다. 오늘 선택된 곳은 가로수 길의 끝자락, 문을 연지 한 달 된 카페였다.

"영서야!"

"희선아! 호호… 어쩜 그렇게 안 변하니? 항상 만년 대학원생이라니까."

"내가 안 변하긴. 살들이 춤을 춰서 죽겠는데."

"영서 너야 말로, 대학교 신입생이라고 해도 믿겠다. 얘."

"호호호… 계집애 또 띠우기는. 글은 잘 써지니? 이번에는 어떤 소재야? 또 대박 나는 거야?"

"그렇지 않아도 요즘 글이 잘 안 나와 죽겠어. 슬럼프에 제대로 빠진 것 같아. 머리도 잘 안 돌고, 소재도 바닥났고, 다른 작가들은 어떻게 이 슬럼프를 벗어나는지 그것부터 좀 배우고 싶어. 그 백은 또 뭐야? 죽이는데!"

희선이 영서의 핸드백을 가리키며 눈을 크게 떴다. 관심 분야 공유로 화제를 돌리기 위해서였다.

"한정판. 우리나라에 딱 다섯 개 들어왔대."

영서가 손바닥 두 개만 한 백을 들어 올렸다. 핸드백 모델 같은 포즈였지만 짧은 손가락 때문에 그다지 멋이 나지는 않는다.

"역시 잘 나가는 성형외과 의사는 다르네. 달라."

희선은 백에서 거울을 꺼내고 백을 허리 뒤로 살짝 밀었다.

"잘 나가긴. 아예 나가고 싶다. 호호… 나도 남자들 사이에서 죽겠다. 정말. 어찌나 징징대는지. 너 그거 아니? 남자들이 여자들보다 더 수다스럽고, 좀스럽고 그런 거? 명품 남편을 둔 너는 모르겠지. 이 사회의 실상을…"

"우리 그이는 너무 과묵해서 문제지. 좀스러운 건 보통 남자랑 똑같은 거 같고."

"호호… 얘 봐라. 네가 남편 욕을 다하고. 요즘 너희 권태기니? 부부싸움 했어?"

"매일 전쟁이지 뭐. 연합군이라도 좀 왔으면 좋겠다. 삼팔선이라도 좀 긋게. 후훗… 그 형사 얘기 좀 해봐. '그럼 이만' 말이야."

테이블에 더 가까이 붙어 앉은 희선이 들을 준비가 됐다는 듯 진지한 표정을 지었다.

"어제 말이야. 그 형사가 찾아 왔었거든. 병원에는 사람도 많고 그래서 일층에 있는 카페에서 만났지. 형사치고는 꽤 스타일이 나오는 사람이더라. 몸도 탄탄하고."

"삼천포로 빠지지 말고 본론부터 말해봐."

"응. 그래. 나한테는 케이의 가정사에 대해서 먼저 물어보더라. 부모님이 언제 돌아가셨는지, 이모네 집에서 얼마나 살았는지, 뭐 이상했던 점은 없었는지, 갑자기 이모네가 미국으로 이민을 간 이유는 무엇인지, 동생이나 언니는 없는지… 등등, 그런데 지금 생각해보니 이상한 점이 있긴 하더라고. 케이네 이모님이 왜 갑자기 미국으로 이민을 간 거지?"

"글쎄. 그건 나도 잘 모르겠는데?"

"케이가 그렇게 되고 난 후 일주일도 안돼서 미국으로 가셨잖아. 한 달 정도 머물다 서울에 돌아 온 후 아예 다시 들어가 버리셨지."

"맞아. 그랬었지."

"케이가 미국 간다고 했을 때도 그렇게 반대하더니, 왜 갑자기 가셨는지 이해가 되지 않아. 지금 생각해보면 말이야."

"케이 때문에 한국생활 정리한 거겠지 뭐. 화장할 때 통곡하는 거 너도 봤잖아. 얼마나 슬프겠어."

"그런데 그날 이모부께서 참석하시지 않은 건 정말 이해가 안 돼. 그렇지 않아?"

영서의 질문에 희선의 대답은 없었다. 희선이 눈썹을 위로 빠르게 들어 올렸다 내렸다를 반복했다. 차를 내온 종업원이 꽤 귀여워 보이지 않다는 의미다. 진한 커피 향이 종업원이 일으키는 바람을 타고 후각을 건드렸다. 커피 향은 마침 창밖을 적시는 비와 환상적인 조합을 이루었다.

"희선아! 너 혹시 케이네 집안에 대해서 좀 알아? 누가 그러던데 옛날에는 엄청 잘 나가는 집안이었대. 지방에 종업원 오백 명도 넘는 큰 공장도 있었고 국가에서 일급비밀로 다루는 그런 물건을 만들었다고 하던데, 혹시 아니?"

"어! 난 잘 모르지. 케이가 말을 안 했는데 어떻게 알겠어."

"그리고 또 이상한 점이 있어. 부모님이 돌아가신 후 케이를 왜 친가에서 키우지 않고, 외가 쪽에서 키운 걸까? 이모네가 그렇게 넉넉하지도 않은 살림이었는데 말이야."

"그거야. 친가 쪽에서 받아주는 분들이 없었나보지 뭐."

"너 그거 아니? 케이가 주말에 꼭 보육원 들렀던 거?"

"보육원? 고아원을 말하는 거지?"

"그래. 아무리 바빠도 주말이면 무조건 거기에 갔더라고. 너는 몰랐니? 난 네가 알고 있을 줄 알고 말 안 한 건데…"

"그랬구나. 케이는 나한테 그런 말 한 적 없는데… 지난 일이지만 조금 서운하긴 하네."

립글로우즈를 가볍게 바른 희선의 입 모양을 유심히 쳐다보던 영서는 곰곰이 생각에 잠겼다. 문득 유리창을 바라봤다. 유리창에 자신의 모습이 어렸다.

영서는 세상이 불공평하다고 느끼는 여자다. 어떤 여자는 발랄함에 우아한 매력을 가지고 있으며 지성과 범접할 수 없는 외모, 부와 재능을 다 가지고 태어났으니 말이다. 영서가 동경하는 유일무이한 여자는 다름 아닌 절친 희선이다. 케이는 물론 지금까지 살아 있었으면 정말 행복한 삶을 살았을지도 모르지만 돈과 아름다움 두 가지를 모두 가지고 있지는 않았다. 뼈를 깎는 노력을 해야만 희선의 발뒤꿈치 정도나 쫓아갈까하는 생각에 영서는 남편을 고르는 기준도 제이보다 잘생기고 지적이고 집안도 좋아야 했다. 여하튼 영서는 모든 면에서 희선보다는 우월해야 했으며, 결혼을 못하고 있는 것도 바로 그 이유이기도 했다.

또 한 가지 영서의 가장 아픈 부분은 바로 '아버지'의 빈자리였다. 영서의 어머니는 단 한 번도 남편에 대해 언급한 적이 없다. '네가 걷지도 못할 때 헤어졌고, 어디서 무엇을 하는지도 알 수 없다. 아버지는 잊어, 네 인생에 아버지는 없다.' 영서의 어머니가 영서에게 마지막으로 남편을 언급한 말이다. 그 날 이후 두 모녀는 한 번도 아버지에 대해 거론한 적이 없었다. 그것이 두 모녀를 그렇게 독하게 살게 한 이유인지도 모른다.

영서는 희선을, 희선은 제이가 사랑하는 케이를 동경했다. 영서가 케이를 더 좋아하는 것처럼 보였지만 그것도 희선이 질투를 느끼게 하기 위해서였다.

케이는 '질투'라는 단어와는 거리가 멀었던 아이였다. 희선은 질투와 독선이 있었는데 때로는 복수의 여신 네메시스를 연상하게 할 만큼 지나치고 치밀했다. 희선은 자기가 원하는 건 무엇이든 손에 넣었다. 그런 희선의 관심을 차지하기 위한 가장 좋은 전략은 질투 유발과 관계 교란이었다.

"생리는 어때? 저번에 만났을 때 힘들어 했잖아."

영서가 유리에 비친 얼굴을 희선 쪽으로 돌리자 희선이 케이크를 입에 넣으며 말했다. 영서는 코를 한번 찡그리고 희선에게 대답했다.

"뭐. 똑 같지. 두 달에 한 번, 어떤 때는 세 달에 한 번 정도 오기도 해, 무심한 놈이지."

"호호… 얘는 무슨 생리를 남자에 비유하고 그러니! 호호!"

"딱 맞지 뭐야. 오랜만에 왔다가 '찔끔'하고 가버리니… 요즘 조기 폐경도 많대요. 난 그게 제일 겁나더라. 아이도 못나보고 여자의 주권을 행사할 수 없는 시기가 온다는 게. 너는 어때, 생리하면 차생리 잖아?"

"호호… 얘는. 너 남자들 사이에 있다 보니 말이 많이 거칠어졌다. 여전히 시계지 뭐. 십일에서 십삼일 사이 그 사흘간의 고통, 여덟시 뉴스도 아니고 아주 정확하게 찾아와."

"히스테리는? 극도의 흥분, 예민함, 한 편의 영화잖아."

"관계는 자주 해? 둘째는 안 갖니?"

"좋은 관계야. 가족끼리는 그러는 거 아니라며 슬슬 빼곤 하지, 예전에는 생리 때도 하는 거 좋아했는데, 이제는 시들해. 월차휴가 내는 수준 정도?"

"제이가 생리하나 보다. 호호… 요즘 남자들도 생리한대. 물론 생리적으로 배출되는 건 없지만 말이야."

"생각해보면 내가 더 좋아하는 거 같아. 생리 때 하는 거 말이야. 그렇게 하고 나면 마음이 편해지거든. 넌? 남자친구 없어?"

희선이 본격적으로 말을 하려는지 몸을 테이블 앞에 가까이 붙였다.

"남자? 두 살 연하가 쫓아다니기는 해. 내가 아직 받아주지 않고 있지만 말이야. 내가 좋아하는 스타일은 글쎄 다 유부남이니? 복도 지질이도 없지."

"진짜 좋은 남자 만나려고 그러는 거야. 아니면 병선이가 갔다 오기를 기다리고 있는 지도 모르고. 호호…"

"병선이가 나 좋다고 따라다녔던 그때가 좋았지. 그때 확 어떻게 했어야 했는데."

"너 진심인 거 같다? 표정 보니…"

"진심이야. 내가 그 애한테 너무 심했어. 근데 걔네들 안 들어온다니? 못 본지도 벌써 육, 칠년 됐지, 아마?"

"그렇지. 우리 엄마 때가 마지막이었지."

"한번 모였으면 좋겠다. 그때가 그립다."

"그런데 너 타임캡슐 생각나니? 그거 케이 이모네 있을까?"

영서의 아랫입술이 차가운 얼음에 닿은 것처럼 살짝 떨렸다. 하마터면 튀어나올 뻔 했던 말도 혀 뒤로 감추었다.

"그… 타임캡슐 넣은 상자 말이지?"

"그래. 그거."

"버리지 않았다면 이모네 있겠지."

고개를 돌린 영서가 벽에 걸려 있는 고흐의 작품을 물끄러미 쳐다봤다. 붉은색 바탕에 여자의 뒷모습이 보이는 〈Old tower in the Fields〉라는 작품이었다. 그 정도의 그림은 알고 있겠지, 라는 표정의 영서가 손안에 땀을 치마에 닦고 주먹을 꼭 쥐었다. 영서가 테이블 위에 올려있는 계산서를 집어 들었다.

"내가 계산할게. 가자 우리."

둘은 거의 동시에 일어났다. 마침 테이블 옆으로 지나가는 사십대 초반의 여성을 유심히 쳐다보던 희선이 영서의 등을 찔렀다.

"영서야. 저 여자 너랑 똑같은 거 들었다. 얘!"

희선이 잘록한 허리를 살랑살랑 흔들며 오른팔에 보란 듯 백을 걸고 먼저 영서 앞을 스치고 지나갔다.

# 9.11

"형사님 이것 좀 봐주세요."

제이는 미리 준비해 놓은 케이 관련 자료를 형사가 볼 수 있도록 노트북을 밀었다.

"메일이군요."

"네. 알고 계실 거라고 생각했어요. 형사님이 저를 제일 처음 찾아온 이유도 여러 채널을 통해 이미 알고 계실 거라고 생각했어요. 전 케이의 남자친구였습니다."

"그랬군요. 그래서 그날 저한테 전화도 주신 거고요."

메일 내용을 유심히 보던 형사가 제이를 쳐다봤다.

"이상하다는 점은 메일이 수신된 날짜와 시간인가요?"

"맞습니다. 바로 아셨네요."

제이는 역시 직업은 속일 수 없구나, 생각하며 형사를 유심히 쳐다봤다. 팔짱을 낀 형사는 의자를 뒤로 살짝 젖히고 '비상구'라고 되어 있는 녹색상자를 쳐다보며 나름대로 분석을 하고 있었다.

Mail

9월 8일 10시 22분.

사랑하는 이에게!

그날의 흥분이 아직 가라앉지도 않았는데, 난 당신을 또 그리워하며 사진으로나마 마음을 달래고 있네요. 제이! 좋은 일이 하나 생겼어. 너 제대하면 미국 유학 계획 있다고 했지? 아버님도 승낙하셨다면서… 네가 들어오면 미국 생활에 대해서는 걱정하지 마. 이 선배가 다 책임질 테니까. 나 곧 있으면 파이낸셜펌에서 일하게 될지도 몰라. 그것도 좋은 조건에서 말이야.

빨리 보고 싶다. 사랑하는 제이.


Mail

9월 9일 9시 45분

사랑하는 제이에게!

요즘 난 새벽 공기를 마시는 습관이 들었어. 다섯시에 일어나서 삼, 사십분 정도 가볍게 걷고 아침을 먹고 있어. 사실 배가 조금 나왔거든. 한국에서 너무 많이 먹었나 봐. 근데 내 배 조금 귀엽기는 한 거 같아.

그리운 제이. 사랑해!


Mail

9월 12일 10시 20분

보고 싶은 내 남자!

오늘 엄청 중요한 사람을 만나기로 했어. 제이 네가 알면 많이 놀랄지도 몰라. 내 인생 최고의 날이 될 가능성도 있어. 여하튼 누군지는 내일 알려줄게. 궁금하지?

보고 싶은 내 사랑… 안녕!


"제가 조사한 바에 의하면, 9.11이 터졌다는 공식적인 시간은 11일 오전 8시 45분과 9시 4분입니다. 즉, 두 번째 건물이 날아간 순간은 9시 4분이었죠. 이때부터 모든 사람들은 개인적인 활동은 할 수 없었을 겁니다. 화장실을 가는 행동을 포함에서 그 어떤 행동이라도…"

여덟팔자를 그리고 있던 제이의 눈썹이 다시 일자로 돌아왔다. 제이는 엑셀로 정리된 표를 보기 위해 파일을 클릭했다.

"그러니까 시차를 말씀하시는 거죠?"

"네. 맞습니다. 표를 한번 봐 주세요. 뉴욕과 한국의 시차는 +십사입니다. 한국이 열네 시간 빠르다는 의미지요. 따라서 메일을 수신한다면 한국에서의 시간은 9월 12일 오전 10시 4분을 넘어서는 안 됩니다. 물론 폭파로 인한 시스템 고장으로 조금 연착되거나 아예 수신이 되지 않는 경우도 배제할 수는 없지만요. 보도에 따르면 비행기 폭파 즉시 모든 층이 정전이 되었고 복구하는데 꽤 오랜 시간이 필요하다고 했으니까요. 제가 억지로 끼워 맞추고 있는지도 모르겠지만 말입니다."

"메일 내용만 봐서는 궁금한 게 두 가지가 더 있네요."

"뭐죠? 형사님?"

"첫 번째는 일상적인 틀입니다. 여러 개의 메일이 더 있겠지만 지금 이 세 개의 메일을 봐서는 9시 45분부터 10시 22분 사이에 쓰였다는 거죠. 그러니까 미국시간으로는 아침 8시 45분부터 9시 22분

사이예요. 두 번째는 파이낸셜펌이라고 했는데, 어느 파이낸셜펌인지 회사 명칭이라던가, 그 회사가 위치한 장소가 없다는 것이죠."

"파이낸셜 회사는 거의 다 뉴욕에 있지 않습니까? 그것도 대부분 쌍둥이 빌딩에 모여 있고요."

"하나은행은 서울에만 있습니까? 뉴욕에도 있고, 동경에도 있고 인천공항에도 있죠."

제이는 얼굴을 붉히며 형사의 지극히 상식적인 해석을 이해했다.

"원래 눈에 보이는 것만, 귀로 들은 것만 믿는 사람들이 있습니다. 고정관념固定觀念의 사전적인 의미는 '마음속에 잠재하여, 항상 머리에서 떠나지 않고, 외계의 동향이나 상황의 변화에 의해서도 변혁되기가 어려운 생각'이라고 합니다. 많이 배웠다고 자부하는 지성인들의 대부분이 고정관념에 휩싸여 있죠. 우리들은 좀 다릅니다. 대부분의 일이 고정관념을 뒤집어야 해결되는 경우가 많으니까요."

"형사님의 말씀은?"

"생각하시는 내용 그대로 입니다."

"9.11 사건을 제외시키고 보자는 말씀입니까? 그러니까 형사님은 케이가 그 사건과 관계가 없을 수도 있다는 겁니까? 그게 말이 됩니까? 언론에서 공식 발표했잖아요. 시신도 찾았고 화장도 했는데 어떤 근거로 그런 말을 하는 거죠?"

벌떡 일어선 제이가 몸을 부르르 떨었다. 있을 수 없는 일이라는 건 자기 자신 말고도 모두가 다 아는 사실이기 때문이다.

"진정하세요. 그렇게 소리 지른다고 해결될 일이 아닙니다. 만에 하나, 털끝 같은 가능성, 복권 당첨보다도 더 어려울 수 있는 확률이라도 그냥 넘기면 안 된다는 겁니다. 그게 제 할 일입니다. 현재까지

팩트는 케이 양은 사망했다는 사실입니다. 단, 가정할 수 있는 것은 케이 양의 사망이 9.11 테러와 무관할 수도 있다는 것입니다. 제이 씨가 받은 메일에 근거하면 말입니다."

다시 자리에 앉은 제이가 머리를 쥐어뜯었다. 형사는 볼펜을 입에 물고 다시 검색사이트를 통해 무언가를 찾으며 말을 이었다.

"그런데, 저한테는 왜 그런 말을 하셨죠? 전화로 말입니다."

"그… 그건…"

"보세요. 교수님도 이상한 점이 있다고 생각하시는 거잖아요."

제이가 턱을 당겨 목 쪽에 가까이 붙였다.

"혹시 케이 양이 뉴욕에서 출근한다고 말한 적이 있습니까? 직접 말입니다. 메일이나, 전화로요."

"아뇨! 직접 들은 적은 없고, 나중에 이모님한테서 들었어요. 뉴욕에서 출근한다고 전화가 왔었다고요."

"그럼 원래 살았던 곳은 어디죠?"

"LA였죠. 학교생활을 거기서 했으니까."

"그렇군요."

형사는 노트북을 제이 쪽으로 밀었다. 노트북 안에는 LA와 한국간의 시차가 나타나 있었다. 형사는 대화를 나누는 중에도 손을 노트북 자판 위에서 바쁘게 움직였다. 적당한 크기의 폰트가 그룹을 지어 모여 있었다. 짧은 시간이었지만 한 눈에 들어오게 잘 정리 되어 있었다.

"음… LA 기준이군요. 동부와 세 시간 차이가 나죠."

LA, 한국 (−17) 시차 정리

1st Mail : 5시 22분 AM (LA), 10시 22분 PM (한국)  9월 8일

2nd Mail : 4시 45분 AM (LA), 9시 45분 PM (한국)  9월 9일

3rd Mail : 5시 20분 AM (LA), 10시 20분 PM (한국)  9월 12일


"예. 그건 평소 때 시차고, 옆의 시트로 넘겨보세요."

제이는 형사 말대로 옆 시트를 클릭했다. 서머타임 기준으로 된 시차였다.

"미국은 삼월부터 시월인가, 십일월까지? 서머타임을 실시하죠."


LA, 한국 (−16) 시차 정리 (서머타임 기준)

1st Mail : 6시 22분 AM (LA), 10시 22분 PM (한국)  9월 8일

2nd Mail : 5시 45분 AM (LA), 9시 45분 PM (한국)  9월 9일

3rd Mail : 6시 20분 AM (LA), 10시 20분 PM (한국)  9월 12일


제이는 뒤통수를 망치로 얻어맞은 듯한 충격을 받았다.

'요즘 난 새벽 공기를 마시는 습관이 생겼어. 다섯시에 일어나서 삼십분에서 사십분 정도 조깅 후 아침을 먹고 있지.' 제이는 메일을 천천히 읽어 내려갔다.

'다섯시에 일어나 삼십분에서 사십분 정도 조깅 후 아침 식사를 하면서 메일을 쓰던, 식사를 마치고 메일을 쓰던 짧은 글을 쓰기에 충분한 시간이지. 뉴욕시간으로 보면 새벽이란 단어가 적합하지 않아. LA면 충분히 가능성이 있어!'

제이는 흥분을 가라앉히고 냉정을 찾으려고 노력했다. 미간에 주

름이 깊게 파였다. 제이는 흘러내린 안경을 콧등에 제대로 올려놓고 코끝에 송골송골 맺혀있는 땀을 닦았다.

"메일, 그 밖의 자료들. 많은 도움이 됐습니다. 앞으로 더 많은 협조 부탁드립니다."

형사는 밝아진 제이 얼굴을 확인하고 감사의 표시로 머리를 살짝 숙였다.

"이제 제가 협조를 받아야겠네요. 그런데. 형사님. 성함이 어떻게 되시죠?"

형사가 안쪽 지갑에서 명함 한 장을 꺼냈다.

"여기 있습니다."

"박도준! 박도준 형사님!"

"네. 그럼 이만."

제이가 형사의 명함을 지갑에 꽂아놓고 케이와의 기억들을 다시 떠올리며 입술을 깨물었다. '뉴욕이 아니라 LA라.' 제이는 자신에게 도움이 되지 않는 한 거짓말을 하지 않는 처형의 말을 떠 올렸다. '하와이가 아니라 LA라고…'

짧은 독백이 제이의 입술을 타고 허공에 떨어졌다. 경찰서를 나오니 주적주적 비가 내리고 있었다. 건물 뒤쪽 하늘에서 새까만 구름이 몰려오고 있었다. 그 구름이 주적대는 비를 몰아내고 거센 바람과 장대비를 쏟아 부을 폭풍이라고는 전혀 생각지 못했다.

"아! 참!"

형사의 목소리에 제이는 뒤쪽으로 고개를 돌렸다. 형사가 다시 수첩을 꺼내 들었다.

"한 가지만 더요. 그 메일 내용 알고 있는 사람이 있습니까?"

"음… 없어요. 누가 제 컴퓨터를 뒤지지 않았으면 말입니다."

"그럼. 케이 양과 사귀었다는 건 친구들이 다 아는 거겠죠?"

"아니요. 모를 겁니다. 시기를 놓쳐 말을 못했습니다. 제가 제대를 하고 난 뒤에 공개하기로 케이와 약속 했었거든요."

"그렇군요. 그리 친한 친구들은 아니었나 봅니다. 축하해줄 일을 몇 달이나 숨겼으니 말입니다."

"일부러 숨긴 건 아닙니다. 그저 시기를 놓쳤을 뿐이죠."

"세상에 비밀은 없다, 라는 말도 있습니다만… 알아서 판단하시고. 그럼 이만."

형사는 갸우뚱 거리던 고개를 앞으로 숙여 용무가 끝났다고 표시했다. 동료로 보이는 남자가 뒤에서 걸어 나왔다. 그 남자는 형사의 어깨에 팔을 얹었다.

"도준. 오늘은 네가 저녁 사는 거다!."

"야! 이놈아! 어제도 샀는데 오늘 또 사라고? 그런 도둑심보를 가지고 있으니 도둑을 못 잡지."

제이는 지극히 공무적인 태도로 일관하는 직업인데도 허물없이 가벼운 말들을 주고받는 형사들이 신기해 보였다. 제이는 '그리 친한 친구들은 아니었나봅니다', 라는 형사의 말을 다시 한 번 떠올렸다. '그래… 어쩌면 정말 그랬는지도 몰라,' 제이는 다시 한 번 친구들의 모습을 떠올렸다.


제이는 집에 가는 길에 케이와의 추억이 깃들었던 곳을 몇 군데 들르기로 했다. 예전과 다르게 변해버린 거리. 금요일인데도 불구하고 거리에 나온 사람은 많지 않았다.

케이와 같이 걷던 길에 하나 둘 발자국을 남겼다. 나란히 하던 네 개의 발자국, 하지만 이젠 초라한 반 틈. 제이는 케이와 같이 걸을 때 일부러 보폭을 줄여 발걸음을 맞추려고 했었다. 그렇게 하면 심장 박동도 하나가 되어 뛰는 듯한 기분이 들어 행복한 기분이 들곤 했었다.

길모퉁이에 호떡을 팔던 아저씨 대신 휴대폰을 파는 젊은 친구들이 호객행위를 하고 있었다. 모퉁이를 돌았다. 빵집은 유명한 커피 체인점으로 바뀌었고, 보세의류 집은 화장품가게로, 금은방은 액세서리 전문판매점으로 바뀌었다. 음악CD와 카세트테이프를 팔던 가게는 복권판매점으로, 네 평 남짓했던 떡볶이 집은 돈을 많이 벌었는지 크게 확장되어 있었다.

'정말 시간이 많이 흘렀네. 하긴 십 년도 훨씬 넘었으니까. 남들이 보면 나도 많이 변했겠지.'

제이는 혼잣말을 하며 마치 처음 와 본 거리인 것처럼 사방을 두리번거렸다. 재킷에서 진동이 울렸다. 아내의 전화일 것 같다.

빵!! 빵!! 택시가 길가에서 어슬렁대는 학생들에게 크락션 세례를 퍼붓는다. 제이는 한쪽 귀를 막고 전화를 받았다.

"여보. 어디야? 일 다 봤어?"

"아! 아니. 아직…"

"밖인가 보네? 차 소리도 들리고."

"응. 지금 이동 중이야. 자기는 어딘데?"

"난 가로수길. 아직 영서랑 있어. 몇 시쯤 들어와?"

"아직 모르겠어. 늦지는 않을 거야."

사과나무가 있던 자리가 보였다. 간판 디자인이 바뀌었지만 카페

이름은 그대로 사과나무였다. 혹, 주인이 바뀌었으면 어쩌지, 라는 생각을 하며 전화기 속에서 흘러나오는 소리에 집중했다. 아내가 좋아하는 임창정의 신곡이다. 아내가 샤워할 때 듣곤 해서 제이도 잘 아는 '흔한 노래'라는 곡이다.

"나도 좀 있다 들어갈 건데, 안 늦으면 같이 들어갈래? 자기 차 안 가지고 갔잖아."

"아냐. 괜찮아. 먼저 들어가. 집에서 봐."

휴대폰을 안주머니에 집어넣었다. 입구는 현대식으로 바뀌었지만 카페 안까지 내려가는 계단은 여전히 가팔랐다.

'딸랑.'

'후훗… 딸랑 소리는 여전하군.'

제이가 실내로 들어가자 임창정의 노래가 들렸다. 느낌이 이상했다. 방금 전화기 안에서 들리던 '흔한 노래'의 후렴 부분이다. 테이블은 고급스럽게 바뀌었지만 대부분 비어 있었다. 조명은 여전히 어두웠고 처음 미팅을 했던 자리는 책장이 들어가 있었다. 그 앞에 두 명이 앉을 수 있는 깜찍한 테이블이 놓여있다. 여자가 등을 보이고 앉아 있었다. 어두웠지만 익숙한 모습이다. 순간 뒤통수가 썰렁했다. 여자가 머리카락을 넘기며 옆모습을 보인다. 희선! 여자는 다름 아닌 아내 희선이었다.

제이는 반사적으로 카운터 뒤로 몸을 숨겼다. 예전에 공중전화가 있었던 자리였다. 다행히 주인아저씨는 카운터에 없었다. 숨을 죽이고 나갈지 말지를 고민하던 순간 오른쪽 끝 화장실 문이 열렸다. 벽에 박혀 있는 항아리의 굴곡 때문에 하체, 상체, 얼굴 순서로 남자의 모습을 볼 수 있었다. 머리는 많이 빠지고 주름은 많이 늘었지만 얼굴은 알아볼 수 있었다. 장난기 많은 그때 그 주인아저씨이다.

　제이는 가파른 계단을 날렵하게 올라왔다. 등 뒤에서 '딸랑' 소리가 들렸다. 누가 왔었는지 확인하려고 나온 주인아저씨 아니면 아내일 거라 생각했다. 하지만 아내일 가능성은 희박했다. 거리가 있고, 또 계산도 해야 하기 때문이다. 제이는 뒤를 돌아보지 않고 자연스럽게 걸었다. 다행히 뒤에서 부르는 소리는 들리지 않았다. 길옆에 주차되어 있는 흰색 신형 제네시스가 보였다. 타이어만 봐도 알 수 있었다. 주차할 때 아내의 버릇은 앞바퀴를 일자로 하지 못하고 약간 틀어놓는 버릇이 있다. 핸들을 정중앙에 놓지 않아 그러는 것이라고 몇 번을 말해줘도 고치지 못한다. 지금 시간에 가로수 길에서 이곳 방배동까지는 밟아도 이십분이다. 거짓말을 해야 되는 이유가 뭘까? 빨리 집으로 돌아가 태연하게 아내를 맞이해야 한다. 손을 흔들지도 않았는데 택시가 서서히 속도를 줄여 바로 앞에 섰다.

　"나보다 늦게 들어올 줄 알았더니. 빨리 왔네?"

　"응. 식사가 일찍 끝났어. 장 교수가 집까지 데려다 줬고."

　"아빠! 이건 뭐야? 답이 16 맞지?"

　숙제를 하는 바다가 꽤 진지해 보인다.

　"맞네! 어휴, 우리 예쁜 딸. 누굴 닮아서 이렇게 똑똑할꼬?"

　"엄마는 안 닮은 것 같아. 크크크…"

　"이번 시험에는 꼭 백점 받아야 한다. 바다! 엄마는 학교 다닐 때 별명이 올백이었어."

　엄마를 귀엽게 째려 본 바다가 아빠 뒤로 얼굴을 숨겼다.

　"영서가 그러는데 '타임캡슐'이 미국에 있는 케이 이모 집에 있다네. 그리고 '그럼 이만'이 영서를 찾아가 가족관계에 대해서 자세히 물어봤나 봐."

아내는 부엌, 방, 거실을 정신없이 왔다 갔다 하면서 제이와 대화를 나누고 있었다.

"자기 혹시 케이 이모네 가본 적 있어?"

제이가 서재로 향하면서 아내에게 물었다.

"아니. 가본 적 없지. 그런데 왜?"

"뉴저지에 계신다고 했지?"

"그럴 거야. 왜?"

"아냐. 그냥 궁금해서. 바다 숙제 좀 부탁해. 다음 주 수업준비 때문에…"

제이가 서재 방문을 닫았다. 아내는 굳게 닫힌 서재의 문을 물끄러미 바라봤다.


서재의 한쪽 벽면은 수많은 책들로 가득 차 있었다. 지질학 관련 책들뿐만 아니라 소설, 에세이, 사전, 동화, 심지어 만화책까지 꽂혀 있었다.

책들 중에 칠십 퍼센트는 제이의 책이고 나머지는 아내의 책들이다. 그녀의 책은 한 두 권의 로맨스 베스트셀러를 제외하고는 모두 다 추리소설이었다. 아내는 추리소설을 상당히 좋아했다. 그녀의 말로는 초등학교 때부터였다고 했다. 장인에게 처음 인사를 드렸을 때 '우리 딸아이는 책 읽는 거 빼고는 뭐든지 다 좋아했던 호기심 많은 아이였다'고 했다. 그녀가 쓰던 방안에는 패션 잡지를 빼놓고 단 한 권의 책도 없었다. 참 이상한 일이다. 그녀는 구태여 왜 거짓말을 했을까? 제이는 책을 골라 읽는 성격은 아니었지만 추리소설을 읽은 적은 손에 꼽을 만큼 드물다. 그녀의 책에 손을 안대는 이유도 바로 그 때문이다.

서재 한 가운데는 두개의 앤틱 테이블이 'V'자로 놓여 있었는데 부부가 책상으로 사용하고 있었다. 한 개는 제이가, 나머지는 희선이 사용한다. 그 가구는 삼 년 전 아내가 자기 테이블을 사면서 제이의 것도 같이 산 것이다. 그날은 제이의 생일날이었다. 그동안 서재를 같이 쓴다는 건 나쁘지 않다고 생각했는데 요즘은 후회를 하고 있다. '그럼 이만'이 등장하고부터다.

제이는 책장을 한참 쳐다보다가 흉측한 여자의 얼굴이 겉표지인 추리소설을 손에 들었다. 아내가 꺼내 본지 며칠 안 되었는지 정갈하게 정리되어 있는 책들 사이에서 약간 앞으로 삐져나왔기 때문이었다. 작가는 '딘 쿤츠'라는 사람이다. 들어본 적은 없었다.

책을 펼쳐 중간 부분부터 뒤쪽으로 천천히 넘겨봤다. 역시 추리소설은 적성에 안 맞아, 라고 생각하는 찰나 종이쪽지 한 장이 바닥으로 떨어졌다.

허리를 굽힌 제이가 종이쪽지를 들었다.

'대전시 서구 가수원동 767-10번지 박종복'.

'대전시? 이게 뭘까?'

'또롱!'하고 메시지가 들어왔다. '그럼 이만'이다.

'늦게 죄송합니다, 물어 볼 말이…'

'아닙니다, 말씀하세요.'

문자는 잘 하는 편이다. 많은 학생들과 문자를 주고받아선지 속도도 꽤 나왔다.

'케이 양과 7월 면회 때부터 본격적으로 사귀기 시작했다고

했는데, 정확히 며칠이었는지 기억하십니까?'

　'7월 초인 것 같은데 외박을 나왔었어요, 잠깐만요. 컴퓨터 키
고 다시 확인해 볼게요.'

제이는 'OSOM' 폴더에서 사진을 클릭했다. 사진에는 7월 8일이
라고 선명하게 나와 있었다.

　'7월 7일에 만나서 8일에 헤어졌습니다. 7월 7일 정확합니다.'

　'사생활에 대한 질문 좀 하겠습니다. 여관에서 같이 잤습니까?'

잠깐 망설였던 제이가 다시 손가락을 움직였다.

　'여관이 아니라, 모텔이었죠. 분명 모텔이라고 쓰여 있었습
니다.'

　'모텔 이름 기억 하십니까?'

제이는 휴대폰을 들고 멍하니 창문을 쳐다봤다. 아무리 생각해도
모텔 이름이 떠오르지 않았다. 제이가 답답한 듯 손가락을 까닥까닥
움직였다.

　'모르겠습니다.'

　'몇 호실이었는지 기억하십니까?'

　'404호요.'

제이는 그날을 순간적으로 떠올렸고 숫자를 정확히 보냈다.

　'의정부 북부 시내 맞죠?'

　'네.'

　'밤늦게 실례 많았습니다, 감사합니다.'

　'별 말씀을 ^^'

　'아참! 아까 아내 분께서 전화를 주셨습니다.'

뒤통수가 싸늘했다. 머리를 종 안에 넣고 때리면 이런 기분일까,

제이는 생각했다.

'언제죠?'

'여섯시 오십이분.'

시간이 문자로 전송되기 까지 십초 정도의 시간이 흘렀다. 형사가 휴대폰을 확인 후 정확한 시간을 보내 준 것이라 생각했다. '무슨 말을 하던가요.'라고 물어보고 싶었지만 쓸데없다고 생각했다.

'모텔 얘기는 안 하실 거죠?'

'네.'

'감사합니다.'

'그럼 이만.'

'네.'

제이는 문자가 끝나고 내용을 지우기보다는 안전장치를 걸어 놓았다.

"여보. 과일 좀 줄까?"

아내의 목소리였다.

"아니 됐어!"

제이는 대답해놓고 평소보다 더 크게 대답한 것을 후회했다. 휴대폰을 다시 집었다. 아내와 통화한 시간을 체크하기 위해서였다.

'여섯시 사십구분' 아내는 제이와 통화를 마치고 형사와 통화를 했다. 아내는 제이의 동선을 파악하고 있었다. 어쩌면 벌써 장 교수와도 통화를 했을지 모른다.

침대에 들어 불을 *끄기*까지 형사를 만나 무슨 얘기 했어?, 라는 아내의 질문은 없었다. 오늘은 서로에게 한 번씩 거짓말을 했다. 제이는 이런 식의 눈치게임과 무의미한 거짓말이 앞으로 더 잦아지지 않을까 예상했다. 제이는 소리 나지 않게 고개를 들어 아내가 눈 감은 것을 확인하고 옆으로 돌아누웠다. 아내를 믿어야 한다. 하지만 아군인지 적군인지 판단이 안 섰다. 조심해야겠지만 명확한 실마리를 잡을 때까지는 아내를 믿어야 한다.

파티가 끝난 뒤 첫 작업은 삼면이 유리로 된 방의 인테리어를 다시 하는 것이다. 정형화된 이 작업은 2001년 9월 이후 생긴 것이다. 침대를 예로 들자면 브랜드, 색상, 디자인, 크기가 모두 바뀌어야 하고 한 번 쓴 것은 무조건 소각해야 한다. 방의 분위기를 바꾸기 위해서 벽과 천정의 색상을 다시 골라야 하고, 심지어 바닥타일과 전등까지 바꾼다. 오늘 오후도 그 작업 때문에 한바탕 난리를 치고 있었다.

"강남경찰서 강력계라는데?"

"그게 좀 먹히는 놈인가?"

"돈뿐만이 아니라 빵 한 조각도 먹지 않는 놈이래. 외골수에 꼴통이라 친한 사람도 없고, 근처 장사하는 사람들도 그 사람 이름만 들어도 혀를 내 두른다고 하더라고."

데이빗이 형사 신상자료 하드카피를 제임스에게 건네며 한 말이었다.

"박도준? 야리야리한 게 꼴통이 아니라 무슨 기생오라비 같이 생겼네."

"한국 나이로 서른아홉살이니 1976년생이지. 강남경찰서에서 근무한지는 약 이 년 됐고, 대전에서 올라왔다고 하던데."

"주사는 꽂아 놨어?"

제임스가 근육을 꿈틀거리며 의자에서 일어났다.

"그 형사한테 친한 동료가 한 명 있어. 그 친구가 도움을 줄 거야."

"똑똑한 놈인가?"

"음… 모르겠어. 똑똑하진 않아도 돈 맛은 알지."

데이빗이 손가락으로 동전 모양을 만들자 제임스가 턱을 만지며 미간을 찡그렸다.

"배신은 벌써 한 거 아닌가?" 제임스가 말했다.

"음… 여하튼 지금 선택은 그 친구 밖에 없어. 믿어보자고."

"뒤 배경은 어때? 약점은?"

"그 동료 형사에 의하면 아버님은 지방에 있고, 미혼이며, 게다가 여자한테 관심도 없고, 경제적으로 힘든 점도 없어. 특별한 약점이 없는 그저 평범한 사람이라고 하던데? 경계해야 할 배경도 없고."

"그렇군. 결혼 안했다고 자식 없다는 보장 없으니 다시 잘 알아 보고."

"오케이! 그런데 그 친구 대단한 인물이라고 하더라고, 서장도 그 친구한테 꼼짝 못한다는데, 대전에서 풀지 못하는 사건 거의 다 그 친구가 해결했고, 심지어 한국을 떠들썩하게 했던 망원동 부녀자 연쇄살인 사건 말이야, 미제가 될 뻔했던 그 사건도 그 친구가 판을 뒤집었다는데, 한번 물면 지구 끝까지라도 쫓아가는 독종 중에 독종, 그렇게 생각하면 맞을 거라고 하네."

물 잔을 들고 소파로 돌아온 제임스가 탁자 위에 놓아두었던 A4용 지를 손에 들었다.

"그런 새끼 나한테도 한 명 있었으면 좋겠다. 재미있겠는 걸?"

"조금 전 캐빈 비서한테서 저녁하자고 전화 왔었어."

"그래? 미끼를 제대로 던졌구먼. 역시 데이빗이야. 자 준비하자고!"

"오케이!"


토요일 열두시 삼십분, 고속도로를 달리는 제이의 머리는 맑지 않았다.

점심을 같이 하지 않으려면 명분이 있어야 했다. 선약은 명분이 될 수는 있지만, 돈을 땄다면 마음은 가볍지 않았을 것이다. 차라리 자연스럽게 좀 잃어주고 일찍 빠져 나오는 것이 상책이다. 제이는 수다스러운 장 교수가 입을 다물고 있는 걸 봐서는 며칠 전 아내의 전화는 없었을 것이다.

아내의 위치는 바다와 통화로 정확히 파악했다. 아이는 이익이 되지 않는 것에는 절대 거짓말을 하지 않는 법이니까… 마침 전에 아내가 주차했던 공간이 비어 있었다. 방금 문을 열었는지 실내가 한산하다. 노래 소리는 들리지 않았다.

'딸랑'

"어서 오세요."

굵은 목소리의 주인공이 손님을 쳐다보지도 않고 인사를 한다. 제이는 두세 발자국 더 앞으로 걸어가 카운터 앞에 섰다. 주인아저씨가 컴퓨터를 조작하다말고 제이를 올려다보았다. 짧지만 길게 느껴지는 시간이 흘렀다.

"어! 자네? 제이 학생 맞지?"

입가의 주름이 깊게 파였다. 웃으니 그 시절 모습이 보인다.

"안녕하셨어요? 아저씨. 저 맞아요. 제이."

"와! 훤칠해졌네. 교수됐다며."

"네? 어떻게 아셨어요?"

"말 안 들었어? 제이 학생. 아니 제이 교수, 허허허… 참. 호칭을 뭐라고 해야 하나!"

"편하게 하세요. 제이라고."

"그래. 제이 학생 안사람이 다녀갔어. 어제 저녁이었지. 희선 씨가 들어오자마자 자기를 기억하겠냐고 물어보더니 제이 학생 왔었냐고 물어보더라고. 안 왔다고 하니까 제이가 자기 남편이고 교수가 됐다고 무지하게 자랑을 하더라고. 허허… 그런데 이렇게 멋있는 교수는 처음이야. 보기 좋다. 제이 교수님!"

제이는 오래간만에 봤는데도 친숙하게 대해주는 아저씨가 고마웠다. 예전의 그 위트 있는 말솜씨는 여전했다.

"무슨 일이 있는 건가? 부부가 이렇게 따로 나타나고 말이야."

"장사는 잘 되시죠?"

제이는 화제를 돌렸다.

"장사는 뭐. 하루에 돈 십 만원이나 팔까? 헤헤… 돈이야 뭐. 이제 욕심 없으니까. 앉아. 차 한 잔 줄게. 커피?"

"네. 따뜻한 걸로 부탁드려요."

제이가 포근해 보이는 오렌지색 조명을 가르며 책장이 있는 쪽으로 발걸음을 옮겼다. 웃고 떠드는 여섯 명의 친구들이 눈에 어렸다. 가슴이 떨려왔다. 아픔과 설렘을 반반씩 섞어 믹서기에 갈아놓은 그런 느낌이었다.

2인용 테이블의 의자를 당겼다. 어제 저녁 아내가 앉았던 자리이다. 테이블에 어지럽게 긁혀져 있는 이니셜과 다채로운 모양들이 제이의 마음과 비슷했다. 그중 남녀 이름 가운데 하트가 새겨진 것을 보고 제이가 피식 웃었다. 긁혀진 부분을 손으로 만지자 더욱 선명하게 느껴지는 것 같았다. 케이에게는 비밀이었지만 제이도 그런 유치한 것을 새겨놓은 적이 있었다.

"자. 여기. 비스킷도 좀 먹고."

찻잔을 내려놓은 아저씨가 비어 있는 의자를 살짝 빼며 말을 이었다.

"좀 앉아도 될까?"

"네 그러세요."

자리에 앉은 아저씨가 서류봉투 하나를 테이블에 올려놓았다.

"이걸 찾느라 좀 늦었어. 꽤 깊숙한 곳에 들어 있더라고. 벌써 십년이 넘게 흘렀으니 말이야."

"이게 뭐죠?"

제이가 손을 뻗어 서류봉투를 잡았다. 황토색 거친 종이재질로 한쪽은 이미 심하게 바래있었다.

"케이가 왔었어."

"네? 케이요?"

"잊어 먹을까봐 날짜도 적어놨지. 거기 밑에 쓰여 있을 거야."

제이가 서류봉투의 밑 부분을 안경 바로 밑으로까지 가져갔다. 확인할 수 있는 조도였지만 더 선명하게 보기 위해서였다. '케이-2001년 7월 10일.'이라고 쓰여있었다.

잠시 가졌던 한 줄기의 희망은 역시 욕심이었다.

"케이가 어떤 남자랑 왔었어. 모자를 써서 얼굴이 잘 보이지는 않았는데 나이가 꽤 있었지. 한참을 얘기 하더니 끝내는 케이가 통곡을 하며 울더라고. 그때 손님들이 많아서 모두 그들을 쳐다봤었지. 남자가 계산을 하고 먼저 나간 뒤에도 케이는 혼자 오랫동안 앉아 있더라고. 이런 말을 하더군. 제이가 구월에 제대하는데, 제대하고 여기에 찾아오면 이걸 꼭 좀 전해달라고. 반드시 제이여야만 하고 다른 친구들한테는 절대 주면 안 된다고 말이야. 몇 번이나 강조하더라고."

"아! 케이가!"

제이는 얼굴 전체가 뜨거워지는 느낌을 받았다. 감정이 북받치자 눈시울이 붉어졌다. 젠장! 제이는 어금니를 꽉 깨물고 최대한 감정을 자제했다.

"어제 제 집사람은요?"

"잘한 건지, 아닌지는 모르겠지만 말 안했어. 뉴스에서 봤어. 케이가 그렇게 되고 나서 내가 마지막으로 고인에게 해줄 수 있는 건 약속을 지켜주는 것밖에 없었으니까. 솔직히 빈소로 찾아가려고도 했었지만…"

"고마워요. 아저씨. 이렇게 약속을 지켜주셔서."

"난 무슨 내용인지 모르고, 열어본 적도 없으니 차 마시면서 천천히 보도록 해. 아참! 아직 음악도 안 틀었네? 내 정신 좀 봐."

몸 안에서 펌프질을 하는 것처럼 심장이 뛰었다. 제이는 떨리는 손으로 서류봉투를 열었다. 봉투 안에는 두 장의 A4용지와 한 장의 조그만 메모쪽지가 붙어 있었다.

'문승일'

1951년생

MIT공대 학사, 석사, 박사.

국책연구소소장

한국군사무기연구소 자문위원

무기제조업체사장


제이는 케이 부친의 이력을 보고 케이가 했던 말을 떠올렸다. '사랑하는 사람을 잃는다는 것이 얼마나 처참한지. 다시는 사랑하는 사람을 잃지 않을 거야.' 케이는 부모님이 돌아가셨다는 사실 외에는 어떤 것도 말하지 않았으나 제이는 그녀의 부모가 평범한 사람들이 아니라는 건 줄곧 느꼈던 부분이었다. 제이는 케이 부친의 소개가 주요 골자인 첫 장을 뒤로 넘겼다. 신문지를 오려 스크랩을 한 페이지였다.


'문승일 사장 의문의 사망' 1995년 12월 31일 ○○신문

1988년 당시 서른일곱살이었던 문승일 사장은 대전 외곽의 어느 한적한 도로에서 교통사고로 인해 사망하였다.

당시 사고를 낸 덤프트럭 기사는 충돌과 함께 가드레일을 뚫고 비탈길 아래로 떨어진 후 차량이 폭발했다고 증언했는데 당시 사고차량을 분석한 자동차연구소 최만영 박사는 차량 폭발은 엔진룸에서 먼저 일어나 불길이 차량의 연료에 전달되었을 때 대부분 엔진룸보다는 연료탱크가 있는 차량의 뒷부분이 더 크게 손상되는데, 사고차량은 운전자석과 엔진룸의 파손 상태가 확연하게 컸으며, 이는 엔진룸에 다른 폭파장

치가 설치되어 먼저 폭발을 일으키고 그 불꽃이 차량 전체로 퍼졌을 가능성이 크다, 라고 주장하였다.

목격자이며 피해자인 문승일 사장의 부인은 차량이 충돌하면서 밖으로 튕겨져 나왔는데 차량이 비탈길 아래로 떨어지기 직전까지는 앉은 상태로 그 장면을 지켜보고 있었다. 하지만 다시 움직인 덤프트럭의 바퀴에 깔려 사망했다. 이는 또 다른 목격자인 '박종복씨'의 증언이었지만 당시 법원은 증거 불충분을 이유로 그의 증언을 기각했다.


제이는 들고 있던 A4용지 두 장을 테이블위에 올려놓고 케이를 생각했다. '문승일 박사, 의문의 사건' 케이는 항상 눈에 보이지 않는 얼음그림자를 달고 다녔다. 밝지만 선명하지 않은, 어둡지만 눈에 보이는. 제이는 그녀가 어렸을 때 부모님을 잃었다고 말하며 고개를 숙이던 장면을 되 뇌였다. 마지막으로 노란색 메모쪽지를 손에 들었다. 케이의 글씨였다.


제이!

오늘 7월 10일이야. 전역 축하한다는 말 먼저 할게. 네가 이 글을 보고 있을 때쯤이면 난 이미 미국에 있을 테니까. 이 서류봉투 받고 놀라지 않았어? 그동안 조사한 내용들을 정리해놓은 자료들이야. 원본은 나한테 있고 그건 복사본이야.

난 내일이면 미국으로 다시 들어가. 이모가 보관하고 있던 자료를 가지고 나왔는데 어디에 두어야 할지 모르겠어, 이젠 이모도 이모부도 못 믿겠거든. 이제 믿을 사람은 세상에 너 한 사람 밖에 없어. 그냥 가지고만 있어줘.

제이는 쪽지를 몇 번이나 반복해서 읽은 후 반을 접어 지갑에 꽂아 넣었다.

"아팠겠구나. 케이."

제이는 종이 두 장을 챙겨 서류봉투에 넣으려는 순간 문득 기억에 있는 이름이 떠올랐다.

'박종복!'

두 번째 A4용지를 다시 손에 들었다. 분명했다. 전날 아내의 책에서 떨어진 메모 속 주소의 주인공. '박종복'

"맞아 떨어져도 어떻게 이렇게…"

서류봉투를 들고 카운터로 향했다. 아저씨에게 인사를 한 후 혹시 몰라 한 번 더 물었다.

"아저씨 혹시 아내가 어떤 말 안 하던가요? 아니면 특이한 질문이라던가."

"음… 케이가 마지막으로 온 건 언제죠? 라고 물어 봤지. 난 대충 2001년도 여름에 왔었고 너희들 패거리 중 영서를 빼고는 찾아온건 그게 마지막이었어, 라고 했었지. 아마."

"영서요?"

"응. 그 아이는 한 달 전쯤에 어떤 남자하고 같이 왔었어. 좀 영서랑 안 어울린다는 느낌을 가지게 했던 나이가 많고 볼품없어 보이는 사람이었는데… 그런데 너희 패거리들은 왜 따로 따로 노는 거야? 옛날에는 그렇게 잘 붙어 다니더니."

"다들 시간이 잘 안 맞아서 그런 거죠. 다음에 같이 한번 오겠습니다. 아저씨. 그리고 이 서류 너무 고마워요. 비밀은 지켜주시는 거죠?"

"물론이지. 교수양반 다음에 또 보자고."

아저씨의 넉살좋은 웃음이 제이 마음을 따뜻하게 만들었다. 제이 는 '딸랑'소리와 함께 밖으로 나와 서류봉투를 조수석 수납공간에 넣은 뒤 시동을 걸었다.

"영서? 그 애는 또 뭐지?"

검정색 세단은 소리 없이 움직였다. 제이는 하루라도 빨리 대전에 내려가야겠다는 생각을 하며 가속기를 깊게 밟았다.

## 그림자 부부

"어! 일찍 왔네! 오늘 게임 어땠어? 많이 땄어?"

제이는 보스턴백을 내려놓고 소파에 털썩 앉아 TV 리모컨을 집어들었다.

"술은? 안 마셨네? 지난주에는 진탕 먹고 들어오더니."

"다들 바쁘다고 해서…"

제이는 미리 준비한 각본대로 말을 받아치고 아내의 날카로운 질문에 대비해 정신을 가다듬었다. 제이는 아내가 '박종복'이 누군지 알고 있다면 비밀문서의 존재도 알 수 있을 거라 생각했고 만약 비밀문서가 더 이상 비밀이 아니라면 케이와 관련된 그 어떤 사건에 대해서도 자신보다는 훨씬 더 많이 알고 있을 거라고 생각했다. 제이는 아내의 일상을 떠올렸다. 아내 사무실에는 컴퓨터가 없다. 데이터를 정리해 놓았다면 분명 분신처럼 갖고 다니는 흰색 노트북에 있을 것이다. 아내는 여느 때와는 다르게 소파에 앉은 제이를 방치하고 주방에서 번잡을 떨고 있다. 손님이 오는지 일반적으로 주말에는 오지 않는 도우미 아줌마도 와 있었다.

"오늘 누가 와?"

"아! 내가 얘기 안 했네. 영서가 온대. 일곱시쯤, 괜찮지?"

"영서! 응. 난 좋지 뭐. 바다는?"

"친구들하고 논다고 나갔어. 저 밑 놀이터."

노트북을 만질 기회는 예상외로 빨리 찾아왔다. 문이 열려 있는 서재에 아내의 노트북이 보였다. 제이는 자연스럽게 그쪽으로 발길을 돌렸다.

"내가 뭐 도와 줄건 없어?"

제이는 잠시 멈춰 아내가 얼마나 바쁜지 가늠하기 위해 마음에도 없는 말을 하고 서재로 들어갔다. 부엌에 있는 아내와는 어느 정도 거리가 있었고, 직선으로는 서재가 보이지 않기 때문에 의심을 받지 않기 위해 서재의 문을 닫지 않았다. 제이가 V자로 된 책상에서 오른쪽 책상에 앉았다. 항상 사용하던 책상이고 검정색 노트북이 놓여 있었다.

제이는 디바이스의 전원을 켜고 옆쪽에 있는 아내의 노트북을 쳐다봤다. 기본으로 설정해 놓은 화면보호 상태는 아니었기 때문에 자리를 떠난 지 얼마 안 되었고, 또 돌아올 가능성도 있다는 추측을 할 수 있었다. 제이는 의자를 살며시 뒤로 밀고 아내의 컴퓨터 쪽으로 몸을 옮겼다. 제이가 아내의 자리에 앉는 순간 화면이 보호 상태로 바뀌었다. 몇 초만 빨랐어도 비밀번호를 입력하는 수고는 없었을 것이다. 문제는 비밀번호를 모른다는 것이다. 생일? 결혼기념일? 슬리퍼가 끌리는 소리가 들렸다. 제이는 재빠르게 오른쪽 책상으로 몸을 옮겼다.

"저! 사모님께서… 과일입니다."

도우미 아줌마는 웃거나 얼굴을 찡그리지 않고 항상 같은 표정을 하고 있다. 오늘도 예외는 아니다. 제이는 자리에서 일어나 공손하게 과일을 받아들었다. 아줌마가 다시 부엌으로 향하자 제이는 같은 행동을 반복하며 비밀번호의 연결고리를 생각했다. 비밀번호를 두 번 눌렀으나 역시 실패였다. 제이는 다리에 힘을 주고 책상 앞에 섰다. '뭘까? 비밀번호는?' 문득 자신의 비밀번호를 생각했다. 여섯 명이 처음 만났던 날짜다. 아내 노트북 자판 위에 손가락을 갖다 대는 순간 아내의 목소리가 들렸다.

"여보? 뭐해?" 아내가 서재로 들어왔다.

"어! 어… 그냥. 책 좀 보려고."

얼굴이 상기된 제이가 책장으로 몸을 돌려 책 찾는 시늉을 했다.

"에그… 누가 책벌레 아니랄까봐."

아내는 물에 젖은 손을 앞치마로 닦고 노트북에 비밀번호를 입력했다. 여섯 자리 숫자, 손이 빨라 보이지는 않았지만 생각했던 번호와 거의 일치하는 것 같다. 희망이 보이는 찰나 절망이 먼저 다가왔다. 아내는 찾았다, 라는 말과 함께 노트북의 전원을 뽑아 손에 들었다.

"레시피 받아 놨어. 오늘 기가 막힌 걸 해줄게."

아내는 모든 것이 다 순조롭다는 듯 총총거리며 부엌으로 향했다. 허탈한 마음으로 어깨를 늘어뜨린 제이가 오른쪽 책상의자에 엉덩이를 올려놓았다.


영서는 약속시간보다 조금 일찍 도착했다. 와인과 케이크는 그녀가 제이의 집에 올 때마다 항상 들고 오는 선물이었지만 오늘은 웬일인지 과일 바구니를 들고 왔다.

"영서 너 시집 안가니?"

제이는 영서가 싫어하는 질문인지 알고 있으나 딱히 할 말도 없고 해서 어제도 들었을 법한 얘기로 대화를 시작했다.

"너 희선이하고 헤어지기만 기다리고 있다. 왜! 호호…"

농담인 걸 알면서도 아내는 움찔 놀란다. 희선은 오늘따라 영서의 농담이 진하다고 생각했다.

"너희들 사과나무 가본 적 있어? 그 이후로 말이야."

제이가 또 다시 던진 질문이었다.

"와! 사과나무! 이름조차도 잊어 버렸었는데. 그래. 언제 한번 같이 가보자. 없어지지는 않았겠지?"

우아한 거짓말을 하고 있는 영서는 연기도 일품이다. 영서에 이어 아내도 목소리를 낸다.

"아! 방배동. 사과나무! 정말 이름만 들어도 가슴이 떨린다. 그럼 우리 식사하고 거기 가서 차나 한잔 할까?"

제이는 아내가 도박을 했으면 분명 타짜가 되었을 것이다, 라고 그녀가 하는 말을 속으로 따라하며 생각했다. 예상했던 대로 사과나무는 다음에 가기로 했고 거실에서 간단한 술자리가 벌어졌다.

"영서 너 생각나니? 처음 술 마신 날. 이리저리 호랑나비 같이 춤 추다가 병선이 때리고 또 울고 했던 거."

"애는 그때가 언젠데, 호호호… 창피하게 말이야. 근데 그 다음날 넌 왜 그렇게 저기압이었던 거야? 생각해보니 그때 물어 보지도 않았네."

"음… 별일 아니었어. 좀 생각할 것이 있었겠지. 다 지난 일인데 뭐."

"근데 너희 그 형사한테서 또 연락오지 않았어? 나 아까 연락 왔
었는데."

"무슨 일로?"

희선과 제이는 동시에 질문을 하고 서로 눈을 마주친 후 멋쩍어
했다.

"음… 타임캡슐이 어디에 있는지 물어보더라고."

다리가 저린지 두 다리를 옆으로 쭉 뻗은 영서가 오징어를 질근질
근 씹으며 말했다.

"그럼 자기, 나, 영서 세 명한테 다 물어 본거네. 그래서 어디 있다
고 했어? 케이 이모네?"

"응. 알고 있는 대로 말했지."

"근데 타임캡슐은 정말 미국 이모네 있는 거야?"

제이가 질문하자 둘은 제이를 쳐다봤다.

"그럼 어디 있어? 제이 너는 다른데 있다고 생각하는 거야?"

영서의 반문은 평소의 목소리보다 살짝 긴장되어 있었다.

"또 하나 있었어." 영서의 말에 제이와 희선이 시선을 집중했다.

"뭔데?"

희선의 귀가 쫑긋했다. 눈도 제법 커졌다.

"의정부에 간 적 있느냐고."

"의정부? 우리 제이 면회하러 몇 번 간 적 있었잖아. 그건 왜?"

영서가 말을 마치기도 전에 희선이 끼어들었다.

"혼자. 2001년 여름에…"

영서가 말을 이었다. 영서는 뭔가 알고 있다는 듯 희선과 제이를

번갈아 봤다. 제이는 케이와 부대 앞에서 헤어진 후 위병소 김 상병의 말을 기억해 냈다. '다른 여자 한 분이 찾아 오셨어요.' 제이는 아내의 반응을 유심히 관찰했다. 아내는 태연하게 사과를 입에 물었다. 영서는 열시쯤에 자리에서 일어났고 제이와 희선은 열두시가 다돼서야 침실에 들 수 있었다.

　아주 매력적인 여자가 나타났다. 종아리가 허벅지보다 길고 운동으로 다져진 탄탄한 허벅지와 일자로 뻗은 다리에 무릎도 전혀 튀어나오지 않았고 엉덩이와 허벅지라인의 각도는 사십팔 도를 넘어섰다. 손바닥을 오므려 힘을 주면 생기는 볼륨의 아랫배와 그 위에 스무 번만 윗몸 일으키기를 하면 생기는 복근, 탄력 있고 높이가 적당한 두개의 둥근 산. 부드러운 목선과 완벽한 얼굴, 제이가 좋아하는 짙은 갈색머리가 어깨와 머리 뒤로 부채같이 퍼져있다. 게다가 감사하게 실오라기 하나 걸치지 않았다. 제이는 꿈에서도 여자를 바라보며 케이를 떠올렸다. 제이는 위에서 그녀를 덮쳤다. 가느다란 신음만 있을 뿐 아무런 저항이 없다. 근육같이 꿈틀거리는 그것이 볼록하게 튀어나온 깜찍한 정글을 향했다. 땀이 온몸을 뒤덮는다. 관자놀이 위쪽의 핏줄이 설 때 즈음에 '흠!'하며 신음소리가 튀어나왔다. 끝이다. 또 다시 찾아온 치명적인 기억… 꿈이었지만 입술이 움직여지는 것을 느꼈다. '제기랄', 다음 말은 입술조차 움직이지 않고 속으로 두 번이나 되뇌였다. 사춘기 때에나 하는? 그딴 거. 제기랄!

　눈 뜨기가 두려웠지만 극복은 해야 했다. 실눈을 오른쪽으로 돌려 시계를 봤다. 세시 삼십분! 최소한 세 시간 이상은 수면을 취했다. 손을 속옷 안으로 집어넣었다. 모체 위에 걸려있는 축축한 감정 없는 액체가 느껴졌다. 아내의 모습을 보았다. 다행히 등이 보였다.

거실 화장실에서 때 아닌 수치심을 물에 적셔 지우고 문제의 속옷을 보스턴백 안의 속옷과 바꿔놓았다. 한숨을 쉬며 제이는 서재로 향했다. 제이는 몸을 섞으면서도 케이를 느끼고 있었던 아내와의 마지막 섹스를 생각했다. 벌써 삼 개월이 지났다.

서재의 문은 여전히 열려 있었다. 그리고 아내의 책상에 노트북이 있다.

제이가 잠든 후 어느 정도 작업을 한 흔적이 있다. 전원을 누르자 이십초도 지나지 않아 비번을 입력하는 창이 나왔다. 제이는 확신하고 있던 숫자를 입력했다. 드디어 아내의 문이 열렸다. 하지만 허무한 결과였다. 제이가 수상하게 여긴 건 'E' 드라이브에 있던 단 하나의 A컬럼에 날짜, D컬럼에 숫자가 입력되어 있는 엑셀 파일이었다. 날짜는 2002년 12월부터 2009년 4월까지 입력되어 있고 숫자는 오십만부터 팔십만까지 다소 불규칙적으로 입력되어있다. 누가 보더라도 D컬럼의 숫자는 '돈'이다. 누구한테 주기적으로 송금한 것이 아니면 송금 받은 내용을 정리한 파일일 가능성이 높다. 문득 지난 달 아내가 새로 사온 외장하드가 기억이 났다.

책상 옆에 있는 노트북 가방을 열었다. 외장하드는 없고 케이스만 있었다. 보관 장소는 분명 회사 아니면 분신으로 여기는 승용차 안일 거라고 생각했다. 오늘만이 날이 아니다. 훗날을 기약해야만 했다.

제이가 침실로 돌아왔을 때 아내는 여전히 새근거리고 있었다. 숫자들의 정체를 분석하고 싶었지만 지친 몸은 눈을 감기가 무섭게 오감을 정지시켜 버렸다.

희선이 눈을 떴다. 오분도 채 지나지 않았을 때였다. 아내가 남편을 쳐다봤다. 코고는 소리가 뚜렷하게 들렸다. 이불이 들리지도 않았는데 미끈한 다리가 침대 밑으로 떨어졌다.

희선은 곤히 잠든 남편을 확인한 뒤, 문을 쳐다봤다. 손가락 하나가 들어갈 정도의 문이 열려 있는걸 봐서 누군가 나갔거나 들어왔을 것이다. 바다는 아니다. 아내가 무거운 표정으로 고개를 돌려 남편을 쳐다봤다. 아내가 하늘거리는 잠옷과 함께 문밖 어둠속으로 사라졌다.


아내의 카랑카랑한 목소리 때문에 눈을 뜬 제이는 평소보다 늦은 아침을 맞았다는 걸 텔레비전에서 흘러나오는 뉴스를 듣고 알았다. 일어나 식사하라고 다그치는 소리다. 아줌마의 목소리도 간헐적으로 들렸다.

평소보다 허기진 느낌이 드는 이유가 혹시 '그것' 때문이 아닌가 생각하며 몇 시간 전에 있었던 악몽 같은 순간을 털어버리려 이리저리 머리를 흔들었다.

"빨리 씻고 아침 먹어! 그러다 늦겠다. 응? 빨리."

어느새 아내가 안방 문 앞에 와 있었다.

빵과 수프로 배를 채운 제이는 집안에 아줌마와 단 둘이 남겨지는 것을 피하기 위해 서둘러 나갈 채비를 했다. 하지만 손이 빠른 아내는 마술처럼 잡다한 걸 모두 챙기고 바다와 함께 바람같이 사라졌다. 제이는 아줌마가 어색하고 불편했다. 박색인 탓만도 아니었고, 초연한 듯 먹먹한 표정 때문만도 아니었다. 그녀의 육체는 천천히, 그러나 쉬지 않고 항상 무언가를 했다.

제이는 살림을 도맡아 하는 아줌마가 양갓집 규수는 아니더라도 참한 여염집 과부 정도는 되어야 한다고 생각했으나 그냥 받아들였다. 그건 아내의 결정이었다.

월요일 오전 수업을 끝낸 제이는 일부러 오후에 시간을 냈다. 약 다섯 시간이면 충분하다. 알리바이는 대학동기를 만나는 것으로 하기로 했다. 경부고속도로는 비교적 한산했다. 두 시간 남짓 차를 윽박질러 도착한 곳은 다름 아닌 대전이었다.

예전에는 어땠는지 몰라도 지금은 깨끗하고 평범한 동네다. '피아노 학원'이라고 써 놓은 간판 옆으로 '767-10' 이라고 적혀있는 걸 확인한 제이가 계단을 올라 피아노 학원의 문을 열었다.

학생 한 명이 신발을 신고 있었다. 제이는 몸을 낮추어 학생과 눈높이를 같이 했다.

"저! 여기… 혹시 박종복 씨라고 계시니?"

고개를 가우뚱한 학생이 손가락으로 원장실을 가리켰다. 자기는 모르니 선생님께 물어보라는 눈빛이었다.

제이는 원장실을 노크했다. 안에서 목소리가 들려왔다. 귀엽고 맑은 목소리, 제이는 분명 학생일 거라 미뤄 짐작했다.

"네! 들어오세요."

문을 열자 여자도 책상에서 일어나 문 쪽으로 걸어 나오고 있었다.

"저. 혹시…"

"네. 어떻게 오셨나요?"

"네. 이것 좀요. 이 주소가 여기 맞나요?"

제이는 아내의 추리소설에 꽂혀있던 주소를 여자에게 건넸다. 가까이서 보니 삼십대 후반에서 사십대 초반은 돼 보였다. 목소리가 어려 놀라웠다.

"그런데. 누구시죠?"

책상을 보니 '원장 박서영'이라고 되어있었다. 분명 '박종복'과 관련이 있는 여자라고 제이는 판단했다.

"네. 저는 서울에서 박종복 씨를 찾아온…"

딱히 할 말이 없었다. 당연했다. 막무가내로 연락도 없이 주소지의 인물을 찾으러 온 것이다. 달리 방법이 없었다.

밖에서 문 여는 소리가 들렸고 원장실로 빵모자를 쓴 지긋한 연세의 노신사가 등장했다.

"선생님! 다음 스케줄은 어디죠?"

원장은 노신사에게 눈짓으로 불청객이 찾아왔다는 표시를 했다. 제이는 감으로 알 수 있었다. 그 노신사가 바로 '박종복'이라는 것을… 두 사람은 서로 숙달된 듯 눈짓으로 몇 마디 더 얘기를 나누었다.

"어험… 네. 알겠습니다. 다음은 B코스죠? 자! 학생들 신고 오겠습니다."

노신사가 능청을 떨며 문고리를 잡았다. 무슨 말이라도 해야 된다는 생각에 제이가 노신사의 등에 대고 작은 목소리로 속삭였다.

"저! 혹시 케이를 아시나요?"

반응은 즉각적이었다. 문고리를 잡았던 노신사가 멈칫하더니 빵모자를 벗었다. 그리고 다시 몸을 제이 쪽으로 돌렸다.

"혹시…"

눈꺼풀은 많이 쳐져 있었지만, 매서운 눈매라고 생각했다. 노신사가 다시 입을 열었다.

"혹시, 제이 학생?"

계단을 몇 개 오르지도 않았는데 가정집이 나왔다. 건물 삼층은 가정집이었다. 고생하지 않고 바로 '박종복' 씨를 찾은 것은 운이 좋았다고 생각했다.

'원장 박서영'은 '박종복' 씨의 딸이었고, 박종복 씨는 퇴직한 후 소일거리로 딸의 학원에서 봉고차를 운행하고 있었다.

원장이 먼저 제이에게 사과를 했다. 몇 년 전부터 '증언'의 진실여부를 따지기 위해 서울에서 많은 사람들이 다녀갔고, 그 사람들 때문에 애를 많이 먹었다고 했다.

박종복 씨는 제이를 집 떠난 아들을 몇 년 만에 만난 것처럼 극진히 대해줬다. 심지어 눈물까지 보였다.

"그래요. 제이 학생. 내가 제이 학생이라고 불러도 되지?"

노신사가 먼저 입을 열었다.

"네. 그럼요. 어르신 편하신 대로 불러주세요."

"그런데, 우리 집 주소는 어떻게 알았지? 내 이름, 여기는 어떻게 찾았고?"

노신사는 엷게 내린 보이차를 제이 쪽으로 서서히 밀었다. 제이는 차의 향을 어디에선가 맡아 본 적이 있는 것 같다고 생각했다.

주소를 아내에게서 받았어요, 라고 거짓말을 해야 하나 망설였다. 다행히 노신사가 다시 말을 이었다.

"케이 그 아이가 말했었어. 제이 자네가 꼭 한 번은 올 거라고."

"그때가 언제였죠? 혹시 기억하시나요?"

"음… 기억하지. 기억하고말고. 2001년 여름, 케이가 미국에서 나와 우리 집에서 잠시 지낼 때였지. 그때 케이, 그 아이가 얼마나 예뻤던지 아직도 눈에 선해. 아직도 잊히지가 않는다네."

입을 쭉 뺀 노신사가 찻잔을 두 손으로 잡아 입에 갖다 댔다. 천천히 차를 음미한다.

"외람되지만. 케이와는 어떤 관계인가요?"

"으흠. 관계라… 관계. 그 표현보다는 인연이라고 하는 게 맞을 거야."

"죄송합니다. 제가 실례를…"

"아니네. 케이의 아버님을 알고 있나?"

"네. 알게 된지 얼마 되지 않았습니다."

"음. 정말 훌륭한 분이셨지. 나라에서도 인정한 국보급 인재셨고."

"케이가 직접 말을 해서 알게 된 건 아닙니다. 전 예전에 도대체 어떤 일이 있었는지 그것이 궁금해서요."

제이의 말을 음미하듯 노신사는 다시 차를 마셨다.

"MIT 수재로 미국에서 평생을 연구만 하며 살겠다고 한 사람을 국가에서 끌고 들어왔지. 그때가 아마 1983년이었을 거야. 그때 우리나라에 제일 필요한 게 군수산업이었거든. 즉 북쪽과 견줄 수 있는 무기가 필요했던 거지. 자네도 알지 않나. 우리나라가 군수산업에 많이 뒤쳐져 있었다는 것을… 그 목마름을 해결해 줄 사람이 바로 문승일 박사였지.

그런데 어느 날 문 박사가 사고가 있었네. 박사 내외가 탔던 차량이 앞서가고 있었고 그 차안에는 열세 장의 도면이 있었어, 국가비밀문서이기도 했지. 난, 시험 장비를 실은 차에 타고 뒤 따라가고 있었지. 그날이 생생하게 기억나네. 바로 어제 있었던 일처럼 말이야."

"신문에서 읽었습니다. 어쩌면 사고사가 아니라 사고를 위장한 타살이었다고…"

케이가 남긴 자료를 근거로 한 제이의 말이었다.

"결국 투자만 해놓고 제조를 할 수 없었던 회사는 일 년도 채 안돼서 파산하고 말았지. 없어진 열세 장의 도면을 찾을 수 없었으니까. 난 그때 문승일 박사를 잃고 어떻게든 회사를 살려보려고 이리저리 뛰어다녔거든. 난 제조기술을 담당한 공장장 이었고, 문승일 박사의 오랜 친구이기도 하네. 내가 엔지니어 출신이라 기술에 대한 문 박사의 고민을 해결해주기 위함이었지. 난 그 열세 장의 도면을 수백 번도 더 봤고… 그런데 이상한 점은 말이야. 그 없어졌던 도면이 삼 년 뒤에 나타났어. 다른 회사에서 말이야. 우리 회사에서 근무하던 기술자들 수십 명이 그쪽으로 입사를 해서 어렵지 않게 확인할 수가 있었지."

"그 도면이 그렇게 중요한 거였나요?"

제이는 노신사의 흥미진진한 이야기에 다리가 저려오는 것도 느끼지 못했다.

"물론이지. 가치를 환산하자면 그때 당시 수조 원에 이르렀으니까."

천문학적인 숫자에 제이는 입이 딱 벌어졌다. 노신사의 표정을 봐서 전혀 과장되지 않은 숫자라고 제이는 생각했다.

"그렇다면 그 회사는 뭐죠? 삼 년 후 새로 설립되었다는 회사 말이에요."

"내가 하고 싶은 말이 그거야. 우리 회사에 차 이사라고 있었지. 경영과 재무를 맡았던 중역이며 문 박사 고등학교 2년 후배. 나와 문 박사, 그 인간 같지도 않은 놈은 정말 가족보다도 더 가깝게 지냈었어. 콩 한쪽을 나누어 먹던 사이였고 피와 살을 나눈 진정한 친구였다네. 그런데 문 박사의 유일한 단점이 사람을 잘 믿는 거였거든. 한번 믿으면 간이건 콩팥이건 다 빼주고 말이지. 믿었지. 그 쓰레기 같은 차 이사를 말이야. 그 인간이! 그 회사 사장이 되어 있었어. 인간 같지도 않은 쓰레기 새끼가!"

"그런 일이 있었군요. 그런 일이 있을 줄 정말 몰랐네요."

"진짜 이야기는 지금부터라네. 사고 당시 덤프트럭이 문 박사 차와 충돌했을 때 그걸 목격한 건 나였네. 곡선 도로였기 때문에 문 박사 차의 속도는 그렇게 빠르지 않았어. 내가 탔던 차와 속도가 비슷했으니 오십에서 육십 킬로미터 정도… 물론 덤프트럭의 속력은 더 느렸고, 충돌과 동시에 문 박사의 차가 폭발한 점, 사모님이 튕겨져 나와 정신을 차리고 앉아 있는데 멈춰있던 덤프트럭이 다시 움직여 사모님을 깔고 지나간 점, 사고 직후 덤프트럭 기사가 배낭을 메고 어디론가 사라진 점, 차량 안에 있어야 했던 연소된 도면이 없어진 점들은 도대체 이해할 수 없었거든."

"네. 저도 잘 이해가…"

"우리나라 민·형사 소송법이라는 것이 시간을 없애버리는 블랙홀이라는 걸 잘 알고 있지 않은가? 많은 시간이 흐른 때였지. 케이한테 전화가 왔어. 아버지 건으로 한번 내려가겠다고, 그날이 아마 해가 넘어가는 마지막 날이었을 거야. 케이가 도착한 시간이 열두시 정도 됐었고, 1996년 새해가 온다고 모두들 들떠 있었을 때였거든.

케이가 가지고 온 건 그 덤프트럭 기사의 신상 내용이었는데, 정말 믿을 수 없는 건 그 사람이 차 이사의 고향후배라는 거야.

케이! 그 아이 정말 영특한 데가 있었어. 부모님 잃고 원래는 대전에 계시던 친할머니, 할아버지와 같이 있었지. 그런데 중3이 되던 해 갑자기 서울로 올라가겠다는 거야. 이모와 이모부도 있고, 실력 있는 학교도 많으니 거기에서 다녀야 하겠다며 말이야. 그래서 서울로 올라갔지.

지금 생각해보면 역시 다른 이유가 있었던 것 같아. 학교보다는 내가 모르는 어떤 다른 이유로 서울에 올라간 게 분명했어. 그 이유는 아마도 문 박사 사고와 관련이 있는 것일 테고…"

나쁜 예감이 좋은 예감보다 적중률이 높은 이유는 뭘까, 라고 생각하며 제이가 노신사를 쳐다봤다.

"어르신? 그런데 그 차 이사의 이름을 혹시 알고 계십니까?"

노신사의 안색이 새빨갛게 변하고 있었지만 목소리의 변화는 없었다.

"알지! 알고말고! 차동일이야! 그 쳐 죽일 놈의 새끼!!"

양반다리를 반대로 바꾼 노신사가 옆으로 살짝 돌아앉더니 천정을 올려다 바라보며 깊은 한숨을 몰아쉬었다.

귀를 의심했지만 쇠망치로 뒤통수를 얻어맞은 것 같은 충격을 느끼고 난 후였다.

'차동일… 차동일… 차동일!!'

이름을 세 번이나 곱씹었다. '차동일'은 희선의 아버지이자 제이의 장인이었다. 제이는 기억을 더듬었다. '아빠가 화성에 공장을 짓기 전 대전으로 회사를 다녔는데 그 회사에서 성공해서 독립하신 거야', 라고 했던 아내의 말이 갑자기 떠올랐다. 그렇다면 방금 들은 '차동일'이란 인물이 동명이인일 가능성은 거의 희박했다.

제이는 멍하니 방바닥을 쳐다보고 있었다. 오감을 잃어버린 느낌이 이런 걸까?

"결혼했지? 혹시 딸이 있나?"

노신사가 다시 입을 열었다. 제이의 관자놀이에서 땀이 흘러내리고 있었다.

"네. 했습니다. 딸아이가 하나 있습니다."

장인이 '차동일'이라는 건 절대 숨겨야 했다. 그렇지 않으면 노신사는 분명 입에서 불을 뿜을 것이다.

"그렇군. 좋겠네. 딸이 있어서. 딸 가진 애비의 마음은 다 똑같지. 문 박사도 끔찍했었지. 나 또한 그렇고 말이야. 자네, 케이가 자네를 참 좋아했더군. 알고 있었나?"

"네. 어르신. 저도 많이 좋아했습니다."

누군가를 첫 대면하는 자리에서 이렇게 눈물을 보이긴 처음이었다. 다시 옆으로 돌아앉은 노신사를 물끄러미 쳐다봤다. 노신사도 흐르는 눈물을 애써 손으로 닦아내지 않았다.

예정된 시간보다 한 시간이 초과됐다. 제이는 시동을 걸고 주먹을 불끈 쥐었다.

서울까지 가려면 서둘러야 한다. 불안한 마음처럼 날이 어두워지고 있다. 어디에서 어디까지가 눈에 보이는 건지 귀로 들은 건지 판단이 제대로 서지 않았다.

제이는 혼란스러웠다. 지금이 끝인지, 아니면 시작인지…

'눈에 보이는 것만, 귀로 들은 것만 믿지 마라. 진실이라는 놈은 수

줌음이 많아 항상 그늘에 가려져있다,' 라고 했던 박 형사의 말이 떠올랐다.

제이는 장인의 등에 칼을 꽂는다는 것은 안 된 일이지만 진실은 분명히 밝혀져야 한다고 생각했다. 고속도로를 달리는 동안 제이는 먼저 적군과 아군을 구별해야 했다. 장인은 그렇다 치고, 아내를 적으로 둘 수 있는 건가? 제이는 고민에 빠졌다. 하지만 수상한 행동과 증거를 보고도 아군으로 둔다는 것도 말이 안 된다. 곰곰히 생각했지만 집에 도착할 때까지도 결론을 내리지 못했다.

집에 도착한 제이는 서재로 향했다. 아내는 부엌에 있었고 텔레비전 앞에 바다의 모습이 보이지 않는 걸로 봐서 바다는 벌써 자기 방에 올라가 있는 것 같았다.

"여보! 밥 먹었어?"

아내의 목소리가 제이의 심장을 흔들었다. 기분이 야릇했다. 제이는 아내가 자신이 대전에 다녀왔다는 걸 알고 있을 가능성도 배제하지 않았다. 이제부터는 더욱 은밀하게, 더 조심스럽게 진실을 파헤쳐야 할 것이다.

"잠깐! 메일 하나만 쓰고!"

제이는 아내가 들릴 정도로 적당히 소리쳤다. 이제부터는 시간을 벌기 위해 사소한 거짓말도 해야 했다.

노트북 전원을 키고 'Maat'라는 폴더 하나를 만들었다. 그리고 다시 그 안에 파일을 하나 만들어 지금까지 벌어졌던 일, 앞으로 해야 할 일들을 기록했다. 일종의 체크리스트 형식의 문서였다. 기본적인 틀을 만드는 작업이었기 때문에 시간은 그리 오래 걸리지 않았다. 제이는 학교에서 나머지 작업을 하기 위해 노트북을 챙겨 넣었다.

"와! 웬일로 마나님께서 바다가 싫어하는 동태찌개를 다 하셨을까? 오늘 무슨 좋은 일 있어?"

이제부터는 그동안 드라마 주인공들이 해왔던 연기력을 발휘할 때다. 제이는 식탁 의자에 앉으며 아내를 바라봤다.

"좋은 일은 뭐. 바다는 아까 피자 먹었어. 자기 여섯시 좀 넘어 온다고 해서 준비했지. 좀 늦었네? 어디 갔다 온 거야?"

"응. 동기들 만났는데. 저녁은 다음에 먹기로 했어. 차 한 잔 먹고 수다 떨다가 들어왔지. 배고프다. 빨리 먹자고. 참 여보! 장인어른 말이야. 예전에 대전으로 출근하셨다고 그랬잖아. 혹시 그 회사명이 뭔지 알아?"

의심할 수도 있었지만 일단 아내에게 물었다. 때로는 직설적인 말이 상대방을 더 혼란스럽게 만들기도 하니까.

"음… 내가 너무 어렸을 때라 잘 모르겠는데. 그건 왜?"

별로 어색하지 않게 받아 친 아내가 생선을 발라 제이의 숟가락 위에 올려놓았다. 평소와 똑같은 행동이다.

"아니. 그냥 대학동기가 예전에 장인이 대전에 근무하셨다는 걸 알더라고. 이름도 알고. 그냥 궁금해서…"

"그래? 대학동기 누구? 내가 아는 사람이야? 그 사람 지금 뭐 하는데?

격한 반응. 바로 이것이다. 아내는 뭔가 꽂이는 것이 있으면 연달아 질문하는 경향이 있다. 한꺼번에 질문을 받은 제이가 돌아갈 길을 찾고 있었다. 어떤 변명이라도 해야 한다. 하지만 익숙하지가 않다.

"딩딩딩…"

때마침 서재에 놓아둔 휴대폰이 울렸다. 구세주였다. 제이는 평소보다 좀 더 민첩하게 식탁을 빠져나갔다. 제이가 휴대폰을 들어올렸다. 형사였다.

"네. 박 형사님! 말씀하세요."

"꼭 저녁 시간에 전화를 드리게 되네요. 죄송합니다."

"괜찮습니다. 길게 통화해도 상관없어요."

"네? 무슨 말씀이신지?"

"아닙니다. 그냥 통화하기 편하다는 얘기예요."

"네. 미국에 계시는 친구 분들 연락처 좀 알려주시기 바랍니다. 불편하시지 않으시면 말이죠."

제이는 잠시 머뭇거렸다. 하지만 자기 자신이 연락처를 제공하지 않는다고 해서 형사가 연락처를 찾지 못할 일은 없을 것이다.

"잠깐만요. 제가 문자로 보내드릴게요. 또 다른 것은 없나요?"

"차동일 씨가 장인인 줄 알고 있습니다. 혹시 차동일 씨와 관계는 좋은 편인가요? 제가 말씀드리고자 하는 건 마음을 터놓고 대화할 만큼 사이가 좋은지 하는 겁니다."

제이는 또다시 머뭇거렸다. 즉시 대답이 튀어나오지 않는다는 건 장인과 자신과는 상당히 애매한 관계라는 느낌이 들었다.

"관계가 애매합니다. 그렇다고 나쁜 관계는 아닙니다. 속마음을 터놓고 얘기할 기회는 아직까지 없었고요."

형사도 잠시 머뭇거리는 듯했다. 잠시 침묵이 흐른 뒤 차가운 목소리가 다시 들려왔다.

"결론적으로 말해서 차동일 씨께서 비밀로 하고 있거나 치부를 건드릴 수 있는 것들은 직접 물어 볼 수 없다는 말씀이시군요. 그렇죠?"

"네. 그렇습니다. 정확히 보셨네요. 그런데 형사님! 제 장인에 대해서는 얼마나 알고 계십니까?"

형사가 다시 머뭇거렸다. 누군가 옆에 있는지 남자와 여자의 목소리가 한 번씩 들렸다.

"음… 제이 씨보다는 좀 더 알고 있는 것 같네요. 불행하게도 말입니다."

"네. 그렇군요. 불행은 없었으면 합니다만, 만약 찾아온다면 담대히 받아들이겠습니다."

"실례가 많았습니다. 또 연락드리겠습니다."

"네. 형사님. 수고 좀 해주세요."

"그럼 이만."

언제나 똑같이 형사가 먼저 전화를 끊었다. 제이는 휴대폰을 손에 들고 식탁으로 다시 돌아갔다. 아내는 숟가락을 놓고 휴대폰을 만지작거리고 있었다. 아내가 게임은 하지 않기 때문에 영자신문을 보거나 좋아하는 그림을 보고 있을 것이다.

"미안. 왜 기다렸어. 식사 먼저 하지."

"혼자 먹는 밥 싫어. 맛없어."

아내는 입을 삐죽거렸다. 오랜만에 아내가 귀엽다고 느낀 순간이었다. 제이는 장인에 대해서는 아내가 입을 열 때까지 끝까지 기다려야겠다고 마음먹었다. 제이는 아내가 평소 같지 않다고 느꼈지만 이런저런 얘기를 하며 밥 한 공기를 다 비웠다. 그때까지도 아내의 무표정한 모습은 계속되었다. 평소와 똑같이 시침과 분침이 하나로 숫자 12에 멈췄다. 아내의 샤워 소리가 들린 후 얼마 지나지 않아 피부와 샤워 젤이 겹쳐진 아내의 독특한 향기가 후각을 흔들었다. 제이는 눈을 감았다. 꿈과 현실을 가로지르는 침묵이 잠시 흘렀다.

"자기!…"

"…"

제이는 일부러 대답을 하지 않았다. 이불을 목 밑까지 끌어올렸다.

"자기! 나 아직 사랑하는 거지?"

제이는 대답을 망설였다. 아내가 등을 돌리는지 '슥' 소리가 들렸다. 아내 목소리가 다시 들렸다.

"난 내 사랑을 의심해 본 적 없어."

"응. 내가 사랑하는 거 자기도 잘 알잖아."

치명적인 기억에 의한 절제. 감정 없는 목소리의 떨림. 제이는 아내도 느꼈을 것 이라고 생각하며 아내가 등을 돌린 반대방향으로 등을 돌렸다. 제이는 방금 했던 말이 거짓인지 진실인지 다시 한 번 생각해보고, 아내를 아군인지 적군인지 구분하는 것과 비슷한 것이라고 결론지었다. 눈꺼풀이 눈동자를 덮었다. 다시 꿈을 꿔야 한다.

### 2001년 9월 11일 - 1st

희선이 약속된 시간을 세 시간 넘겨 도착한 장소는 시골 초등학교의 운동장만한 정원이 있는 저택이었다. 뽀빠이를 연상케 하는 몸짱 운전기사가 룸미러로 뒷좌석을 힐끔 보며 씩 웃던 모습이 이제야 이해가 된다고 희선은 생각했다. 그곳은 LA외곽에서 유명인사들이 사치스럽고 난잡한 파티를 치르는 곳으로 유명한 곳이었다.

택시는 저택 앞에 천천히 멈추어 섰다. 응급환자가 있는지 저택 안에서 앰뷸런스가 경광등을 켜고 빠르게 튀어나왔다. 무슨 큰일이 났다는 걸까, 상상하며 희선은 민호를 찾았다.

희선은 눈앞의 광경이 믿기지 않았다. 가장 인상 깊었던 파티는 부모님을 따라갔던 모 국회의원의 축하연회였지만 그것과는 비할 바가 아니었다. 규모와 초대 손님들, 파티 방식은 상상을 초월할 정도였다. 희선은 미국의 부자들은 이런 식으로 노는구나, 라고 생각했다.

정문에 들어서자 검정색 재킷을 입은 흑인이 문 앞까지 안내해줬다. 문을 열고 실내로 들어서자 키가 백구십 센티미터는 족히 넘어 보이는 백인이 술 냄새를 풍기며 말을 걸어왔다.

희선은 익숙지 않은 영어로 '민호를 알아? 한국인이야,'라고 했다. 백인은 실실 웃으며 이 파티의 '호스트'가 바로 한국인이며 이름은 제임스다, 라고 다소 딱딱한 영국식 영어를 사용하며 자기를 따라오라고 했다. 희선은 두려웠지만 일단 그 백인을 따라갔다. 문 입구 크기에 비해 거실로 통하는 통로는 비교적 좁았다. 참석자들이 술잔을 들고 기분에 들떠있는 표정을 빼고, 그곳은 시장바닥을 연상시키기에 충분할 정도로 난잡했다.

파티가 열리는 방에서는 오색 불빛의 수영장이 훤히 보였다. 희선은 알몸으로 서있는 남녀들을 보고 놀란 표정을 숨기기 위해 일부러 더 태연한 척했다.

키다리 백인은 이층으로 올라가는 계단으로 희선을 안내했다. 희선은 이층이 왠지 모르게 비밀의 장소처럼 느껴졌다.

이층에 올라 어두운 통로를 지났다. 키다리 백인은 손가락으로 방문을 가리키며 이 방안에 제임스가 있어, 라는 말을 남기고 사라졌다.

희선은 문고리를 잡고 잠시 머뭇거린 후 먼저 노크를 했다.

'똑 똑'

굳게 닫힌 문안에서는 아무 인기척이 없었다. 희선은 다시 노크를 했다.

"민호야!"

희선이 문고리를 잡아 살며시 오른쪽으로 돌렸다. 문이 잠겨 있지는 않았다. 방에 들어서자마자 엄지와 검지로 코를 한번 지그시 눌렀다. 코를 찌르는 향내 때문이었다.

"민호! 혹시 안에 있니?"

실내는 조그마한 거실과 또 한 개의 방으로 이루어져 있었다. 거실에는 방금까지도 몇몇 사람들이 모여 즐겼던지 술병과 술잔들이 어지러이 널려있었다.

희선이 조금 열려 있는 문틈으로 방안을 보려고 문틈으로 눈을 가져가는 순간, 여자의 흐느끼는 소리가 들려왔다. 위험을 감지한 희선이 문을 살포시 더 밀었다. 방안에는 믿을 수 없는 장면이 펼쳐져 있었다.

"이!… 이런!"

소리를 지르고 싶었지만 먼저 냉정함을 찾아야 한다고 생각했다. 두 손으로 입을 막은 희선이 방안으로 두 다리를 집어넣었다.

헝클어진 긴 생머리, 피로 물든 피부 때문에 국적이 어디인지는 알 수 없었지만 소파 한 구석에 알몸으로 쪼그리고 앉아 흐느끼는 여자는 분명 동양인이었다.

희선은 침대 위로 눈을 돌렸다. 침대 위에는 두 남자가 알몸으로 누워있었다. 한 명은 백인, 나머지 한 명은 동양인이었고, 어렵지 않게 민호라는 것을 알 수 있었다.

백인은 엎드려 있었고 민호는 몇 개의 쿠션을 등에 대고 바로 누워있었다. 백인이 죽었는지 살았는지는 알 수 없었으나 민호는 눈을 뜨고 있어 죽지는 않은 것 같았다. 민호는 입을 벌리고 한 곳만 뚫어지게 쳐다보고 있었다. 희선이 방에 들어왔다는 것도 전혀 모르는듯 했다.

흰색의 침대 커버는 빨간 핏빛으로 물들어 있었다. 피 흘린 자국을 눈으로 쫓아갔다. 어렵지 않게 피가 대부분 쪼그려 앉아 있는 여자의 몸에서 나왔다는 것을 알 수 있었다.

소파와 침대 사이에는 내용물이 없는 몇 개의 주사기가 버려져 있었다. 희선은 어떤 상황인지 미뤄 짐작했다. 그리고 흐느끼는 여자의 옆으로 다가갔다.

"저기요! 괜찮아요?"

고개를 무릎에 묻고 흐느끼는 여자는 얼굴을 보이지 않았다. 가까이서 보니 온몸을 가늘게 떨고 있었다.

"이봐요. 피를 많이 흘렸어요. 이러다…"

"악! 으아악!"

희선이 여자의 어깨에 손을 올리자 여자는 생각지도 못한 반응을 보였다. 예상했던 대로 여자는 제정신이 아니었다. 여자의 울부짖는 소리는 국적을 묻지 않아도 한국이라는 것을 알 수 있게 했다. 느낌이지만 그런 것 같았다.

여자의 반응에 놀란 희선이 그녀의 소지품을 찾으려고 두리번거리다 소파 뒤에 떨어져 있는 가방을 발견했다. 보라색인 것으로 봐서 분명히 여자의 가방일 것이라고 여기고 가방을 열었다. 여자의 지갑과 책들 그리고 한국에서 온 편지봉투가 하나 있었다. 희선은 먼저 지갑을 열었다. 신분증을 확인하기 위해서였다.

"이럴 수가!"

희선은 그대로 자리에 주저앉았다. 눈을 의심하지 않을 수가 없었다. 희선이 손에 든 건 케이와 제이가 함께 찍은 사진이었다. 갑자기 뜬금없이 엄숙했던 민호의 말이 떠올랐다. '지금 오지 않으면 우린 영영 친구가 될 수 없을지도 몰라.'

"이럴 수가 없어. 이건…"

희선이 흐느끼는 여자를 다시 처다봤다. 자기의 둘도 없는 친구가 성폭행을 당해 만신창이가 되어 쪼그려 앉아 흐느끼고 있었던 것이다. 정상적이라면 먼저 911을 부르고 케이를 안전한 곳으로 피신시켜야 한다. 하지만, 그렇게 한다면 결국 민호가 위험해질 수 있을 것이다.

희선이 머리를 숙이고 생각에 잠겼다. 그건 선택을 위한 고심이었다. 위기가 기회라더니, 이걸 잡으면 어쩌면 제이를… 갑자기 편지가 생각났다. 희선은 케이의 가방에서 편지봉투를 꺼냈다. 봉투가 찢어져 있었다. 희선은 내용물을 꺼내들었다. 원본을 복사한 사본이었다.


'케이 학생이 다녀가고 많은 고민을 했습니다.

그리고 먼저 감사하다는 말을 해야겠네요. 내가 교도소에 수감되어 있을 때 우리 딸아이 보살펴 준 것에 대해 정말 감사하게 생각합니다. 그 아이가 케이 학생 얘기를 많이 하네요. 너무 고마운 언니라고요. 보육원 원장님도 케이 학생 칭찬 많이 했습니다.

내가 교도소에 있을 때 하루가 멀다 하고 찾아오셨죠? 정말 미안합니다. 내가 인간 같지 못해서 케이 학생을 만날 수가 없었습니다. 칠월에 케이 학생 만나고 난 뒤 후회 많이 했습니다. 저는 제 양심까지 속인 죄인입니다. 이제는 입을 열어야 할 것 같네요. 케이 학생의 바람처럼 말이에요.

아버님 사건에 대해 진실을 증언 하겠습니다. '차동일' 사장이 사주해서 벌어진 일이라는 것을 말입니다. 빠른 회신 부탁드립니다. 감사합니다.'


희선이 꼬깃꼬깃해질 정도로 편지를 손으로 꽉 쥐었다. 이를 악문 희선이 케이를 노려봤다. 케이는 여전히 약기운과 충격에서 헤어 나오지 못하고 여전히 얼굴을 무릎에 묻고 있었다.

희선은 만약 편지를 보낸 사람이 진실을 폭로하면 한 순간에 모든 것을 다 잃을 수도 있다는 두려움이 앞섰다. 그런 최악의 상황을 막을 수 있는 방법은 편지를 없애고 어떻게든지 그 사람의 입을 막는 방법과 보다 더 간단한 방법, 사람을 없애는 것 그 두 가지 밖에 없다고 생각했다. 희선은 조각을 맞추고 일그러져 있던 표정을 냉정하게 바로 잡았다. 희선은 이제 케이는 더 이상 친구가 아니다, 라며 있는 힘껏 이를 악물었다.

어느새 케이가 고개를 들고 있었다. 희선은 시선을 케이 눈높이에 정확히 맞췄다.

"희선아! 너랑 민호랑 꾸민 거니?"

케이가 입을 열었다. 무언가 심하게 어눌한 발음, 희선은 케이가 정상적으로 말할 수 없다는 걸 팔뚝에 꽂혔던 여러 개의 주사바늘 자국을 보고 알 수 있었다. 반항을 했는지 힘줄 부위에 심하게 멍이 들어 있었고 심지어 찢긴 부분까지 있었다.

"왜. 그런 거야? 무엇을 위해 그런 거니?"

희선은 대답을 할 수 없었다. 그냥 가만히 케이의 말을 듣고만 있을 뿐이다.

"제이를 불러줘. 제이가 보고 싶어. 아니면 목소리라도 듣게 해줄래?"

케이는 깨진 유리조각을 손으로 잡고 마치 불상에 참배를 올리듯 무릎을 꿇고 엎드렸다.

"제발 부탁이야! 희선아. 제이를 불러줘."

희선은 눈앞에서 자기가 사랑하는 남자의 이름을 부르고 있는 케이가 죽도록 미웠다. 사실 희선은 케이만 없으면 제이의 사랑을 독차지할 수 있다고 생각한 적이 한 두 번이 아니었다. 희선의 얼굴색이 새하얗게 변했다. 희선은 누군가 죽일지도 모르겠다는 느낌을 받은 건 절대 생리 때문만은 아니라고 생각했다. 아랫배가 묵직하게 당겨왔다. 5일 중 가장 심한 날 바로 그날이 오늘이었다.

"한 가지만 물어볼게."

"…"

케이는 대답이 없다.

"제이를 사랑하니?"

잠시 침묵이 흐른 뒤 케이가 고개를 들었다.

"응. 사랑해. 내 목숨보다 더…"

또 다시 고요함이 찾아왔다. 희선이 케이에게 다가간 건 백인이 침대에서 내려와 자기 옷가지를 들고 서둘러 방을 빠져 나간 후였다.

희선은 맥없이 떨고 있는 케이의 손을 벌리고 유리조각을 빼앗아 들었다. 그리고 조용히 얼굴을 잡고 케이와 눈을 마주쳤다.

"이제 다시는 그런 말 못하게 해줄게."

유리조각을 잡은 희선이 왼손으로 케이의 턱을 잡고 오른 손을 들어 올려 케이의 얼굴에 유리조각을 갖다 댔다. 케이는 꿈인지 현실인지 구분을 못 하는 듯 희선을 보고 아이같이 밝은 웃음을 보였다.

'촷!'

날카로운 소리가 허공을 후볐다. 아이보리 빛 살결에 선홍빛 라인이 선명하게나타나자마자 검붉은 핏물이 비를 뿌리듯 사방으로 흩날렸다. 약기운 때문이었을까?, 아니면 현실과 꿈을 혼동하는 것일까? 덩그러니 떠있는 눈동자 옆으로 갈기갈기 찢겨 있는 실핏줄이 안간힘을 쏟아 눈물을 머금고 있는듯했다. 희선이 유리조각을 바닥에 내려놓고 휴대폰을 들어올렸다. 순간 반사되는 빛, 의식적으로 카메라 플래시인가?, 케이는 생각했다. 한 방울의 낙루, 케이는 조그만 비명도, 어떠한 표정도 내지 않았다. 단지 한 방울의 눈물로 자신의 마음을 대변할 뿐…

한 시간은 족히 지난 듯 했다. 민호는 피바다가 된 방안에 도저히 있을 수 없다며 태연하게 거실에 앉아 담배를 물었다.

"내 실수가 아니었다고! 난 약에 취해 있었고, 내 친구 놈이 케이를 데리고 올라왔어 나를 찾아온 한국인이라고."

"그런데! 도대체 왜 그런 거야? 너 미쳤니? 너 사람을 어떻게 한 줄 알아? 정말 기억이 안 나는 거야?"

"사고였다고. 그 양키새끼가 먼저 케이에게 달려들었어. 그렇게 예쁜 동양여자는 처음 본다면서 말이야. 케이가 반항을 했지. 난 정말 꿈인 줄 알았다니까. 약 하면 다 그렇게 돼. 어쩌라고!!"

"너 완전히 인간 말종이구나! 사람을 저렇게 해놓고."

"케이가 반항만 안 했어도 아무 문제없었을 거야. 사실 그렇잖아. 섹스 그거 좀 즐기면 안 되는 거니?"

"너 민호 맞니? 너 정말 많이 변했구나. 완전히 시궁창이야. 더러워 죽겠다고!"

"이왕 이렇게 된 거 수습은 해야지. 한두 번도 아니지만 말이야. 하지만 친구는 아니야. 아니었지."

희선은 민호가 아무렇지도 않게 내 뱉는 말들을 듣고 아직도 약에서 깨지 못했구나 생각했다.

"병선인 어디 있어? 같이 있다며."

"병선? 좀 전까지만 해도 여기에 있었는데, 케이가 들어오기 전 까지 말이야."

"미친놈들! 미쳤어! 다 미쳤다고."

이제야 제정신이 들어오는지 앉아 있던 민호가 벌떡 일어나 왔다 갔다 하며 안절부절 못해 했다.

"어떻게 해야 하나? 희선아! 어떻게 해야 하지?"

앉아 있던 희선이도 벌떡 일어났다. 그리고 표정 없이 민호를 쳐다봤다.

"가슴에 묻든지 땅에 묻든 묻어야지. 왜 그래야 하는지는 네가 더 잘 알잖아."

핏기 없는 표정의 단호한 대답이었다. 희선이 손에 들고 있던 편지를 다시 움켜쥐었다. 희선은 진실은 또 다시 묻힐 것이라고 생각했다. 그것도 친구였던 케이의 시체와 함께… 케이만 없어지면 아버지 회사도, 제이의 사랑도 다 자신이 갖게 된다고 믿었다. 한 개의 돌을 던져 두 마리의 새를 떨어뜨릴 절호의 기회가 왔다. 게다가 동업자도 생겼다. 답은 하나뿐이다.

화요일 늦은 오후, 제이가 형사를 만난 곳은 냉메밀로 유명한 압구정동의 어느 식당이었다.

냉메밀 두 판과 유부초밥 하나를 시킨 제이는 젓가락을 놓자마자 형사에게 질문을 던졌다.

"형사님! 예전에 전화로 드렸던 말 기억하시나요?"

"아내 되는 분에 대한 얘기를 말씀하시는 거죠?"

"네. 그래요."

형사가 이상하다는 듯 고개를 갸우뚱거리며 제이에게 묻는다.

"그런데. 제이 씨는 왜 아내 분을 의심하시는 거죠? 혹시 집안끼리의 정략결혼, 혹은 불륜관계 의심? 뭐 그런 쪽 인가요?"

제이가 단무지를 입에 하나 물었다.

"너무 앞서 가지 마세요. 그런 건 절대 아닙니다. 현재 상황에서 아내와 저한테는 아무런 문제가 없습니다. 그냥 평범한 부부일 뿐입니다. 단, 아내가 의심스럽다고 말했던 건 '하와이 여행' 때문이었습니다. 알고 보니 그 여행에서 LA를 들른 사실이 있었는데 그걸 저한테 감쪽같이 숨겼거든요."

"크게 의미가 없어 말씀 안 하신 건 아닌가요?"

"의심 가는 부분이 바로 그겁니다. LA를 방문한 날짜가 9월 11일이었거든요. 아내는 저한테 급한 일 때문에 고등학교 동창을 만났다고 했는데, 해외에서 그것도 하와이 여행에서 일부러 LA를 들른다는 건 좀 이상하지 않나요? 상식적으로 말이죠?"

"9월 11일은 미국 시간인가요?"

"네. 그렇습니다."

"제이 씨가 더 이상하네요. 그런 궁금증이 있으면 아내 분께 직접 물어보면 되지 않습니까? 혹시 같이 안 사십니까? 저한테 묻는 것보다 훨씬 빠르고 경제적일 텐데요."

"제가 물어 보면 자꾸 피해요. 마치 정말 무슨 일이 있었던 것처럼 말입니다."

"무슨 일이 있었으면 어떻게 하실 겁니까? 제이 씨 안 사람인데 말입니다. 고소를 하실 건가요? 아니면 체포해 가라고 경찰을 부르실 겁니까?"

"형사님은 지금 제가 아내를 의심하는 게 이상하다고 여기시는 겁니까? 혹, 제가 혐의를 가지고 있어 다른 곳으로 눈을 돌리게 하려고 그런 말을 했다고 생각하시는 건가요?"

"그건 아닙니다." 형사는 쉬지 않고 후루룩댔다.

"그러니까 2001년도 9월 아내 분의 행적을 알아봐달란 말씀이시죠?"

"네. 그렇습니다. 만약 가능하다면 말입니다."

"알겠습니다. 노력해보죠."

"LA까지 가는데 동행은 없었는지, LA공항에 몇 시에 도착했고, 시내로 들어와 들른 곳은 어디이며, 누구를 만났는지, 카드내역은 알수 있는지, 하룻밤을 잤는지, 아니면 며칠 동안 거기에 있었는지, 언제 다시 하와이로 돌아갔는지 등등 말입니다."

"십삼 년이나 지난 기록을 찾아보란 말씀이시죠? 그것도 미국에서 말이죠."

"부탁드리겠습니다."

"노력해 보겠습니다."

형사가 냉메밀 그릇을 들고 국물을 입안으로 털어 넣었다.

"커! 이 집 메밀 참 훌륭합니다."

"그리고 사건을 해결하는 데 큰 도움을 줄 수 있는 단서를 찾아냈습니다. 단서라기보다는 사건의 발단 같은 거죠."

"그래요? 말씀해 보시죠."

제이는 이상한 화법의 형사를 쳐다보며, 이상하게 언제부터인가 형사의 화법을 따라하는 자신의 모습이 재미있다고 생각했다.

"제 장인 얘기입니다. 장인은 IMF 때 굴지의 기업들도 버티지 못한 상황을 극복하셨고 2007년 아내와 결혼할 때까지만 해도 증권전문가들이 추천하는 재무구조가 튼튼한 기업 중의 하나였습니다. 매출 오천억 원에 세전 이익도 십 퍼센트가 넘었었죠. 비록 단 한 번의 어려운 상황에 무릎을 꿇고 말았지만 말입니다. 그 일로 쓰러져서 오랫동안 병원신세를 지셨습니다. 엎친 데 덮친 격으로 그 상황에서 장모님까지 잘못되셨으니 정말 힘드셨을 겁니다."

제이는 젓가락을 놓고 손을 가지런히 모아 허벅지 위에 올려놓았다.

"인수합병 때 방향이 어디로 흘러갔는지는 잘 아시죠?"

"불행 중 다행인 것은 SPI가 인수를 했다는 거죠. SPI는 S그룹 계열회사고 S그룹 회장이 민호 아버님이셨으니 말입니다."

"민호라는 분은 제이 씨의 친구 분을 말씀 하시는 거죠? 미국 이름이 제임스이고. 그런데 제이 씨는 경쟁사였던 SPI가 인수를 했다는 게 잘 된 거라고 보십니까?"

"역시 형사님이라 다르네요. 물론 잘 된 거라고 생각합니다. 만약 외국자본이 들어와 인수합병에 참여했다면 국가적으로도 큰 손실이 었을 겁니다."

"그만 일어나시죠. 맛 집이라 손님들이 많네요."

형사의 말에 제이가 머리를 돌려 카운터 쪽을 쳐다봤다. 어느새 사람들이 몰려 긴 줄이 이어지고 있었다. 제이가 계산서를 들고 일어서려하자 앉아 있던 형사가 손으로 먼저 나가라는 시늉을 했다.

"가시죠. 오늘 계산은 제가 하겠습니다."

"제가 먼저 전화 드렸는데 제가 사야죠. 커피나 한 잔 사주시죠."

"맛있었으니 제가 사는 겁니다. 커피는 안 마십니다. 계산서 주세요."

식사를 마치고 제이와 형사는 아담한 카페에 찾아 들어섰다. 형사는 커피 대신 그린티를 주문했다.

"제이 씨는 '키워서 먹는다' 라는 말 어떻게 생각하십니까?"

"글쎄요… 과일, 채소, 육류 등 먹을 수 있는 것들로 말하면 좋은 의미이고, 만약 사람이나 기업에 비유한다면 부정적인 뜻이 되겠죠."

손님이 하나 둘 들어올 때마다 형사가 눈동자를 움직였다. 제이는 형사라는 직업 때문에 생긴 오랜 습관이라고 생각했다.

"그렇다면 박 형사님도 정말 제 장인을 의심하고 있는 겁니까? 문 박사님 사건 말입니다."

"네. 그렇습니다. 오늘 우리의 공통 관심사가 그거 아니었습니까? SPI를 중심에 두고 생각하면 한편의 드라마 같이 딱 떨어집니다."

제이는 왠지 불안하다는 느낌을 받았다. 결혼은 집안끼리 맺은 하나의 약속이다. 장인의 뒤를 캐고 있다는 것을 처가에서 안다면 배은망덕한 역적행위라고 할 것이다. 로마의 카이사르가 루비콘 강을 건너며 했다던 말이 생각났다. '주사위는 던져졌다!' 제이는 이제 다시 돌아올 수 없는 길에 첫 발을 올려놓았다.

"충분히 죄책감을 느낄 수도 있습니다. 하지만 제이 씨의 도움 없이는 이 사건을 해결할 수 없습니다. 마음 단단히 먹어야 합니다."

제이는 마치 자기 마음속을 훤히 들여다보고 있는 것 같은 형사가 놀라웠다. 한편으로는 믿을만한 사람처럼 보였다.

"네. 안 그래도 진실을 밝히기 전까지는 아무도 믿지 않기로 했습니다."

"저는 아군입니까?"

"일단 그렇게 적어 놨습니다."

"이것 좀 보시죠."

형사가 재킷 주머니에서 사본으로 보이는 A4용지 한 장을 꺼냈다.

"문서의 마지막 부분을 보세요. 다른 내용은 제이 씨가 대충 다 알고 있는 내용입니다."

제이가 문서를 손에 들고 안경을 치켜 올렸다. 문서 맨 마지막 부분에 반듯한 네모 칸이 있었고 그 안에 자필 글씨가 빼곡하게 채워져 있었다. 제이는 그 원본 문서 자체는 오래된 것이고 그 문서에 메모쪽지를 붙여 복사한 것이라고 생각했다.

"그 문서는 1988년도에 작성된 공식사건 개요입니다. 시간이 지났으니 종이가 당연히 바랬겠죠. 대충 아셨겠지만 담당형사가 오래된 문서에 포스트잇을 붙여 복사한 겁니다. 복사한 시점은 쪽지 맨 밑에 적혀 있습니다."

쪽지 하단에는 2001년 9월 00일이라고 적혀있고 날짜는 복사가 잘 안 되어 검은빛을 내고 있었다.

❖ 조상진이 문승일 박사의 집에 도착한 시간 : 1988년 9월 10일 새벽 2시 30분, 작업시간 30분. 동행자 없음
❖ 조상진이 차동일과 만난 시간 : 1988년 9월 11일 낮 3시 30분 (장소: 군부대 앞 다방)
❖ 문승일 박사 사고 발생 시간 : 1988년 9월 11일 밤 10시 50분
❖ 증거는 조상진이 케이에게 보낸 편지에 있음
  정보 제공자 : 신영x

"짐작이 됩니까? 보시다시피 정보제공자의 끝에 있는 글자는 복사가 잘 안되어 알아 볼 수가 없습니다. 어떻게 생각하십니까?"

제이는 긴 한숨을 내뱉고 눈을 질끈 감았다. 물론 확인이 필요하겠지만 현재 느낌으로 친구들 중 사건의 진상을 알고 있는 사람이 한 명 더 있을 수 있다고 생각했다. 그것도 아내와 가장 친한 사람이다.

"제가 이 문서를 공개했으므로 제이 씨 장인은 더 불리한 위치에 서게 된 것이고, 제이 씨는 조금 더 유리한 조건에서 사건을 들여다

볼 수 있게 되었습니다."

"형사님! 그런데, 조상진이 누구죠?"

"덤프트럭 기사입니다."

"그럼, 문서를 작성한 담당형사는 어디에 계십니까?"

"안 계십니다."

"안 계시다니요?"

"죽었습니다. 그것도 2001년 9월에요."

"그리고 다음부터는 좀 더 조심해 주세요. 아내 분이 차에 타면 어떻합니까? 차안에 있던 톨게이트 영수증을 보고 알았습니다. 대전 다녀오셨죠?"

"아! 네…"

"그리고 문서에 관한 내용은 절대로 누설하면 안 됩니다. 제이 씨와 저, 두 명만 알고 있는 겁니다. 아참! 정보제공자도 있군요."

"네. 알겠습니다."

"제이 씨는 일단 신영서 씨를 만나보세요. 영서 씨가 정보제공자인지 아닌지가 중요합니다. 그리고 그녀가 어디까지 알고 있는지 알아봐 주세요. 아주 은밀하게 말입니다."

"형사님은요?"

"저는 따로 만나볼 사람이 있습니다. 그럼 이만."

형사가 여느 때와 똑같이 먼저 일어나 문을 향해 걸어갔다. 물론 계산서는 테이블 위에 그대로 놓여있었다.

제이는 체크리스트 파일에 '정보제공자(신영서)'를 추가해야 되겠다고 생각했다.

# 너무 친한 친구들

국적기를 타본 적이 2년이 넘었다는 건 아시아나 항공기만을 고집하는 민호에게 한국 땅을 밟은 적이 족히 2년은 넘었다는 말과 같다. 민호와 병선은 아시아나 편 일등석에 몸을 실었다.

삼 년 전부터 민호는 병선과 나란히 앉아 여행하기를 꺼려했다. 오너와 비서 관계 때문인지도 모르지만, 병선은 다시 고개를 든 병적인 여성편력 때문일 거라고 결론지었다. 다행히 이코노미 좌석을 타라는 지시는 없었다.

오랜만에 낭랑히 울려 퍼지는 스튜어디스의 목소리가 기분을 맑게 했다. 비행기에 이런 목소리만 있으면 지구 두 바퀴라도 돌 수 있을 것이다.

두 칸 앞에 앉아 있는 초면인 여자와 노닥거리고 있는 민호를 확인한 뒤, 앞으로 몇 시간 동안은 쉴 수 있겠구나, 판단한 병선이 몇 가지 업무를 더 처리한 후 숙면을 취했다. 누군가 흔드는 느낌이 들어 잠에서 깬 병선은 남색 슬리퍼를 본 후 스튜어디스를 머릿속에서 지우고 고개를 들었다.

"데이빗! 나 들어가는 거 아버지가 아셔?"

"아함… 김 실장님께 말씀드렸으니 알고 계실 겁니다."

병선이 입을 가리고 하품을 하며 민호에게 말했다.

"한국 들어가서 전화하지 그랬어. 며칠 시간 좀 내 신나게 달려야 하는데."

"그럴까도 생각했는데 혹시 먼저 전화하시면 부사장님이 곤란해지시잖아요."

"그래! 잘했어. 공항에는 누가 나오나?"

"비서실 마 실장이 나올 겁니다."

"집으로 가지 말고 일단 호텔로 가자."

"그렇지 않아도 그렇게 준비해 놓았습니다."

"역시 우리 병선이는 척하면 척이야. 좋았어."

오랜만에 한국에 들어가니 당연히 흥분이 되겠지. 민호도 어쩔 수 없는 한국인이야. 병선이 담요를 다시 가슴위로 끌어올렸다.

❀ ❀

스파를 예약한 날은 공휴일을 제외한 화요일과 목요일이다. 원래는 월, 수, 금요일이었는데 희선은 남편의 일정과 맞추기 위해 올해부터 시간을 조정했다.

제이는 미리 아내에게 술 약속이 있어 늦게 들어간다고 말해 놓았기 때문에 최소한 열두시까지 몇 가지 일은 처리할 수 있었다.

아내의 사무실과 스파까지 거리는 이 킬로미터 정도, 차가 막히는 걸 고려하더라도 십오분에서 이십분이면 넉넉히 도착할 수 있다. 제이는 주차장 입구가 잘 보이는 반대편 건물 일층 카페에서 흰색 제네시스가 나타나기만을 기다렸다.

아내는 흰색 벤틀리를 좋아했다. 장인의 회사가 부도나기 전까지만 해도 아내는 벤틀리에 운전기사까지 있었다. 항상 하늘을 향하고 있었던 아내의 콧대, 그 당시 아내는 세상에 자기 자신보다 잘난 사람은 없다고 생각했었을 것이다.

삼십분을 조금 넘게 기다리자 희선의 차가 과할 정도로 헤드라이트를 환하게 켜고 등장했다. 제이는 그녀가 주차장 안으로 들어가는 걸 확인한 후 시계를 보고 오분을 더 기다렸다.

'스케줄대로 움직인다면 나에게 주어진 시간은 한 시간 삼십분, 혹시 모르니 앞뒤로 십오분씩을 빼면 한 시간! 한 시간 내에 모든 걸 마치고 나와야 한다.' 혹시 아는 사람을 만날 수도 있다는 생각에 제이는 엘리베이터를 타지 않고 주차장 입구로 걸어 들어갔다.

지하 이층, 삼층, 사층을 지나 맨 아래층인 오층까지 내려간 제이는 가장 안쪽에 주차돼 있는 아내의 차를 발견했다. 제이는 미리 준비해온 스마트키로 차의 문을 열었다.

손가방은 운전석 오른쪽, 노트북은 트렁크에 넣는 것이 아내의 일반적인 습관이기 때문에 제이는 앞문을 열지 않고 트렁크부터 확인했다. 예상했던 대로 노트북이 있었다. 하지만 제이가 찾고자 했던 외장하드는 노트북 케이스에 없었다. 잠시 숨을 고른 뒤 양 옆을 두리번거리고 차량의 앞문을 열었다. 이어서 제이는 조수석 수납함을 열었다. 검은색 외장하드가 보였다. 외장하드를 꺼내는 순간 조그만 흰색 종이 케이스가 떨어졌다. 흔하게 봐왔던 담배였다. 제이가 몰랐던 아내의 흔적이 또 하나 수면위로 올라오는 순간이었다. 제이는 혹시, 남자가 있는 건 아닐까?, 아주 잠시 상상했다. 하지만 바로 고개를 이리저리 저었다. 제이는 가방 안에서 외장하드의 케이블을 확인하고 태연하게 주차장을 걸어 나왔다.

한숨을 돌린 제이는 다시 카페 안으로 들어갔다. 좀 전에 시켰던 음료는 아직 그대로 있는 상태였다. 노트북이 부팅되는 시간이 주차장을 왕복했던 시간보다 더 길게 느껴졌다. 비밀번호 창이 나왔다. 그리고 여섯 명이 처음 만났던 그날의 날짜를 입력했다.

'어! 뭐지?'

비밀번호를 다시 입력했다. 윈도우는 열리지 않았다. 제이는 몇 번이고 같은 숫자를 반복해서 입력했다. 굳건히 잠긴 창은 열리지 않았다. 본심을 들켜버린 것처럼 얼굴이 새빨개졌다. 아내가 비밀번호를 바꾼 것이다.

'제기랄!'

노트북 속의 내용물은 이미 한 번 스캔했다. 딱히 만족스러운 결과물을 얻지 못했던 아내가 레시피를 다운받은 그날이었다. 제이는 다시 노트북을 뒤지는 건 큰 의미가 없다고 생각했다. 외장하드를 집어 들었다. 만만한 상대를 골라야 했다.

"저 제 노트북 컴퓨터가 말을 잘 안 들어서 그러는데요. 혹시 컴퓨터 잠깐 빌려 쓸 수 있을까요?"

카운터에서 종업원이 카드를 긁으며 귀찮다는 듯 제이를 바라봤다. 날아오는 대답은 빤할 거라 제이는 생각했다.

"저 컴퓨터는 음악전용이에요. 그리고 손님이 카운터 안으로 들어오는 것도 규정에 어긋납니다."

쌀쌀맞은 표정의 종업원이 고개를 돌리고 앞에 있던 손님에게 생글생글 웃으며 사인해 주세요, 라고 했다. 제이는 벽 밑 동그란 탁자에 모자를 삐딱하게 쓰고 휴대폰을 잡고 있는 학생에게 눈을 돌렸다. 만만해 보이는 상대였다.

제이가 가까이 갈 때 까지도 그 학생은 휴대폰에 열중해 있었다. 옆으로 다가가서 보니 열중한 상대는 다름 아닌 게임이었다.

"저, 학생! 내 노트북 컴퓨터가 갑자기 말을 안 들어서 그러는데, 혹시 그 노트북 잠깐만 쓸 수 있을까? 이 외장하드에 있는 내용 하나만 확인하면 되는데 말이야. 일분도 안 걸릴 거야."

제이는 최대한 자세를 낮췄다. 나이가 어리다고 매너를 지키지 않으면 결과는 알 수 없다.

"맘대로 하세요. 헌데 이거 제 거 아니에요."

"아 그래? 잠깐이면 돼."

다행히 외장하드의 비밀번호는 없었다. 1 테라바이트치고 외장하드의 내용은 의외로 간단했다. 총 다섯 개의 노란 폴더가 있었다. 그 중 눈에 띄는 폴더는 '하이켄스HeyKens'였다. 두 번의 손가락 터치로 폴더가 열렸다. 제이를 잠시 착각에 빠지게 한 것은 잘 정리된 파일들이었다. 가장 아래 있는 파일의 번호는 '110' 이었다.

'이런 제기랄!'

제이의 컴퓨터 'OSOM'에 있는 파일 백십 개가 '하이켄스' 폴더 안에 고스란히 들어가 있었다. 아내도 알고 있다, 제이는 머리를 쥐어뜯었다. 등에 한 줄기 식은땀이 흘렀다. 머릿속에 스쳐 지나간 건 몽정을 했던 날 밤, 그 다음 아침이었다. 서재에서 작업을 하다가 영서가 왔다는 소리에 노트북의 전원을 끄지도 않은 채 현관으로 나갔고, 그 이후로는 만진 적이 없었다. 그러나 아침에 노트북을 사용하려고 전원을 누르니 부팅이 새로 되었었다. 제이는 아내의 외장하드에서 복사된 파일이 나오기 전까지는 전혀 의심하지 않았었다. 설사 그날이 아닐지도 모르지만 결과는 똑같다. 아내가 항상 한 걸음씩 빨랐다.

"아저씨! 아저씨! 아저씨!!"

정신을 차렸을 때는 두 남학생이 의심에 찬 얼굴로 제이를 쳐다보고 있었다.

"이거! 제 거예요."

학생이 손가락으로 노트북을 가리키며 흥분한 목소리를 냈다.

"아! 이거. 잠깐 쓴 거야. 이 친구가 괜찮다고 해서."

학생이 옆에 앉아 있는 다른 학생을 쳐다봤다.

"야! 네가 그랬어?"

"난 내거 아니라고 했다."

학생은 공격해 오는 친구를 멍하니 쳐다보며 수비자세를 취했다.

"미안하다. 내가 일분만 빌린다고 했어. 자! 케이크나 사먹어. 미안해."

제이가 만 원짜리 두 장을 꺼내 테이블 위에 올려놓고, 외장하드 케이블을 뽑았다. 시계를 보니 주어진 시간이 오분도 채 남지 않았다. 제이가 카페의 문을 거칠게 밀고 튀어나갔다.

"어! 잠깐만. 비켜주세요. 미안해요. 미안합니다."

마침 문을 열고 들어오는 여자 두 명을 그대로 뚫었다. 제이는 매너 있게 사과할 틈이 없었다.

"어머! 이 아저씨! 뭐야! 정말…"

깜짝 놀란 두 여자가 제각기 날카로운 비명을 질렀다.

주차장 입구를 통과한 제이는 다시 지하실 끝으로 내달렸다. 시간이 없다. 만약 하드디스크를 제 자리에 놓지 못한다면 문제는 걷잡을 수없이 커진다. 패가 까인 마당에 판이 엎어질지도 모른다.

지하 사층을 지나 마지막 층에 도달했다. 멀리 벽 쪽에 붙어 있는 아내의 차가 눈에 들어왔다. 이제 됐다, 하면서 허리를 숙이고 숨을 고르다 우측 중앙에 있는 유리로 된 문에 시선이 꽂혔다.

'늦었다! 나와 버렸다.'

눈에 익은 모습의 여자가 서둘러 나오는 모습이 보였다. 아내였다. 제이는 차량이 올라가는 통로로 외장하드를 움켜쥐고 얼른 몸을 숨기며 숨을 죽였다. 정적이 흘렀다. 하이힐 소리는 들리지 않았다. 고개를 빼꼼히 들었다. 차량을 향해 걸어가는 아내의 모습은 보이지 않았다. 시동이 걸리지 않은 걸 봐서 운전석에 앉은 직후라고 생각했다. 제이가 다시 고개를 집어넣고 숨을 죽였다. 한 가닥 희망은 하이힐 소리에서 솟아났다. 제이가 다시 고개를 내밀었다. 분명 아내가 총총 걸음으로 다시 유리문 안으로 들어가는 것이 보였다. 휴대폰이나, 지갑 둘 중 하나를 잊고 나온 게 분명하다. 기회다. 도루 기회가 왔다.

제이는 엘리베이터의 땡, 하는 소리가 들리자마자 유리문 앞을 지나갔다. 차 옆에 서서 앞문을 열고 몸을 숙여 조수석 수납함을 열었다. 원래 올려놓았던 대로 담배는 그 자리에 있었다. 제이는 외장하드를 올려놓고 늘어났던 허리를 제대로 한 후, 노트북 컴퓨터를 원위치 시켰다. 사우나에서 나오면 은근히 퍼지는 살결 위의 향기와 일부러 뿌린 향수의 섞이지 않은 냄새가 코 밑을 훑고 지나갔다.

제이는 아내가 다시 나오는 시간을 고려해 두 칸 옆에 세워져 있는 SUV 차량 뒤에 몸을 숨겼다. 하지만 십분이 지나도 아내의 모습은 보이지 않았다. 차량이 올라가는 통로 좌측에 비상계단이라고 쓰인 문이 보였다. 제이의 몸이 움찔했다. 그때 아내가 유리문을 등으로 밀고 모습을 드러냈다. 아내는 전화통화를 하고 있었다. '또각또각' 제대로 걷기 시작하자 아내의 목소리가 커졌다. 평소에는 들어보지 못한 얇고 높은 음성이었다.

"그딴 식으로 하니까 일이 그렇게 되죠! 아니! 말이면 다예요? 내가 돈을 얼마나 들여서 만든 건데! 약속시간이 이십분이나 지났어요. 지금 무슨 말을 하는 거예요. 됐어요! 내가 그쪽으로 갈 테니 기다리세요."

제이는 이상한 내용이라고 생각하고 비상계단으로 내달렸다. 계획에 없던 미행을 해야 했다.

밖은 어두웠고 보슬보슬 비가 내리고 있었다. 아내의 차가 올라오기까지는 그리 오래 걸리지 않았다. 제이는 문득 형사가 된 듯한 느낌이 들었다. 제이는 입 꼬리를 한번 씰룩거리고 가속기를 밟아 아내의 차와 속도를 맞췄다.

때마침 내린 비가 시야를 방해할 수도 있다고 생각했기 때문에 제이는 아내의 차에 더 가까이 붙을 수 있었다. 아내의 차는 차들이 겹겹으로 들어차 있는 강남대로를 거쳐 한남대교를 내달렸다.

제이는 아내가 가끔 사오던 큼지막한 햄버거가 생각났다. 이태원에서 파는 건데, 가격대비 맛이 예술이야, 하던 아내의 말이 떠올랐다. 아니나 다를까 차는 제일기획을 지나 가장 번화한 거리에서 좌회전을 했다. 이태원이 종착지라는 것을 알게 해주는 장면이었다. 아내 차의 뒷부분에서 빨간 라이트가 두 번 번쩍인 후 차량이 정지했다. 아내는 차를 내팽개치듯 주차한 후 찻길 건너편 건물로 모습을 감추었다.

유턴을 한 제이는 모서리에 주차를 한 후 휴대폰을 진동으로 정해 놓고 건물을 향해 걸어갔다. 조그만 간판의 글씨가 눈에 들어 올 때쯤 러시아나 중동 출신처럼 보이는 여자 세 명이 남자를 앞세워 건물 안으로 들어가고 있었다. 고개를 갸우뚱거린 제이도 옷깃을 세우고 그들의 무리에 섞였다.

시뻘건 불빛이 시야를 괴롭혔다. 아내는 가장 구석 테이블에 앉아 있었다. 바로 앞에는 모자를 쓴 남자가 고개를 숙이고 앉아 있었는데, 앉은키만 보더라도 많이 왜소해 보였다. 제이는 빠져 나가기 좋게 최대한 출구와 가까운 곳에 자리를 잡았다. 가장 적당한 곳에 기둥이 있어 아내의 테이블에서는 제이가 보이지 않았다.

사각형으로 되어 있는 공간을 둘러보았다. 딱 봐도 정상인들은 오는 곳은 아니라고 생각한 제이가 넥타이를 맨 웨이터를 손짓으로 불렀다.

아내가 담배를 물었다. 순간 병째로 마시던 맥주가 입술 옆으로 흘렀다. 아내를 만난 지 이십 년이 넘었지만 이런 도발적인 행동은 처음이었다. 아내가 담배 피우는 모습을 유심히 지켜봤다. 왼손으로, 검지와 약지를 이용해, 연기를 반은 내뿜고 반은 들이마시고, 오래된 습관처럼 보였다. 한두 해가 아닐 것이라고 제이는 생각했다. 웨이터를 다시 불렀다. 화장실의 위치를 물어보자 여자화장실은 실내에, 남자화장실은 계단으로 올라가야 한다고 했다.

아내 앞에 앉아 있는 남자는 뭔가 계속 심각하게 설명하는 것 같았다. 그럴 것이라고 느낀 건 남자의 제스처가 계속 커지고 있기 때문이었다. 애인은 아닐 것이다. 둘은 그렇게 썩 어울려 보이지 않았다.

이십 여분이 흘렀다. 아내가 쇼울더 백을 어깨에 멨다. 제이는 즉시 일어나 출구를 통해 계단 위로 올라갔다. 일단 화장실에 몸을 숨기기 위해서였다. 화장실 문을 살짝 열어 아내의 동선을 파악했다. 아내가 출구로 나와 계단을 내려갔다. 출구 앞에는 밖을 볼 수 있는 유리창이 있었다. 제이는 화장실에서 나와 계단을 내려갔다. 건물 유리창을 통해 차를 볼 수 있었다. 아내의 모습은 차 속으로 이미 사라졌다. 아내는 라이트를 켜자마자 차를 돌려 가장 번화한 곳으로 다시 내려갔다.

제이가 다시 비정상적인 공간으로 들어갔다. 맥주는 그대로 있었다. 아내와 같이 앉아 있던 남자는 어디론가 전화를 걸고 있었다. 남자를 덮칠까도 생각했지만 일단 참기로 했다. 아직 발톱을 보여줄 때는 아니다.

통화를 끝낸 남자는 담배를 물고 출구 쪽을 향해 다가왔다. 모자에 가려져 있었지만 앉아 있는 제이의 시선이 더 낮았기 때문에 남자의 얼굴을 대충 볼 수 있었다. 거칠고, 투박하고, 어둡고… 눈에 띄는 건 목과 턱 사이에 가로로 심하게 찢어져 너덜너덜 해진 피부를 헝겊대기 붙이듯 그냥 대충 기워놓은 것 같은 상처였다. 남자는 홀아비 신세를 오래한 것 같은 냄새를 풍기며 급하지 않은 발걸음으로 제이 앞을 스치고 지나갔다. 제이도 속으로 십초를 센 뒤 계단을 내려갔다.

'수상한 남자를 미행하고 있습니다, 이태원 번화가 골목,'

제이가 형사에게 문자를 남겼다. 예상 밖으로 남자는 번화한 곳의 반대방향으로 올라갔다. 제이는 남자와의 거리를 오십 미터 이상 두었다. 조금 올라가니 한적한 골목이 나왔고 군데군데 호롱불을 켜놓은 손바닥만 한 가게도 있었다. 형사에게서 회신은 없었다. 제이는 다시 문자를 넣었다.

'번화한 곳 반대방향, 소방서를 끼고 좌회전, 위로 백 미터 정도.'

문자를 넣고 다시 앞을 바라봤다. 남자는 조금 더 멀리 있었다. 가로로 질러있는 다른 골목에서 경찰차가 나와 제이 앞을 천천히 지나갔다. 저만치 걷고 있던 남자에게서 별다른 낌새는 없었다. 제이는 남자를 따라잡고자 발걸음을 좀 더 빨리했다. 다시 문자를 넣으려 할 때 남자가 쓰고 있던 모자 창이 살짝 보였다. 낌새를 차린 걸까, 생각하기도 무섭게 남자는 뛰기 시작했다. 제이도 바지주머니에 휴대폰을 넣었다. 백 미터 달리기라면 자신 있는 제이였다. 남자가 골목으로 들어갔다. 제이도 바로 뒤를 따랐다.

'슈욱'.

"씹새끼."

"억!"

아찔한 순간 제이의 목에 두툼한 팔이 들어와 있었다. 흉기로 느껴지는 물건은 정확히 갈비뼈와 허리사이를 누르고 있었다.

"씨팔… 주꺼잡냐?!"

"아! 아닙니다. 전 그냥 아는 분 같아서…"

"염병, 개소리 집어쳐라이."

"살려주세요. 정말이에요."

"꿇어. 열까장 세아린다."

남자는 이상한 사투리를 썼다. 무릎 꿇은 제이가 숫자를 세기 시작했다.

"하나, 둘, 셋, 넷, 다섯…"

숫자의 반 틈만을 센 제이는 등 뒤가 싸늘함을 느꼈다. 그리고 조심스럽게 고개를 돌렸다. 예상한대로 남자의 모습은 보이지 않았다.

골목을 나왔다. 저 멀리 천천히 지나가는 순찰차가 다시 보였다. 왼쪽, 오른쪽, 사방을 둘러봐도 그 남자는 없었다. 휴대폰을 손에 들었다. 문자가 하나 들어 와 있었다.

'무슨 소리죠?'

'형사라고 하는 사람이… 젠장!'

진땀을 흘리며 옆구리가 싸늘해졌던 느낌은 잠시 악몽에 시달렸다는 표현을 해야만 할 정도로 섬뜩했다. 내리막길을 터덜터덜 걸었다. 대충 주차해놓은 차가 그렇게 반가울 수 없었다. 허무했지만 할 수 없었다. 제이는 굵게 스쳐간 남자를 다시 한 번 떠올렸다. 들어 보지 못한 사투리, 쾌쾌한 냄새, 싸늘한 목소리… 혹시 탈북자는 아닐까?

아파트 앞 슈퍼에서 소주 한 병을 샀다. 차를 주차해놓고 소주 뚜껑을 비틀었다. 한 번에 털어 넣었다. 대학교 2학년 때 한 병을 다 목구멍에 쳐 넣었던 기억을 빼고는 처음이었다. 그대로 이십분을 서 있었다. 취기가 벌써 돌았다. 냄새도 어느 정도 밴 것 같다. 엘리베이터 버튼을 눌렀다. 오늘은 살아서 집에 돌아간다. 과연 내일까지 목숨을 지킬 수 있을까? 조금은 두려워지기 시작했다.


아내는 잠옷을 걸치고 제이를 맞이했다. 술 많이 마셨어?, 하며 미지근한 모과차 한 잔을 제이에게 건넸다.

안방으로 들어서며 거실 탁자와 식탁을 번갈아 보았다. 아내의 휴대폰은 식탁 위에 있었다. 제이는 아내에게 메일 보낼 게 있으니 먼저 자, 라고 말한 뒤 화장실에 들어갔다. 발그스레한 얼굴이 추하고 못나 보였다. 얼굴을 물로 적신 후 다시 거울에 비친 얼굴을 보았다. 아야진 해변의 별장에서 희선에게 기습 키스를 당한 그날의 모습과 조금도 비슷하지 않았다. 수건으로 대충 물기를 닦고 서재로 들어왔다. 화장품을 바르려면 안방으로 들어가야 했지만 그냥 얼굴이 조금 당기는 건 참기로 했다. '아내가 그때 그 여자일까?' 제이는 혼잣말을 하며 '당했다'는 말을 한 번 더 떠올렸다.

안방 문이 닫히는 소리가 조그맣게 들렸다. 제이는 식탁으로 향했다. 아내의 휴대폰을 들고 옆에 붙어 있는 버튼을 눌렀다. 다행히 잠금장치는 없었다. 마지막으로 통화한 시간은 여섯시 사십분 수신인은 '우리집'이었다. 미간에 주름이 진하게 잡혔다. 휴대폰을 원래 있던 자리에 돌려놓고 잠시 생각에 빠졌다. 추측할 수 있는 건 두 가지다, 아내가 번호를 지웠거나, 다른 휴대폰이 또 있거나… 만약 다른 휴대폰이 또 있다면 그 폰은 분명 비밀번호가 걸려있을 것이다. 휴대폰 사용 정보를 지우면 흔적을 남기기 때문에 어느 정도 나이가 있는 한국 남성들은 미국의 유명한 스마트폰을 사용하지 않는다는 말이 문득 떠올랐다. 희선은 그 스마트폰이 마음에 든다고 하면서도 줄곧 한국제품을 사용하고 있다. 제이는 우아하고 세련된 중년여자가 만약 미국제품을 사용하지 않는다면 같은 이유가 아닐까 유추해 본다. 제이가 안방 문고리를 다시 돌렸다.

수요일 나른한 오후, 희선은 꽤 오랜만에 흥분한 영서의 목소리를 들었는데 그건 다름 아닌 민호와 병선의 귀국 때문이었다.

"주말이면 좋지 않을까? 다들 바쁘니까."

"그럼 금요일? 아니면 토요일? 우리 뭐 하지?"

"오랜만에 만나는데 일단 저녁 먹으면서 밀린 수다부터 떨어야 되지 않겠니?"

"우리 1박2일 어디 여행이라도 갈까?"

영서의 흥분은 좀처럼 가라앉지 않는다.

"그전에 병선한테 고백이나 먼저 해. 혹, 마누라랑 헤어지려고 들어온 걸 수도 있잖아."

"풋! 정말 그럴까?"

희선의 말에 영서가 한 풀 꺾였다.

"여하튼, 연락 줘. 나중에 봐."

영서의 목소리가 사라졌다. 희선은 허무한 듯 휴대폰을 힘없이 무릎 위에 올려놓았다. 희선은 드디어 올 것이 오는구나, 생각했다. 어쩌면 그 형사와 친구 여섯 명이 만날 수도 있을 것이다.

희선은 휴대폰을 꺼내 연락처에 입력되지 않은 열한 개의 번호를 눌렀다. 휴대폰에서 들려온 건 허스키한 남자의 목소리였다.

"제가 부탁한 건 어떻게 됐나요?. 약속한 대로 입금은 이미 했습니다."

"사람은 이미 붙였습니다. 특별히 여자관계가 있는 것 같지는 않던데요?"

휴대폰 속 남자의 목소리였다.

"여하튼 계속 수고 좀 해주세요. 중요한 일이니까."

"그리고 대전 출장비용은 따로 좀 부탁드립니다. 견적에 포함되지 않은 내용이거든요."

"나중에 정산하죠. 그리고 제가 전화할 때까지 절대로 먼저 전화하지 마세요."

잠시 얼굴을 찡그린 희선이 귀찮다는 듯 대답했다.

"여자를 만난 건 피아노 원장 한 명인데 혹시 사진이 필요하십니까?"

"아니 필요 없어요. 수고해요."

희선이 차갑게 전화를 끊고 책상을 돌아 창문 앞에 섰다. 벚꽃이 만개한 도로가 예뻤다. 한 폭의 그림 같았다. 외로움이 다시 밀려왔다. 희선은 책상으로 돌아가 서랍을 열고 조그만 유리병에서 캡슐 두 개를 꺼냈다. 우울증이 다시 재발하지 않으려면 꾸준히 약을 복용해야 한다는 의사의 말을 떠올리고 난 후였다. 다시는 그 무서운 밤들을 보내지 않을 거야, 희선은 특정인에게 강조해서 말을 하듯 입술을 오물거렸다. 그리고는 남편의 얼굴을 다시 떠올렸다.

'나쁜 새끼!'

손에 들고 있던 캡슐 두 개를 꿀떡 삼켰다. 핸드백에서 손바닥반 만 한 거울과 립스틱을 꺼내 입술을 고쳐 발랐다. 백을 들고 실내에서 신던 낮은 구두를 하이힐과 바꿔 신었다. 휴대폰을 손에 든 희선이 사무실 문을 열었다. 오늘은 중요한 약속이 있다. 그녀의 하이힐 소리는 더욱 경쾌하게 울려 퍼졌다.


한 시간을 달려 도착한 곳은 아담한 바다가 보이는 영종도의 한 식당이었다.

손목시계는 다섯시를 가리키고 있었다. 한쪽에는 벌써부터 얼굴 빛이 좋은 쌍쌍의 아줌마, 아저씨들이 인생 뭐 있어!를 주구장창 외치며 술을 마시고 있었다. 분명 정상적인 관계는 아닐 것이다, 희선은 허술한 출입문과 휴대폰을 번갈아 보고 있었다. 십 여분이 흘렀을까? 차 한 대가 미끄러져 들어왔다. 이곳과 어울리지 않는 고급차였다. 희선이 손 흔들 준비를 했다. 차에서 내린 남자는 양옆으로 한 번씩 고개를 흔들고 식당 문을 열었다.

"안녕?"

몇 년 만에 보는 친구에게 내뱉은 첫 마디로는 다소 소극적이지 않나 싶었다.

"오랜만이다. 잘 지냈어?"

희선이 손을 흔들며 남자를 맞았다.

"그래 잘 지냈지. 넌? 얼굴 보니까 정말 잘 지내는 것 같은데? 호호호…"

"뭐 좀 먼저 시킬까? 아줌마 여기 메뉴판 좀 주세요."

남자가 손짓을 하며 종업원을 불렀다. 앞 테이블에서 술 한 잔 받아먹은 종업원은 그들이 먹여주는 안주를 입에 물고 메뉴판을 들이밀었다. 남자는 여자의 의사도 물어보지 않고 가장 윗부분에 있는 메뉴를 손가락으로 가리킨 후 술은 필요 없다고 했다.

"그냥 대충 주는 걸로 먹자, 너 회 좋아하잖아."

"그래 좋아하지."

서운한 감이 없지 않았지만 희선은 음식 따위는 아무래도 괜찮았다.

"내가 전화했을 때 놀라지 않았어?"

"정말 놀랐지. 삼년 만에 통화 한 거니까."

"나도 웬만하면 연락 안 하려고 했는데, 이번에는 좀 심각한 문제가 있어."

"들었어. 그 문제라는 거."

"어떻게 할 셈이야?"

남자는 골치 아프다는 표현을 다리를 꼬고 옆으로 앉는 것으로 대신했다.

"형사가 어디까지 알고 있는 거야?"

남자의 말이었다.

"일단 내가 파악한 바로는 아버지가 위험해질 수 있어, 그 말은 너희 아버님도, 너도 위험할 수 있다는 얘기야."

남자가 미간을 찌푸렸다. 매서운 눈빛이 다시 빛난 건 종업원 아줌마가 몇 가지 밑반찬을 놓고 갔을 때였다.

"꽤 오랫동안 잠잠하다 했는데, 결국 어려운 상황으로 가고 있다는 거지. 그런데 그 형사가 왜 재수사를 하는 거지? 이미 오래전에 묻힌 사건을 말이야."

"의뢰인이 있대."

"의뢰인? 누군데? 혹시…"

남자는 속마음을 들켜 버린 것처럼 여자의 눈을 잠시 피했다.

"알아. 네가 무슨 생각을 하고 있는지. 제이는 아니야. 제이는 그 일에 대해 단 한 번도 거론한 적이 없어. 케이의 아버지가 어떤 사람이었는지도 모르고 있었다고… 제이의 관심은 오직 케이야."

"하지만…"

남자가 다시 고개를 떨구었다. 미간을 찌푸린 건 고개를 들고 난 후였다.

"그래. 이번에 알게 된 거야. 제이도. 그 형사가 제이에게 모든 걸 말한 거야?"

"그건 아닌 것 같아. 형사가 제이에게 먼저 전화를 했지만 그 형사가 처음 제이에게 말한 건 굉장히 한정적이었어. 하지만 시간이 지나면서 방향이 틀어졌어. 뭔가 하나씩 던져주는 느낌 알지? 그러니까 선생님이 아이에게 하나, 둘, 지식을 깨우쳐 주면서 똑똑한 사람이 되라고 교육을 시키는 것처럼 말이야."

"제이는 어떤 반응이야? 케이 일이라면 열일을 제쳐 놓을 텐데…"

잠시 침묵이 흐른 뒤 희선이 다시 입을 열었다.

"요즘 그것 때문에 시위중이야."

"그게 무슨 말이지? 화를 내거나, 캐묻지 않는다는 거야?"

"응. 그 말이 나온 이후로 나를 못 믿는 것 같아. 대체로 형사와 상의하고 있는 것 같아."

"그 말! 그 말이 뭔데? 무슨 말이 나온 건데?"

"내가 만나자고 한 이유도 그거야. 제이가 알아 버렸어. 2001년 9월 11일 내가 있었던 곳이 하와이가 아니라 LA라는 걸."

"픽Fuck! 윗더 헬What the hell! 진짜야? 그게 사실이야?!"

당황한 남자가 무의식 중 버릇같이 달고 다니는 욕을 뱉어냈다. 남자가 어디론가 전화를 하려다 휴대폰을 다시 테이블 위에 내려놓았다.

"그래. 사실이야. 내가 거짓말한 것에 대해 서운해 하는 게 아니라 의심을 하고 있어. 그도 그럴 것이 그날이 9월 11일이었잖아."

"픽Fuck! 픽Fuck!"

허공에 뿌린 남자의 알아듣지 못하는 거친 말투에 쌍쌍의 연인들은 일제히 희선과 남자가 앉아 있는 테이블을 신기하게 쳐다봤다.

"좋아! 제이는 그렇다고 치고 그 형사는? 그 치도 알고 있는 거야?

희선이 네가 그날 LA에 있었다는 걸?"

"제이가 얘기 안 했으면 아직은 모를 거야. 안다고 해도 관련성을 얻어내기는 무리가 있겠지."

햇볕 좋은 날 희고 투명한 구름 같았던 희선의 표정이 갑자기 먹구름으로 뒤덮인 것처럼 어둡게 변했다.

"모르는 사람은 상상할 수도 없겠지만, 만약 그 일을 알게 된다면 미스터리는 어렵지 않게 풀 수 있어. 바보가 아니라면 말이야."

남자가 진한 눈썹을 위로 올리자 이마에 촘촘한 주름이 잡혔다. 남자의 얼굴 표정도 희선의 얼굴 표정도 짙은 어둠속에 그대로 머물러 있었다.

"그렇게 되면, 우리 아빠! 너희 아버지! 그리고 너! 모두가 위험해지겠지."

"넌 왜 빼는 거야?"

"난 잃을게 별로 없거든. 제이와 바다를 빼고…"

"그렇겠지. 넌 돈과 명예보다 제이를 잃는 게 가장 두려울 테니까?"

"솔직히 말해서 아버지는 이제 연세도 많으시고, 건강도 안 좋으셔. 끝까지 모셔야 되는 게 도리지만 만약 그 일이 터진다면 난 잡아야 할 것만 잡을 거야. 일단 우리 둘 일만 생각하자. 그 일만 묻히면 지금과 크게 달라질 건 없어."

희선은 말에 고삐를 잡아당겨 방향을 돌렸다. 제이를 잃는다는 건 정말 상상도 하기 싫었다.

"그날 나한테 보여줬던 그 편지가 유일한 단서인가?"

"그날 우리가 본건 복사본이야. 그건 처리했지. 원본은 어디 은밀한 곳에 숨겨져 있을 거야. 그 문서가 유일한 단서이자 증거가 될 테니까."

희선의 말에 남자가 고개를 끄덕였다. 남자는 이전부터 알고 있었던 그녀의 치밀함이 부러웠지만 때로는 두렵기도 했다.

"결국 그 덤프트럭 기사를 찾아내 자백을 받아내기란 쉽지 않다는 거지?"

"지금까지는 그렇게 생각해. 하지만 그 형사가 보통내기가 아니란 말이야. 별명이 '그럼 이만'인데 내성적이지만 아주 치밀해. 마치 고수를 만난 그런 느낌?"

"크게 문제될 것 같지는 않아. 내가 사람을 하나 붙여놨거든, 김형식이라고 친한 동료야."

"어! 그랬어? 잘했다. 이제야 좀 마음이 놓이네."

"결국 두 가지인가? 하나는 덤프트럭 기사를 찾는 것, 또 하나는 편지 원본을 찾는 것." 남자가 휴대폰에 메모를 하다 희선의 눈짓에 메모를 지우며 말했다.

"그게 아니라, 그 기사 찾는 걸 막아야 하고, 편지도 없애야 한다는 거야."

"어떻게 막아? 만약 그쪽에서 찾는다고 한다면 우리보다는 빠를 텐데…"

"이 세상에 없으면 막아지는 것 아냐? 가장 쉬운 거잖아."

남자는 놀랐는지 헛기침을 하고 희선의 매서운 눈빛을 피했다.

"편지는?"

"일단 알고 있는 사람이 있나 확인을 해봐야지. 그게 제일 빠른 방법이야."

"잠깐! 케이 사건을 알고 있는 사람이 우리 친구들 중에 또 있나?"

남자의 시선이 희선의 입술에 고정되어 있었다. 다시 잠시 침묵이 흘렀다. 고개를 올리고 잠시 머리를 돌리던 희선이 입을 열었다.

"제이, 영서는 당연히 모르고. 병선은? 알아?"

"병선도 몰라. 그날 병선인 응급실에 실려 갔어. 그 약 알레르기가 있거든. 천만다행이지 뭐야. 그 일 알았으면 정말 골치 아팠을 텐데. 알레르기가 있는 건 하늘이 도운 거야. 병선이 건강에도 좋고 말이지."

"구급차를 확실히 보긴 했지만, 거기에 병선이가 타고 있는 건…"

지나가던 종업원이 희선과 남자를 이상하게 쳐다봤다. 접시에 가지런히 놓여있는 싱싱한 회를 한 점도 건드리지 않아서이다. 친구 관계에서 동업자 관계로 변한 두 남녀가 기대하고 있는 출구전략은 각기 달랐으나 9.11 사건이 지하 깊숙이 영원히 묻히기를 바라는 건 완벽하게 같았다.

### 2001년 9월 11일 – 2nd

예정된 시간은 없었지만 시간이 흐를수록 마음은 조급했다. 민호와 희선은 여전히 서로를 마주보고 있었다.

수영장의 오색 라이트가 하나 둘씩 꺼졌다. 풀 안의 파란색 액체는 더 이상 물결을 일으키지 않았다. 거실과 수영장으로 통하는 문은 굳게 잠겨 있었고 허공에 울리던 소리의 파동도 사라졌다. 파티는 끝났다. 진행요원 몇몇을 제외하고 참석자들 대부분은 승용차 머플러의 기체를 뿜으며 고요한 어둠 속으로 사라졌다.

구급차에 실려 간 병선을 빼고 친구는 두 명뿐이었다. 다른 한 명이 있었지만 그녀는 조금 전 적이 되어버렸다. 민호와 희선은 머리를 짜내고 있었다.

"죽여서 묻을까? 묻어서 죽일까."

민호가 먼저 입을 열었다. 아버지, 회사, 자기가 가진 모든 걸 생각하면 처리할 수 있는 곳은 최대한 깊은 곳이어야 했다.

"나와 너 둘이서? 내가 왜?"

빠져 나가겠다는 희선의 의도를 엿볼 수 있는 대답이었다.

"케이가 없어지면 제이는 네 거야."

희선은 민호가 확실히 제정신을 차렸다고 생각했다. 민호는 희선이 빠져나갈 수 없게 만드는 방법을 미리 생각해 두었다. 사랑의 올가미. 바로 그것이다. 민호는 희선의 반응을 유심히 관찰했다. 동업자가 있다는 건 큰 힘이 된다. 그것도 지분이 반반이면 대립구도로 경쟁도 할 수 있다.

"강간, 폭행, 상해치사, 살인미수, 마약… 어떤 죄를 대입시켜도 다 성립될 수 있어. 중죄가 아니라. 최고형도 감수해야 해. 변호사를 잘 써도 보석은 꿈도 꿀 수 없어. 교도소에 간다고 하면 흑인, 백인, 중국인 등 온갖 쓰레기들이 정신없이 괴롭힐 거야. 난 절대 그쪽으로 선택하지는 않겠어. 영혼을 판다고 해도 말이야."

민호는 후회하고 있는듯했다. 희선이 일어서서 작은 공간을 맴돌았다. 긴장한 표정이 역력했다.

"케이를 저렇게 만든 건 네 책임도 있어. 약에 취해 있어도 그 정도는 볼 수 있다고…"

희선이 민호를 노려봤다. 잠시 시간이 흘렀다.

"9.11에 묻어가자. 그러면 모든 게 확실해!"

희선의 눈이 옆으로 가늘게 찢어졌다. 뭔가 깊이 생각하는 표정도 들어있다.

"그게 무슨 소리야? 9.11이라니?"

"내가 오늘 왜 약속 시간보다도 늦게 도착 한 줄 알아? 오늘 테러가 있었잖아. 뉴스 봤지?"

"보긴 했지. 그런데 그건 뉴욕 얘기잖아. 그 사건 땜에 오늘 파티가 더 재미있었는걸. 돈 많은 아랍 애들과 백인 애들이 치고 박고 난리도 아니었어. 백인 애들이 같은 동네 사는 친구들을 범인으로 지목하며 놀려댔거든."

간혹 고통을 호소하는 신음소리와 아픔을 참는 울음소리가 들렸지만 민호와 희선은 눈 하나 꿈쩍하지 않았다.

"오늘 공항은 시장바닥보다도 더 난잡했어. 검색을 세 번, 네 번씩이나 하고 공항에서 나가지도 못하게 하고 말이야. 난 다행히 동양인이어서 그리 오래 있지는 않았지만. 난 케이가 여기에 있을 줄은 상상도 하지 못했어, 며칠 전 통화할 때 케이는 파이낸셜펌에서 인턴으로 일하게 될 것 같다고 했거든. 케이가 LA란 말을 한 적이 없기 때문에 난 뉴욕에서 회사를 다니게 되는지 알았어. 그러니까 내가 그렇게 알고 있다면 다른 친구들도 똑같이 알고 있을 가능성이 크다는 거지, 문제는 누가 알고 있느냐 인데, 너와 병선은 케이가 인턴으로 근무 한다는 것도 몰랐잖아. 그렇지? 그러면 영서와 제이 둘만 남아. 제이는 군대에 있으니까 통화는 못했을 거고, 내용을 안 다면 메일을 받았을 텐데, 장소를 정확하게 언급하지 않았거나, 만약 언급했다 하더라도 잘못 쓴 것이라고 생각할 수도 있어, 나머지 애들이 뉴욕이라고 입을 모아 말한다면 말이야.

문제는 영서야. 지금 한국이 밤 열두시 정도 됐을 테니 아직 자지는 않겠지? 전화를 한번 해 보자. 영서가 케이 행방을 안다면 문제가 되겠지만, 만약 통화를 못했거나, 메일로 LA에서 근무하게 된다는 언급만 없었으면 일은 쉽게 풀릴 수 있어. 내가 전화를 해볼게. 케이한테 연락 없었냐고. 케이가 연락이 안 된다고 말이야."

희선은 로밍을 해온 건 잘한 일이라고 생각하며 영서에게 전화를 걸었다. 신호가 열 번이 넘게 울리고 나서야 영서 목소리가 들렸다.

"영서야. 나! 희선."

"음! 희선아. 하와이는 어때? 좋니?"

"좋지. 기회가 되면 다음에 같이 한번 오자."

희선이 태연하게 말하려고 애를 썼다. 하지만 목소리가 살짝 떨리고 있다는 걸 민호도 눈치채고 있었다.

"그래. 기회가 되면… 그런데 웬일이니? 그곳 시간이?"

"음. 다른 게 아니라, 요 근래 혹시 케이한테 연락 왔니? 알잖아 너도 오늘 뉴욕에서 테러 터진 거. 여긴 온 나라가 난리야 난리."

"아니? 왜? 혹시 케이가 뉴욕에 있어? 뉴욕으로 간 거야?"

깜짝 놀란 영서의 목소리가 절대 연기는 아닐 것이다.

"그래! 내가 지금 찾아보고 있어. 연락되면 전화해줄게."

"알았어! 너도 조심히 잘 다녀오고."

전화 끊는 소리가 들렸고, 영서가 사라졌다. 희선이 살짝 미소를 지으며 민호를 바라봤다. 됐어! 라는 표정이었다.

"일단 영서도 빼자. 다음은 이모와 이모부 이 두 분은 어떻게 하지?"

둘은 다시 말이 없었다. 친 가족은 아니라도 현재로서 가장 가까이 있는 사람들이다. 하지만 영서에게도 말을 안했다면 두 사람도 모를 수 있다고 생각했다.

"알든지, 모르든지 그 쪽은 내가 알아서 처리할게. 좋은 방법이 떠올랐어."

자기도 뭔가 하나 좋은 아이디어를 내야 되겠다는 민호의 표정이었다.

"됐어. 일단 각본은 됐고. 실행은 어떻게 하지?"

"이제부터는 내가 할게. 뉴욕 쪽에 닿는 인맥을 통해 언론사와 먼저 접촉하고, 한국인 사망자에 이름을 올려달라고 하면 되니까 말이야. 시체는 알아볼 수 없을 정도로 만들어야하니 불에 태우는 쪽으로 해야겠어. 돈이 좀 들어가겠지."

신음소리와 함께 케이의 음성이 들렸다. 케이는 곧 끊길 것 같은 목소리로 희선과 민호를 애타게 부르고 있었다. 민호의 귀는 이미 닫혀있었다. 희선이 방으로 통하는 문을 쳐다보았다. 희선이 마지막 한 마디를 남기기 위해 방 쪽으로 걸음을 옮기는 순간이었다. '똑똑' 갑자기 복도와 연결되어 있는 문에서 노크소리가 들렸다. 민호가 재빨리 문고리를 잡아 얼굴이 보일 정도만 문을 열었다. 중국인 여자 도우미가 술병을 들고 있었다. 민호는 방으로 통하는 문을 닫고 난 후 도우미에게 들어오라고 손짓했다. 키가 크고 몸매가 예쁜 청순한 모습의 중국인 도우미는 쟁반을 탁자에 올려놓고 뒷걸음질 치며 다시 문 밖으로 몸을 빼내었다. 열두시를 알리는 종이 울렸다. 애처로운 종소리가 방안의 모든 공간을 뒤덮었다. 밖에서 다시 소리가 들렸다. 이번엔 남자 목소리였다.

"들어와!"

문을 열고 들어온 남자는 나이가 민호보다도 열 살 이상은 많아 보였고, 눈이 쭉 째졌으며 우람해 보였다. 희선이 사마귀같이 생겼다고 생각한 남자는 민호에게 꾸벅 인사를 하더니 안방으로 통하는 방문을 살며시 열어보았다. 그가 다시 민호를 쳐다봤다.

"처리해야 할 것 같아."

민호가 말하자 남자는 고개를 끄덕였다. 민호를 쳐다보는 남자의 눈매는 사마귀만큼 날카롭고 매서웠다. 남자가 웃자 눈은 위쪽으로 더 찢어졌다. 희선은 고개를 돌리며 얼굴을 찡그렸다. 남자는 조용히 문을 닫고 안방으로 몸을 감추었다.

"저 친구 시간이야. 알지?"

"시간? 그게 뭔데?" 희선이 물었다. 그리고 벽에 걸려 있는 시계를 보았다.

민호가 눈을 감고 손으로 목을 자르는 흉내를 냈다.


"한 점이라도 먹어 보지 그래. 회가 아주 맛있게 보이는데."

오랜 침묵을 깬 건 남자의 목소리였다. 쌍쌍의 연인들이 싸우는 소리도 귀를 거슬리게 했다.

"회는 너도 좋아하잖아. 왜 안 먹어?"

"어느 순간부터 날로 된 음식이 입에 안 맞더라고. 케이의 영향도 있는 거 같아. 아야진 갔을 때 생각나지? 케이가 회 한 접시를 다 먹어 치웠던…"

"이십 년이 흘렀는데도 아직 기억에 있구나. 사람이라는 거 참 간단하면서도 복잡해. 근데 그때 병선인 어떻게 됐어? 다음날 네가 직접 병원에 가 본거야?"

"아! 병선? 다음날 가보려고 했는데, 전화가 왔더라고. 괜찮아져서 아침 일찍 병원에서 나왔다고. 이틀인가 있다가 한국으로 들어갔지. LA에 보름은 있었을 거야."

"병선이가 케이를 못 본건 확실한 거야?"

남자가 움찔하자, 희선의 눈도 따라 커졌다.

"당연하지. 못 봤을 거야."

"못 봤을 거야가 뭐야? 정말 못 본거지?"

"못 봤다니까. 병선인 케이에 대해 물어본 적 단 한 번도 없어."

"그럼 다행이네. 그리고…"

"그리고 뭐? 뭐 또 확인할 게 있니?"

"그러니까… 그때 그 사마귀 닮은 남자. 뭐 다른 얘기 들은 거 없지?"

"아 그 인간? 걱정 안 해도 돼. 내가 말했잖아 '시간'이라고."

"근데 그 시간이 도대체 뭐야?"

"참. 작가가 뭐 그러니? 그때 내가 말 안했었나? 시체를 좋아하는 변태인간이라고. 그러니까 시체를 봐야 흥분하는 그런 인간이라는 거지."

"그런 사람이 정말 존재하는 거야? 아닐 수도…"

희선은 턱 밑을 파고 들어온 시퍼런 칼에 온몸을 떨듯 사색이 된 표정을 지었다. 희선은 추종자를 생각하며 치를 떨었다. 민호는 희선의 과잉반응에 놀라는 표정이었으나 대수롭지 않게 넘겼다.

"웅! 차희선 답지 않게 왜 그래? 그 인간은 신경 안 써도 된다니까. 내가 써먹을 때마다 물질이 주는 달콤한 맛을 보게 해주니까…"

"그래! 그럼 다행이고…"

희선의 눈이 다시 정상으로 돌아왔다. 식당에서 키우는 고양이인지 구분이 안 되는 까만색 점박이 고양이가 식당으로 유유히 들어와 테이블 밑을 여유 있게 누비고 다녔다. 다리에 털이 스치고 지나가는 느낌이 들었다. 희선은 고양이가 자기를 좋아하는구나 생각했다. 의자 밑에 앉아 '야옹' 소리를 낸 고양이는 다시 희선의 다리를 한번 훑고 다시 여러 개의 테이블 밑을 지나 식당 밖으로 유유히 사라졌다. 고양이를 무척이나 좋아 했던 케이가 눈 안에 멈춰 섰다. 가슴이 아렸다. 슬퍼하고 후회하기에는 너무 긴 시간을 달려 왔다. 인간의 마음은 하루에도 몇 번씩 흔들린다. 애석하게도 인간은 옳은 선택은 맞는다고 판단하지 못하고 잘못된 선택의 유혹에는 자유롭지 못하다. 만약 과거의 그 선택이 극명하게 잘못되었다고 판단되는 순간이 온다면 현실은 더 이상 버티지 못할 정도로 암흑일 것이고, 미래는 잔인한 지옥일 것이다. 희선은 남자와 눈을 마주하고 상상한다. 과연 지옥 끝에 홀로 선 느낌은 어떤 것일까?…

같은 시각.

　'디자인 하우스 건너편 골목, 언덕길꼭대기 카페 중에 삼층 목
　조건물 이층이 한가하니 거기에서 보자.'

영서가 병선에게 문자로 찍어준 내용이다. 병선은 이층으로 올라서자마자 손을 흔드는 여자에게 시선을 돌렸으나 눈동자가 보일 정도로 가까이 다가서서야 그 사람이 영서라는 것을 알 수 있었다.

"뭘 그렇게 뚫어져라 보는 거야?"

"… 영서?"

"호호… 애 좀 봐. 그럼 내가 희선이니? 좀 앉지 그래?"

"그 흉측한 거 치우면 앉을게."

영서는 당황하면서도 좋아하는 남자에게 마음을 들킨 것 같이 부끄러운 표정을 지었다.

"어라! 이 학생이… 만나자마자 세게 나오네. 과학의 힘과 인간의 창조물을 어떻게 보고 손가락질이야? 손가락 부러지기 전에 빨리 앉아라. 좋은 말로 할 때."

병선이 일단 여기까지 라는 표정으로 자리에 앉았다.

"이제야 숙녀 티가 조금 나는 것 같네. 초등학교 졸업하느라 고생했다. 잘 지냈지?"

"그래. 너도 잘 지냈지? 진짜 오랜만이야. 몇 년 만이니?"

"남자친구는? 결혼은? 뭐 좀 걸려드는 애들 좀 있어?"

"걸려들면 뭐 하니? 다 하이패스인걸."

"잘 나가는 성형외과 의사가 아무것도 없다? 너! 너무 눈이 높아서 그래. 그러게 내가 좋다고 따라다닐 때 못 이기는 척하고 오케이 하지 그랬어. 후회되지?"

"안 그래도 희선에게는 말했다. 너 이번에 호적정리 하러 들어온 거라면, 널 확 물어버리겠다고. 호호호…"

영서가 부끄러운지 입을 막고 테이블에 가깝게 다가갔다.

"귀신이네, 이번에는 정말 정리하려고. 어떻게 알았어?"

병선의 목소리가 갑자기 차분해졌다. 옷깃을 매만지고 자세도 충분히 정중하게 고쳐 앉았다.

"어! 정말? 미안해. 정말 그런 줄도 모르고…"

"미안하긴, 서로를 위해 그게 정말 맞는 건지도 몰라. 우린 결혼만 했을 뿐이지 같이 산거 뭐… 며칠이나 되겠어. 성격차이 그거 다 개

뻥이다. 사랑이 없는 거야. 솔직히 난 그 친구 집안보고 결혼했고, 그 친구는 내 외모보고 결혼한 거잖아."

"호호호… 또 애. 장난! 네 외모? 아주 편한 외모지. 호호호… 너 정말 하나도 안 변했다. 병선이가 맞긴 맞네."

"내가 어쩌다 그 애한테 빠져 청혼을 했는지 아직도 이해가 안 돼. 결혼하자마자 정신이 팍 드는 거 있지? 더 이상 진도 안 나간 건 정말 잘한 일이라고 생각해. 후회도 없고…"

"어떻게 된 거야?"

"몰래 피임을 해대는데, 사랑이 생기겠어? 요즘 치밀한 여자애들 많다. 약아빠져 가지고 정이라고는 눈곱만치도 없어. 재수 없는 것들."

"병선이 많이 변했네. 이제 말도 거칠게 할 줄 알고."

"고뇌의 산물이지. 결혼해서 애 낳고 세상 부러울 거 없이 산다면 몰라도 그렇게 할 수 없다면 그냥 혼자 사는 것도 나쁘지 않아. 그게 덜 이기적인 거고, 또 한편으로 남한테 피해 안주며 혼자 감당할 수 유일한 방법이기도 하고…"

병선은 희선이 어머니가 돌아가시기 한 달 전 친구의 소개로 만난 동갑내기와 혼인을 했다. 그러나 결혼생활이 순탄치만은 않았다. 잦은 출장, 성격차이로 인한 잦은 대립, 고부간의 갈등은 누구나 겪는 케케묵은 스토리였지만 그들에게는 태백산맥같이 넘기 힘든 거대한 벽이었다.

그들을 별거에 이르게까지 민호의 잦은 호출이 한 몫을 한 건 사실이었지만, 더 큰 요인은 방탕한 생활 끝에 최악의 결과를 낳은 아내의 유산이었다. 병선의 아내는 임신 사실을 철저히 숨겼다. 병선이 지금까지도 아내를 용서하지 못하고 있는 이유이다.

"힘들다는 거 일부러 감추어도 난 다 보여. 애써 그러지마. 병선아."

얼마나 지랄 같은 년인지 내가 잘 알지, 라는 말이 하마터면 튀어 나올 뻔했다. 영서가 힘들게 다문 입에 다시 한 번 힘을 주었다.

"힘들기는… 이제 다 지나갔어."

병선은 폭풍 같았던 그날을 조용히 떠올렸다. 이 년 전 아내의 소리를 마지막으로 들었던 그날이었다.

2주간의 미국 출장 뒤 보글보글 끓여진 된장찌개를 상상하며 모범택시에서 내린 병선은 바퀴 소리가 요란한 캐리어를 팔각형 보도블록 위에 올려놓고 하늘과 건물이 닿아 있는 마지막 층을 올려다 봤다. 병선은 거실에 불이 켜져 있는 걸 확인한 뒤 비밀번호를 눌렀다. 스르륵 문이 열렸다.

병선은 엘리베이터에 몸을 집어넣고 손에 들고 있는 상자를 들어 올려 한 번 더 눈으로 확인했다. 씩 웃으며 흡족한 미소를 지은 병선이 엘리베이터에서 몸을 빼낸 후 비밀번호를 다시 눌렀다. 상자를 신발장 위에 올려놓고, 캐리어를 현관문 왼쪽에 세웠다. 집안에 된장찌개 냄새는 없었다. 거실에 불은 켜져 있었다. '여보' 하며 부르려다 이상한 느낌에 신발이 놓인 곳을 보았다. 막 벗어놓은 아내의 구두와 가지런히 놓여 있는 남자의 신발이 있었다. 병선은 그 신발을 산 기억이 없었다. 머리가 지끈 쑤셔왔다. 반사적으로 숨을 죽이고 신발을 벗으려다 다시 발목에 힘을 주었다. 때는 이미 늦었다. 엇박자가 나는 남자와 여자의 신음소리가 이미 정상을 향해 달려가고 있다는 걸 느끼게 해주었다.

주먹이 벌벌 떨리고, 심장이 가슴을 사정없이 내리쳤다. 둘 다 죽여 버리든지, 아니면 차라리 보지 않거나, 병선은 둘 중 하나를 선택해야 했다.

십분이 지나면 두 시간이다. 문은 아직 굳건히 닫혀 있었다. 몇 발자국만 움직이면 옥상이었지만 병선은 남자의 얼굴을 보기 위해 계단에 몸을 웅크리고 앉아있었다. 새벽 한시가 가까워지자 문이 열리는 소리가 적막을 흔들었다. 속삭이는 소리 후에 남자가 모습을 드러냈다. 기가 막히게 은밀하고 또 저속했다.

엘리베이터 버튼을 누르자 순식간에 문이 열렸다. 바로 방금 옆집으로 학생이 들어간 후였기 때문이다. 현관문 뒤에서 끝까지 남자를 지켜보던 병선의 아내는 먼저 머리를 집어넣고 그 다음 손을 집어넣었다. 문이 잠기는 소리가 들렸다. 병선은 그때까지도 남자를 따라갈 것인지, 아니면 아내의 목을 조를 것인지 결정을 못하고 있었다. 다시 한 시간이 지났다. 오랫동안 피가 몰려 있던 다리에 경련이 일어났다. 난간을 잠시 잡고 있던 병선이 캐리어 손잡이를 손에 쥐었다. 엘리베이터가 올라오는데 까지 그리 오랜 시간이 걸리지 않았다.

일층에 도착했을 때 병선의 머리에서 아내가 좋아하는 초코시럽 케이크가 생각났다. 공항에서 오는 길, 가로수 길에 일부러 들려 샀던 작은 선물이었다. 귀여운 작은 상자에 담긴 케이크는 신발장 위에 있다. 병선은 아내가 눈에 익은 그 상자를 보고 어떤 생각을 할지 무척 궁금했다. 새벽이었다. 캐리어 끄는 소리가 더 크게 들렸다. 하늘과 건물이 만나는 곳을 올려다봤다. 아무것도 보이지 않았다. 어둠은 이미 아파트 건물을 삼켜버렸다.

"병선아. 신중하게 생각하는 것도 좋지만 이젠 네 삶을 사는 것도 괜찮지 않을까? 요즘 이혼! 흠도 아니잖아. 우리 어머니, 아버지 세대 때는 좀 그랬지만 말이야."

"다른 얘기하자. 역시 그런 얘기는 분위기를 썰렁하게 해. 그렇지?"

"에그… 알았어."

"내가 오늘 왜 만나자고 한지 알지?"

"대충은 짐작이 가."

영서가 대답했다. 영서는 강의실에서 성격 더러운 교수님이 들어오셨을 때 보인 자세를 취했다.

"이제는 우리가 좀 솔직해져야 할 때가 온 것 같아서 말이야. 나를 비롯해 우리 친구들 모두…"

"그렇지. 나도 그렇게 생각하고 있기는 해. 2001년 9월부터 지금까지 말이야."

"형사한테는 어디까지 말한 거야?"

"너한테 전화 왔었다는 소리는 하지 않았어. 그 얘기가 커지면 핵폭탄이 될 수도 있으니까. 그런데 그때 어떻게 전화했는지는 말하지 않았잖아. 도대체 무슨 마술을 부린 거야?"

"수영장에서 인생 최고의 순간을 누리고 있었을 때야. 중국 친구 한 명이 나한테 다가오더니 민호가 급하게 찾는다는 거야. 난 주섬주섬 옷을 챙겨 입고 이층으로 올라갔지."

병선은 앞에 있던 음료를 한 번에 쭉 들이키고 다시 말을 이었다.

"호텔 스위트룸 같은 구조였는데 문을 열고 들어가면 넓은 거실이 있고 안쪽에 방이 두 개 더 있었어. 문을 열었을 때 내 귀에 들린 소리는 여자 목소리였어. 그것도 슬픔을 토해내는 울음소리. 민호는 거실 소파에 뻗어 있었고, 백인 놈은 일을 다 마쳤는지 싱글벙글 하며 문을 열고 나오더라고. 그때 볼 수 있었지. 분명 알몸이었어. 쪼그려 앉아 머리를 숙이고 있어 얼굴은 볼 수 없었지만… 그런데 여자가 안고 있는 물건이 있었어. 가방이었는데 액세서리가 달려 있었지. 항상 달고 다니던 주먹만 한 곰 인형 생각나지?

내가 민호한테 물어 보려고 하는 찰나 그 백인 놈이 뭐라고 하면서 꼼짝도 못하게 내 몸을 잡는 거야. 그 다음부터 기억이 가물가물해. 호흡곤란, 구토, 어지러움 증 등이 한꺼번에 밀려왔던 것 같아. 사이렌 소리가 계속 들렸어. 정신을 놓고 한참을 헤맸는데 깨어보니 병원이었고, 곧 바로 도망치듯 병원을 나와 버렸지. 지금도 기억나. 민호가 침을 질질 흘리며 '미안해'를 계속 반복했었어. 나중에 안 사실이지만 난 히로뽕 알레르기가 있었던 거야. 체질에 안 맞는 거지."

영서는 아무런 대꾸도 않은 채 원래의 자세에서 조금도 흐트러짐이 없었다. 병선은 또 다시 말을 이었다.

"원래 계획은 병원에서 빠져나와 경찰에 신고하는 거였어. 난 수화기를 들고 꽤 오랫동안 망설였지. 내가 경찰에 신고를 하면 민호의 인생은 끝나버리는 거니까. 선택! 그때 선택을 한 거야. 그냥 흰 손수건으로 깨끗이 닦으면 되는 것도 아니고 이미 엎질러진 물 어떻게 다시 담아 올리겠냐고… 제이가 떠올랐지만 어쩔 수 없었어. 그때 그 수화기를 내려놓지 못하고 너한테 전화를 한 거야. 나도 뭔가 내려놓을 부분이 필요했어."

"근데 왜 희선이 아니고 나한테 했어? 희선이는 하와이에 있었잖아."

분홍색 화학성분이 묻은 입술이 촉, 하고 떨어졌다. 영서가 다시 묻고 입을 굳게 다물었다.

"문득 그런 생각이 든 거야. 만약 희선한테 연락을 하면 분명 단걸음에 달려올 거라고. 9.11이든 더 큰 놈이든 간에 상관하지 않고 말이야."

"그랬구나. 그럼 희선은 모르는 거네?"

"민호가 말을 안 했으면 절대 알 수가 없지. 돈이 많다는 건 정말 좋은 것 같아. 불가능한 일도 가능하게 하니까 말이야."

"아쉬워. 정말 아쉬워. 우리가 조금만 생각을 달리 했어도 케이의 목숨만은 살릴 수 있었을 텐데…"

영서는 오랫동안 참았던 눈물을 쏟아냈다. 쏟아져 흐르는 눈물을 감추기 위해 영서가 고개를 숙였다. 테이블의 두 사람은 숙연해졌다. 병선이 조용히 티슈를 건넸다.

"영서야. 네 잘못 아니야. 잘못이 있다면 나한테도 있지. 그날 이후 지금까지 누구한테 말도 못하고 매일 악몽에 시달려 왔어. 휴… 정말 바보지. 순간의 선택이 그런 일을 만들 줄 말이야."

병선도 고개를 떨구었다. 어느새 볼을 적시고 있던 눈물이 턱 선에 맺혔다.

"나도 할 말 있어."

눈물을 닦으며 영서가 고개를 들었다. 한참동안 바닥을 바라보던 병선도 다시 영서와 얼굴을 마주했다.

"그래. 다 털자! 뭔데?"

"음… 케이가 그렇게 되고 우리가 세 번 만났던가? 아님 네 번? 그때마다 너한테는 말을 해야 한다고 생각했었는데 기회를 놓쳤어. 정말이야."

영서가 가방에서 차곡차곡 접힌 메모지 하나를 꺼내어 손에 꼭 쥐며 다시 입을 열었다.

"케이가 9.11 때문에 죽은 게 아니라는 걸 아는 사람이 누구누구지?"

"정확히 따지면, 나, 민호 두 명이지? 물론 민호는 내가 알고 있다는 걸 모르지만 말이야."

"이제 나도 너와 같은 편이잖아. 이걸 봐, 케이가 남긴 것이 있어."

영서가 손에 있던 메모를 병선에게 건넸다. 병선이 메모를 읽는 동안 영서는 말을 이었다.

메모내용

❖ 조상진이 문승일 박사의 집에 도착한 시간 : 1988년 9월 10일 새벽 2시 30분, 작업시간 30분. 동행자 없음

❖ 조상진이 차동일과 만난 시간 : 1988년 9월 11일 낮 3시 30분 (장소 : 군부대앞 다방)

❖ 문승일 박사 사고 발생 시간 : 1988년 9월 11일 밤 10시 50분

❖ 정보전달자 : 덤프트럭 기사

"그날 너한테 전화 오기 다섯 시간 전쯤? 케이한테 전화가 왔어, 굉장히 다급한 목소리로 말이야. 그날 한국에서 편지를 받았다고 하며, 바로 민호를 만나러 간다고 했어. SPI가 인수한 회사의 사장이 희선 아버지인데 그가 큰 범죄를 저질렀다고 했어. 증거는 확보했고, 증인이 자백을 한다는 내용의 편지도 받았다고 했어. 케이가 자기한테는 정말 급한 일이고 또 일이 어떻게 될지 모르니 자기가 불러주는 걸 메모하고 그걸 갖고 대전경찰서 담당형사를 만나라고 했

어. 난 다음날 어렵게 그 형사를 만났지, 물론 메모한 것도 그대로 전했고. 케이의 목소리… 그때가 마지막 이었어. 마지막…"

"그럼 이제 어떻게 해야 하는 거야?"

"형사 때문에 그러는 거지?"

"응. 케이에 대해 알고 있는 대로 말해야 하는 건지, 아니면 끝까지 숨겨야 하는 건지 판단이 잘 안돼서…"

"만약, 우리 두 명 다 털어놓게 된다면 그 파장은 엄청날 거야. 그리고 형사가 가만히 있겠어? 비밀을 보장해준다고 약속을 해놓고 언론 쪽과 손을 잡을 거야. 그 족속들의 기본적인 생리지. 분명 제이와 희선에게도 흘러들어갈 거고. 그렇게 되면 제이가 과연 우리를 용서해줄까? 과연…"

"그럼 끝까지 입을 다물자는 거니? 무덤까지 가지고 가자는 거야?"

"자. 냉정하게 한번 생각해 보자. 케이가 9.11 때문이 아니라, 다른 사건으로 인해 살해되었다. 그렇게 생각할 수 있는 케이스가 과연 몇 개나 있을까?"

"음… 몇 가지가 있겠지만 내가 가진 정보로만 놓고 생각한다면 그 '편지'를 받았다는 것이 사건을 일으킬 수 있는 가장 큰 이유가 되겠지."

병선이 영서 테이블에 조금 더 가까이 다가와 앉았다.

"맞아. 나도 네 말을 듣고 생각이 난 거야. 무엇이든 시간이 해결해 주는 건 아니야. 우리 몇몇 친구들 사이에서조차 어떤 조그만 움직임이 없었다고 사건의 방향이 이렇게 달라지니까 말이야. 케이가 그 편지를 민호한테 보여줬거나. 아니면 편지의 내용을 민호에게 말했다면, 민호의 반응은 어땠을까? 그냥 의연하게 넘어갈 수 있었을까? 부친이 칠십 퍼센트 이상을 투자한 회사의 주가폭락이나, 최악의 경우 경영이 어려워 질 수 도 있다고 생각할 수 있지 않았을까? 분명 경제적인 측면을 먼저 생각했을 거야, 머리 회전이 빠른 놈이니까. 결국에는 말이야, 그 백인 놈 때문에 이왕 그렇게 된 거 극단적으로 처리하자 했을 거고. 내가 알잖아. 지금의 민호를 내가 잘 알잖아."

"그 말의 의미는?"

"메모에 쓰여 있는 덤프트럭 기사!"

"그래 맞아. 그 사람만 찾아서 입을 다물게 하면 형사도 어쩔 수 없겠지. 사건이 수면 위로 떠오를 일이 없으니까."

영서가 잠시 병선의 눈을 피했다. 옆에 지나가는 여성의 구두를 쳐다보는 것일 수도 있으나 다른 이유도 있었다.

"그러니까, 이왕 이렇게 된 거 묻어버리자는 거지? 그 사람을 어떻게 찾지?"

병선이 물었다. 은근슬쩍 병선의 눈을 피한 영서가 휴대폰의 전원을 누르고 연락처 목록을 확인했다.

"나한테 방법이 있을 것 같기도 해."

입을 질끈 다문 병선이 영서를 쳐다봤다. 의심의 눈빛은 아니었다. 단지 좀 의아해 했을 뿐이었다.

2001년 7월, 덤프트럭 기사는 출소 후 바로 케이를 만났다. 죄 값을 치루기 위해 교도소에 들어갔던 남자가 출소 직후 누군가를 만난다는 건 묻혀 있던 사실을 폭로하든지 아니면 복수를 하든지 둘 중 하나가 일반적일 것이다. 오랜 기간 철통 같이 닫혀있던 그의 입을 열게 한 건 케이의 진심어린 설득과 고아원에 있던 딸을 극진히 보살펴준 케이의 정성과 성품 때문이었다.

2001년 9월 트럭 기사는 케이에게 보낸 편지에 대한 답장을 받지 못한 뒤 돌연 종적을 감췄다. 큰 결정이 결실을 맺지 못하고 다시 지하에 묻힌 것이다. 하지만 그를 다시 세상 밖으로 끄집어 낸 인물이 다름 아닌 희선이었다.

희선은 편지에서 주소를 메모해 두었다가 9.11 사건이 잠잠해지고 난 후 몇 년 뒤 트럭 기사의 집을 방문했다. 그를 설득하는 데는 오랜 시간이 걸리지 않았다. 그는 일자리가 없었고, 돈이 필요했다. 그와 희선은 서로가 필요로 하는 관계가 됐고, 희선은 그 상태를 유지하는 것이 가장 안전하다고 생각했다. 사나운 개를 길들이려면 당근과 채찍이 필요하다. 형사가 트럭 기사를 찾고 있다는 소문을 두 번이나 들었다. 형사가 점점 숨통을 조여 온다. 희선은 생각했다. 이제부턴 말 잘 듣는 개의 가죽을 벗기고 피를 짜낼 때라고…


영서는 2001년 9월 13일(한국시간) 케이의 부탁으로 처음 트럭 기사를 만났다. 아마도 9월 13일(미국시간 9월 12일)에 사망자 명단이 공식 발표가 됐다면 영서가 트럭 기사를 만나는 번거로움은 없었을 것이다.

케이의 부탁은 혹시 모르니 덤프트럭 기사의 집에 직접 찾아가 그들 만나고 유선, 무선(삐삐) 연락처를 알아봐 달라는 것이었다. 영서는 그대로 실행했고 마음을 비운 그도 순순히 정보를 털어놓았다.

영서가 트럭 기사를 만난 건 모두 세 번이다. 2001년 9월 13일(한국시간), 2014년 삼월 초, 그리고 오늘이다. 영서는 병선과의 저녁식사를 다음으로 미루고 약속장소로 이동했다.

"지난달에 제가 연락을 드린 건 영서 씨를 난처하게 하려던 것은 절대 아니었다는 것만 알아주세요."

영서는 삼월 초에 반갑지 않은 전화를 받았다. 십삼 년 만에 듣는 목소리는 바로 어제 들었던 목소리와 같았다. 그는 할 말이 있으니 병원으로 찾아가겠다고 밑도 끝도 없는 으름장을 놓았다. 매스를 놓자마자 다시 전화를 걸었지만 그는 이미 영서 바로 눈앞에 있었다.

조금 부풀려 말하면 아버지뻘 되는 남자를 근처, 혹은 사람들이 많은 장소에서 만날 수는 없었다. 그것도 중죄를 범해 탄식의 다리를 건너 강산이 변할 만큼 푹 절여져 나온 남자를, 가장 친했던 친구와 '죄'라는 극히 저속한 단어로 연루되어 있는 사람을 정상적으로 대할 수는 없었다. 하지만 내색은 하지 않았다. 불쾌함을 들어내는 건 사람을 미치게 할 수도 있으니까. 고심 끝에 내린 장소는 다름 아닌 추억의 카페 '사과나무'였다.

트럭 기사는 커피가 나오기도 전에 원하는 것이 무엇인지 분명히 알려주었다. 누군가 뒤를 밟고 있다고 했다. 또 '며칠 전 희선 씨한테서 연락이 왔다.'고 했다. 그가 원하는 건 두 가지였다. 지금 어떤 상황이 벌어지고 있는지 알고 싶고, 또 한 가지는 돈이 필요하다는 것이었다.

영서는 왜냐고 묻지 않았다. 그가 희선에게 영서를 만난 적이 있고, 케이의 말을 전한 적이 있다고 한다면 희선은 영서 자신에게서 등을 돌릴 것이라고 생각했기 때문이다. 희선 입장에서 보면 예전에 케이와 은밀히 친했던 자신을 적으로 돌릴 수도 있다고 추측했다. 시간이 감정을 희석시킬 수는 있어도 시간이 지난다고 해서 사람의 성격이 변하는 법은 없으니까…

영서는 다시 한 번 생각했다. 질투 유발은 오르가슴보다 재미있는 놀이다. 그 대상이 없어지는 건 상상도 할 수 없다.

영서는 트럭 기사 입에서 희선이란 이름이 나왔을 때 심장이 급히 뛰기 시작했다. 트럭 기사의 입에서 '희선'이란 단어가 나올 줄은 꿈에도 상상하지 못했기 때문이다. 분명 '희선 씨라는 분'이 아니라, '희선 씨한테서' 라고 했다. 그건 영서가 희선을 알고 있다고 가정을 했거나, 확신을 했을 때 할 수 있는 말이다. 희선에게도 마찬가지였다. 영서에 대해 언급을 하지 않은 건 희선이 물어본 적이 없어서이기도 하지만, 만약 영서에 대해 질문을 했더라도 마주친 적 없는 사람으로 말했을 것이다. 그 정도로 트럭 기사는 세상이 돌아가는 이치를 잘 알았다. 여우처럼 교활하고, 하이에나처럼 먹이를 가리지 않았다.

"하나씩 하죠. 이천만 원이라는 돈이 저한테 적은 액수는 아니에요. 그 돈 값을 했으면 합니다."

"네? 그럼 언제?"

남자의 눈썹이 방글방글 거리는 눈매를 따라 움직였다.

"계좌이체는 좀 그러니 나가서 드리죠. 깔끔하게 해드릴 테니 그쪽도 뒤끝 없었으면 합니다."

"어이구! 뒤 끝이라뇨. 당치도 않죠."

남자는 테이블 밑에라도 들어갈 테세다. 허리는 조아린 머리와 날일자가 되어 있다.

"다음은, 이렇게 했으면 해요."

"어떻게요?"

나이에 걸맞지 않게 앳된 모습으로 고개를 쭉 뺀 남자가 우스꽝스럽다고 영서는 느꼈다.

"자수하세요."

"자수요?"

"네."

"허! 어흠… 이 아가씨가 지금 장난하나. 그곳이 어떤 곳인지나 알고 자수를 운운하는 거요? 미필적 고의와 고의는 큰 차이가 있습니다. 복역 년 수로만 따진다고 해도 배 이상은 될 거요. 아예 그런 식의 요구라면…"

"그렇지 않으면 더 큰 위험을 감수해야 할지도 몰라요."

"그건 안 돼. 절대 안 된다고!"

영서가 속으로 옳거니 했다.

"그럼 떠나세요. 아무도 없는 곳으로, 절대로 찾을 수 없는 곳으로 말이죠."

"으흠. 그건 좀… 한번 생각해보지. 그런데 어디로 가야 하는지는 생각해 둔 곳이 있나? 이천만 원으로 떠나라는 건 세상물정을 잘 모르고 하시는 말씀 같은데. 이억이면 몰라도…"

"생각이 있으면 말씀하세요. 되도록 빠른 시간에요. 그리고 쫓기고 있다고 했는데, 누가 그러는 거죠?"

"나도 잘은 모르겠어. 얼핏 딱 한번 봤거든. 키 크고 마르고 얼굴이 갸름한 미남형이었어. 그건 왜 묻지?"

"앞으로 당신을 찾는 사람이 많아질 거예요. 빨리 움직여야겠어요. 더 큰일이 일어나기 전에…"

"그렇게 하지. 나도 돈만 된다면 최대한 협조할 거고."

영서가 블루 빛 가죽가방에 손을 집어넣었다. 남자는 일어나면서 눈인사만 던졌다. 영서도 애써 예의를 갖추지는 않았다. 물론 감사합니다, 라는 말도 없었다. 다시 올 것이란 뜻이다. 영서도 잘 알고 있다. 그래서 돈도 미리 배분해 놓았다. 가끔 찾아오는 찌릿한 놈이 왼쪽 눈썹 옆을 깊숙이 누르고 사라졌다. 시간이 지날수록 템포가 빨라질 것이다. 술이 필요했다. 거기에 몸매 좋은 남자라도 동석을 한다면 금상첨화일 것이다.


"그것도 못 알아내면 어떻게 하겠다는 거야? 뭐가 문제야? 돈 아니면 승진? 둘 다 원하면 그렇게 해주면 되잖아. 어?"

한번 쏘아댄 민호가 소파가 흔들릴 정도로 털썩 주저앉았다. 형사의 동료를 통해 묻혔던 케이의 사건을 다시 들추어내고 있는 목적. 즉, 의뢰인이 누군지 알아보고 있는 중이었으나 쉽지가 않았다. 목적을 알아야 허리를 끊을 준비를 철저하게 할 수 있을 테니까….

"사람들이 도대체 왜 그러는지 몰라, 그냥 말로 할 때 들으면 얼마나 좋아… 피차 귀찮을 일도 없을 테고 말이야."

책임감이 강한 병선은 소가 여물을 질겅질겅 물었을 때처럼 눈동자에 힘이 없다.

"야? 병선! 너 정신 나갔어?"

병선은 영서와 만난 후 민호에게 나도 무언가 알고 있다는 메시지를 간접적으로 전달해야 한다고 생각했다. 비는 같이 맞아도 우산은 따로 쓰는 방법을 찾기 위해서다.

"하는 데까지 해볼게. 그런데 칡뿌리 같이 강하고 질긴 것 같아."

입안에 있는 혀처럼 움직이던 병선은 지금 우주로 가는 버스정류장에 서 있다. 민호가 흔들던 다리가 급하게 멈췄다. 시선은 정면을 보고 있지만 흘겨보고 있는 것보다 위력은 더 있어 보인다.

"너! 한국 오더니 좀 개기는 분위기다!"

멈칫한 병선이 일어서자마자 민호의 등 뒤에 착 달라붙었다. 민호는 곧 어깨 죽지가 시원해지겠지, 라고 생각하고 있다.

"병선아. 우리가 한배를 탔다는 게 나 혼자만의 생각은 아니겠지, 그렇지? 문득 그런 생각이 들어서 말이야."

민호가 부친을 만날 때 짓는 날카로운 표정으로 병선을 쏘아봤다.

9.11 사건의 진상이 어떻든 간에 만약 민호가 진실을 털어놓는다면 병선은 쓸 패가 없어진다. 그리고 언제나 그랬던 것처럼 쓰레기통을 뒤지는 비 맞은 투견이 될 수밖에 없다. 병선은 진절머리가나는 일을 또다시 반복하고 싶지 않았다. 병선은 9.11 사건에 대해 매스컴 내용대로만 알고 있는 것으로 마음먹었다. 배는 같이 탔지만 그 배가 해적선이 되게 할 수는 없기 때문이다.

"민호야! 내가 너한테 고마워하고 있다는 거 잘 알지? 너 아니면 내가 그런 재산을 어떻게 모았겠어, 이십억은 족히 넘을 거야, 앞으로 더 좋아지겠지. 난 그게 다 우리의 우정이라고 생각해. 그런 믿음이 없었으면 친구인 내가 네 밑으로 들어가겠다고 마음이나 먹었겠어?"

신중을 기해 한 말이지만 병선은 우정을 빗대 너무 돈에 초점을 맞춘 게 아닌가했다. 부메랑이 반짝 빛나는 면도칼을 물고 바로 날아왔다.

"만약 내가 돈이 없었다면?"

잠시 어색한 침묵이 흘렀다. 병선은 왜 바로 대답을 못했는지 후회하며 재빨리 머리를 굴렸다.

"그런 생각해본 적 없어. 우리가 처음 만났을 때 난 민호 너희 집안이 그렇게 대단한 줄 몰랐으니까. 물론 알고 난 후에도 우리 친구들이 너를 대하는 태도는 변하지 않았잖아. 그거 너도 항상 인정하는 부분이고, 그래서 이 세상에 믿을만한 사람은 우리 친구들밖에 없다고 늘 입버릇처럼 말했잖아. 부모님도 채워줄 수 없는 부분을 우리들이 나누고 있다고…"

다시 찾아온 어색함이 휴대폰에서 울리는 소리 때문에 깨졌다. 때마침 구세주가 찾아온 것이다.

"안 받을 거야?"

"어? 보스 전화 납시었네. 잠깐만…"

내일 만날 일정에 관한 전화라 생각했다. 톡톡 튀는 전화 속 희선의 목소리는 언제나 그랬던 것처럼 우울함이란 전혀 없었다.

희선은 내일 오후 네 시 일단 사과나무에서 모이기로 했으며, 참석 인원은 희선, 영서, 민호, 병선 네 명이고, 제이는 저녁 식사자리에 참석할 예정이라고 했다.

기대라고 말하기에는 지극히 부족한 표현이다. 검은 심장을 가지고 있는 가면의 주인공을 만날 때가 왔다. 그게 바로 내일이다.


민호와 병선의 급작스런 귀국이 단지 비즈니스 때문만은 아니라는 것이 형사와 제이의 공통된 생각이었다.

형사는 때 아닌 선글라스를 끼고 나타났다. 명품이라는 것을 강조라도 하고 싶었는지 손으로 브랜드가 있는 부분을 만지작거렸다. 유심히 형사를 쳐다보고 있던 제이가 이 사람은 알면 알수록 재미있는 사람이라고 생각했다.

"선글라스가 잘 어울리십니다."

제이는 마음에도 없는 칭찬을 하고 형사의 표정을 살폈다.

"눈이 약해요, 눈동자가 햇빛을 흡수하지 못하는 것 같아요. 유리 같죠. 낮에 노출이 되면 잘 때 꽤나 고생을 합니다. 마치 용접할 때 눈을 보호하는 렌즈를 착용하지 않으면 밤중에 돌 굴러가는 통증을 느끼는 것과 흡사한 거죠. 제이 씨는 그런 경험 없습니까?"

제이는 묻지도 않은 말을 술술 풀어내는 형사가 귀여웠다. 논리에 허점이 없는 걸로 봐서 눈이 약한 건 사실일지도 모른다.

"내일 만나면 무슨 말을 할 겁니까?"

마치 제이의 역할이 불분명하다면 형사가 직접 참석할 수도 있다는 뉘앙스였다.

"제가 내일 연극을 해야 되는 거죠?"

"그렇습니다. 그것도 베니스 영화제 남우조연상 정도 실력은 돼야 겠죠."

형사가 드디어 선글라스를 벗었다. 눈 밑 콧잔등에 선글라스 자국이 진하게 베여있었다. 왼쪽의 자국이 더 깊은 걸 봐서 얼굴의 대칭이 맞지 않거나 코뼈가 휘어있는지 모른다.

"제 생각에는 내일 제이 씨 외에도 연극할 사람이 또 있을 겁니다. 어쩌면 모두 다 일수도 있고요."

"그럴지도 모르죠, 이젠 다 각자의 상황들이 있으니까요. 하지만 형사님! 이건 꼭 기억해 주시기 바랍니다. 전 케이의 대변인입니다.

제가 희선의 남편일지라도 말입니다."

"네. 압니다. 그렇기 때문에 이렇게 우리가 같이 있는 거죠."

형사는 아군이라는 것을 강조라도 하듯 제이를 따뜻한 눈빛으로 쳐다봤다.

"내일 스케줄을 말씀해 주시죠. 다섯 명이 몇 시에 모이죠?"

제이는 대략적인 일정을 형사에게 말했다.

"제이 씨 집에도 들르나요?"

"모르죠 뭐, 가면 마지막에 가겠죠. 아내가 그럴 걸 대비해서 오전에 마켓을 가더라고요. 아내가 미리 준비한다는 건 분명히 간다는 거예요. 도우미 아줌마도 온다는 것 같고요."

제이는 상상으로 거실 탁자에 친구들을 배치했다. 민호 옆 영서, 영서 앞 희선, 희선 옆 제이, 병선 옆 영서… 상상 속에서도 케이의 빈자리가 보였다. 그녀를 느끼기도 전에 형사가 말을 이었다.

"만약 집에 가면 타임캡슐 얘기부터 꺼내세요. 결론이 안 나면 그냥 두고 다른 질문을 해야 합니다."

"그 다음 질문은 뭐죠?"

"그 다음부터는 저를 파셔야 합니다. '그 형사가 케이가 편지를 남겼다는데 거기에 대해 누구 아는 사람 있어?,' 이런 식으로 말입니다."

"네, 알았습니다."

"세 번째는, 케이 양의 아버님에 대해 아는 사람이 있는가하는 질문입니다. 존재하셨던 것 자체를 말하는 것이 아니라, 어떤 분이셨고, 어떤 사건 때문에 돌아가셨는지 말입니다."

열심히 받아 적은 제이가 전자 펜을 들고 있는 엄지를 입에다 가져다대고 눈꺼풀을 몇 번 깜박거렸다. 그리고는 꽤 신중한 표정을 지으며 형사에게 반문했다.

"그렇게 한 번에 던지면 저와 아내는 정말 어색한 관계가 됩니다. 불편한 가족이 되는 건 좀 그렇군요. 벌써부터 그런 관계가 되어 버리면 아내에게 알아내야 할 내용이 적어질 거예요."

"그림자 키스 아닌가요? 아내와 살아도 항상 케이 생각뿐 아니었나요?"

'그림자 키스!' 형사의 돌발 질문에 제이는 말문이 막혔다. 충분히 가능성 있는 얘기다. 아내와 매일 같이 있어도 그림자는 항상 다른 여자였으니까…"

"자. 네 번째 질문부터는 상황을 보고 해야 합니다. 만약 세 번째 질문에서 한 사람이 궁지에 몰리거나, 서로 맞장구치는 분위기가 된다면 네 번째 질문은 9월 11일에 케이와 통화했거나 연락했던 사람?'입니다. 하지만, 세 번째 질문에 아무도 반응이 없다면 네 번째 질문은 '희선 씨가 그때 LA에 있었다는 걸 아는 사람?' 이어야 합니다."

'끙' 하는 표정의 제이가 입술을 오물거리다 입을 열었다.

"왜 그래야 하는 거죠? 무슨 큰 의미가 있을까요?"

"내일 제이 씨가 질문을 하는 주요 목적이 뭔지 아십니까? 제이 씨가 친구들보다 사건에 대해서 더 많이 알고 있다는 것을 알려주는 것이 첫 번째 목적입니다. 왜냐하면 7월 9일부터 9월 중순까지의 정보력은 아무래도 군에 있었던 제이 씨가 친구들보다는 떨어지기 마련이니까요. 분명 그 상황을 제이 씨 친구 분들도 인지하고 있을 겁니다.

그 다음, 한 사람을 궁지에 몰아넣는 게 두 번째 목적 입니다. 사람은 누구나 궁지에 몰리면 빠져나오려고 하는 심리를 갖고 있습니다. 빠져나오기 위해서는 줄을 잡아야하는 거죠. 여기서 '잡는다'라는 것은 '노출'을 의미합니다. 그 줄이 썩은 동아줄이던 금도금을 한 쇠줄이던 줄을 잡을 때는 분명 확실한 '카드'를 버리게 되죠. 그게 바로 노출이며, 그 노출은 실마리가 될 가능성이 상당히 큽니다."

고개를 여러 번 끄덕인 제이가 다시 고개를 숙였다. 교수인 제이는 마치 학생이 된 것처럼 받아쓰기에 열심이다.

"네 번째 질문이 정상적으로 흘러가면 다섯 번째 질문은 '케이 양의 죽음이 9.11 때문이 아니라고 생각하는 사람' 입니다. 만약 네 번째 질문이 '희선 씨가 9월 11일에 LA에 있었다는 걸 아는 사람?'이고 반응을 보인다면 다섯 번째 질문은 없습니다. 아시겠죠?"

"왜 그렇죠?" 제이가 고개를 갸우뚱했다.

"만약 대답을 한다면 '케이의 죽음이 9.11 때문이 아니라고 생각하는 사람'의 질문에 대답을 할 수 있는 사람은 한 명 뿐입니다. 그리고 '희선씨가 9월 11일에 LA에 있었다는 걸 아는 사람?'이란 질문에 반응을 보일 수 있는 사람도 한 명 뿐일 것입니다. 그리고 그 한 명은 분명 어떤 특정한 사람과 깊은 관계가 있을 겁니다."

"아! 그럴 수도 있겠네요. 근데, 저는 머리가 나빠서 잘 이해하지 못하겠습니다. 어떻게 그런 것까지 예상할 수 있는 거죠?"

"경험치가 제이 씨보다 조금 더 있을 뿐입니다."

"정리를 하자면 우리 친구들이 두 패로 형성되어 있고, 그 두 패의 구성이 어떤 건지 알고 싶으신 거죠?"

"그렇습니다. 소주나 한잔 하시러 가시죠."

소주잔 부딪히는 소리가 둔탁하게 울렸다.

"제이 씨! 실례되는 질문 하나 해도 되겠습니까?"

"네. 얼마든지요, 제 신체비밀을 빼 놓고는 다 말씀 드리겠습니다."

"친구들에 대해 얼마나 알고 계신다고 생각하십니까?"

잠시 망설인 제이가 곧 입을 열었다.

"학창시절에는 정말 많이 알고 있다고 생각했어요. 그때는 많이 알지 않으면 안 된다는 생각도 했으니까요.

대학에 들어가고 2학년 때까지는 그래도 예전처럼 좋았던 것 같습니다. 민호가 미국에 있었지만 자주 연락하고 왔다 갔다 했으니까요. 군대에 가고, 유학을 떠나고 그러면서 조금씩 멀어지기 시작한 것 같아요. 그러다 그 사건이 터졌고, 그 다음은 불 보듯 빤한 거죠. 요즘은 그저 그래요, 어쩌다 만나면 추억 따먹기만 재미있을 뿐이지 다들 먹고 살기에 바쁘니까요. 서로 마음을 터놓고 얘기해본 적이 없는 것 같아요. 음… 칠 년, 그 긴 시간 동안 말이죠.

아버지가 그러시더군요. 자식들이 다 크고 때가 되면, 다시 순수한 시절이 온대요, 물론 먼저 가는 애들도 생길 테니 그건 당연히 감수해야 하는 부분이고요. 그때는 다시 예전같이 만날 수 있다고 하네요. 그 나이가, 적어도 오십 줄은 넘어야 한다는데 참 멀게 느껴지는 나이지만 생각해보면 그렇게 오래 걸리지는 않을 것 같아요."

"네. 잘 알겠습니다. 그렇다면 아내 분에 대해서는 얼마나 아십니까?"

"아내요? 음… 뭐… 잘 알죠. 잘 아는 것 같아요."

"아내 분이 쓰신 소설 제목이 뭐였죠?"

"〈소리 없는 멜로디〉요."

"읽어 보셨습니까?"

"아직요. 곧 읽어볼 겁니다."

"정선 씨와 희선 씨는 친자매가 맞습니까?"

"네. 당연하죠."

"아내 분의 소득 및 지출에 대해서는 얼마나 파악하고 계십니까?"

"우리는 서로의 경제생활에 대해서 간섭하지 않는 편입니다. 만약 가계부 쓸 일이 있다면 아내가 쓰겠죠."

"아내 분이 굽이 낮은 구두를 좋아하십니까? 하이힐을 좋아하십니까?"

"당연히 하이힐을 좋아하죠. 내가 사준 건 모두 칠 센티미터 이상이었습니다."

"이거 실례가 되는 질문일 수도 있겠지만, 제이 씨 신체의 비밀이 아니기 때문에 말씀드리도록 하겠습니다. 희선 씨가 마술에 걸렸을 때 히스테리가 있습니까? 없습니까? 그리고 마술의 날짜를 아십니까?"

제이의 안면이 홍조를 띤 건 알코올 때문만은 아니었다. 제이는 안경테 위로 천장을 바라보며 잠시 기억을 더듬었다. 형사는 자신 있는 표정으로 제이를 빤히 바라봤다.

"글쎄요. 매월 중순인 걸로 알고 있는데요. 특별히 이상한 행동을 하는 건 없지만 그때가 되면 술을 좀 과하게 마시는 것 같아요."

형사는 역시나 하는 표정으로 고개를 아래위로 몇 번 끄덕였다. 소주를 한 잔 더 들이킨 형사가 안주도 집어 먹지 않고, 다시 술을 따랐다. 제이는 보기보다 술을 잘 한다고 느끼는 중이었다.

"여기까지 하죠, 제가 왜 이런 질문들을 했는지 잘 한번 생각해 보시기 바랍니다. 그리고 〈소리 없는 멜로디〉는 꼭 한번 읽어 보세요. 혹시 그 소설에 아내 분이 등장할지 어떻게 압니까?"

제이는 추리소설에는 취미가 없습니다, 라고 말을 하려다 그냥 건성으로 고개를 끄덕였다. 제이도 술잔을 비웠다. 이번에는 형사가 제이에게 소주병을 들이밀었다.

"제이 씨! 단언컨대 진실이 밝혀지면 가족은 분명 위기에 처할 겁니다. 지금이라도 잘 판단하세요."

"저도 분명히 말씀드립니다. 진실을 밝힐 것이며, 가족이 다치는 것은 제가 감수하겠습니다. 진심입니다."

형사는 뭔가 더 할 말이 있는지 거친 숨을 몰아냈다. 마침 제이에게 대리기사로부터 전화가 들어왔다.

"그럼, 오늘 마지막으로 한 가지만 더 말씀 드리죠."

형사가 비장하게 입을 열고 마지막 잔을 술잔에 탈탈 털었다. 제이는 형사와 휴대폰을 번갈아보며 전화를 받을지 말지 고민했다.

"2001년 7월 의정부에서 404호에 계셨죠?"

"네. 저번에 말씀 드렸잖아요."

무표정한 형사의 표정이 제이를 긴장하게 했다. 형사의 표정이 다시 얼음같이 차가워졌다.

"그때 404호에 계셨던 그날, 옆방에 누가 있었는지 찾아냈습니다."

"네!! 누가 있었다고요? 누군데요?"

제이는 눈을 크게 뜨고 형사의 입 모양에 더 집중했다. 한 남자가 문을 열고 들어와 사방을 두리번거렸다. 남자는 휴대폰을 귀에 대고 벨소리가 울리는 제이를 향해 다가왔다.

"희선 씨가 있었습니다."

"대리기사 부르셨죠?"

대리기사는 제이 앞에 멈췄으나 제이는 미동도 하지 않았다. 제이의 머릿속에 수만 가지 생각이 빠르게 지나갔다. 얼굴이 불처럼 뜨거워지고 심장이 요동쳤다. 당시 본부대 위병소 김 상병의 말이 다시 떠올랐다. '다른 여자가 왔었다'. 작은 티눈 하나 때문에 손톱이 빠지는 경우가 있다. 꼭 그렇다고 할 수는 없지만 다시는 손톱이 나지 않을 수도 있다. 제이는 대리기사를 보내고 술을 한 병 더 시켰다.

"이왕 얘기 나온 거 말씀 드리겠습니다. 제이 씨 말을 듣고 의정부에 갔습니다. 협조를 얻기 위해 의정부 북부경찰서에 미리 공문을 보내놓았었죠. 참 세상일이 희한합니다. 어떻게 맞아 떨어져도 그렇게 제대로 떨어지는지요. 제이 씨가 말한 그 모텔의 사장이 매스컴에 올랐던 적이 있었습니다. 혹시 몰래카메라 사건 기억할지 모르겠지만 한 때 큰 화제를 몰고 온 그 사건의 중심이 바로 그 모텔이었습니다.

2003년도에 모텔 사장이 잡혀 들어갔죠. 당시 의정부 북부경찰서에서 압수한 자료들은 2000년부터 2003년 3월까지의 데이터였습니다. 희선씨는 언니 명의로 된 카드를 썼더군요. 혹시나 해서 건물구조를 조사해 보았습니다. 상식과는 조금 다르게 되어 있었는데, 401호는 특실이라고 해서 일반적인 방의 두 배 정도 크기더라고요. 402호와 403호의 문은 붙어 있었습니다. 문이 붙어 있다는 건 구조가 대칭된다는 뜻이지요. 그러니까 402호의 화장실이 왼쪽에 있으면 403호의 화장실은 오른쪽에 있는 거고, 침대와 침대 사이에는 벽 하나만 존재 하는 거죠, 404호와 405호도 똑같은 구조였습니다."

"이런 미친!"

붉으락푸르락해진 제이의 얼굴이 거친 단어와 잘 어울렸다. 형사의 목소리가 점점 작아졌다. 눈동자가 흔들리고 형사의 모습도 흔들리고, 불빛도 흔들렸다.

오금을 접고 앉아 두 팔로 두 다리를 잡고 무릎에 고개를 파묻은 희선의 모습이 눈앞에서 아른거리다 제이가 눈을 감자 여자는 고개를 들고 제이를 쳐다봤다. 슬프게 보이던 눈망울은 갑자기 흰자를 보이며 뒤집혔고, 곧이어 검붉은 피눈물이 굵게 두 줄기를 이뤘다. 제이는 눈을 다시 뜨려고 해도 눈을 뜰 수가 없었다.


자명종 소리보다 몇 배는 더 까칠한 아내의 목소리가 귓속에 파고들었다. 찐득한 눈곱이 성가셨다. 간신히 눈을 뜬 제이는 다리가 시원하다는 걸 느꼈다. 팔이 저린 느낌이 난다는 건 감각이 돌아오고 있다는 뜻이다. 힘들게 왼팔을 들어올렸다. 시계는 아홉시 삼십분을 가리키고 있었다.

전날 밤의 일을 떠올렸다. 술 한 병 더 시키고 연거푸 마신 몇 잔까지가 기억의 끝이다. 마지막 형사의 말이 떠올랐다. 그 주인공의 목소리가 다시 들렸다. 바지를 세탁기에 집어넣는다는 말이었다. 눈이 번쩍 떠졌다.

"안 돼!"

혈압이 오르는 느낌이 정수리까지 치고 올랐다. 제이는 단숨에 아내에게로 달려갔다. 아내가 호주머니에 손을 넣으려던 참이었다. 제이는 몸을 날려 바지를 낚아챘다. 멍한 아내의 표정이 한동안 지속됐다.

"수표가 몇 장 있어! 내 비상금이야."

제이는 엉뚱한 곳에 닻을 내렸다고 생각했다. 역시 둘러대는 재주가 없다.

"서방님! 무슨 말씀을 하시는 거예요? 오백 원짜리 하나 빼고 먼지 하나 없었는데…"

뒤통수가 뜨거웠다. 메모가 아내에게 넘어 갔으면 오늘 약속은 취소다. 아내의 표정을 보고는 메모의 행방을 절대 알 수 없었다.

"지갑은 어디 있지?"

"그건 당신이 항상 올려놓는 곳에 있겠죠. 오늘따라 당신 좀 이상한데. 좀 더 쉬는 게 좋겠어. 저녁에는 또 다른 사람들과 진한 음주가무를 즐길지도 모르잖아? 흠… 오늘은 무슨 옷을 입을까?"

하늘거리는 잠옷 속으로 아내의 완벽한 몸매가 비친 것도 잠시, 아내는 드레스 룸으로 사라졌다. 제이는 화장실 변기에 앉아 양손으로 머리를 잡았다. 형사가 건네준 메모를 호주머니에 챙겨 넣은 기억만 있을 뿐이다. 물을 내리고 일어나 거울을 봤다. 시뻘건 눈동자는 아직 알코올에 젖어있었다.

한참을 뒤지다 결국 메모를 찾은 곳은 지갑 깊숙한 카드와 카드 사이였다. 차 키도 겨우 찾았다. 범인은 바다였다. 다행히 탁자 밑 깊지 않은 곳에서 찾아낼 수 있었다. 주말은 자기와 놀아달라는 귀여운 농성이었다. 뽀로통한 딸아이의 얼굴을 뒤로 하고 현관문을 닫았다. 의정부까지 딸아이를 데리고 갈 수는 없다.

시동을 걸고 출발했다. 조수석 수납함을 열었다. 손가락반만 한 물건이 조용히 쉬고 있다. 저 멀리 동부간선로 이정표가 보인다. 왜 가야하는지는 잘 모르지만, 마음이 시키는 대로 하고 있을 뿐이다. 사십분만 달리면 예전과 같은 그곳에 도착할 것이다. 벌써부터 심장이 빠르게 뛰기 시작한다.

희선은 지난 밤 일을 떠올렸다. 새로 집필을 시작한 소설의 진도가 더뎌 불안했다. 글을 쓴다는 건 묵직한 밥줄이기도 하지만 더 큰 의미는 잠시 현실과 벽을 쌓고 여행을 떠나는 것이었다.

열한시에 시작한 작업은 삼십분이 지나서야 건질 수 있는 글귀들을 떠올리게 했다. 한 시간이 지나서야 손가락이 빨라지기 시작했고, 다시 삼십분 정도 더 흐르고 나서야 속도가 붙기 시작했다. 언제나 그런 패턴이었다. 오늘도 예외는 아니다. 속도가 붙기 시작하면, 한 두 시간은 눈 깜짝할 사이에 지나가버린다. 여러 곡을 모아, 두 시간 반짜리 트랙을 만들어 놓은 클래식 음악이 멈추어 섰다. 차를 한 잔 마시거나, 잠을 재촉해야 할 시간이었다. 고속도로에서 졸음이 올 때쯤 휴게소에 잠시 들리는 것과 마찬가지다. 시간은 야속할 정도로 정확하게 지나가버리고 타이어 자국과 같은 글들은 노트북안에 고스라니 저장된다.

주방에서 티백을 담은 머그잔을 손에 쥐었다. 따듯한 온기가 온몸에 퍼졌다. 다시 서재로 돌아와 음악을 켰다. 잠귀 밝은 바다를 위해 문을 꼭 닫았다. 범인이 두 번째 연쇄살인을 저지르는 상황만 묘사하면 어느 정도 성취감을 맛볼 수 있을 것이다. 벌써부터 포근한 이불의 감촉이 느껴졌다. 아침에는 얼굴이 붓고, 화장이 잘 안 받을 것이다. 내일 화장은 요즘 잘나간다는 연예인의 메이크업을 담당하고 있는 가영 씨에게 부탁해야 되겠다고 마음먹었다.

현관에서 문 여는 소리가 들린 건, 시계바늘이 새벽 세시 십분을 가리키고 있었다. '쿵' 하는 소리 뒤 부스럭거리는 소리가 났다. 나가

보려고 했지만 금방 코고는 소리가 났다. 남편은 지금 뭔가 동요하고 있는 것이 분명했다.

연극은 아침부터 시작됐다. 남편이 형사를 만났다는 건 느낌으로도 알 수 있다.

바다와 나란히 앉아 요구르트와 빵으로 아침을 시작했다. 텔레비전 앞 소파의 남자는 아침까지 오케스트라 지휘를 하며 간혹 주인공 역할까지 맡았다. 관객은 두 명 뿐이지만 재미가 있다. 바다가 저 모습을 보고 도대체 어떤 생각을 할까, 생각하던 참이었다.

"엄마. 아빠 저러다 숨 안 쉬는 거 아냐?"

"바다한테 걱정하라고 일부러 숨 안 쉬는 거니까, 걱정 안 해도 돼요."

"아빠는 참 대단해, 자면서까지 나를 재밌게 해주잖아! 히힛…"

해석이 특이했다. 역시 바다는 남편 편이었다. 서운한 것도 잠시 아침부터 전화벨 소리가 울렸다. 주말아침이어서 더 크게 들렸는지도 모른다. 김치가 떨어졌다는 아빠의 말에 요즘 혼자 계신 노인네는 사소한 것에도 서운해 한다는 생각을 했다. 언니는 원래부터 음식에 소질이 없었다. 귀찮지만 어쩔 수 없었다. 빨리 움직여야 한다.


편의점에서 나온 제이는 케이와 걷던 그 길을 다시 걷고 있었다. 도시가 많이 변했지만 어디가 어딘지 알아볼 수는 있었다. 그래도 형사의 메모가 큰 도움이 되었다. 건물 밑에서 위를 올려다봤다. 역시 예전 이름은 아니었다. 건물에 들어가기를 망설이다가 마침 그 시간에 들어가는 승용차를 보고 용기를 내기로 했다. 주차장 안을 블라인드 커튼을 해놓은 부분에서 승용차 조수석에 앉아 있는 여자가 제이를 보고 얼굴을 가렸다. 제이는 앞에 들어간 한 쌍을 배려해 헝겊으로 되어 있는 블라인드 커튼을 젖히고 다시 밖으로 나왔다. 십 여분 동안 건물을 한 바퀴 돌았다. 뒤편 좁은 골목으로 들어가자 흉측한 건물의 등판이 보였다. 눈으로 사층을 세고 오른쪽부터 하나, 둘 방호수를 세었다. 404호와 405호의 창문이 손을 뻗으면 닿을 정도로 가까이 붙어있었다. 자연스럽게 고개가 떨구어졌다.

"저 오늘 숙박인데요, 사층에 4호와 5호실 부탁합니다. 저희가 의정부에 놀러 왔다가 내일 돌아가야 하거든요. 남녀 두 명씩 두 쌍입니다."

쉬었다 간다는 말을 알기는 했지만 방 두개를 쓸 수는 없는 노릇이었다. 게다가 소리를 내주는 상대도 없다. 이 시간에 밖에 나가서 구하는 건 더욱 무리일 것이다. 두 쌍의 숙박을 예약하는 건 전혀 이상할 것이 없다. 단지, 돈이 좀 들 뿐이다.

모텔은 색은 바뀌었으나 실내는 그대로인 것 같았다. 단지 고풍의 분위기를 내기 위해 이곳저곳 나무를 붙여놓아 어색해 보이는 곳이 많을 뿐이었다. 제이는 엘리베이터를 타고 사층에 내렸다. 십삼 년 만에 다시 온 곳인데도 낯설지가 않았다.

형사의 말대로 4호와 5호의 문은 가까이 붙어있었다. 먼저 404호 문을 열었다. 기억에 있던 공간보다 절반 정도 밖에 되지 않았다. 왜 그때는 그렇게 넓어 보였는지…

몇 천 명, 아니 수만 명 이상도 잠시 거쳐 갔던 곳일 테지만, 케이의 향기는 짙게 베여있었다. 제이는 케이의 허리를 잡고 오른손으로 그녀의 왼손을 잡았다. 눈을 감고 그녀와 함께 작은 공간을 몇 바퀴 돌았다. 정신을 차린 건 탁자에 발이 걸리고 난 뒤였다. 하마터면 컴퓨터가 놓여 있는 책상에 보기 좋게 엎어질뻔하다가 가까스로 중심을 잡고 침대에 걸터앉았다. 가슴이 찢어지듯 저며왔다. 목구멍에 주먹만 한 성게가 박힌 것처럼 답답하고 따가웠다. 어쩔 수 없이 여기까지 흘러 왔지만, 만약 그날 밤처럼 다시 한 번 이루어질 수 있다면 죽어서까지 신에게 감사하겠다고 손을 모았다.

그대로 케이를 옆에 누이고 침대 왼쪽을 차지했다. 느끼고 싶었다. 단 한 번, 단 한 순간이라도 케이를 담고 싶었다. 옆에 놓았던 휴대폰 안에 있는 케이의 사진을 입술에 가져갔다. 차갑고 뜨거웠다. 그대로 영원히 잠들고 싶었다. 신이 부르지 않는다면 내가 신을 부르겠어, 작은 외침이 제이의 입술에서 흘러나왔다. 양옆으로 흐르고 있던 거친 눈물이 침대에 조용히 스며들었다. 이대로…

갑자기 뭔지 모르는 것에 놀라 눈꺼풀을 바르르 떨며 눈을 떴다. 항상 봄에 한 번씩 찾아오는 몸살처럼 온몸이 뜨거웠다. 아직 머릿속에 있는 그 놈이, 혹시 '악몽 증상'이 아닐까 생각했다. 십삼 년 만의 느낌이다. 그놈이 또 온다는 건 생각하기도 싫은 끔찍한 일이다.

방 색상과 가구들은 조금씩 달랐지만 405호실의 구조는 정말 정반대였다. 제이는 형사의 예측에 다시 한 번 놀랐다.

아내가 있었던 방이다. 아내는 왜 십삼 년 동안 비밀을 숨겨왔을까? 벽 하나를 사이에 두고 같이 공유했던 그날 일을 알고도 어떻게 나와 결혼할 수 있었을까? 이런 것들이 이해를 하려고 노력해야 하는 수준의 것은 아니었다. 뭔가 제대로 된 해석이 필요했다. 그저 한숨만 나올 뿐이다.

제이는 404호로 다시 건너갔다. 휴대폰에 저장되어 있는 음악파일을 재생시키고 열다섯 단계까지 있는 볼륨을 열 단계에 맞췄다.

휴대폰을 침대 벽면에 붙여놓고 다시 405호로 건너갔다. 손을 가슴에 얹고 벽면 가까이에 누웠다. 멍하니 천장을 바라봤다. 오래지 않아 얼굴이 화끈거렸다. 가수의 목소리, 기타 반주, 드럼연주까지 가늠할 수 있을 정도로 또렷하게 잘 들렸다. 만약 밤이라면 가사도 어느 정도 따라 할 수 있을 것이다.

다시 404호로 돌아 왔다. 휴대폰을 들고 테이블에 앉았다. 다시 한 번 아내를 생각했다. 도대체 어떻게 버텨냈을까? 이해가 되지 않는다.

일 년 전 장 교수의 생일파티가 있었던 날이 갑자기 떠올랐다. 여자의 손을 잡은 적도 없다. 그저 동료들을 따라 들어간 고급술집에서 여자의 립스틱이 와이셔츠에 스친 것뿐이었다. 파스텔 투톤 와이셔츠에 살짝 스친 입술이 남긴 자국은 그렇게 선명하지 않았고 유심히 보지 않으면 그냥 지나칠 수 있는 정도였다.

그러나 그 립스틱 자국이 초래한 결과는 정말 뜻밖이었다. 다음날 원래의 순서대로 바다가 나간 뒤, 출근 준비를 하고 현관 앞에 가방을 놓으려다 등이 오싹해지는 느낌이 들었다. 구두를 신기 위해 항상 가방을 걸쳐놓는 자리에 천 조각들이 쌓여있었다. 자세히 보니 전날 입었던 와이셔츠였다. 아내가 지난 생일에 사준 두 벌 중 하나였다. 수북한 천 조각들은 어림잡아 몇 십 조각은 되어보였다. 침묵을 뒤로 하고 출근 내내 멍했던 기억이 났다. 아내의 질투는 콜로세움의 검투사보다 더 잔인한 듯했다. 결혼 전에는 전혀 몰랐던 부분이었다.

의심을 피하고, 차 번호판의 노출을 피하기 위해 도로변 공공주차장에 주차를 했다. 멀리 아내가 선물해준 전화번호 액세서리가 눈에 들어왔다.

오후 네시, 카페 '사과나무'에는 민호와 병선이 와 있었다. 아직까지 그대로인 주인아저씨를 보고 병선은 포옹까지 했다. 오늘 애들 다 모이기로 했어요, 라고 병선이 말하자 아저씨도 뛸 듯이 기뻐한다.

딸랑, 소리 뒤로 도착한 건, 희선과 영서였다. 오후 네시 오분이었다. 둘은 문 앞에서 만났다고 했다. 민호와 병선이 먼저 자리를 잡고 있었던 곳이 문 앞 넓은 자리였기 때문에 네 명이 포옹을 하며 서로를 반기는 데 불편함은 없었다.

희선이 자리를 옮기자고 했다. 비록 예전 그 테이블은 아니지만 그때 그 순간을 느껴보고 싶다고 했다. 주인아저씨를 비롯한 다섯 명은 오른쪽 책장 옆의 4인용 테이블에 다시 자리를 잡았다. 아저씨가 오늘 차 값은 안 받겠으니 마음 놓고 시키라고 했다. 민호가 차 값은 받지 말고 자리세만 사람당 십 만원씩 받으라는 말에, 친구들은 박수를 치며 민호를 추겨 세웠다. 모두들 예전 그대로인 것 같았다.

"희선이 쓴 소설책이 영화로 만들어진다는 말에 정말 놀랐어. 그렇게 뜬 거야?"

민호가 약간 어색한 한국말로 희선에게 물었다.

"영화까지 뜨면 희선은 돈 방석에 앉는 거야. 애. 러닝개런티로 계약했거든."

옆에 있던 영서가 대신 대답을 하며 희선을 부러운 눈으로 쳐다봤다.

"책은 읽어 봤어, 내가 아는 내용도 있던데?"

한쪽 입 꼬리를 올리며 의미심장한 웃음을 지은 민호가 말을 이었다. 테이블 위 희선의 손이 가늘게 떨렸다. 시선은 민호의 눈동자 안 깊숙한 곳에 박혀있다.

"병선아! 넌 나이 먹으니까 멋있어진다. 옛날에 그 코 흘리게 병선은 도대체 어디에 간 거야? 히히…"

병선을 만난 적이 없다는 표현을 어떻게 해야 할지 고민하다 뱉은 말이다. 희선이 다음 말을 이었다.

"영서야. 너 병선이 돌아오면, 한 번 심각하게 생각해 본다면서… 그 말은 있다가 술 먹으면서 할 거니?"

얼굴이 발그레해진 영서가 어머 애는, 하며 희선의 어깨를 툭 쳤다. 말해줘서 정말 고맙다, 라는 표현일 수도 있겠다고 희선이 생각했다. 희선의 백에서 진동이 느껴졌다. 희선이 휴대폰을 꺼내 테이블 아래에서 문자를 확인했다. 서포터의 문자였다. 영서의 눈을 의식해 급히 휴대폰의 각도를 틀었다.

'교수님이 오늘 의정부에 다녀오셨습니다, 모텔이었으나, 여
자는 없었습니다.'

희선은 손가락에 힘이 빠졌지만 문자 몇 자를 더 찍는 데는 문제되지 않았다.

'몇 호실에 누구랑 있었나요? 정말 혼자였던 것이 맞나요?,'

서포터의 문자는 미리 준비해 놓은 것처럼 빠르게 들어 왔다. 친구들이 화기애애한 분위기인 걸 확인한 희선이 다시 문자를 확인했다.

'방을 두개 예약을 하셨고, 방 번호는 404호와 405호입니다,'

여자는 정말 없었습니다, 제가 모텔종업원을 구슬려서 바로 위
층 504호에 들어갔거든요, 404호 창문에 도청장치를 설치했습
니다, 국내제품인데 유리에 붙일 수 있고 성능도 뛰어나거든요.'

잠시 남편을 의심한 것은 미안한 일이다. 하지만 방 호수를 들었
을 때 하마터면 소리를 지를 뻔했다. 발가락이 신발 안에서 꼼틀하
는 것이 느껴졌다. 남편이 의정부에 간 이유를 알았다. 결국 남편은
아내의 비늘을 벗기고 살을 발라낼 것이다. 희선은 눈을 가늘게 뜨
고 목을 매달까도 생각했었던 그 치욕적이었던 긴긴 밤을 잠시 떠올
렸다. 드디어 올 것이 왔구나, 라고 희선은 생각했다. 오늘 밤 친구들
과 헤어지고 전쟁을 치러야 한다는 생각에 머리가 지끈거렸다. 하필
오늘 같은 날에…

여섯시 이십오분, 제이는 여전히 도로를 달리고 있었다. 조금 전
형사에게서 예상하지 못했던 소식을 들은 것 외에는 오늘 계획에 차
질은 없었다. 형사는 계속 추적하고 있었던 덤프트럭 기사가 갑자기
사라졌다고 했다. 그는 1988년도 '문승일 박사사건'의 유일한 증인
이다. 그 사건의 진실이 밝혀져야지만, 케이가 9.11 때문이 아닌, 계
획적으로 살해되었을 가능성이 있다는 주장을 할 수가 있다.

그가 증언을 하지 않는다면 어떤 증거를 손에 넣어도 힘을 얻을
수 없을 것이다. 제이는 법률전문가는 아니었지만 느낌으로 알 수
있었다. 과거의 잊힌 사건을 들추어 내 신문의 헤드라인을 장식한다
는 것은 하늘에 파란색으로 이름 석 자를 그리는 것보다 더 어렵다
고 생각했다.

차 창문을 내렸다. 시원한 공기가 차안을 가득 채웠다. 아내일까?

하지만 그 짧은 순간에 사람을 숨기기에는 무리가 있다. 또 다른 누군가가 있을지도 모른다. 속이 메스꺼웠다. 밖에서 들어오는 시원한 공기를 한 모금 깊게 들이킨 제이는 강변도로를 더욱더 힘차게 내달렸다.

사과나무에서 나온 네 사람은 세 대의 차로 나눠졌다. 대치동에 도착하면 제이를 만날 수 있다는 생각에 병선은 가슴이 부풀었다. 차에 타자마자 민호는 줄곧 무표정이다. 싸늘한 분위기에 운전기사가 룸미러로 눈치를 보고 있다.

한참동안 창밖을 쳐다보고 있던 민호가 병선을 쳐다봤다.

"병선아. 아마 오늘 새로운 사실을 알게 될지도 몰라."

병선이 오른쪽으로 머리를 돌렸다.

"응? 무슨 사실?"

"음. 분위기가 이상해. 모두들 형사한테 한방씩 먹은 것 같아. 다들 허리춤에 시퍼런 비수를 하나씩 차고 웃으며 연기를 하고 있는 것 같아."

"오랜만에 봐서 어색함은 좀 있는 것 같더라. 술 한 잔 하고 나면 다 없어져. 원래 늘 그랬잖아."

창밖을 보고 한숨을 깊게 내리 쉰 민호는 다시 입을 굳게 다물었다. 병선은 가는 눈으로 어슷하게 민호를 쳐다봤다. 문자가 들어왔다. 희선이다.

'트럭 기사 네 짓이니?'

움찔한 민호가 고개를 하늘로 올려들었다. 민호는 희선의 앙칼진 성격이 싫지 않았다. 때로는 즐기고, 때로는 그녀와 함께하는 시간을 상상하기도 했다.

'무슨 소리야, 트럭 기사가 왜?'

회신하자마자 문자는 빠르게 다시 들어 왔다.

'사라졌어!!'

민호가 구분하는 여자는 두 종류다. 흥분을 감추는 여자와 흥분을 잘 하는 여자. 그건 성격이나 성관계에 모두 통용된다. 희선이 바로 흥분을 잘하는 여자다. 민호는 살며시 미소를 지었다.

'찾아볼 테니까, 흥분하지 말고 기다려. 형사 쪽에서 먼저 움 직인 거겠지.'

민호 휴대폰에 더 이상 진동은 없었다. 잠시 후 대치동에서 희선의 표정을 볼 생각을 하니 히로뽕 주사 앞에서 차례를 기다리는 것처럼 극도의 흥분이 몸 안에서 기둥을 만들었다.


제이는 검은색 유니폼을 입은 매니저의 도움으로 미리 예약되어 있는 방에 자리를 잡고 앉았다. 매니저가 메뉴판을 드릴까요, 아님 작가님이 항상 드시는 걸 올릴까요, 묻자 제이는 손가락으로 다섯 명을 표시하며, 원래 하던 걸로 준비해주세요, 라고 대답했다.

민호와 병선은 어떻게 변했을까, 잠시 상상을 하기가 무섭게 왁자지껄한 소리가 들렸다. 친구들의 목소리와 웃음소리가 섞여있는 소리였다. 하늘을 나는 것 같이 붕 뜬 기분으로 친구들을 맞았다. 이제부터 연기다. 베니스 영화제에 나갈 연기 수준은 되어야 한다.

"야! 제이! 이 진실한 살덩어리. 역시 먼저 와 있었어! 잘 지냈니?"

신발을 벗기가 무섭게 병선이 제이를 덥석 안았다. 그 뒤에 민호도 손을 흔들며 신발을 벗고 있었다.

"민호야. 잘 있었어? 정말 오래간만이다."

"이 새끼, 친구한테도 교수 같이 말하는 거 봐. 몇 년 만에 만났으면 우는 척이라도 해야 예의지. 하하하! 징그러운 놈 어디 안아나 보자."

차례를 기다렸다는 듯이 민호가 제이를 와락 껴안았다. 가슴이 따뜻했다. 하지만 너무 형식적인 것처럼 느낀 건 왜 일까?

"사내놈들은 다 똑 같아. 그렇게 연락 안하고 지내다가, 만나면 또 언제 그랬냐는 듯, 어제 만난 친구들처럼 속없이 오장육부를 다 드러내니 말이야. 딸 가진 게 다행이지, 아들, 어디 쓸 때나 있겠어?"

신발 정리를 마친 희선이 방으로 사뿐 올라오면서 핀잔을 늘어놓았다.

"난 그래도 아들이 좋더라, 노산만 아니라면 둘이라도 낳겠는데, 누구 씨 좀 빌려 줄 사람 없어? 선착순!"

"호호, 영서! 저 계집애. 욕심이 하늘을 찔러요. 우리 제이 교수님은 안 되니까, 나머지 딸랑이들하고 어떻게 한 번 해봐."

제이 옆에 앉은 희선이 남편의 왼팔을 꼭 잡으며 어깨에 머리를 기댔다. 제이가 움찔했다.

"제이가 경기 일으키는 거 보니, 너 하나로는 부족한 것 같은데? 제이야 맞지?"

제이가 다시 한 번 움찔했다.

"응, 맞아. 꼭 아내하고 애 낳으라는 법은 없으니까. 그렇지?"

희선이 제이의 팔을 놓고 송곳 같은 눈초리로 제이를 쳐다봤다. 분위기가 싸늘해졌다. 하지만 제이와 희선 사이의 은밀한 신경전을 느낀 사람은 없었다. 마침 음식이 상에 올라오고 있었다. 병선이 먼저 숟가락을 들었다.

"자 먹자, 우리 친구들의 유일한 커플인 제이, 희선도 사랑싸움은 집에서 하는 걸로. 여기 소주 좀 주세요!"

오래지 않아 술과 음식이 테이블을 가득 채웠다. 매니저는 VIP 손님의 비위를 맞추기 위해, 평소보다도 더 자주 들락거렸다. 친구들은 빈티지 룩 같은 시간을 영화 한편 보는 것처럼 회포를 풀었다. 평소와, 그 어떤 친구들의 무리와 다를 것 없는 그런 주말 밤 식사자리였다.

1차 술자리에서 거나하게 취한 몸들을 이끌고 도착한 곳은 예정에 있었던 제이와 희선의 보금자리였다.

제이는 술을 마시면서도 정신은 놓지 않았다. 술자리에서 케이의 대한 얘기는 단 한 번도 나오지 않았다. 그만큼 서로가 긴장과 견제를 하고 있었다. 누군가 먼저 물꼬를 터주었으면 했다. 그래야 더 자연스런 연기를 할 수 있을 것이다. 그때 어느 정도 취기가 오른 영서가 뜻밖의 발언을 했다. 중요한 전화라고 서재에 들어가 오분 이상 시간을 보내고 온 영서가 다시 자리를 차지하고 앉은 후였다.

"애들아! 케이 얘긴데… 나 사실 너희들한테 고백할 게 있어."

형사의 등장은 실로 대단했다. 십삼 년 동안 묻혀있던 진실이 드디어 수면위로 떠오르는 순간이었다. 모두의 시선이 잠시 침묵을 대신했다. 침을 꿀꺽 넘긴 영서가 말을 이었다.

"미안해. 이제와 말하는 건 좀 그렇지만 나, 그날 9월 11일에 케이 전화를 받았어."

영서가 다시 말을 이었고 어두운 표정으로 고개를 숙였다.

"무슨 소리야? 9월 11일이면… 미국시간으로 9월 11일이었다는 건가?"

희선은 영서를 뚫어져라 쳐다봤지만 놀라는 기색은 없었다. 희선은 오히려 제이 무릎에 손을 올려놓아 남편을 안심시켰다.

"그날 전화는 나도 받았어. 로밍이라 통화는 길게 못했지만."

이번에는 모두의 시선이 희선에게 쏠렸다. 제이는 영서와 희선을 번갈아보며 누가 먼저 함정을 파고 있는지 유심히 관찰했다. 형사가 생색을 내며 빌려준 스마트 녹음장치는 텔레비전 앞에 놓아둔 가방 안에 안전하게 있을 것이다. 민호와 영서의 눈치를 번갈아보며 병선이 바통을 이어받았다.

"무슨 내용인데 그래? 혹시 중요한 내용이면 같이 알고 있는 게 좋지 않을까? 앞으로 형사와 인터뷰하는 자리에서 입을 맞추어야 하는 경우도 생길 테니 말이야."

병선은 타협으로 방향을 잡았다. 그럴 수도 있는 것이 형사의 조사가 왜 이루어지는지 병선은 알지 못하는 것 같았다. 제이는 편지의 내용을 알고 있는 영서가 전화를 받았다고 공개한 건 희선을 궁지에 몰아넣으려는 함정이라고 일단 선을 그었다. 그리고 형사의 지침에서 두 번째 내용을 제외시켰다.

"그날, 제이 너한테 편지를 보냈다고 했어. 연락할 수 없으니 꼭 전해달라고, 아마 편지 안에 중요한 내용이나 물건이 있었을 거야. 그 편지 가지고 있지?"

영서는 제이와 눈을 맞추며 말하고 제이의 표정을 살폈다. 제이도 영서의 시선에서 눈을 떼지 않았다. 곱지 않은 시선이었다.

"내가 케이한테 받은 건 이메일뿐이야."

"이상하네, 제이 너는 9월 중순에 제대하지 않니? 만약 9월

11일에 편지를 보냈으면 못 받을 수도 있지. 제대한 다음이니까 말이야."

병선은 제이 눈치를 보며 눈빛으로도 영서를 옹호했다. 제이는 영서 말이 사실일수는 있으나 케이가 보낸 이메일에 편지 얘기는 없으므로 그다지 신빙성이 없을 것이다. 제이는 영서의 저의가 뭘까 궁금했다.

"나도 하나 묻자. 타임캡슐은 도대체 어디 있는 거야? 형사가 그러는데 다들 말이 다르다고 해서…"

이젠 희선의 차례였다.

"내가 상자를 마지막으로 본건, 케이 장례식 때였을 거야. 이모님이 가지고 온 몇 가지 유품 중에 그 상자가 있었던 것 같아. 이모님이 그 상자도 같이 화장해 버리는 건 어떤지 나한테 물어봤었어."

희선은 자기의 질문에 자기가 먼저 대답하고 친구들의 반응을 살폈다. 사실 제이는 그날 그 타임캡슐이 들어있는 상자를 본 기억이 없다.

"내가 마지막으로 본 것도 그날이었는데? 이모님이 나한테도 똑같은 질문을 했었거든, 난 이모님이 갖고 계시는 것이 제일 좋겠다고 했어, 그리고 나중에 찾아가겠다고 말씀드렸고…"

영서가 희선의 말을 받았고 병선은 영혼 없이 고개를 끄덕였다. 희선은 영서와 병선, 제이를 번갈아 쳐다보았다. 낯빛이 가장 변해 있었던 사람은 영서였다. 모두의 시선이 영서에게 쏠렸다.

"같은 상자는 여러 개가 있을 수도 있잖아. 시중에서 쉽게 살 수 있는 물건이니까. 그런데 타임캡슐이 왜 그렇게 중요한데?"

영서는 궁지에 몰리고 있는 느낌을 받았는지 목소리에 힘을 주어 말했으나 영서의 질문에 대답하는 사람은 아무도 없었다.

"희선아! 넌 뭔가 알고 있지?"

영서가 다시 말하자 희선은 날카롭게 영서를 노려봤다. 제이는 둘 사이에 긴장감을 느낄 수 있었다. 한쪽은 불 같이 뜨겁고, 한 쪽은 눈 같이 차가운…

"자! 이제… 무언가 알고 있는 사람이 있다면, 털어놓자. 형사는 케이의 편지 원본이 그 타임캡슐 안에 있다고 생각하고 있는 거야. 그 편지는 케이의 아버지를 교통사고로 위장해 살해했을 가능성이 있는 덤프트럭 기사의 진술내용이 담겨있어. 모두 내려놓자고. 이 젠…"

제이는 탁자 위해 손을 올려놓고 굵은 목소리로 친구들을 설득했다. 친구들은 당황하는 표정을 지었으나 무거웠던 분위기는 숙연해 졌다. 만약 편지내용을 공개한다면 친구들은 과연 어떤 표정을 지을 지… 영서가 케이한테 전화를 받았을지는 몰라도 케이는 편지를 보내지 않았다. 케이가 전달하고자 하는 물건은 사과나무에 있었고 제이는 그걸 눈으로 직접 확인했다.

"여보! 그런데 당신이 그 내용을 어떻게 알아?"

희선의 날카로운 목소리에 제이는 아차 했다. 아내의 표정이 일그러져 있었다. 형사의 지침에서 벗어나자 바로 공격을 받는다.

"친구지? 아니 친구였지. 희선아. 뭐라고 말 좀 해봐, 넌 분명 알고 있는 것이 있을 거야. 응? 케이가 너무 불쌍하잖아. 평생 아빠 위해 살다가…"

"그만! 영서. 너 그만 좀 해. 그 상자 행방 네가 알잖아. 연기 그만 하고 말해. 그날 나와 마지막으로 대화한 사람은 너야. 그리고 이모님과 버스에 오른 후 납골당으로 들어가 한참동안 나오지 않은 사람도 너고. 너 자꾸 나를 몰아세우는데. 도대체 왜 그러는 거야? 내 말이 틀리니?"

희선이 눈을 부라리며 물었다. 희선이 흥분하자 놀란 건 영서뿐만이 아니었다. 기세등등한 희선이 휴대폰을 테이블 위에 올려놓고 손가락을 움직였다. 잠시 후 화면위에 올라온 건 031로 시작되는 납골당 전화번호였다. 희선은 휴대폰을 영서에게 밀었다.

"그날 집에 도착하자마자 확인했어. 납골당 키 다시 받아 갔던 사람이 너였고, 그날 네가 케이를 방문한 마지막 사람이었어. 맞니?"

희선은 말을 이었다. 영서는 아무 말 없이 고개를 숙이고 양어깨를 내렸다. 믿고 있던 병선도 입을 꾹 다물고 있었다.

"그래. 맞아…"

영서의 입술이 파르르 떨렸다. 또 다시 어둠을 잡아먹은 침묵이 고요히 흘렀다. 민호의 눈빛이 매섭게 빛났다. 침묵이 때로는 생각지도 않은 행운을 가져다준다. 손도 안 되고 코푸는구나, 라는 표정이 민호 얼굴에 가득했다.

"말 할게. 누구한테 피해가 가는지는 이제 나도 모르겠어. 될 때로 되라지 뭐…"

영서가 술잔을 한 번에 비우고 입을 닦았다. 모두의 시선이 영서에게 쏠렸다.

"희선. 네 말은 맞아. 그날 작업은 못했어. 예약만하고 그 다음 날 다시 찾아 갔어. 하지만 타임캡슐의 행방은 몰라. 정말이야."

"그런데 가족만 납골당함의 열쇠를 받을 수 있는 거 아닌가?"

제이가 영서를 보며 말했다.

"나랑 영서 이름도 올라 있어. 케이 직계가족은 사실 없으니까."

희선이 영서의 대답을 대신했다.

"그럼 찾은 거네! 이 얘기는 우리끼리만 알기로 하자. 다들 어때? 내 의견에 동의하는 거지?"

가장 빠른 반응을 보인 건 민호였다. 편지를 숨겨야 될 필요성을 가장 크게 느끼는 사람도 민호라고 제이는 판단했다.

"편지. 일단 찾자."

민호는 밝은 표정으로 말을 이었다. 마치 휴전협정조약의 한 장면처럼 보였다. 병선의 입은 움직이지 않았다. 제이도 의견을 제시했다.

"그래 일단 찾자. 다 같이 가서 확인하자. 이견 있는 사람은 없을 거야. 그렇지?"

오랜 침묵을 지키고 있던 병선이 케이의 아버님은 훌륭한 분이셨고 국보급 인물로 대통령의 총애를 한 몸에 받아 무기개발에 큰 공을 세우신 분이야, 라고 신문기사에 나온 내용을 그대로 인용해 말했을 때는 모두 아무런 반응이 없었다. 제이는 형사의 지침을 다시 정리한 후 네 번째 질문을 하려고 하는 순간 영서가 입을 열었다.

"케이 죽음이 9.11 때문이 아니라고 생각하는 사람 혹시 있어?"

제이는 영서도 형사의 지침을 받지 않았나 의심을 했다. 결국 종착역에 도착했다. 어느 누구에게는 막 다른 골목일 수도 있고, 또 다른 사람에게는 기회의 장소이기도 했다. 파스칼은 인간의 모든 불행은 방안에 가만히 앉아 얌전히 휴식을 취하지 못하는 습성에서 비롯된다, 는 말을 남겼다. 제이는 이 말이 휴식보다는 침묵을 강조한 말일 것이라고 생각했다. 제이는 친구들의 표정을 살피며 덫을 놓을 수 있는 또 다른 뭐가 있을까 머리를 짜냈다.

"9.11이 아니면, 사고라도 당한 건가? 이제 우리가 이 자리에 모인 이유를 냉정하게 생각해 볼 필요가 있어."

"맞아. 진실을 배반한 친구들이란 말은 듣지 말아야지."

병선의 말에 영서가 맞장구를 쳤다. 영서의 공격 대상은 여전히 희선이었다.

"9.11 사건이 있었던 날, 희선이 네가 하와이에 없었다는 거 나만 알고 있는 건 아니지?"

제이가 빗장을 걸어 잠갔다. 희선의 얼굴이 잘 익은 홍시처럼 붉어지고 눈빛은 더욱 차가워졌다.

"친구 만났다고 했잖아. 당신 지금 내가 케이 사건과 관련 있다고 생각하는 거야?" 흔들리는 눈동자는 속일 수 없었지만 희선은 분노를 참고 평상시보다 더 느리고 부드럽게 말했다.

"…"

침묵이 다시 찾아왔다. 제이의 시선이 희선의 눈동자를 두드렸다.

"사건이라고 한 적 없는데?"

"그만!"

희선과 제이의 목소리가 커지자 결국 민호가 중재에 나섰다. 다른 친구들도 모두 동의하는 분위기로 흘러갔다. 시간은 어느덧 새벽 한 시를 넘어서고 있었다. 제이는 친구들을 보내고 아내와 남겨져 있을 생각을 하니 먼저 두려움이 앞섰다. 풀어야 할 매듭이 한 바구니였다. 영서는 민호와 병선이 데려다주기로 했다. 희선은 아줌마의 음식솜씨를 자랑하며 따로 포장한 수제과자를 친구들에게 나누어 주었다. 술에 취한 영서의 수제과자는 병선이 대신 받았다.

케이가 세상을 떠나고 제이가 희선을 선택한 이유는 그리 복잡하지 않다. 희선은 제이를 위해 모든 것을 다 주었고, 그를 위해서라면 그 어떤 것도 마다하지 않았기 때문이다. 제이가 첫사랑이며 그를 대신할 사람은 이 세상에 아무도 없었다. 하지만 제이가 희선을 선택한 가장 큰 이유는 희선을 보면 케이를 생각할 수 있었기 때문이었다. 제이는 마음이 심란할 때면 버릇같이 서재에 있는 조소 작품 앞에 한참을 서 있었다. 조소 작품은 결혼하기 얼마 전 제이가 주문 제작해 만든 '입맞춤' 이란 이탈리아의 그림을 그대로 형상화해 놓은 것으로 제이의 상체만큼이나 크다. 물론 아내는 작품의 의미를 모른다. 만약 알았다면 와이셔츠를 갈기갈기 찢은 것처럼 둔탁한 망치와 날카로운 정으로 구슬반만 한 조각을 몇 천개나 만들어냈을 것이다. 모두가 어둠속으로 사라진 후, 허무하게 남은 빈 공간은 두 사람이 있다는 것이 무색할 정도로 지독한 적막만 흐른다.

"얘기 좀 해"

희선이 적막을 깨며 낮은 목소리를 제이에게 보냈다.

"제이! 당신은 내 남편이야. 맞지?"

"응. 맞아."

희선은 원피스를 벗고 소파 위에 앉아 제이를 올려다보았다.

"놀라지 말고 내 말 잘 들어."

"각오는 돼 있어."

제이가 어금니를 있는 힘껏 물고 미간을 찌푸렸다.

"9.11 사고로 케이의 죽음을 덮은 건 민호 짓이야. 민호는 힘이 있고, 언론을 움직일 수 있는 돈이 있어. 마침 그 사건이 터졌고, 저녁 뉴스에 이름 하나 올리는 거, 민호한테는 일도 아니잖아."

"미친놈! 그렇다면 당신은 관련이 없다는 거야?"

제이는 믿지 못하는지 어기적어기적 뒷걸음치다 벽에 등이 닿자 새파랗게 질린 얼굴로 입을 크게 벌리고 몸을 벌벌 떨었다. 설마 했던 사건의 실체가 예상했던 대로 있었다. 제이가 주먹을 쥐자 손등에 힘줄이 도드라지게 튀어나왔다. 제이는 아내를 증오의 눈빛으로 쏘아봤다.

"말해 봐! 당신은 뭐 하고 있었냐고! 친구를 만났다는 거, 민호를 만났다는 말이잖아! 맞지? 말해봐! 말해보란 말이야!"

날카로운 제이의 목소리가 희선을 사정없이 뒤흔들었다. 희선이 꼬고 있던 다리를 풀고 고개를 숙이자 머리카락도 바닥으로 떨어졌다. 겨울 새벽바람처럼 차가운 적막이 흐른 뒤 희선은 고개를 아래위로 흔들어 긍정의 표시를 했다.

"맞아. 내가 민호 방에 들어갔을 때는 이미 사건이 벌어진 후였어."

희선은 사건의 전말을 제이에게 설명하기 시작했다. 민호와 같이 환각작용을 일으킨 백인의 짓이었고, 사고를 숨기기 위해서는 더 큰 범죄가 필요했을 거라고 말했다. 희선은 사건이 끝난 후에야 민호를 볼 수 있었다고 제이에게 말했다. 제이는, 민호는 물론이고, 줄곧 냉정함을 지키고 조목조목 설명하고 있는 아내도 용서할 수 없었다. 희선이 눈물을 보였다. 가련했지만 눈물의 의미가 무엇인지 제이는 전혀 알 수 없었다. 생각했던 모든 것이 땅에 묻혀 있다. 이제야 케이가 9.11때 죽은 게 아니라는 것을 알아낸 것뿐이었다. 아내를 믿어야 하나?, 제이는 양주를 꺼내들고 입에 꽂아 넣었다. 목이 벌렁벌렁 춤을 추었다. 아득한 곳에 케이가 보였다. 슬픈 눈망울이 너무도 선명했다.

'삐리릭'

문자가 들어왔다. 영서다.

'제이! 사실 납골당에서 내 이름 앞에 병선이 이름도 있었어.

그냥 너만 알고 있어.'

"미친 것들! 도대체 뭐하자는 거야!"

제이가 술병을 바닥에 집어던지자 산산조각난 파편이 에메랄드처럼 빛나며 온 사방을 메웠다. 제이가 숨을 헐떡거리며 화장실로 들어갔다. 거울을 보고 그대로 주먹을 날리고 다시 거울을 봤다. 자신의 얼굴이 보기 좋게 갈기갈기 찢어져 보인다. 소란스러운 소리에도 희선의 방은 열리지 않았다. 제이는 화장실 문을 닫고 소리 없이 울부짖었다.


'이민호의 단독 범행으로 결론을 내던 가요?' 휴대폰 속에서 형사의 음성이 나지막이 들렸다. 형사는 스마트 녹음기를 건네받기 전, 친구들끼리 내린 결론이 궁금해 견딜 수가 없었다. 일요일 오전 제이의 문자를 받기가 무섭게 형사에게서 전화를 걸려왔다. 목소리는 여전히 차분 했다.

제이는 형사와 통화를 끝낸 후 아내, 그리고 바다와 같이 점심식사를 했다. 햇볕이 거실에 한 가득 담겨있는 오후가 되자 아내는 전날 무슨 일이 있었냐는 듯, 바다와 게임을 즐겼다. 일요일 오후는 주로 바다와 지내곤 했던 제이는 그 자리를 아내에게 물려주었다. 계획적인지는 모르겠으나 제이에게는 움직일 수 있는 시간이 생겼다. 바다야 엄마랑 재미있게 놀고 있어, 라는 말을 남기고 제이는 도망치듯 집을 빠져나왔다. 방향을 잡은 곳은 형사와 약속을 한 카폐였다.

형사가 손을 흔들어 보였다. 커피는 이미 두 개가 놓여 있었다. 제이는 자리에 앉기가 무섭게 먼저 건네 줄 물건을 형사에게 들이밀었다. 형사는 수고하셨습니다, 라는 사무적인 말 뿐 표정의 변화는 없었다.

"덤프트럭 기사는 찾았나요?"

"음… 제가 제이씨보다 능력이 부족한 것 같습니다. 아직…"

형사는 사진 한 장을 테이블 위에 올려놨다. 영서와 나이가 지긋한 남자가 대화를 나누는 장면이었다.

"이 사람이 트럭 기사라는 말씀인가요?" 형사는 고개를 끄덕였다.

"혹시 이 사람을 본 적은 없나요? 자세히 보세요."

"모자를 써서 잘 알아보지 못하겠는데… 그런데 영서가 왜 이 사람을 만나고 있는 거죠?"

제이는 전날 영서가 꺼냈던 말들을 다시 머릿속에 떠올렸고 결론을 내렸다. 영서는 분명 희선과 같은 편은 아니었다.

"녹음 내용을 들어보면 알 수 있습니다. 영서와 제 아내는 같은 편이 아닙니다."

"어제 있었던 대화 내용을 분석한 후에, 제이 씨 말대로 민호 씨에게 수사의 초점을 맞출 생각입니다. 방향은 정해졌습니다. '케이 양은 9.11사고와 무관하며, 모종의 범죄에 의해 살해되었다. 맞습니까?"

제이도 고개를 끄덕였다. 형사는 내일 다시 보자는 말을 남기고 먼저 자리를 떴다. 혼자 남겨진 제이는 차갑게 식은 커피를 들이켰다. 두통이 심하게 일고 있었다는 건 그때 알았다. 제이는 아무도 없는 곳에 가서 잠이라도 푹 자고 싶다는 생각을 하며 터벅터벅 길가로 나왔다. 해는 지고 있었고 가로수 그림자의 키는 늘어져 있었다. 제이는 며칠 전 도로에서 택시를 잡던 학생이 봉변을 당한 뉴스를 본 기억을 떠올리며 보도블록 위에서 손을 흔들었다. 오른쪽을 쳐다보니 검은색 차량이 비상등을 깜박이며 정차해 있었다. 제이는 다시 왼쪽으로 고개를 돌려 손을 흔들었다.

"제이 씨?"

탁한 남자의 목소리가 뒤에서 들려왔다. 아차! 하는 순간, 오른쪽에 정차해 있던 차량이 찢어지는 타이어 소음을 내며 후진해 왔다. 숨이 막히는 순간 거칠게 문이 열렸다. 세 명의 괴한이 쏟아져 나왔다. 감당해 내기에는 무리였고 순식간에 벌어졌다. 차 옆에 브랜드를 나타내는 금속이 붙어있었다. '스타크래프트!' 아야진 별장에서 민호가 한 말이 불연 듯 스쳐갔다. '한국에 몇 대 안 되는 차야. 스타크래프트 멋지지?'


눈을 뜨자, 야구 방망이에 두들겨 맞은 듯한 통증이 뒷머리에서 찡찡거렸다. 시간이 꽤 많이 흘렀다는 건 손목시계를 보고 알 수 있었다. 손은 물론이고 몸의 대부분을 움직일 수 없었다. 암벽을 탈 때 쓰는 로프라는 건 손하고 연결되어 있는 발목 부분을 보고 알 수 있었다.

조그만 공간이었다. 천장 바로 밑에 창문이 있었다. 일어서서 손을 뻗어도 닿지 않을 정도의 높은 위치였다. 지저분한 창문에 달이 드리워져 있었다. 환하고 밝은 보름달이었다.

길가의 차량과 세 명의 거친 남자가 머리에 맴돌았다. 다리가 저려 몸을 뒤척일 때쯤, 밖에서 인기척이 들린 후, 도축하고 있는지 개의 울부짖는 소리가 잠시 들렸다. 다시 발자국 소리만 들릴 정도로 조용해졌다. 시건 장치를 푸는 소리, '끽'하고 문이 열리는 소리가 들린 후, 덩치가 큰 사내 두 명이 들어왔다. 한 사내가 제이를 보고 씩 웃어 보였다. 다른 사내는 담배를 물고 있었다.

두 사내가 터벅거리며 걸어오더니 어깨에 얹어 놓았던 짐짝 같은 물건을 창문 밑 나무상자가 쌓여 있는 곳에 내동댕이쳤다. 주머니에 손을 넣은 사내가 너부러져 있는 남자를 발로 툭툭 찬 뒤 살아 있다는 걸 확인하고 제이에게 관심을 보였다.

"어이! 교수양반. 친구 왔네."

덩치 큰 험상궂은 사내가 제이의 뺨을 톡톡 치며 말했다.

"아따 징허네 그놈…"

다른 덩치가 손을 털고 뒤돌아섰다. 맥이 풀려 있는 남자를 보고 한 말이었다. 조금 뒤 그들이 나가며 문을 닫았다. 다리 밑으로 묶인 손과 발을 이용해 너부러져 있는 남자 쪽으로 움직였다.

"이봐요. 아저씨!"

제이가 등을 보이고 누워 있는 남자의 몸을 발로 당겼다. 상의는 이미 피에 젖어 있어 색깔을 구분하기 힘들었다. 안쪽 주머니에서 찌그러진 까만 안경이 흘러 바닥에 떨어졌다. 레이밴 선글라스였다.

"어! 형사님! 박도준 형사님! 정신 좀 차려 보세요!"

제이는 온몸을 이용해 형사를 필사적으로 흔들었다. 어느 영화에서 본 기억이 있었다. 정신을 잃은 사람에게 가장 필요한 건 첫 호흡이라는 걸…

'읍… 풋…'

걸쭉한 액체에 섞인 피를 한참동안 토해낸 형사가 서서히 눈을 떴다. 눈알의 흰자위가 검은 눈동자를 위로 올리다 차츰 원위치로 돌아왔다. 형사를 마구 흔들어댄 효과가 있었다.

"정신이 들어요? 저 제이에요!"

형사는 서울역 앞의 노숙자보다 더 남루한 몰골을 하고 있었다.

"제기랄. 얼마나 맞은 겁니까? 여기는 또… 도대체 어떻게 된 거예요?"

"…머리를 맞았어요. 편의점을 나와 서(경찰서)로 돌아가는 길에요."

형사가 입을 열었다. 치아에 찢겨 터진 입술이 구슬만큼이나 크게 부어 있었다.

"이민호의 짓인 것 같습니다. 여기는 민호의 별장 근처일거고요."

"별장이요? 벽면이 다 스틸로 되어 있는 걸 보니 깡통인 것 같은데. 친구 한번 잘 두셨네요. 이제 시작인데 꽤 거칠게 나오네요."

형사는 아직 여유가 있는지 찌그러진 얼굴로 억지웃음을 지어보였다. 형사의 얼굴이 마치 퉁퉁 부어오른 하회탈처럼 보였다.

"뭐. 제이 씨 아내 분이 꾸민 일이라고 생각할 수도 있는 거 아닌가요?"

"그렇지는 않을 겁니다. 그렇게까지 냉혈인간은 아니라고 봅니다."

"그래요? 그렇다면 제이 씨 집에 도청장치가 되어있을 가능성도 있겠네요. 그것도 침실 주변이에요."

형사는 씁쓸하다는 표정을 지었다. 제이는 형사의 말을 곰곰히 생각하고 있었다. 두 사람은 어느새 동지를 넘어 친구가 되어가고 있었다. 달이 산 뒤로 모습을 감춘 듯 주위의 빛이 모두 사라졌다. 곧

해가 뜰 것이다. 형사가 제이의 몸에 감겨 있던 로프의 매듭을 풀어주었다. 로프로 움직이지 못하게 온 몸을 꽁꽁 묶어둔 이유가 무엇인지 이해가 잘 가지 않았다. 로프가 풀리자 몸이 한결 가벼워졌다.

그 생각은 오래가지 않았다. 해가 창문 사이를 비집고 들어오자, 작은 독방은 일반 집이 아니라 버려진 컨테이너였다는 걸 깨달았다. 밖에서 트럭이 움직이는 소리가 요란하게 들리고 난 뒤, 컨테이너가 심하게 요동을 쳤다. 몸이 붕 들리고 있었다.

"움직이나 봐요!"

"곧, 집채만 한 해머로 때리고 부수고 할 겁니다."

"무슨 대책을 세워야지. 그렇게 태연하게 예상만 할 겁니까?"

제이가 형사를 향해 소리쳤다. 형사는 여전히 고개를 숙이고 깊은 생각에 빠져있었다.

"이러다. 진짜 죽을 수도 있다고요!"

제이가 발을 동동 구르며 중심을 잡기 위해 이리저리 몸을 움직였다.

"조금 기다려 봅시다. 죽이려면 이렇게 요란하게는 못할 테니까요."

형사의 말이 맞았다. 컨테이너는 '철컥' 소리와 함께 동작을 멈추었다. 몸이 뒤로 쏠렸다. 어디로 이동하는 것 같았다.


연락도 없이 무단 외박은 처음 있는 일이었다. 희선은 휴대폰을 잡고 가슴을 졸였다. 몇 분 간격으로 몇 시간째 계속 통화를 시도한 희선은 아직까지도 남편의 목소리를 듣지 못했다. 바다는 도우미 아줌마에게 맡겼다. 희선이 형사에게 전화를 걸었다. 역시 불통이었다.

엘리베이터의 버튼을 누른 순간 휴대폰이 진동했다. 서포터였다.

"이제야 전화를 주면 어떡해요?. 내가 몇 번이나 전화를 한지 아세요?"

엘리베이터안의 사람들 시선이 곱지 않았다. 마치 겉만 번지르르하고 교양 없는 졸부 집 막내딸을 보는듯한 눈빛이었다. 희선은 아랑곳하지 않고 휴대폰에 침을 튀겼다. 심부름센터는 휴일은 쉬는 거 아니냐는 속 터지는 말만 늘어놓았다. 엘리베이터가 내려앉을 듯 긴 한숨을 내쉰 희선이 '딩'하는 도착 소리와 함께 살며시 열리는 엘리베이터 문을 박차고 뛰어나갔다. 지하 일층에 있는 남편의 차를 확인하고 바로 옆에 주차에 있던 흰색 제네시스에 올라탔다. 희선은 망설이다 통화버튼을 지그시 눌렀다. 화면에 나타난 문자는 '이천나 실장'이다.

덜컹거리는 진동이 엉덩이에 주기적으로 꽂혔다. 한 시간이 넘자, 심하게 요동치기 시작했다. 비포장도로를 달리는 것이다. 쓰디쓴 신물이 올라왔다. 급브레이크를 밟았는지 온몸이 앞으로 쏠렸다. 차문을 닫는 소리가 들린 후, 사람들의 목소리가 들렸다. 여자는 없는 듯했다.

'윙… 웅…' 기중기 같은 것이 움직이는 소리가 났다. 컨테이너가 다시 들리고 있었다. 이번에는 꽤 높은 곳까지 올라간 느낌이었다. 배 안의 창자들이 소풍을 간 듯 뻥 뚫려 있는 느낌이 들었다. 두려움이 엄습했다.

"빨리 누우세요. 허리에 무리가 올지 모릅니다."

제이는 자신도 모르게 기도를 하고 있었다. '척' 하는 소리와 함께 소풍갔던 장기들이 목을 뚫고 나오는 듯했다. 마치 어렸을 때 처음 탔던 88열차가 생각났다. 추락인가, 생각하기도 전에 꽝, 하는 대포 터지는 소리와 어우러져 컨테이너 천장이 바닥을 찍어 눌렀다. 제이는 누워있는 형사의 예리한 조언을 귓등으로 흘려버린 걸 후회했다. 뒤통수와 등은 이미 컨테이너와 하나가 되어 있었다. 아무 소리도 들리지 않았다. 암흑인지 온통 시커멓다.

멀리 꼬마가 걸어오다 점점 빠르게 다가오고 있었다. 손을 뻗어 꼬마를 잡으려 했다. 꼬마가 일그러진 표정으로 눈물을 흘렸다. 바다였다.

"제이 씨! 제이 씨!"


희선은 강남경찰서 문을 있는 힘껏 밀었다.

"박도준 형사님! 어디 있습니까? 여기 박도준 형사 근무하는 곳 맞죠? 자리가 어디죠? 오늘 출근했나요?"

조용했던 사무실이 웅성하기 시작했다.

"내 그럴 줄 알아서, 박 형사! 하고 다니는 게 꼭 기생오라비 같더니만 결국…"

"삼각관계인가?"

이곳저곳에서 사람들이 수군댔다. 희선의 귀에 다른 사람들의 쓸데없는 소리는 들리지도 않았다. 희선은 가장 높은 사람인 것처럼 보이는 남자 쪽으로 달려갔다. 그 옆 깔끔하게 정리되어 있는 책상 위에 '그럼 이만'의 사진이 걸려있었다.

"이 분! 박도준 형사! 어디 있습니까?"

"저… 그게…"

고형식 팀장이다. 경찰서의 고참으로, 서장보다도 나이가 두 살 많았다. 영문을 모르겠다는 표정은 움푹 파여져 있는 주름 때문에 더욱 심각하게 보였다. 고형식 팀장이 얼마 남지도 않은 머리카락 사이로 머리를 긁적였다.

"제 남편이 어젯밤 사라졌다고요!"

희선이 고 팀장을 보고 호통을 쳤다. 난처한 표정의 고 팀장이 의자에서 엉덩이를 뗐다.

"박 형사도 사라졌습니다."

주름이 징그럽게 실룩거렸다. 고 팀장이 먼발치를 보고 손짓을 하자 멀쩡하게 잘생긴 사람이 나타났다.

"김 형사가 도움을 드릴 겁니다. 같이 어디로 갔을 수도 있으니 차근차근 설명을 해주시죠."

김 형사는 '그럼 이만'의 동료이며 파트너였다. 희선이 빠르게 등을 돌리고 팔짱을 꼈다. 김 형사를 아래위로 한번 훑어보고 다시 팀장 쪽으로 방향을 틀었다. 공무원들이란… 한심하다는 표정이었다.

"지금, 사람이 없어졌는데, 정말 이러고들 있을 거예요?"

희선이 소리치자 주위는 숨소리마저 들릴 만큼 조용해졌다. 희선은 마치 본부장이라도 되는 듯 카리스마 있는 리더십을 뿜어댔다.


"제이 씨!, 제이!"

형사가 제이의 얼굴을 찰싹찰싹 때린 후 코를 왼쪽 귀에 갖다 대었다. 숨은 붙어 있었다. 잠시 기절을 한 것이다. 제이가 갑자기 눈을 번쩍 떴다. 컨테이너 안으로 들어오고 있는 물 때문이었다. 차가운 기운이 온몸을 감쌌다.

"시발새끼들 나가기만 해봐라."

형사는 중얼거리며 하얀색 포대자루를 둘둘 말아 구멍이 나 있는 부분에 쑤셔 넣었다. 제이는 그곳을 막는다고 차오르고 있는 물을 감당해 낼 수는 없다고 생각했다. 점프를 해야 손이 닿을 정도의 높이에 창문이 보였다. 바깥으로는 얇은 금속 기둥으로 설치된 방범망도 보였다. 결국 빠져나갈 수 있는 방법은 물이 컨테이너를 삼키기 전 방범망의 쇠파이프를 뜯어내는 것이었다. 제이는 정신을 차리고 주위를 두리번거렸다. 물은 이미 바지 안의 속옷까지 적시고 있었다. 얼굴이 새하얗게 질린 형사가 첨벙거리며 제이에게 다가왔다. 어림잡아 이십 도 정도 기운 컨테이너는 '부르르' 소리와 함께 빠르게 가라앉고 있었다.

"제이 씨! 이제 시간이 별로 없습니다. 창문을 떼어내고 방범망을 부숴야 됩니다. 당황하지 말고 차근차근해요. 오케이?"

형사는 애써 침착하려 했지만, 표정은 숲속에서 호랑이를 만난 표정으로 핏기 없이 굳어있었다.

"제가 밑으로 들어가 당신을 들어 올릴 테니 창문을 떼어내세요. 침착하게 한 번에 해야 합니다."

형사가 머리를 적시며 제이의 가랑이 사이로 머리를 집어넣었다. 군에 있을 때 기마 싸움을 했던 느낌이 들었다. 몸이 수직으로 올라갔다.

"창문이 없다고 방범망이 떨어질까요? 쇠파이프를 떼어내려면 안에서 밖으로 밀어야 합니다. 당신이나 내 팔 힘으로는 어림도 없어요."

"힘들어 죽겠으니 일단 창문부터 떼어내세요. 빨리요!"

"기회는 한 번입니다. 제 생각해 문고리를 잡아당기는 게 훨씬 더 가능성이 있어 보여요. 많이 낡았습니다. 가능성 있어요!"

목마를 태우고 있는 형사가 뒤뚱거리며 몸을 뒤로 돌린 후 다시 창문을 향해 한 발 두 발 걸어갔다.

"문고리를 당긴다고 떨어지겠습니까? 창문이 빠릅니다. 제 말대로 해요!"

짜증 섞인 형사의 말소리가 컨테이너 안에서 울려 퍼졌다. 호흡을 할 수 있는 공간은 이미 얼마 남지 않았다.

"로프를 이용하면 되잖아요. 우리 둘이 당기면 문고리는 분명히 빠집니다. 제 말을 들으시라니까요!"

형사가 다시 뒤로 돌아섰다. 두 발자국 걸어가 손을 뻗으면 닿을 듯한 곳에 나무상자가 둥둥 떠 있었다. 그 위에 등산용 로프의 한 쪽 끝이 있었다. 형사가 제이를 내려놓았다. 물위로 떨어진 제이는 보기 좋게 몇 모금 물까지 먹은 뒤, 설 수 있는 중심을 바로 잡을 수 있었다.

"자! 잡아요. 하나, 둘, 셋, 하면 당기는 겁니다. 알았죠?"

"네. 알았어요. 매듭이나 잘 묶어요. 풀리지 않게!"

제이는 암벽을 타는 대학선배에게 로프를 다루는 법을 배운 적이 있었다. 풀리는 매듭과 풀리지 않는 매듭 두 가지를 정확히 배운듯 했다.

"자. 하나, 둘, 셋!"

'빡!'하는 소리와 함께 문고리와 그 주위를 감싸고 있던 플라스틱 한 뭉치가 빠져나왔다. 제이와 형사는 팔을 휘저으며 컨테이너 끝 쪽으로 나가떨어졌다. 시도는 성공적이었다. 문은 이외로 약한 플라스틱과 단열판으로 구성되어 있었다. 머리만 한 구멍이 뚫렸다. 허리까지 채워져 있는 수위가 조금만 넘으면 그 구멍으로 물이 쏟아져 들어올 것이다. 형사와 제이는 누가 먼저라고 할 것도 없이 구멍을 향해 몸을 첨벙댔다. 멀리 푸른 들판이 보였다. 희망이 절망을 누르고 있었다.

"밀어요. 주먹으로 쳐봐요! 발로 차든지!…"

형사의 발길질 한 번에 머리만 한 구멍이 생겨났다. 형사가 먼저 컨테이너 밖으로 몸을 빼냈다. 제이는 혼란스러웠다. 이제 헤엄을 쳐야 하나?, 암벽 등반을 하는 선배한테 배운 건 고작 로프 다루는 방법뿐이었다.

"뭐해요! 빨리 나와요! 순식간에 꺼진다니까!"

형사가 제이의 팔을 잡아당겼다. 물이 목구멍을 타고 내려왔다. 짜지 않은 것이 바다는 아니구나, 생각했다. 십초 간격으로 숨이 쉬어지지 않았다. 몇 분 정도 허우적거린 것 같았다. 형사의 거친 숨소리가 들리지 않았다. 느낌이 이상했다. 뭔가 안정된 느낌, 발에 걸리는 것이 있었다. 바위와 수풀이었다. 형사가 제이의 목을 놓아주었다. 한 발 앞에 있던 형사는 이미 땅에 발을 얹어놓았다. 죽음에 맞선 사투는 이렇게 허무하게 끝이 났다. 형사와 제이는 나란히 앉아 이십 미터 남짓한 곳에 버려져 있는 컨테이너를 넋을 잃고 바라봤다. 호수의 물은 이십 도 정도 기운 컨테이너에 반 정도 들어 차 있었다. 애초에 생명의 위험은 없었다. 단지 위협만 있었을 뿐이었다.

턱을 내리고 혓바닥을 쭉 내밀고 있던 제이가 형사를 쳐다봤다. 제이의 시선을 알아차렸는지 형사도 제이에게 얼굴을 돌렸다. 둘은 컨테이너를 한번 쳐다보고 다시 눈을 마주쳤다. 주위는 고요했고 벌레 우는 소리조차 없었다. 허탈감이 밀려왔다. 웃음밖에 나오지 않았다. 둘은 하늘을 보고 벌렁 들어 누웠다. 금방이라도 죽을 것 같이 배가 고팠지만 신나게 웃을 힘은 아직 남아 있었다. 멀리 보이는 호수의 산등성 위로 보기 좋게 해가 걸려있었다. 어색하게 어깨동무를 한 제이와 형사가 물에 젖은 바지를 질질 끌며 트럭이 지나간 흔적을 따라 걷기 시작했다.

제이와 형사는 저녁이 다 돼서야 경찰서에 도착할 수 있었다.

"여보! 어떻게 된 거야! 어디 다친 곳은 없어? 세상에 하루 사이에 사람이 이렇게 변하다니. 도대체 무슨 일이 있었던 거야?"

경찰서에서 온종일 전쟁을 벌인 희선이 제이의 가슴에 얼굴을 묻었다.

"…당신. 정말 어떻게 된 줄 알았어. 정말…"

"미안해. 자. 그만 울어."

제이가 희선을 있는 힘껏 안고 등을 부드럽게 쓰다듬었다.

"박 형사! 괜찮은 거야? 형사가 어떻게 하루 종일 연락이 없어?"

많이 걱정했다는 고형식 팀장의 표현이다. 팀장은 박 형사의 어깨를 몇 번 두들겼다. 팀장은 주름이 많은 얼굴에 비해 손은 피아노를 잘 다룰 것처럼 고왔다.

"자. 우리 새로운 팀장님은 그만 퇴근하시고, 나머지 분들은 잠시 회의실로 모입시다. 이러다 강남경찰서가 테러를 당하는 건 아닌지 모르겠어요."

고형식 팀장이 희선을 보고 한 말이었다. 팀장은 웃음을 뿌리며 회의실로 사라졌다. 제이는 손짓을 희선에게 보내고 형사를 따라 회의실로 들어갔다. 회의는 밤늦게 까지 계속될 것이다. 일단 박 형사와 제이를 위협한 세 명의 사내들에 대해 철저히 조사해야한다. 제이는 이제야 붉은 수수밭을 간신히 빠져나왔다고 생각했다. 시작이 반이라고 하지만 시작이 너무 가혹했다. 어두운 시야로 고개를 다시 쳐들었다. 눈앞에 더 깊고 울창한 산이 보였다. 제이는 절망을 가득 채운 한숨을 소리 없이 뿜었다.

설렁탕 네 그릇이 마치 탑을 쌓아 놓은 것처럼 균형을 유지하고 있었다. 방 안에는 박 형사, 고 팀장, 김 형사, 제이 네 사람이 있었다. 박 형사가 회의실 안으로 다시 들어오며 네모난 상자를 제이에게 건넸다.

"이게 뭡니까?"

"열어보세요. 아마 당신이 이 상자 주인일 겁니다. 열어보면 압니다."

제이가 네모난 상자의 뚜껑을 조심스럽게 열었다. 상자 안에는 주먹만 한 돌멩이 하나와 '입맞춤' 엽서, 그리고 그 뒤에 사진이 붙어 있었다. 소름이 온몸에 파고드는 느낌이었다. 2001년 7월 케이와 의정부에서 찍은 사진이다. 제이가 입을 쩍 벌리고 형사를 쳐다봤다.

"그렇게 배달 됐어요. 돌멩이 하나, 사진 한 장, 우편은 아닙니다. 주소도 없고 수취인 발신인도 없습니다. 그냥 저희 집 주소로 왔습니다. '대전시 서구 가수원동 767-10번지'…"

"네! 그럼 박종복씨가!?"

"맞습니다. 저희 아버님이시죠. 이제야 말씀을 드리게 되네요. 죄송합니다."

"왜 아직까지 말씀 안 하셨나요?"

제이는 그동안 이용당했다는 배신감이 들었다. 제이는 혹시, 형사가 자기도 적으로 생각하는지 의심스러웠다.

"검증이 필요했습니다. 워낙 깊은 사연이 있는 사건이라 말이죠. 지금은 아닙니다. 이젠 우리 팀장님보다 제이 씨를 더 믿습니다."

고 팀장이 매서운 눈빛으로 박 형사를 쏘아봤으나 그는 아랑곳하지 않았다.

"케이와 저는 어렸을 때부터 남매처럼 지냈던 사이입니다. 고등학교시절, 대전에 내려왔을 때마다 우리 가족들을 만났습니다. 의지하고 말이 통하는 건 우리 밖에 없었거든요. 전 케이의 영향 때문인지 형사라는 직업을 선택하게 되었네요. 그리고 이날 이때까지 저 쭈글쭈글한 아저씨와 인생의 뜨거운 맛을 보고 있죠. 제이 씨 말씀은 어렸을 때부터 많이 들었습니다. 사진을 봤을 때 제이 씨를 딱 알아봤어요. 사과나무에 갔었습니다. 저도 그 당시 케이를 따라 한 번 가본 기억이 있었거든요. 그 주인아저씨는 제이 씨 친구들을 다 기억하고 있었습니다. 그 중 가장 유명세를 탄 희선 씨를 알려주었고 희선 씨 남편이 제이 씨라는 걸 어렵지 않게 알게 되었죠. 결국 이렇게 제 앞에 있네요."

제이는 혼란스러웠다. 형사는 처음부터 다 알고 있었던 것이다. 친구들과의 관계, 케이 사건, 제이와 케이에 관한 모든 것. 케이에 대해 더 많이 알고 있다는 점은 제이를 서운하게 했다. 그것도 일종의 배신감이었다.

"이제 민호 씨가 자백을 한다고 해도 당장 잡아넣지 못하는 이유를 아시겠죠?"

"뭔가 더 있다는 거네요. 그렇죠?"

제이는 그렇게 모든 것이 공개된 상태에서 수사를 진행한다면 더 큰 무언가를 알아 낼 수 없을 거라고 생각했다.

"이건 감람석이라는 겁니다. 마그마 분화 초기에 생성되는 광물로 '페리도트'라는 보석으로도 알려져 있는 일종의 보석이죠. 대부분 화산이 있는 지방에서 볼 수 있습니다. 그런데 왜 이 물건이 배달되었을까요?"

제이는 지리학교수답게 누가 봐도 처음 보는 돌멩이에 대해 설명했다. 눈앞의 돌멩이는 강의 때 여러 번 설명한 기억이 있는 물체였다. 제이는 녹색 빛이 도는 광물을 이리저리 관찰하며 고개를 갸우뚱거렸다. 돌멩이를 상자에 넣고 사진을 집어 들었다. 케이가 우아하게 살아 움직이는 것 같았다. 세월을 원망하기에는 그때의 감정이 너무나 짙게 남아있다. 심장이 가슴을 뚫고 튀어나올 정도로 두근거렸다. 다리도 후들거렸다. 바짝바짝 마르는 목을 달래려면 시원한 물이 필요했다. 벽난로에 몸을 기댄 것처럼 몸이 뜨거워졌다. 응시하고 있던 형사의 시선을 감지했다. 눈이 마주쳤다. 입을 굳게 다문 형사가 반짝이는 눈빛을 보내며 고개를 끄덕였다. 역시 제이와 같은 생각이었다. 제이는 극성맞은 아내를 먼저 보낸 건 몇 시간 전 컨테이너 문고리를 떼어내야 한다는 판단을 한 것만큼 잘한 일이라고 생각했다.

"민호 씨에 대한 사고경위서를 읽었습니다. 참고인 자격으로 제이 씨의 이름이 적혀 있더군요. 혹시 그 사건에 대해서 다시 한 번 말씀해 주실 수 있으신가요? 행여 우리가 놓친 부분이나 숨어있는 또 다른 이야기가 있지 않을까 해서요."

제이는 콧등에 맺혀있는 땀을 손으로 닦아냈다. 숨기고 싶었던 비밀까지 형사는 다 알고 있었다. 이제 와서 말을 안 할 수는 없다.

"민호가 미국으로 가게 된 계기는 도끼라는 애 때문이었습니다. 고등학교 2학년 때였죠. 토요일 오후 테니스장에서 민호는 자기를 오랫동안 괴롭혔던 그 도끼라는 애를 삽으로 내려쳤어요. 제가 도착했을 때 사건은 이미 벌어져 있었고 그 애는 바닥에서 생선같이 퍼덕거리고 있었어요. 피가 분수같이 솟는다는 말을 그때 이해했습니다. 정말 끔찍했어요."

"죽었나요?"

형사가 황당하다는 표정을 지으며 목을 앞으로 쭉 뺐다.

"아뇨. 불구가 됐어요. 민호 아버지가 그 집안과 합의를 하고 민호를 전학시키기로 했어요. 민호는 고3 초에 미국으로 떠났고 얼마 후 그 학교에 강당이 새로 지어졌어요. 민호 아버지 작품이죠."

제이는 정신적 질환은 금치산자로 분리되어 법적 감면을 받을 수도 있기 때문에 민호가 '블랙아웃(Blackout)'이란 일종의 정신적 질환을 가지고 있다는 건 형사에게 말하지 않았다. 제이는 삽질을 한 그날 민호의 말이 머리에서 떠나지 않았다. '처음이 아니야. 난 이제 내가 무서워' 그 말을 하는 민호 눈에서 처음으로 살기를 느꼈다. 민호는 살인보다도 더 끔찍한 일도 저지를 수 있다. 그것이 제이가 민호에 대해 내린 결론이었다.

"사람은 누구나 평등하게 세상과 만나는 것 같습니다. 돈이 있다고 모든 것이 다 행복한 것도 아니고요."

민호가 미국에 간 이유를 제대로 아는 사람은 몇 명 되지 않았다. 방금 세 사람이 더 늘었다. 모두 형사들이었다.

"오늘 일은 민호 씨가 꾸민 일이겠죠?"

"저도 생각을 해봤는데, 심증은 있어도 물증이 없잖아요. 우리나라에 스타크래프트를 가지고 있는 사람은 이제 몇 천 명도 넘을 거예요."

"희선 씨는 당연히 아닐 테고…"

"그럼 남은 건 영서와 병선이 뿐인데, 민호가 지시를 한다고 해도 병선이가 이렇게까지 할 수 있을까요? 영서는…"

"여자 혼자서 어떻게 그렇게 큰일을 벌일 수가 있겠어요. 영서 씨는 아닐 겁니다. 일단 친구들에 대해 조사를 좀 시작하겠습니다. 자 오늘은 여기까지 합시다. 제이 씨도 힘든데 빨리 집에 들어가 쉬세요. 수고 많이 하셨고, 세상과 다시 만난 것 정말 축하드립니다."

형사가 노트를 접고 벌떡 일어섰다. 제이도 무거운 몸을 달래며 다리에 힘을 주었다. 인생 최악의 1박 2일. 학생들의 쫄망쫄망한 눈동자, 바다의 상큼한 웃음, 희선의 매혹적인 향기가 차례로 떠올랐다. 제이는 오늘은 꼭 아내의 매력적인 살 냄새를 만끽하겠다고 다짐하며 경찰서를 나왔다. 경찰서 건물위로 어제 봤던 달이 얄밉게 반짝이고 있었다.


"아빠!"

제이가 문을 열고 집안으로 들어가자 바다가 두 손을 뻗고 달려왔다. 바다는 항상 그래왔던 것처럼 제이 품에 쏙 들어왔다. 장기간 출장을 다녀왔을 때에도 느끼지 못했던 달콤한 행복이었다.

"아빠 운동하고 왔어?"

제이는 바다가 있다는 것만으로 충분한 위로가 됐다. 품에서 벗어나지 않을 것 같이 꽉 끌어안았던 바다는 언제 그랬냐는 듯 다시 바닥에 사뿐히 발을 디뎠다. 바다 뒤로 아내가 보였다. 새하얀 피부에

촉촉한 화장을 하고 꾸민 듯 안 꾸민 듯 연한 립스틱을 발랐다. 다행히 긴장한 표정은 없었다. 꾸벅꾸벅 졸던 바다가 결국 침대에서 새근거렸다. 제이는 여느 때와 마찬 가지로 바다를 안고 계단을 밟았다.

제이는 다시 거실로 내려왔다. 아내는 맥주를 꺼내고 있었다. 말을 안 해도 무엇을 원하는지 알 수 있을 만큼 오래된 사이다. 제이가 아내를 뒤에서 감싸 안았다. 순간이 영원할 것처럼 아득했다. 아내의 향기, 여자의 향기와는 비교할 수 없을 만큼 농후했다. 아내의 입술은 용광로처럼 뜨거웠다. 제이는 진심이 담겨있어 더 그럴지도 모른다고 생각했다. 민호와 공모했을지도 모르는 여자, 민호를 조정했을지도 모르는 여자, 아니면 아내의 말대로 민호 단독 범행일지도 모르지만 오늘은 그냥 아내로서의 내 여자로 생각하기로 했다.

새벽이다. 희선은 침실에서 나와 주방으로 향했다. 식탁에 올라있는 휴대폰을 집어 오늘 스물네 번이나 통화를 시도했던 번호를 다시 눌렀다. 연결음이 들리다 갑자기 사라졌다. 드디어 통화가 된 것이다. 희선은 재빠르게 화장실로 들어갔다.

"너 미친 거 아냐?"

"…"

희선의 말에 전화 속 인물은 대답이 없다.

"한 번만 더 내 남자 건드리면 너를 비롯해 너희 집안 인간들 모두 다 갈기갈기 찢어버릴 줄 알아!"

"…"

전화 속 인물은 숨소리만 낼뿐 아무런 반응이 없었다. 희선은 전화를 끊었다. 통화목록에는 '이천 나 실장'이라고 표시되어 있었다.

## 흔적을 찾는 남자, 흔적을 지우는 여자

출근하는 길이 비단을 깔아 놓은 듯 반짝거렸다. 거친 시간을 보냈던 만큼 다시 안정을 찾은 일상은 꿈처럼 달콤했다. 교문을 지나자 학생들이 눈에 들어왔다. 밝은 웃음, 티 없이 순수한 표정들, 제이는 대학교 때 자신을 떠올렸다. 목표한 것을 이루기 위해 밤낮으로 도서관에 처박혀 있었던 자신과는 다른 세계의 학생들이었다.

제이는 강단에 서기 전 몇몇 학생들과 수다를 떨었다. 간간히 몸은 괜찮으시냐는 질문을 받기도 했다. 아내의 내조는 가끔 너무 정확하고 세심해서 제이를 놀라게 하곤 했다. 이번에도 그랬다. 학장을 비롯해 학생들까지 하루 결근한 이유가 독감을 앓은 걸로 알고 있었다. 오랜만에 학생식당에서 점심을 먹었다. 앞에 앉아 식사를 하고 있던 여학생이 대단하신 교수님이 더 대단한 사모님과 사는 기분은 도대체 어떤 건지 궁금하다, 고 물어왔다. 제이는 입가에 미소를 지었다.

두 학생이 식판을 들고 제이 옆 자리와 대각선 앞자리에 앉았다. 제이를 의식했는지 아내가 출판한 책에 대해서 얘기하고 있었다. 한 학생이 의정부의 모텔 장면을 말하자 앞에 앉은 학생이 '405호실 내용을 읽을 땐 정말 소름이 돋았어. 세상에 어떻게 그런 남자가 있어?'라며 얼굴을 찡그렸다. 제이는 한참 동안 멍하니 앉아있었다. 타액이 입술 옆으로 흘러내리고 있다는 걸 알아차렸을 때, 제이는 동물원의 원숭이가 되어있었다. 식사를 마무리하고 애써 태연하게 자리를 벗어났다. 상기된 얼굴을 감추기 위해 어색하게 웃어 보이며 주차장으로 향했다. 오후수업은 없다. 논문 준비는 내일로 미루기로 하고 서점으로 향했다.

평일 오후 서점은 비교적 한산했다. 〈소리 없는 멜로디〉는 직원에게 물어보지 않아도 쉽게 찾을 수 있었다. 계산을 마친 후 중앙에 만들어 놓은 책 읽는 장소로 들어갔다. 제이는 맨 구석에 몸을 집어넣었다. 아내의 책이다. 손이 가늘게 떨려왔다. 제이는 일부러 책을 뒤져 '405호실'을 찾지 않았다. 마음을 편하게 먹기로 했다. 그것이 건강에도 이성적으로 행동하는데도 도움이 될 것이다. 제이가 첫 페이지를 넘겼다. 과연 소리 없는 멜로디가 뜻하는 게 무엇일까?

"거지같은 놈, 형사란 놈이 납치를 당하다니. 예전엔 굵직한 것도 척척 해내고 하더니. 너도 소위 말하는 매너리즘이란 것에 빠진 거냐? 이 거지같은 놈."

고 팀장의 핀잔은 이틀 연속 진행 중이었다. 박도준은 귀를 틀어막고 업무에 집중하고 있었다. 마음속으로는 또 개가 또 짖는구나, 생각하고 있었다.

"CCTV를 교묘하게 빠져 나갔네요. 검은색 승용차 옆면만 계속 나오니, 이거 뭐 추적할 단서가 없어요."

"빠져나간 게 아니라 미리 돌려놓은 거야. 그 전날 찍힌 걸 봐, 일정한 방향으로 도로에 있는 차들의 뒷면을 찍었잖아."

제이는 달콤한 휴식을 취하고 일상으로 돌아갔고 형사는 여느 때와 똑같이 퇴근할 시간만 그리며 근무를 하고 있었다. 어젯밤을 꼬박 새고 아침에 잠시 눈을 붙인 것이 전부였다. 아킬레스건부터 정수리까지 수치심으로 가득 찬 그는 반드시 그 인간들을 잡겠다는 맹세를 했다. '감히 형사를 납치해? 간이 배 밖으로 나온 놈들…' 갸우뚱거렸던 고개에 힘을 준 박 형사가 출국조회시스템을 다시 확인했다. 민호의 출국시점은 모임이 있었던 다음 날 오전이었다. 도준은 이해하지 못하겠다는 듯 다시 고개를 갸우뚱거렸다. 미국행이 아니라 중국행 비행기다. 예상했던 대로 김병선은 아직 국내에 머물고 있었다. 뒷주머니에서 휴대폰이 울렸다.

"네. 박도준입니다."

"형사님. 제이에요. 혹시나 해서 전화를 드렸습니다."

"말씀하세요. 듣고 있습니다."

"영서가 중국에 갔답니다. 갑자기 휴가를 냈다고 하네요?"

"누가 그러던가요? 중국에 간다고?"

"자기도 이해가 안 된다고 아내가 그러더라고요. 고작 다니는 곳은 홍콩이라고 하면서요."

"근데 그냥 가면 되지 왜 이리저리 광고를 하는 거죠? 민호씨도…. 일단 끊겠습니다. 더 조사할 일들이 많아서요. 제이 씨! 또 컨테이너에 갇힐지도 모르니 조심해서 행동하세요. 경호를 요청하는 것도 좋은 방법 중 하나입니다. 그럼 이만."

영서가 움직인다. 박도준은 영서가 중국과 어떤 관련이 있을까 생각하며 동료에게 이민호의 움직임에 대해 조사해 달라고 부탁을 해놓았다. 경찰서 밖으로 나오자 벌써 환한 빛이 흩어지고 어둠이 깔리기 시작했다. 박도준은 담배를 입에 물었다. 아무리 생각해도 이해가 되지 않았다. 납치 되었던 곳, 편의점 아르바이트 직원은 몇 개월째 눈에 익은 사람이었다. 하지만 그날은 다른 사람이었다. 안경, 모자, 거친 손, 어눌한 서울말… 왜 그날 갑자기 아르바이트 직원이 바뀌었을까?

편의점 사장은 항상 먹을 것을 입에 달고 사는 뚱보였다. 아침나절 들르면 가끔 박스를 가지고 왔다 갔다 하며 음료수를 들고 담배를 한대 피운 뒤, 아르바이트 직원이 출근하는 열한시쯤에 이젠 퇴물이 되어버린 구형 세단을 타고 훌렁 사라지곤 하는 남자였다. 형사는 길 건너 편의점이 있는 방향으로 몸을 돌렸다. 땅거미가 내려 앉기 시작할 때였고 새로 구입한 선글라스를 포켓에 꽂아 넣을 때였다.

박 형사가 문을 열고 편의점 안으로 들어가 컵라면을 하나 집어 계산대로 향했다. 아르바이트 직원은 몇 개월째 눈에 익은 그 친구였다. 오늘은 웬일인지 깍듯하게 인사를 다한다. 삼 개월 동안 한 번도 없었던 일이다.

유리창 밖으로 거리가 보였다. 분명한 건, 그날 편의점에 들어갈 때는 흰색 렌지로버 차량이 바로 앞에 주차되어 있었다. 편의점을 나와 바로 우측으로 몸을 트니 왼편에 주차되어 있던 차가 어떤 건지는 알 수 있었다. 렌지로버는 없어졌고 그 뒤에는 세단 한대가 주차되어 있었다. 앞쪽으로 다가오는 한 쌍의 연인이 차 주인인 것도 확실했다. 남자가 차 키를 들고 있었고 왼손으로는 여자의 어깨를,

오른손은 차 문을 열어 주기 위해 손을 천천히 들어 올리고 있었다. 기억을 더듬으니 필름이 다시 돌아갔다. 제비 같은 그 남자의 차 앞에 주차공간이 있었다. 그 자리는 렌지로버가 빠져나간 자리다. 그 공간 안에 남자 한 명이 서 있었고 검은색 승용차의 라이트를 온몸으로 받은 뒤 오른쪽으로 급히 달려갔다. 그리고 그 검은색 세단이 정지하는 것까지가 기억의 끝이었다. 뒤에서 누군가가 입을 막았다. 꼼짝달싹도 못했다. 깨어보니 흙냄새를 맡고 있었다.

라면을 입에 넣으며 아르바이트 직원을 쳐다봤다. 그는 마침 담배를 정리하기 위해 뒤로 몸을 돌렸다. 목구멍이 활활 타올랐다. 뜨거운 라면이 목구멍으로 통째로 넘어간 것이다. 그의 뒷모습은 그날 라이트를 온몸으로 받고 있던 남자의 뒷모습과 완전히 일치했다. 섬세하지 못한 놈의 최후는 낡아빠진 컨테이너 행이었다. 박도준은 내친김에 국물까지 깔끔하게 비우고 카운터 쪽으로 향했다. 등잔 밑이 어둡다더니…

"아저씨? 혹시 이틀 전날 밤, 바로 그곳에서 대신 일했던 사람이 누군지 아세요?"

박도준이 턱을 쭉 내밀어 아르바이트 직원이 서 있는 곳을 가리켰다. 형사의 돌발행동에 아르바이트 직원은 고개를 숙이고 머리를 긁적거렸다. 내성적이고 겁이 많은 사내라고 도준은 생각했다.

"내가 형사인 건 알 테고, 어떤 방법을 써야 내가 원하는 대답을 들을 수 있을까요? 음…"

형사가 천장을 쳐다보며 수갑을 꺼냈다. 예상 밖의 효과는 예측한 시간보다 빨리 왔다.

"저! 형사님. 먹고 살기 힘든데 월급은 받아야죠. 밖에서 잠시만 기다리시면 바로 나갈게요."

직원은 CCTV를 가리키며 수갑을 치워달라는 표시를 했다. 편의점의 문은 하나다. 도망칠 수 있는 확률은 거의 없다. 도주로를 이리저리 살피는데 그 직원이 문을 열고 나왔다.

"지나간 일은 다 잊었으니 당신을 질책하거나 법적인 문제에 대해서 거론하는 일은 없을 겁니다. 나는 단지, 이틀 전 카운터에 있던 사람이 누군지만 알면 됩니다."

형사는 직원의 마음을 진정시키는 것이 가장 급선무라고 생각했다. 형사가 담배 한 개비를 내밀었다. 라이터를 들고 있던 직원의 손이 서서히 들어와 담배를 잡았다. 형사는 아르바이트 직원이 보기보다 사회적이라고 생각했다.

"세 사람이 편의점으로 들어왔습니다. 한 번도 본적이 없는 사람들 이었죠. 오십만 원을 내밀었어요. 제 의지와는 상관없이 주머니에 돈이 들어가더라고요. 그리고 한 명이 저를 데리고 밖으로 나갔어요. 카운터에 있던 사람보다 나이가 더 많고 좀 더 험악하게 생긴 사람이었어요. 양복도 말쑥하게 차려 입은 사람이 말투는 굉장히 거칠더라고요. 밖에 나가서는 시키는 대로만 했어요. 뭐. 크게 어려운 일은 아니었어요. 차가 들어오는 걸 봐 주고 곧장 오른쪽으로 달려간 뒤 오분 동안 건물에 숨어 있다가 다시 편의점으로 들어가면 되는 거였거든요. 편의점에 들어와서는 잘했다는 생각이 들었어요. 손님 세 분만 줄을 서서 기다리고 있을 뿐 그 남자들은 온데간데없이 사라졌거든요. 십분 정도 시키는 일 하고 오십만 원을 번다는 것은 저한테는 로또복권에 당첨되는 것 못지않게 행운이 찾아온 거예요. 사장한테 괜한 소리를 들을까봐 CCTV를 뒤져 봤어요. 생긴 것만큼 치밀한 놈들이더라고요. CCTV의 내용은 없었습니다. 카운터 남자의 뒷모습이 찍힌 몇 초의 장면만 빼면 거의 완벽하게 가려졌습니다. 형사님이 찾으시는 것이 그거라면 크게 도움은 드리지 못할 것 같아요. 죄송합니다."

아르바이트 직원이 편의점 안으로 들어가는 손님을 쳐다본 후 담배를 발로 비벼 껐다. 직원은 미안하고 난처하다는 표정을 지은 뒤 편의점 안으로 들어갔다. 박도준이 양손을 주머니에 꽂고 담배꽁초를 발끝으로 가지고 놀고 있다. 허무하다기보다 뭔가 다른 것이 있지 않을까 다시 한 번 머리를 굴리고 있는 참이다.

"형사님!"

편의점 문이 빠르게 열리고 상기되어 있는 아르바이트 직원의 얼굴이 다시 나타났다. 직원이 빨간색 봉투를 내밀자 박 형사는 그를 의심의 눈길로 쳐다보며 봉투를 낚아챘다. 중국 영화에서 본 기억이 있다. 봉투 겉에는 '福(복)' 이라는 한자가 새겨져 있었다. 사소한 것이라도, 그것이 분명 중요한 단서가 될 가능성은 항상 존재한다. 언제나 그랬고 이번에도 예외는 아니었다. '무슨 수작이지?' 형사는 중국으로 갔다는 영서와 민호를 머릿속에 떠올렸다.

제이는 모임 때문에 늦는다는 희선의 전화를 받았다. 사경을 헤맨 남편이 돌아온 지 이틀 만에 아내는 정상적인 일상을 보내고 있다. 서운한 마음과 오히려 잘됐다는 마음이 교차했다. 바다는 숙제를 하다 말고 꿈나라 속을 헤매고 있다.

서재로 들어와 서점에서 구입한 아내의 책을 손에 잡아들었다. 아내의 책과 혼동을 피하기 위해 405페이지에 눈에 보이지 않을 만한 표시를 해두고 책을 다시 읽기 시작했다. 평범한 세 남자의 이야기로 시작되는 부분이 제이가 예상했던 사랑 이야기가 아닐지도 모른다는 생각 때문에 서점에서 쪼그려앉아 한 시간 남짓 읽은 내용은 그다지 인상적이지 않았다.

사십대 두 남자와 이십대 후반의 남자, 집안 좋은 두 남자는 거대한 야망을 꿈꾸는 정치인이고 나머지 한 남자는 두 남자를 위해 희생하는 가난한 집안의 아들이었다. 사십 쪽이 넘어서야 시대는 1990년대 중반으로 넘어온다. 세 남자의 2세들, 그들이 성장해가는 과정, 그들 각자만의 묘목 같은 인생이 학교와 사회에 뿌리를 박고 파란 사과같이 풋풋한 사랑 얘기가 펼쳐진다.

소설은 마치 인생에 한 자락을 남기고 간 음악과도 같았다. 많은 가요들이 분홍빛 스토리와 어우러져 잔잔한 감성을 자극시켰다. 사랑은 가슴이 시킨다, 벌써 일 년, 다시 사랑한다 말할까, 인형의 꿈, 이젠 안녕, 취중진담, 슬프도록 아름다운 등등 제이도 노래를 들으면 흥얼거리며 따라 부를 수 있는 노래들이다. 제이는 자기 자신도 1990년대 중반, 감성에 흠뻑 젖어 있었던 사람 중 하나라고 생각하며 입가에 미소를 지었다. 그들 각자만의 드라마, 배경이 된 주옥같은 OST. 생각해보니 모두 아내가 좋아했던 곡들이다. 지금도 컴퓨터를 뒤지면 어디에선가 하나로 묶은 노래집이 나올 것이다. 문득 고요함을 버리고 음악에 갇히고 싶다는 생각을 했지만 시간이 아까워 다음 기회로 넘기기로 했다.

제이는 거실로 나가 식탁 위에 놓여있는 찻잔에 커피를 담았다. 언젠가 프리미엄 찻잔이라고 제이에게 자랑하며 백년 전통의 일본 최초 테이블 웨어 브랜드 '노리다케' 라고 하던 아내의 말을 떠올리며 찻잔이 멋스러워 보인다는 생각을 처음으로 했다.

내용은 삼각관계라는 빤한 스토리로 이어졌다. 남자주인공은 대학교에 진학한 후 글쓰기에 취미가 있었던 여자 친구가 미국 유학을 결심했다는 사실을 알게 되고, 여자 친구 집으로 찾아가지만 여자는 아무런 흔적도 없이 미국으로 떠난 뒤였다. 여자주인공 이름은 '희선'이었다. 제이는 한동안 생각에 잠겼다. 만약 이 소설의 주인공이 케이라면, 그리고 케이가 쓴 원고를 희선이가 카피하고 주인공을 자기 자신으로 바꾸어 놓았다면. 제이는 책을 이리저리 다시 훑어봤다. 곳곳에 케이의 말투가 녹아있었다.

"안 잤어?"

가슴이 찌릿했다. 제이는 가끔 당황하거나 놀라면 송곳으로 가슴을 찌르는 듯한 통증을 느끼곤 한다. 제이는 태연해 하며 빨개진 얼굴을 손으로 가렸다.

"들어오는 소리도 못 들었네, 지금 온 거야?"

"문이 열려 있었던데 뭘…"

"바다는?"

제이는 손가락으로 이층을 가리키며 거실로 나갔다. 다행히 아내는 드레스룸 쪽으로 발길을 돌렸다. 제이가 아내의 뒷모습을 보고 긴 한숨을 내쉬었다. 아내의 책을 읽는다는 건 비정상적인 행동이 아니다 하지만 책이 출판된 과정이 비정상적일 수는 있다. 최소한 책을 완독할 때까지만이라도 책을 읽고 있다는 걸 아내가 알아서는 안될 것이다.

"자기야!"

아내가 뒤돌아섰다.

"이거…"

아내가 까만 비닐봉투를 내밀었다.

"웅! 뭔데 이거?"

"당신 좋아하는 잣하고 호두 들어가 있는 호떡. 적당히 식었을 거야. 저번에 먹다가 혓바닥을 데었다고 눈을 흘겼잖아."

아내는 제이의 윙크를 받고 뒤돌아섰다. 제이는 호떡을 하나 집어 들어 한입 크게 베어 물었다. 아내는 여느 때와 똑같이 드레스 룸을 나와 차를 한 잔 마신 후 화장대로 향할 것이며, 화장을 지운 후 욕실에서 얼마간의 시간을 보낼 것이다. 제이가 다시 서재로 들어갔다. 몸에 깊숙이 녹아들어있는 일상은 예상할 수 있어 크게 어렵지 않다. 제이는 앞으로 벌어질 일도 일상 같았으면 하는 생각을 하며 서재의 불을 껐다. 잠자리에 들 시간이다. 제이는 비어있는 거실의 화장실을 이용했다. 거울에 비친 자신의 모습이 우스웠다. 아내를 보고, 담배를 피우다 학생주임을 정면으로 맞닥뜨린 것 같이 놀라는 꼴이라니, 피식 웃으며 칫솔을 물고 변기에 앉았다. 오늘 섹스는 없다. 그림자 키스를 하기에는 아내와 사이가 너무 좋다. 제이는 아내의 책에서 읽었던 사랑하지만 사랑할 수 없고, 사랑하지 않지만 사랑할 수 있다, 라는 말을 곰곰이 되새겼다.

출근과 동시에 서랍에 보관되어 있던 감람석을 꺼냈다. 학생들과 만날 때까지는 한 시간의 여유가 있다. 컴퓨터를 켜고 관련 웹 사이트를 뒤졌다. 지질학적으로는 머릿속에 담겨있는 것과 상징적으로 어떤 다른 의미가 있는 것과는 차이가 있을 수 있다.

'흔히 감람석이라고 부르는 이 광물을 학자들은 올리빈이라고도 부르는데, 그 색이 나타내는 올리브빛에서 연유된 이름이다. 세계적으로는 홍해의 자바르가드, 제버거트, 버마의 모곡지방, 하와이, 미국 아리조나주, 노르웨이, 호주, 일본, 중국, 등에서 산출되며 화산폭발이 있었던 곳에서 발견할 수 있다. 색채 때문에 자주 에메랄드나 베릴과 혼동되기도 하나, 경도가 떨어져서 값비싼 보석으로는 분류되지 않는다. 다만, 치유하는 영적능력만을 놓고 본다면 그 어떤 값비싼 보석보다도 더 가치가 있다고 볼 수 있다.

색 : 연두색으로부터 짙은 녹색까지 다양함. 철 성분이 증가함에 따라 녹색이 짙어짐.

표면구조 : 주상결정의 면에 수직방향의 조선이 발달하는 수가 있다.

경도 : 6.5

비중 : 3.32~3.37

심리적으로는 질투심이나 원한, 분노, 스트레스 등을 경감시키며, 또한 자신감을 강화시켜준다. 필요한 변화를 일으킬 수 있도록 도와주며, 지난 과거에서 당신 경험의 값진 산물을 찾아내게 하고 당신 스스로를 용서할 수 있도록 도와준다.


"감람석의 분포라면 지역을 의미하는 건가? 영적인 능력? 아니면 치유? 무엇을 의미하는 걸까?"

제이가 감람석을 만지작거리며 몸을 축 늘어트린 채 멍하니 천장을 쳐다보고 있었다.

"교수님! 오늘은 또 무슨 고민이신가? 주말 골프약속은 잊지 않았겠지? 저번처럼 일부러 져주고 우리 몰래 또 좋은 곳으로 튄다면 이번에는 용서하지 않겠어. 흠… 어디 숨겨둔 여자라도 있는 건지…
요즘 눈에 띄게 핼쑥해 보이는 게 수상해. 좋은 일 있으면 같이 나누
든지, 아니면 정보를 공유하든지…"

위에서 내려다보고 있는 장 교수의 얼굴이 오늘따라 더욱 얄밉게
느껴졌다. 아버지 잘 만나 어렵지 않게 교수자리 하나 얻어 차고, 돈
쓰는 게 취미, 빈정거리는 게 특기인 잘난 놈. 그래도 사람은 좋으니
싫지는 않은 놈. 술친구이자 골프친구. 채무관계나 삼각관계가 없다
면 평생을 같이 갈 수도 있는 절친 대열에 서있는 놈, 제이는 장 교
수가 쓸데없는 말을 지껄이는 동안 거꾸로 내려앉은 얼굴을 빤히 쳐
다보았다.

"그런 일 있으면 나 좀 끼워주지?"

제이가 상체를 벌떡 일으키며 자세를 고쳐 잡았다. 장 교수는 피
식 웃으며 검지를 좌우로 왔다 갔다 했다. 다 알고 있으니 빠져나가
긴 힘들다는 표현이었다. 제이도 질세라 미소를 날려 보이며 장 교
수의 손가락질을 따라했다.

"수업 끝나고 점심?"

"자기가 사면 가고."

"언제 내가 안 샀나? 참…"

"오케이. 열두 시 반 정문? 기사 노릇은 내가 하지."

"언젠가 나한테도 기사 노릇하는 영광도 한번 주지 그래? 섹시한
지질학 교수님 모시면 어떤 기분일까 한번 느껴 보려고. 그럼 난 수
업 땜에… 수고하시게!"

장 교수가 유난히 튀어나온 엉덩이를 씰룩거리며 한여름 몸집 큰
늙은 소가 과체중을 힘겹게 이겨내며 걸어가듯 한발 한발 천천히 바

닥을 쑬었다.

감람석의 의미? 부탁하면 장 교수는 들어 주겠지, 제이는 혼잣말을 하며 턱을 만지작거렸다. 케이는 분명 무언가를 남기려 했다. 그 무언가는 케이를 지옥에 빠뜨린 사람들을 피해 제이에게 정확히 전달됐어야 했고, 또한 제이만이 알 수 있는 것이어야 했다. 케이와의 추억, 혹은 제이의 기억 속 어디, 아니면 제이만이 분석해낼 수 있는 그 무엇이다.

어느덧 수업시간은 차 한 잔을 마실 수도 없을 만큼 가까이 와 있었다. 제이가 미리 챙겨놓은 원서를 들고 자리에서 일어났다. 정확히 두 번째 발자국이 교무실 바닥에 닿았을 때 뽀롱, 하는 소리가 고막을 흔들었다. 새로운 메일이다. 수업이 끝난 뒤 확인해도 되지만 삼십초 정도 늦는다고 폐강되는 일은 없다. 마우스의 왼쪽 버튼을 눌렀다. 지질학회 참석 여부를 금요일까지 알려달라는 메일이었다. 깊이 생각할 이유도 없었다. 돌연 떠오른 건 케이의 이모님이다. 제이는 먼저 '참석하겠음'이란 메시지를 띄우고 프린트를 했다. 학장 보고용이다.

아내에게는 애틀랜타가 아닌 서부의 어느 멋있는 도시쯤으로 말해도 무방할 것이다. 마음이 한결 가벼워졌다. 제이는 가벼운 발걸음으로 강의실로 향했다.


"사건 당일 어디 있었나요?"

병선은 고개를 돌렸다. 어떤 얘기부터 풀어 놓아야 할지, 진실을 말해야 할지, 거짓으로 어느 정도 시간을 끌어야 할지 판단이 서지 않아서였다.

"제가 알기에는 한국에는 안 계셨습니다."

박도준 형사의 눈빛은 제법 날카로웠다. 정면으로 쳐다보지 않아도 느낄 수 있을 만큼…

"민호를 만나고 몸이 좋지 않아 병원신세를 좀 졌습니다. 미국에서는 보험도 안 되고 또 응급실에 있었기 때문에 엄청난 비용을 지불해야 했죠. 계산은 민호가 해주었습니다. 생명의 은인이나 다름 없죠."

병선은 형사를 정면으로 쳐다보지 못하고 있다. 나이가 들어도 본성은 바뀌지 않는다. 거짓말을 하면 유독 긴장을 하는 병선이었다.

"작년에 자산이 많이 늘어났더군요. 민호 씨의 명의로 된 청담동 아파트, 속초에 있는 별장, 시가로만 따져도 이십억 원은 족히 넘는 굵직한 부동산인데, 병선 씨의 명의로 이전되었더라고요. 혹시 무슨 일이 있었던 건 아닌지…"

"남미 쪽과 빅딜이 있었습니다. 거의 제가 성사시킨 거나 다름없었죠. 사업규모로 볼 때 부동산 몇 개 생긴 건 수고비도 안 되는 겁니다. 물론 저한테는 과분하지만요."

형사는 병선을 물끄러미 응시했다. 쳐다보는 시선이 마치 현미경 렌즈를 달고 있는듯했다. 만만치 않은 상대였다. 도대체 어디까지 알고 있는 걸까? 오늘 다 털려버리면 민호와의 관계도 끝이다. 고대했던 중역자리는 고사하고 방금 형사가 얘기한 두 채의 부동산을 끌어안고 애지중지하며 평생을 살아야할지도 모른다. 거기다 반은 몹쓸 그년의 것이다. 법적으로 남이 되어버릴 못된 년. 와이프를 생각하니 치가 떨렸다. 덜 익은 오렌지를 한 입 베어 먹었을 때의 느낌처럼 온몸이 떨려왔다.

"나가시죠."

형사가 먼저 자리에서 일어났다. 병선은 어디로 가는 건지 묻지 않고 말없이 카드를 꺼냈다. 한국에서 민호를 지원하는 일은 옆에 붙어서 수행하는 것 보다 더 힘들었다. 눈 깜짝할 사이에 몇 가지 일을 처리해놓고 좀 쉬려고 하는 찰나 형사는 모든 일정을 다 꿰고 있는 것처럼 만남을 요청했다. 서먹한 시간을 또 보내야 하나, 갑자기 피곤이 몰려왔다.

형사는 말없이 차를 몰았다. 형사는 안정적인 운전을 하면서도 때로는 속도를 즐겼다. 계기판에 바늘이 심하게 요동칠 때는 병선을 의식하며 우쭐대는 표정을 짓기도 했다. 판단하기 애매한 스타일, 병선은 그런 마음이었다.

어울리지도 않은 제임스 므라즈의 앨범이 두 트랙을 돌았을 때 목적지의 글씨가 눈에 들어왔다. 가슴이 뻐근했다. 근육통이나 신경계 쪽의 움직임은 아니다. 단지 마음이 심하게 요동치고 있을 뿐…

주차하고 들어선 곳은 맛 집으로 소문난 아담한 분식집이었다.

"여기 라볶이가 괜찮아요. 의정부 명소이기도 하죠."

병선은 벽에 붙어있는 메뉴를 한참동안 바라보았다. 딱히 내키는 메뉴도 없다.

"라볶이 2인분이요."

창밖으로 오래전 눈에 담았던 건물이 보였다. 왠지 떡볶이와는 어울리지 않는 기억 속 잿빛으로만 남아있던 건물. 병선은 목이 타는지 물을 들이켰다. 지금까지 아무도 몰랐던 비밀, 병선의 생각을 훔치기라도 하듯 정신없이 빨간색 라면과 통통한 떡을 흡입하던 형사가 젓가락을 내려놓았다.

"맛 좋죠?"

끝내 질문을 참겠다는 건지. 예상과는 다른 질문이었다.

"형사님! 도대체 나한테 원하는 게 뭐죠?"

병선이 젓가락을 내려놓으며 말했다. 주인아줌마가 두 남자를 처다봤다. 시선이 곱지 않았으나 아랑곳 하진 않았다.

"먼저 말씀하셨으면 했는데 저도 우연히 알게 되었습니다. 세상엔 비밀이라는 것이 없다는 말을 새삼 느끼게 해 주더군요."

형사는 주머니에서 종이 한 장을 꺼냈다. 굵은 픽셀로 이루어진 하드카피가 A4용지 위에 얹혀 있었다. CCTV 화면을 카메라로 찍은 후 카피를 뜬 것이다. 한눈에 봐도 앳된 모습의 병선, 바로 자기 자신이었다.

"이제 얘기를 좀 듣죠. 의정부라는 동네가 황금알을 낳는 곳도 아닌데 왜 다들 몰래 이곳으로 몰려들었는지?"

형사가 자세를 고쳐 잡았다. 형사는 마치 전문 카운슬러인양 비장한 모습으로 병선의 시선을 응시했다. 흥분을 했는지 얼굴이 발그레해진 병선이 입을 열었다.

"눈에 선하네요. 맞아요. 다 사랑 때문입니다. 제이와 케이가 404호실에서, 희선이 405호실에서 하룻밤을 보낼 때, 전 모텔주차장 옆에서 어둠을 친구 삼아 밤을 보냈습니다. 첫차가 오는 시간까지 눈을 뜨고 악몽을 상상한 거죠."

"음… 누구를 사랑했다는 거죠?"

형사의 의미심장한 눈빛에 병선은 눈을 맞추지 못했다.


예상했던 대로 학회일정은 빡빡했다. 열네 시간의 비행, 학회참석

이틀, 다시 열세 시간이 넘는 비행, 자투리 시간을 내려면 주말을 붙여야했다. 학장을 설득하는 데는 전혀 문제가 없었다. 단지 아내를 이해시키는 것이 문제였다.

집에 도착하니 그렇게 늦지 않은 저녁이었다. 아내의 기분은 괜찮은듯했다. 한 손으로는 바다의 머리카락을, 다른 한 손으로는 전화기를 붙잡고 통통 튀는 목소리로 누군가와 통화를 하고 있었다. 나왔어, 라는 말에 아내와 바다는 동시에 얼굴을 돌렸다. 아내는 손을 흔들었고, 바다는 언제나 그렇듯 빠른 걸음으로 달려왔다. 제이는 바다를 번쩍 안아들었다. 싱그러운 아이 냄새가 기분을 상쾌하게 했다. 제이가 바다를 내려놓자 아내도 전화기를 내려놓았다.

"많이 안 늦었네? 오늘 하루는 어땠어요? 서방님?"

"뭐… 똑같지, 일상이라는 게. 다른 건 없고, 출장이 좀 잡혔어."

"언제? 어디로?"

아내가 관심을 보였다. 바다의 눈빛도 반짝거렸다. 아마도 선물 때문일 것이다.

"내일 모레야, 뉴욕이고, 거리가 있으니 오, 육일은 있어야 할 것 같아. 다른 학교 교수들과 운동도 한 번 하기로 했지. '피츠퍼드 먼로'라고 유명한 골프장이 있거든."

제이는 애틀랜타를 대신할 곳을 서부의 멋진 도시에서 동부로 그것도 뉴욕으로 정했다. 알고 있는 골프클럽이 뉴욕 근처이고 아내가 가본 곳이기 때문에 따라간다는 말은 안 할 것으로 예상했기 때문이다.

"그럼 골프채도 가지고 가는 거야? 미국출장 때 운동한 적 한 번도 없었잖아. 주말이면 나도 따라갈까? 바다는 언니한테 맡기면 되는데."

부동산 용어 중에 속어로 '알박기'라는 단어가 있다. 갑자기 머릿속에 떠오른 단어다. 또 머리싸움을 해야 하는 건가, 부엌으로 몸을 돌렸다. 아내는 휴대폰을 집어 들고 있었다. 제이가 물을 마시는 동안 아내는 재빨리 일정체크를 한다.

"내 정신 좀 봐. 주말에는 안 되겠어. 토요일 오후 중요한 약속 있는 걸 깜박했네. 다시 가고 싶은 곳 중에 하나가 뉴욕인데…"

아내의 설득은 예상외로 쉽고 자연스럽게 이루어졌다. 그도 그럴 것이 미국과 유럽은 일 년에도 서 너 번씩 출장이 있다. 생각해보니 아내에게 유리한 점도 있다. 제이가 자리를 비운 기간 자유롭게 진행하고 있었던 일들을 추진할 수 있을 테니까… 그리고 보니 영서, 민호, 병선, 모두 제각각 다른 길을 가고 있다. 분위기가 너무 잔잔하다. 제이는 폭풍전야일지도 모른다고 생각했다.

이륙한다는 마지막 안내방송이 나오고 분주하게 움직이던 스튜어디스들이 각자의 위치에 자리를 잡았다. 제이는 아내의 책을 펼쳐들었다. 미국 남서부의 중심 애틀랜타, 제이의 머릿속에는 벌써 케이 이모님을 떠올리고 있었다.

학회의 형식은 어디에서나 항상 비슷했다. 등이 훤히 들여다보이는 드레스를 입은 섹시한 미인은 눈을 씻고 찾아봐도 없다. 진부하고 고리타분한 얘기들, 어디선가 본 듯한 사람들, 학회에서 만나 점심을 한두 번 했었던 교수들, 제이는 일찌감치 숙소에 들었다.

아내에게 전화를 했다. 아내는 일본 배우를 캐스팅해야 하는데 작가의 관점에서 반드시 아내의 도움이 필요하다는 영화감독의 제안을 거절할 수 없어 며칠간 일본에 다녀온다고 했다. 제이는 오히려 잘된 일이라 생각했다. 바다가 걱정이었으나 그래도 도우미 아줌마와 처형이 있어 한결 마음이 놓였다.

제이가 이모님을 만나야하는 이유는 몇 가지 사실을 확인하기 위해서다. 첫 번째, 케이 사건 이후 돌연 미국으로 들어간 이유가 무엇인지. 두 번째, 제이가 알고 있는 사실이외에 또 다른 것이 있는지. 세 번째, 친구들 중 이모님을 제일 먼저 찾아온 사람은 누구인지. 그리고 가장 중요한 건 타임캡슐의 행방을 확인하는 것이다. 이모님이 미국에서 어떻게 살고 있는지 파악하는 것도 중요하다. 만약 케이 사건 이후 이모와 이모부님에게 가끔 안부를 물었다면 이런 번거로움은 없었을 것이다. 인연이라는 것이 그렇다. 아무리 사랑하는 사람이라도 떠나버리는 고통만 가슴에 묻으면 그 흔적은 어렵지 않게 사라진다.

다음날 아침 제이는 오랜만에 느끼는 여유로움을 만끽하기 위해 일찍 배낭을 메고 밖으로 나왔다. 도시를 둘러보고 점심은 애틀랜타의 도라빌 시에서 하기로 했다. 한국인이 운영하는 식당이 있고 그곳에 가면 애틀랜타에 거주하는 한국인에 대한 기본적인 정보는 얻을 수 있다.

식당에 도착한 시간은 열두시 삼십분이었다. 원래는 열한시 삼십분쯤 도착할 예정이었으나 지하철에서 삼십분 정도 헤맸다. 출구를 잘못 빠져나온 것이 시간을 더 지체하게 했다.

'얼룸마켓'이라는 한국식당 이름이 가물가물했다. 한국에서 활동했던 유명한 가수가 운영하는 식당이라고 기내에서 옆자리에 앉았던 노신사가 소개해준 집이다.

중국, 유럽, 어디를 가도 한국식당 입구에는 지역정보지가 비치되어 있다. 미국 애틀랜타도 예외는 아니었다. 제이는 잡지와 신문을 하나씩 들고 테이블에 자리를 잡았다. 제이는 정면에 걸려 있는 사진을 보고 식당주인이 누구인지 어렵지 않게 알 수 있었다. 제이도 한때는 부모님에게 받은 용돈을 쪼개 브로마이드를 샀던 기억이 있는 여가수다.

메뉴를 보고 종업원을 불렀다. 앉자마자 몇 초도 안 되는 아주 짧은 순간이었다. 어떤 종류의 식사를 하던 지금 제이에게는 중요하지 않다. 만약 지역정보지를 뒤져 케이 이모부의 이름을 찾아낸다면 한국의 일반식당보다 약 두 배나 비싼 음식 값은 전혀 아깝지 않다. 학생으로 보이는 남자가 제이에게 다가왔다.

"김치찌개. 그리고…"

"네?"

종업원은 예상했던 것 같이 한국 유학생이었다. 제이의 그리고, 라는 말에 남학생은 눈을 조금 더 크게 뜨고 허리를 조금 더 굽혔다.

"혹시 마영길이라는 한국인을 아나요? 조금 유명한 사람이면 알 수도 있을 텐데."

"잠깐만요! 제가 매니저님을 불러드릴게요."

제이의 질문에 유학생의 당황한 기색이 역력했다. 학생이 주방 안으로 모습을 감추었다. 고개를 갸우뚱한 제이는 혹시 자신의 옷차림이 형사와 비슷하지 않은가, 하며 입가에 미소를 지었다.

"네! 제가 도움을 드릴 수 있을지…"

사십은 훌쩍 넘었을 것 같은 여자가 정장차림으로 나타났다. 눈썹 화장을 짙게 한 탓인지 왠지 표정이 매서워 보였다.

"아! 네… 혹시 마영길 씨라고 들어 보셨나요? 이곳 애틀랜타에 들어오신지 꽤 오래되었다는데요."

"마영길 씨요? 마영길 씨? 아! 그분, 한인회 회장님과 동일한 이름이신데요? 혹시 세탁소 프랜차이즈 하시는…"

혹시나 했는데, 패가 쉽게 풀렸다. 제이가 찾는 이모부의 이름이 마영길이었다. 이모부는 현재 한인회 회장이자, 세탁소 프랜차이즈 사업으로 큰돈을 번 사람이며 지역에서는 꽤나 이름이 알려져 있는 인물이라고 했다. 사는 곳도 제이가 가지고 있는 주소와 크게 다르지 않았다. 제이는 매니저에게 고맙다는 인사와 팁도 잊지 않았다. 곰곰이 생각해보니 제이는 이모부를 만난 적이 없는 것 같았다. 케이의 장례식에도 이모부는 모습을 드러내지 않았다. 말로만 친척이지 제이는 이모부의 목소리조차 들은 적이 없을지도 모른다.

근처 공원을 지나 이모님이 살고 있다는 곳으로 발길을 옮겼다. 영화에서 자주 등장하는 양옆으로 집들이 길게 늘어선 곳이다. 자전거를 타고 있는 두 아이를 제외하고 밖에 나와 있는 사람들은 없다. 제이는 나무 뒤에서 잠시 걸음을 멈추었다. 유선형으로 된 거리를 가로 지르면 멋들어진 나무가 건물의 삼분의 일을 가리고 있는 그곳이 바로 이모 집으로 판단되었다. 어디선가 피아노 소리가 들렸다. 귀를 편안하게 하는 고요한 소리, 안정되고 정확한 리듬이 꽤 실력 있는 연주자인 것 같았다. 제이는 어디서 들어본 적이 있는 쇼팽의 곡처럼 느껴졌다. 소리가 울려 퍼지는 곳을 청력의 힘을 빌려 눈으로 찾아 헤맸다. 멋들어진 나무가 서 있는 집, 오렌지색 창문이 인상적인 건물 이층이다. 갑자기 피아노 소리가 멈췄다. 제이는 심호흡을 한 번 하고 무슨 말을 먼저 꺼내야 할지 곰곰이 생각했다.

먼발치에서 검은색 세단 한대가 느린 속도로 다가오고 있었다. 제이는 반사적으로 나무 뒤에 몸을 숨겼다. 세단은 피아노 소리가 들렸던 그 지점에서 정지했다. 제이는 이모네 식구든지, 아니면 집에 찾아오는 손님일 거라고 생각했다. 호기심에 나무 옆으로 목을 쭉 뺐다. 차 문이 열리고 사람이 모습을 드러냈다. 갈색 머리결의 여자가 상체를 꼿꼿이 세웠다. 제이는 재빠르게 다시 나무 뒤로 얼굴을 집어넣었다. 선글라스를 썼지만 분명히 그녀다. 바로 아내 희선이었다.

머릿속이 새하얗게 변했다. 오른쪽으로 머리를 돌리자 세단 옆면이 눈에 들어 왔다. 'Hilton Hotel(힐튼호텔)' 다행히 제이의 호텔과는 거리가 있는 곳이었다.

한참 뒤 한국말이 다시 들리고 머플러에서 기체를 쏟아내는 소리가 들린 후 문 닫히는 소리가 들렸다. 과연 아내는 내가 애틀랜타에 있다는 것을 알고 있는 것일까? 제이는 흡연할 마땅한 장소가 없었기에 담배를 꺼내다 다시 집어넣었다. 왔던 길로 다시 발걸음을 옮겼다. 한 발자국 전진을 하기 위한 일보 후퇴다.

전화를 받은 건 이틀 전이었다. 귀에 익은 목소리, 반가움과 거북한 느낌이 교차되어 영서의 기분은 엉망이 되었다. 영서가 홍콩이 아닌 중국본토의 티켓을 예약한 이유는 덤프트럭 기사의 황당한 발언 때문이었다. 남자는 영서의 출생의 비밀을 알고 있다고 했다. 처음 생긴 궁금증이었다. 아니 어쩌면 평생 어깨에 짊어지고 있던 삶의 무게를 내려놓을 수도 있는 절호의 기회를 잡을 수 있는지도 모른다고 생각했다. 불안한 마음인지 누구한테는 얘기를 해 놓아야겠다고 마음먹고 희선에게 넌지시 대학동기와 함께 상해에 잠시 다녀온다고 말을 흘려놓았다.

극 성수기인 메이데이 연휴가 끝나서인지 상해 푸동공항은 많이 붐비지 않았다. 국내선이 주로 도착하는 홍치아오 공항은 인산인해를 이루고 있을지도 모른다. 영서는 김포공항에서 출발하는 국제선을 선택한 건 잘한 일이라고 생각하며 빨간 깃발을 들고 있는 행렬을 뚫고 가운데 출입구로 빠져나왔다.

텔레비전에서 본 것만큼 끔찍하지는 않았다. 그런대로 질서를 지키고 있고 가끔 멋을 부린 젊은이들이 지나다니기도 했다. 영서는 오분 정도 서 있다가 차례가 되어 유럽 브랜드로 보이는 택시에 몸을 실었다. 영어도 안 통하는 나라, 고작 아는 거라곤, '니하오'와 '워아니'였다.

굵은 스틸 기둥으로 된 방범망은 차량강도를 방지하기 위함이라 생각했다. 생각해보니 방범망은 서로에게 이득이었다. 택시 기사가 강도로 돌변하는 케이스와 손님이 강도로 돌변하는 케이스 두 가지 상황을 모두 다 커버할 수 있으니 말이다. 영서는 택시 기사에게 종이쪽지를 내밀었다. 트럭 기사가 문자로 보내준 내용을 받아 적은 상해 어느 한 곳의 위치를 나타내는 내용이었다. 시크한 기사는 쪽지를 앞 좌석에 던져놓고 가속기에 힘을 불어 넣었다. 택시는 답답하게 막힌 도로에 힘없이 타이어 자국을 내다, 조금 시간이 지난 후뻥 뚫린 자동차 전용 도로를 시원하게 내달리기 시작했다. 많은 생각과 이것저것 준비하느라 늦게 잠자리에 들었고 이른 새벽에 집에서 나왔다. 오백 원짜리 동전 열 개를 얹어 놓은 듯한 눈꺼풀의 무게가 느껴졌다. 낯선 곳, 게다가 중국대륙에 보도 듣지도 못한 시커먼 남자와 한 공간에 있다. 방범망을 믿기에는 주위의 환경이 너무 좋지 않았다. 영서는 한 달 전에 해외에서 큰마음을 먹고 산 쇼울더 백을 꼭 쥐었다.

앗! 하는 순간, 눈을 떠 보니 삼십분이라는 시간이 훌쩍 지났다. 택시는 신호등 앞에서 정차해 있었고 비가 오려는지 날이 어둑어둑해져 있었다. 택시 기사는 라디오에서 흘러나오는 알 수 없는 말들을 듣고 히죽거리며 즐거워하고 있었다.

코너를 돌자, 한국말로 된 간판들이 눈에 들어왔다. 전날 검색했던 바로 그 거리였다. 택시는 조심스럽게 차를 세우고 비상등을 켰다. 미터기는 한참이나 요란하게 소리를 내고 나서야 영수증을 뱉어냈다. 백삼십이 원, 영서는 방범망 밑을 통해 이백 원을 택시 기사에게 건넸다. 택시 기사의 입이 턱에 걸리고 당연하다는 눈빛으로 영서를 빤히 쳐다보며 트렁크에서 여행용 가방을 내려주는 매너를 보였다.

인상 좋은 아줌마의 안내를 받으며 올라간 곳은 그럴듯한 아파트의 이층이었다. 벙어리일지도 모른다고 생각하게끔 아줌마는 계속 손짓으로 영서에게 의사를 전달했다. 의자에 앉아 차를 마시며 아파트 내부를 둘러봤다. 상해의 아파트 값은 강남 못지않다는 기사를 텔레비전에서 본 기억이 있다. 오십 평은 될 듯한 넓은 공간과 몇 개의 방이 있었다. 내부 인테리어가 썩 훌륭하지는 않아도 보기에 싫지 않을 정도는 되었다. 이런 곳은 상해에서도 어느 정도 돈 있는 사람이 사는 집일 것이다.

'삑삑' 짜증나게 고막을 울리는 초인종 소리가 들리자 일부러 숨을 죽이고 있었던 것처럼 조용했던 아줌마가 부산을 떨며 현관 쪽으로 향했다. 소리를 들으니 안쪽에 나무로 된 문이 있고 바깥쪽에 다시 철문이 있는 것 같았다. 택시와 동일하다. 중국은 어디를 가든지 방범망의 역할을 하는 게 있는 것 같았다. 영서는 중국의 철 수요로 인해 전 세계의 원자재 값이 폭등한 적이 있다는 기사도 거짓말이 아닐 수도 있다는 생각을 했다.

거실에 모습을 드러낸 사람은 낯선 남자와 트럭 기사였다. 낯선 남자가 앞에, 트럭 기사가 뒤를 따르는 것은 낯선 남자가 집 주인일 가능성이 컸다.

낯선 남자는 스포츠머리에 흰색 티셔츠, 체크무늬 반바지에 검정색 양말을 신었다. 70년대 그것도 시골 패션. 정체가 뭘까, 한국에서 자취를 감추고 중국에서 연락을 한 트럭 기사의 의도는 무엇일까? 출생의 비밀을 알고 있다는 건 미끼일까, 아니면 사실일까? 많은 의문이 머릿속을 복잡하게 만들었다. 드디어 낯선 남자가 입을 열었다.

"먼 길 오시느라 수고가 많았습니다."

"네! 안녕하세요. 신영서라고 합니다."

"두 분은 구면이시죠?"

"네. 실례지만…"

"아! 제 소개는 나중에 하겠습니다. 식사는 하셨습니까?"

"네. 기내식이 나쁘지는 않았습니다."

"짐이 얼마 되지 않으시네요. 호텔 체크인 하고 저녁식사나 하시죠. 예약해 두신 쉐라톤 호텔은 얼마 멀지 않습니다."

"네. 뭐. 그렇게 하시죠."

검정색 양말의 집 주인은 자기 마음대로였다. 이럴 줄 알았으면 호텔에서 만나도 됐을 텐데 말이다. 트럭 기사는 이상하게도 아무 말이 없었다. 그가 여행용 캐리어를 소리 없이 들어주었다.

식사 자리는 호텔에서 멀지 않은 중국 전통음식점이었다. 본론이 궁금한 영서에 비해 집주인의 관심사는 음식이었다. 그는 대부분의 사람들이 알고 있는 중국의 4대 요리는 북경요리, 상해요리, 사천요리, 광동요리가 아니라고 했다. 원래 중국의 4대 요리는 산동요리, 화양요리, 광동요리, 사천요리이며 그 밖에도 중국을 대표하는 요리는 절강요리, 복건요리, 안휘요리, 호남요리, 북경요리, 호북요리가 더 있다고 했다. 외국인에게 요리를 설명할 때 가장 유명한 도시 위주로 말을 하던 습관이 어느새 진실을 왜곡하고 있다고 하며 '우리가 지금 먹는 이 요리도 원래는 화양요리인데, 지금은 상해요리라고 합니다.' 라고 했다. 영서는 불룩하게 나온 집주인의 배를 보며 아는 만큼 먹기도 많이 먹었군, 이라고 속으로 비아냥거렸다.

"음식이 맛있네요. 중국요리는 기름기가 많아 느끼하고 또 향료도 많이 쓴다고 들었는데, 이 집 음식은 전혀 그렇지가 않네요. 입맛에 맞아요."

"하하… 그렇다면 다행입니다. 제가 어릴 적부터 무엇이든 잘 고른다는 말을 듣고 자랐습니다. 마누라도 아주 잘 골랐어요, 말을 정말 잘 듣거든요. 상해보다 위쪽으로 가면 음식에 기름기가 많아요, 뭐 상식적으로도 북쪽은 남쪽보다 척박하고 날씨도 추우니 몸을 보양해 주는 기름진 음식이 필요한 건 당연하겠지요. 야생의 육류에서 풍기는 냄새를 없애기 위해 향료를 많이 사용한 것도 충분히 이해가 되고 말입니다. 입맛에 맞으신다면 정말 다행입니다. 손님이 맛있게 음식을 드시는 것만큼 기분 좋은 일도 없을 겁니다. 자…"

싱글벙글 기분이 좋아진 집주인이 손가락만 한 술잔을 소심하게 집어 들었다. 영서도 술잔을 피해갈 수는 없겠지만 경계를 늦추지 않고 보수적인 태도를 보여야 한다고 생각했다. 술잔에 입술을 가져다 댔다. 혹, 뉴스에나 나오는 나쁜 약을 타지나 않았을까하는 의심이 들어 혀를 축이는 정도로만 술맛을 느꼈다. 거부감 있는 진한 맛이 느껴졌으나 '배' 향이 나는 고급술인 것 같아 나쁘지 않았다.

"영서 씨? 중요한 건에 대해 상의를 좀 해야 할 것 같아요. 본론을 말씀 드리려고 하는 거죠. 비록 제가 건달같이 머리도 짧고 복장도 이렇지만 상식적인 대화가 통하는 사업가입니다."

집주인이 젓가락을 놓으며 한 말이다.

"영서 씨는 한국의 쇠젓가락에 비해 중국의 나무젓가락이 긴 이유를 아십니까?"

"네? 글쎄요."

"어떤 책에서 본적이 있는데, 한국은 자기 입만 생각해서 그렇고 중국은 상대방을 먼저 생각해 음식을 나누어주기 위해 길게 만들어진 것이라고 합니다. 쇠로 길게 만들면 너무 무거우니까 나무를 사용한 것이고요."

영서가 집주인을 쳐다봤다. 장난기 있는 동글동글한 얼굴이 어느새 제법 진지한 표정을 짓고 있었다.

"그렇군요. 젓가락이 본론은 아닐 테고, 말씀하세요. 저도 사실 젓가락과 음식보다는 그 일에 더 관심이 많아요."

"타임캡슐의 행방을 알고 있다고 들었습니다."

"네!? 타임캡슐이 들어 있는 상자를 말씀하시는 건가요?, 그건 또 어떻게, 아저씨가…"

　처음 본 사람이 타임캡슐에 관심을 가지고 있다. 마치 며칠 전 친구들과 나누었던 얘기를 아는 것처럼 말이다.

　9월 12일(한국시간) 케이는 영서에게 타임캡슐을 담은 똑같은 보라색 상자에 메일로 발송한 내용을 프린트하여 동봉한 후 동일한 시건장치를 걸고 비밀번호를 404에 맞춰 이모 댁에 갖다놓아 달라는 부탁을 했다. 끝까지 숨기려고 했던 케이의 부탁을 말해야 할지 고민이었으나 친구들에게 얘기했던 그대로를 말하는 것이 혹시 모를 다른 상황을 대비한 복안이라고 영서는 생각했다.

　"사물을 볼 때는 타인의 눈으로 보고 판단할 때가 대부분입니다. 저 술병을 보십시오. 안에는 분명이 알코올이 들어 있겠죠. 누군가가 술병 안에 다이아몬드를 넣었다고 가정을 합시다. 만약 그 누군가가 없고 술병이 깨지지 않는 이상 저 술병은 그냥 우리가 일반적으로 알고 있는 하찮은 병일뿐이지요. 타인의 눈으로 보고 있는 그냥 단순한 물건 말입니다."

　"그럼 그 상자는 혹시?"

　"네! 저는 지금 영서 씨와 비즈니스를 하고 싶은 겁니다. 저한테 줄이 닿는 몇몇 고객이 처음 던진 가격은 백억입니다. 시작하는 가격이 백억이면 확정가격은 그것에 몇 배가 되겠죠, 저는 정확히 반을 제시하겠습니다. 영서 씨가 반, 제가 반."

　"백억이요?! 백억의 가치가 있는 물건이 타임캡슐에 들어있다는 말씀이신가요?"

　"중국 위안화로 백억이에요. 원화로 따지면 이조 원에 가까운 엄청난 금액이란 말입니다."

드디어 트럭 기사가 입을 열었다. 입을 크게 벌리며 마치 영화에 나오는 연기자처럼 과도한 몸짓도 보여주었다. 삶의 무게 때문에 생긴, 거친 풍파를 이겨낸 것 같은 주름이 진하게 그림자를 만들었다. 영서는 집주인의 하수인 노릇을 하는 트럭 기사가 왠지 안쓰러워 보였다. 둘은 어떻게 아는 사이일까?, 출생의 비밀은 과연 누가 가지고 있는 것일까?, 영서가 혼자 술잔을 움직였으나 동조해주는 사람은 아무도 없었다. 영서는 거짓말이라도 할까, 생각하며 술잔을 들어 가볍게 고개를 뒤로 젖혔다. 짜릿하고 불같이 뜨거운 액체가 가슴 안쪽을 후비며 흘러내려갔다.

"상자를 찾는 사람이 여러 명이죠? 같은 목적으로요. 마이크로 칩이라는 거 알고 계시죠?"

"생각 좀 해보죠, 지금 말씀드릴 수는 없고요. 그 상자가 그렇게 훌륭한 물건인지 지금 알았거든요."

"네. 제가 지금 여기서 당장 결론을 내달라는 건 아닙니다. 당연히 생각하셔야죠. 하루가 아니라 이틀이라도 좋습니다. 다만 찾고 있는 사람들이 많기 때문에 될수록 빠른 시간에 결론을 주셨으면 합니다."

"네. 긍정적으로 생각해 볼게요. 그런데 아직 성함을…"

"하하하… 뭐 이제 같은 배를 타게 될 텐데, 제 이름이 아니라 증조, 고조할아버지 이름도 다 알려 드려야지요. 마영길이라고 합니다. 중국에서 태어나서 한국에 오래 살았습니다. 한국인들이 조선족이라고 하는 재중동포지요, 지금 신분은 재미교포고요. 아마 제가 어떤 사람인지 알면 많이 놀랄 수도 있어요. 하하하…"

마영길?, 영서는 들어 보진 못했어도 왠지 아는 사람이 아닐까 하는 생각을 잠시 했다. 집주인이 중국말을 하자 동글동글하게 생긴 여종업원이 계산서를 가지고 왔다. 집주인은 상해의 야경을 구경하지 않겠냐는 제의를 했으나 영서는 그냥 호텔에서 쉬겠다고 했다. 웬일인지 호텔까지 안내를 해주었다. 영서는 로비에서 과도하다 싶을 정도의 구십 도에 가까운 배꼽인사를 받고 로비를 가로 질렀다. 뒤가 이상해 몸을 돌렸다. 집주인은 없고 트럭 기사가 조심스럽게 따라오고 있었다. 영서도 따로 할 말은 있었기에 잘 됐다싶어 트럭 기사를 기다렸다.

"저… 음. 아닙니다. 그냥. 잘 쉬세요."

"아저씨?"

"네?"

"그 상자가 두개는 아니겠지요?"

"네? 무슨 말을 하는 건지…"

머리를 긁적이던 트럭 기사는 꾸벅 인사를 하고 다시 뒤돌아섰다. 남자는 영서에게 할 말이 있는 듯했다. 하지만 영서는 남자를 다시 부르지는 않았다. 분명하다, 영서는 남자가 할 말이 있다는 걸 표정을 보고 알 수 있었다.

하루밖에 지나지 않았는데 한국이 그리웠다. 청담동이라면… 혼자 버려진 것 같은 기분이 들 때면 찾아가는 곳이 있다. 영서는 문득 얼굴도 잘 기억나지 않는 아빠를 '쓰레기 같은 인간'이라고 입버릇처럼 말씀하시던 어머니가 떠올랐다. 순진하기 짝이 없는 어머니가 '쓰레기'라는 표현을 쓸 정도면… 남자는 다 그런 건가? 갑자기 뒤통수가 싸했다. 영서가 다시 뒤를 돌아다 봤다. 트럭 기사가 문밖에 서서 담배를 태우고 있었다. 머리를 한번 쓸어 넘기고 청담동은 지우기로 했다. 신영서의 발길이 트럭 기사 쪽으로 향했다.


　생각을 정리하기 위해 자리를 정한 곳은 근처 공원 가장자리에 위치한 카페였다. 군데군데 짝을 이룬 연인들, 지역모임인 것 같은 여러 명의 단체 팀, 그리고 비교적 여유로워 보이는 중년의 동양계 남자, 제이는 동양계 남자와 되도록 멀리 자리를 잡았다. 배낭을 내려놓고 깊은 한숨을 몸 밖으로 내뿜었다. 긴장이 풀려서인지 약간의 현기증과 피곤이 몰려왔다.

　"불 좀 빌릴까요?"

　고개를 돌리니 방금 그 동양계 남자는 한국인이었고 생각했던 것보다 나이가 들어 보였다.

　"네. 여기…"

　제이는 손에 잡고 있던 라이터를 건넸다. 한 손을 가려 담뱃불을 붙인 중년 남자는 잔뜩 흐린 하늘을 쳐다보며 첫 모금을 내뱉었다.

　"고맙습니다. 불이 없어 한 시간이나 담배를 못 피웠어요."

　"아! 네."

　중년남자가 뒤돌아 자리로 돌아갔다. 제이는 소화해내기 어려운 흰색구두가 그런대로 잘 어울린다고 생각했다. 잠시 뒤 종업원이 재떨이와 메뉴판을 가지고 왔다. 재떨이 안에는 성냥도 함께 있었다. 제이는 고개를 갸우뚱하며 중년남자의 모습을 유심히 쳐다봤다.

　일본에 있어야 할 아내가 눈앞에 나타났다. 오후 네시 삼십분, 한국시간 새벽 다섯시 삼십분. 문자를 할까 망설이다 제이는 결국 통화키를 눌렀다. 의외로 형사의 목소리는 차분했다. 새벽이라 짜증을 낼 것 같은 예상과는 사뭇 다른 느낌이었다. 제이는 현지의 상황을 그대로 전했다. 애틀랜타에 간다는 것을 비밀에 붙인 제이로서 형사에게 SOS를 치기에는 다소 부담스러웠지만 똑 부러지는 답을 기대할 수 있는 사람이 제이 주변에 그렇게 많지는 않았다.

형사는 만약 같은 날에 출발한다면 희선과 서울 행 비행기에 같이 탈 수도 있을 거라며 일정 조정이 가장 우선되어야 한다고 했다. 제이는 아내에게 학장이 시킨 일이 있어 하루 더 있다 갈 거라고 먼저 문자를 보냈다. 그 다음에 할 일은 케이의 이모 집 앞에서 잠복을 하는 것이다. 아내가 먼저 케이의 이모를 만났기 때문에 제이는 이번에 이모를 만나지 않는 게 좋을 것 같았다. 다만 아내가 떠난 뒤 집 주위를 살피는 정도의 일은 해야 한다. 형사는 일어날 일을 미리 알고 있었다는 듯 일목요연하게 '해야 할 일' 정리해주고 전화를 끊었다. 제이는 배낭을 다시 짊어졌다. 왔던 길을 되돌아가 이모 집 앞을 살피기로 했다. 미국까지 와서 잠복이라니 제이는 또 다시 고개를 숙이고 한숨을 내쉬었다.

여섯시가 조금 넘은 시간이었다. 잠복을 시작한지 삼십분 정도 지났을 것이다. 고양이 한 마리가 집 옆 차고 뒤쪽에서 나와 길을 건너 눈앞에서 사라졌다. 조그만 방울 목걸이를 달고 있는, 점이 많은 흰색 고양이였다.

일곱시 이분, 몇 시간 전에 봤던 검은색 호텔 세단이 유유히 다가와 집 앞에 정차했다. 정확히 십분 뒤 아내가 모습을 드러냈다. 나이가 지긋한 여성이 아내를 집 앞 정원까지 배웅했다. 케이의 이모는 예전보다 좀 야위고 어깨도 많이 쳐져있었다. 이모부는 집에 없는지 모습을 보이지 않았다. 무슨 얘기가 오고갔을까? 아내가 떠나자 이모의 모습도 사라졌다. 일곱시 사십분이 지나자 어둑어둑 날이 저물고 밤이 드리워지고 있었다. 케이의 이모가 다시 문을 열었다. 그녀는 접시 두 개를 들고 차고 뒤편으로 걸어갔다. 자취를 감췄던 고양이가 방울소리를 내며 사뿐사뿐 이모의 뒤를 밟았다. 제이는 또 다른 한 마리를 상상했다. 검은색 바탕에 꼬리 끝이 흰색인 수컷이다. 접시가 두 개니 고양이도 두 마리일 것이다.

케이는 고양이 두 마리를 키웠다. 제이는 어느 날인가 두 개의 방울목걸이를 선물한 적이 있다. 목걸이 뒤편에 제이와 케이의 이름이 새긴 목걸이다. 제이는 방금 지나간 고양이의 목에 있는 방울이 혹시 그 목걸이가 아닐까, 조심스럽게 상상을 해본다. 여덟시 삼십분이 되어서야 제이는 몸을 일으켰다. 주위는 쥐죽은 듯 조용했다. 이모 집에 가사도우미는 없는 것 같았다. 이모부가 아프지 않다면 집에 없는 것이 분명하다. 차도 없고 모습을 드러낸 적도 없기 때문이다. 집 앞 정원 가장자리를 밟고 건물 앞으로 이동했다. 새집도 아니고 그렇다고 낡지도 않았다. 집안에서 음식 냄새도 없고 그렇다고 음악을 듣거나 TV를 보는듯한 소리도 없었다. 오렌지색 창문이 달린 이층을 얹고 있는 집 벽에 붙어 한 바퀴를 돌았다.

박 형사가 부탁한대로 행동을 하는 중이다. 왠지 고양이 소리가 크게 들렸다. 제이는 집안 소리에 귀를 기울이다가 차고 뒤편으로 이동했다. 만약 가능하다면 방울목걸이를 확인하고 싶어서였다. 차고 뒤에 조그만 창고가 보였다. 제이는 가슴을 졸이며 문고리를 잡았다. 긴장한 나머지 손에는 땀이 흥건하게 배어있었다. 창고 안에는 차량정비에 쓰는 기구와 잔디 깎는 기계, 일부러 모은 것 같은 고철 등이 잘 정돈되어 있었다. 고양이가 울음소리를 멈추었다. 소리가 멈춘 곳은 또 하나의 문이 있는 곳이었고 구조상 그 문은 집 밑으로 연결되어 있는듯했다. 지하실로 통하는 문을 열었다. 열쇠가 달려있는데 문은 잠겨 있지 않았고 고양이가 지나다닐 수 있는 틈은 있었다. 제이는 라이터를 켜고 지하실로 발을 옮겼다. 눅눅한 냄새가 코를 찔렀다. 계단 밑에는 단단하게 보여 여간해서는 뚫리지 않을 것 같은 네모반듯한 문이 더 있었다. 얼마나 중요한 물건을 놔두는 창고이길래 이중 삼중으로 시건장치를 하고 통으로 된 철문을 사용할까? 제이는 이상하다고 느꼈다. 고양이의 이동통로는 철문의 끝과 천장사이에 있는 환풍구였다. 방울을 맨 녀석들은 벽에 붙어있는 나무선반을 이용해 환풍구를 통한다. 먹고살기 위해 그 정도의 체력 낭비는 해야 한다. 제이는 창고 안에 있는 의자를 찾았다. 환풍구를 통하면 안에 무엇이 들어있는지 볼 수 있다고 생각했기 때문이다. 절대로 소리를 내서는 안 된다. 만약 들키기라도 한다면 가택침입죄로 무슨 일을 당할지 모른다. 숨을 죽이고 둔탁한 의자를 천천히 옮겼다.

고양이가 다시 소리를 냈다. 분명 제이의 발걸음을 감지하고 있는 것이다. 철문 앞에 의자를 내려놓고 발을 디뎠다. 뭔가를 볼 수 있다는 호기심이 이렇게 자극적인지는 몰랐다. 목을 빼고 철문 안을 들여다봤다. 시원한 공기가 얼굴에 차갑게 부딪쳤다. 어둠뿐이었다. 잠시 후 고양이가 소리를 냈다. 왼쪽 벽 끝부분이었다. 제이는 시선을 돌렸다. 어둠속에서 파랗게 빛나는 눈동자, 마치 빛을 쏘고 있는 듯했다. 갑자기 고양이가 소리를 냈다. 잠시 후 눈동자는 두 개에서 네 개로 변했다. 고양이 두 마리가 철문 안쪽에 있다. 한 녀석은 계속 눈을 뜨고 있고 다른 한 녀석은 눈을 깜박인다. 눈을 깜박이는 녀석은 다른 녀석보다 부리부리하고 눈과 눈 사이의 간격도 넓다. 분명 덩치가 큰 놈일 것이다. 제이가 눈을 깜박이자 어둠이 눈동자를 먹었다가 다시 뱉어냈다. 분명 눈을 마주쳤다. 제이는 고양이와 친해지는 방법 중 하나가 눈을 마주치는 거라는 걸 상식으로 알고 있었다. 방금 그 녀석이 나를 본 건가? 제이는 그렇게 생각하며 의자에서 내려왔다. 고작 고양이 두 마리를 키우자고 수용소에서나 쓰는 철문을 만들어 그렇게 요란을 핀 거였나?

제이는 고개를 갸우뚱거렸다. 자식이 있다고 들었지만 이미 다 성장해 출가했을 것이고, 유난히 열심히 일하는 전형적인 한국남자를 생각한다면 이모부의 모습을 볼 수 없는 건 당연하다. 누가 피아노를 연주하고 있었을까? 이모가 아니라는 건 분명하다. 케이가 자기 이모는 누구의 콘서트조차도 귀찮아하는, 음악에 대해서 전혀 관심이 없는 사람이라고 했으니까. 이모 집 잠복은 그렇게 허무하게 끝났다. 택시를 잡으려면 얼마간 걸어야 했다. 어둠은 짙었고 향기 없는 바람은 시원했다. 깊은 숨을 몇 번 쉬었지만 꺼림칙한 기분은 가시질 않았다.

지구는 한 시간에 십오 도 정도 자전을 한다. 하루를 벌고 또 하루를 잃기 위해 열 시간 이상을 비행해야 한다는 것은 높은 산을 정복하고 내려올 때의 마음과는 사뭇 다른 느낌일 것이다. 희선은 남편의 메시지를 받고 여유 있는 발걸음으로 공항으로 향했다. 운 좋게 업그레이드를 받아 퍼스트클래스를 이용할 수 있었다.

잠시 숨을 돌리고 옆으로 돌아누우니 스튜어디스가 무릎을 접고 빼어난 허벅지와 통통한 엉덩이를 뽐내며 한 고객과 기내 판매상품에 대해 대화를 나누고 있었다. 스튜어디스가 자주 웃는걸 보니 위트도, 센스도 있는 고객이고, 주문이 오래 걸리는 걸 보니 가족에게 줄 선물을 사고 있나보다 생각했다. 벗어놓은 신발을 오른쪽 발밑에 가지런히 정리해놓은 건 성격이 깔끔한 사람인가 싶었는데, 아니다. 자세히 보니 신문지를 돌돌 구겨 신발에 꽂아놓았다. 게다가 그 취향이 독특하다는 흰색 구두이다.

"그래요. 깔끔시럽게. 이!…"

남자의 목소리가 들린 후 발자국 소리가 멀어졌다. 깔끔시럽게! 언젠가 들었던 사투리가 살짝 섞여있는 독특한 말투, 희선은 눈을 감은 채 곰곰이 기억을 되살려 보았다. 고등학교 담임, 집 앞 야채가게 아저씨, 줄기차게 따라다니던 대학교 선배, 아빠 회사 인사담당 김 전무, 그리고… 가물가물 했던 기억이 또렷해졌다. 뇌가 아직 기억하고 있던 사람이다. 아! 추종자! 치가 떨리던 밤 끔찍한 말들을 늘어놓은 사람… 공포에 휩싸인 눈꺼풀은 도무지 올라갈 생각을 하지 않는다. 제발 그 사람은 아니어야 한다. 희선은 두 손을 모아 가지런히 가슴에 대고 꼭 힘을 주었다.

"여기에 서명 부탁드립니다."

"그래요. 보기보다 물건이 크네."

"그렇게 무겁진 않아요. 감사합니다. 그럼 편한 시간 되세요."

스튜어디스의 발자국 소리가 다시 멀어져갔다. 남자는 헛기침을 두 번하고 자리에서 일어났다. 백발에 마름모꼴 얼굴형, 눈썹 가까이까지 올라간 눈꼬리는 마치 사마귀를 연상케 한다. 남자는 남색 슬리퍼가 마음에 안 드는지 제 신발로 갈아 신으려고 주춤하다 이내 화장실 쪽으로 발길을 옮겼다.

희선은 재빨리 리모콘에 있는 콜벨을 눌렀다. 잠시 뒤 스튜어디스가 모습을 보였다. 아까 허벅지를 자랑하던 여성은 아니었다.

"저 죄송합니다. 저 옆쪽에 앉아 계신 손님 이름 좀 알 수 있을
까요?"

"아! 죄송합니다. 기내에 탑승하신 다른 분의 성함을 알려드리는
건 규정상 금지되어 있습니다. 무슨 일 때문에?"

"그렇군요. 그럼 이니셜이라도 알 수 없을까요? 제가 지인을 만난
듯한데 기억이 가물가물해서요."

"제 이름은 '칼'입니다. 다들 그렇게 부르죠. 무슨 일로 저를 찾으
십니까?"

남자가 서 있었다.

"네?"

하얗게 질린 얼굴로 남자를 쳐다봤다. 희선은 정확하게 맞아떨어
진 기억을 책망했다.

"허허! 이런 우연이… 이제 보니 아는 분이었구먼, 어떻게 잘 지내
시나? 애틀랜타는 무슨 일로?"

"아! 그냥 친척을 좀 만나려고요."

항상 자신감에 넘쳐있는 희선도 추종자 앞에서는 한쪽 구석에 처
박혀있는 패배자가 된다.

"어제 LA에서 날아와서 그런지 몸이 영 그래요. 그럼 좋은 여행
하시게나. 난 눈을 좀 붙여야겠어."

고개를 쳐들어서인지 추종자의 찢어진 눈이 더욱 가늘게 보였다.
태연한 추종자, 마치 연기를 하는듯한 그는 슬리퍼를 벗고 리모컨으
로 의자 각도를 조절했다. 몇 초 지나지 않아 남자는 마치 자기 존재
를 표현이라도 하는 듯 싸늘한 시체처럼 조용해졌다.

그날을 생각하면 손목에 마비증상이 올 정도다. 공포라는 말은 좀

완곡한 표현일지도 모른다. 똑같은 상황이 재현된 것에 대해 온몸에 소름이 돋았다. 희선은 횡격막 아래에 있던 공기를 가슴위로 올렸다. 그건 어디에다 뿜어내야 할지도 모르는 답답함이었다.

추종자가 움직이는 건 보스의 지시사항 때문이다. 여느 때와 다름없이 라스베이거스의 보안총괄 중역 사무실에서 금발의 비서와 노닥거리고 있을 무렵 휴대폰이 징징대며 춤을 추었다. 간만에 들어보는 보스의 음성이었다. 일 년에 한 번 정도, 어쩌면 과장되지 않은 표현일 수도 있다. 보스가 추종자에게 연락을 취할 때는 '즉시 해결해야 하는 문제' 또는 '신변에 위협이 있는 경우' 단 두 가지뿐이었다.

아침 비행기로 애틀랜타에 도착한 추종자는 공항 근처에서 식사를 마치고 보스로부터 하루 전에 전송되어온 메시지를 다시 열었다.

'주소 : 2780 Lawrenceville Suwanee Rd, #240 ○○○ 남자는 오늘 한국으로 돌아가는 비행기를 탈 것이므로 반드시 동승할 것, 그냥 감시만 할 것'

이라고 쓰여 있었다.

예약자가 바뀐 것일까? 그 남자라는 놈은 사라지고 스타일 좋은 여자가 그 자리를 메운 이유는 뭘까? 게다가 십 년 전 몇 시간 동안이나 같은 사건을 같이 고민한 적도 있는 여자다. 우연일지 몰라도 그냥 지나치기에는 너무 드라마틱하다. 추종자는 인천에 도착하자마자 들려올 보스의 목소리를 상상하면서도 눈동자의 흔들림, 심장박동 소리, 상대적 반응, 신음소리 없는 희선의 알몸을 떠올리며 눈꼬리를 살짝 올렸다.

잠시 눈을 붙였다고 생각했는데, 코밑을 지나가는 향기가 카드를 건네준 스튜어디스임을 알게 해주었다. 승무원은 미소와 함께 좌석을 올리겠다는 눈빛을 보였다. 착륙이 얼마 안 남았다. 십 년 만에 고국에 돌아가는 추종자, 부푼 마음만큼이나 부담도 크다.

기체의 육중한 몸이 아스팔트 위에서 한숨을 쉬었다. 기체는 다시 천천히 움직여 공항건물의 연결 통로와 도킹을 시작했다. 아니나다를까 휴대폰의 전원을 누르기가 무섭게 징징되는 휴대폰, 궁금한 건 단 일초도 못 참는 성격, 혹시나 했는데 역시 보스였다.

되도록 천천히 발길을 옮기고 '수화물 찾는 곳'도 들르지 않았지만 희선이 추종자와 어색하지 않게 거리를 띄우기에는 무리가 있었다. 출구밖에 서있던 사람 중에 반겨주는 사람이 없기는 마찬가지였다. 추종자가 갑자기 휴대폰을 귀에 갖다 댔다. 어디선가 전화가 걸려온 것이다. 희선은 이때다 싶어 편의점이 있는 좌측으로 몸을 돌리고 걸음을 빨리했다. 편의점과 나란히 있는 카페는 남녀 한 쌍만이 자리를 잡고 있어 적당하지 않다. 지하식당으로 내려가는 에스컬레이터에 몸을 실었다. 뒤를 돌아 추종자를 살폈다. 에스컬레이터는 다리부터 서서히 몸을 삼키기 시작했다. 잠시 후 추종자의 옆모습이 가늘게 보였다. 희선은 그때서야 긴장된 가슴을 내려놓았다. 희선은 2001년 9월 11(미국시간)일이 12일로 넘어가는 자정을 떠올렸다. 다시는 생각하지 않겠다고 몇 번이고 다짐했지만 또 다시 기억하고 있는 머리를 지옥 한 가운데에 처박는다.

## 2001년 9월 11일 - 3rd

범죄를 같이 도모하는 사람들을 '공범'이라 부르지? 희선은 자기 자신한테 되물었다. 희선은 위스키를 잡고 벌판 위의 카우보이처럼 들이켰다. 아무리 생각해도 방금 자기 자신이 저지른 행동을 이해할 수 없었다. 인간의 두 얼굴, 보통 여자들보다 대담하다, 라는 말은 흔하게 듣는다. 가장 긍정적인 표현이 아니었나 싶었다. 자기밖에 모르는 여자, 남을 배려하지 않고 항상 이기는 것에 익숙한 여자, 어쩌면 이런 말들을 돌려서 했는지도 모르겠다. 희선이 지금까지 했던 가장 잔인한 행동이라면 슬리퍼를 신고 바퀴벌레를 밟은 것이었다. 질겅거렸던 그 느낌이란…

희선의 기억이 케이의 참혹한 얼굴을 계속 밀어낸다. 생각하면 생각할수록 가슴 벅찬, 가장 사랑하는 친구. 하지만 그 안에는 항상 미묘한 신경전이 있었다. 소유욕, 경쟁심, 시기와 질투 그것이 희선을 악마로 만든 것이다. 후회해도 이미 늦었다. 하지만 목숨만은 살려야 한다. 목숨만은!! 희선은 잡고 있던 위스키 병을 분리수거함에 던지듯 탁자 위에 내동댕이치고 문밖으로 뛰쳐나갔다.

계단을 내려오니 중국인 도우미가 고개를 숙였다. 희선은 남자들이 어디로 갔는지 물었다. 도우미는 무표정한 얼굴로 손가락을 올리며 방향을 가리켰다. 야외수영장너머에 어둠으로 쌓인 음침한 곳이었다. 일분일초가 아쉬웠다. 목숨! 목숨만은 살려야 한다.

야외로 통하는 창문을 밀자 음침한 곳의 건물에도 희미하게 불이 켜있다. 희선은 마음을 가다듬고 조용히 건물 쪽으로 발을 옮겼다. 문고리를 붙잡고 노크를 해야 할지 망설였으나 그런 형식적인 행동은 필요 없을 것이다. 작지만 탄탄한 건물의 내부는 생각했던 것보다 복잡했고 잡동사니들이 즐비했다. 뒤쪽에서 라디오 소리가 흘러나왔고 사람 그림자는 사 미터 거리의 앞쪽에 있었다. 책상 옆에는 사람의 실루엣이 도드라진 움직임이 없는 포대가 있었다. 아직 작업 전이다. 어떻게든 사마귀와 닮은 남자와 협상을 해야 한다.

"들어오시게!"

남자는 예상하고 있었는지 먼저 특이한 음성을 흘렸다. 숨을 죽이고 최대한 소리를 내지 않았으나, 조금의 효과도 없었다. 희선은 불빛에 의해 남자의 모습을 그려내고 있는 그림자 쪽으로 다가갔다.

"뭘 원하시나?"

책상에 발을 올린 남자는 예상대로 눈이 쪽 째진 사마귀였다. 남자는 눈을 감고 의자에 깊숙이 몸을 묻었다. 꽤 편안해 보이는 자세였다.

"죽이는 건 아닌 것 같아요."

희선이 간신히 입술을 열었다.

"허허…"

남자는 당돌하게 나오는 여자를 보며 어두운 웃음을 그렸다.

"그럼. 어쩔혀… 뭐 대안이라도 있는 건가?"

"그건…"

"아참! 죄송스럽네잉… 내가 인사가 늦었네요. 난 황갑수라고 합니다. 모두들 나를 추종자라고 부르지만."

희선은 바로 앉은 남자를 똑똑히 쳐다보기만 할 뿐 상황이 상황인 만큼 말을 아꼈다.

"어떻게 한다는 얘기는 들었죠? 아가씨 얘기도 들었소. 우리 보스 친구시라고?"

남자가 말하자. 희선은 좀 헷갈렸지만 케이를 처리한다는 얘기를 말하는 것 같고, 자기에 대해 민호를 통해 들었다는 것으로 이해했다.

"목숨은 살려야 해요. 부탁할게요."

"음…"

남자는 다시 눈을 감고 팔짱을 꼈다. 뭔가 골똘히 생각하는 모양이라고 희선은 생각했다.

"보스와 당신이 말하는 내용은 서로 완전 반대인데 내가 왜 그렇게 해야 하지?"

희선은 순간 당황했다. 직설적으로 쏘아 붙이는 남자, 희선은 지금 이 순간, 조금의 여지가 없다는 걸 깨달았다. 하지만 그냥 물러설 수도 없었다. 희선이 옆에 놓여 있는 의자에 조용히 앉았다. 무릎 위까지 올라간 희선의 치마가 하얗고 미끈한 다리를 더욱 돋보이게 했다. 추종자의 눈이 희선의 다리에 꽂혔다.

"아저씨가 어떤 사람인지는 잘 모르겠어요. 사람을 죽여 봤는지, 얼마나 많이 죽였는지도 모르겠어요. 하지만 저기 누워있는 사람은 내 친구예요, 어릴 때부터 쭉 같이 지내온 절친한 친구예요. 제발! 목숨만은 제발요. 네?"

"내가 미국으로 쫓겨 온 게 그 엿 같은 친구라는 것들 때문이야. 방향은 좋았으나 비유를 잘 못 했군. 아가씨도 같이 묻히지 않으려면 그만 꺼져주지. 잉! 내 계획은 아가씨 친구의 눈동자를 일단 염산으로 한번 씻을 예정이고, 내 애들과 같이 차에 싣고 뉴욕으로 떠날 거야. 이틀은 족히 달려야 도착할 테니 시간이 없다고…

9.11사태가 정리되기 시작하면 시체 끼워 넣기도 만만하지 않을

테니 말이야. 혹시라도 같이 동행할 생각 있으면 자리는 하나 남으니까 부담은 갖지 말고. 지금 가다가 한적한 고속도로에서 태워버릴까, 아니면 뉴욕근교에서 작업을 할까 심각하게 고민하고 있는 중이니까 참고하라고. 아! 하나 더! 내 애들 중 한 놈은 흑인에다가 물건도 아주 좋은 놈이니 잘 생각해보라고. 삼십분 안에 출발. 오케이?"

희선은 남자의 말을 듣고 더 이상의 여지가 없다는 걸 느꼈다. 추종자의 입장은 강경했다. 뭔가 극적인 반전이 없다면 이 세상의 출구로 빠져나간 케이와 며칠 뒤 한국에서 만날 것이다. 희선이 자리에서 일어났다. 남자는 이제 포기하겠지, 라고 생각했다.


김포공항에 도착한 영서는 짐을 찾자마자 주차서비스센터에 전화를 걸었다. 조금 지나자 흰색 애마가 등장했다. 영서는 지갑에 넣어둔 티켓을 꺼내들고 차에서 내린 남자를 향해 가볍게 흔들어 보였다.

"빨리 오셨네요? 상해 여행은 어떠셨어요?"

차량 대행을 해줬던 귀여운 남자였다. 영서는 자신을 기억해주는 것이 싫지 않았다. 호감이 있었으므로 목적지도 언급했었다. 영서는 키를 돌려받은 후 빈손에 삼만 원을 올려줬다.

"감사합니다. 역시 스타일 있으신 분은 다르다니까."

남자가 엉거주춤 인사를 하며 영서를 기분 좋게 만들어준다. 영서는 영혼 없는 립 서비스인지 알면서도 턱을 올려 세우며 우쭐해했다.

"수고하시고요. 기회 되면 다음에 또…"

헤어졌던 오래된 남자친구를 다시 만난 익숙한 기분. 그건 애마가 가져다 둔 귀국 선물이었다. 두 시간 후, 수술 방에 들어갈 생각을 하니 진절머리가 난다. 일을 마치고 오늘밤은 신나게 한번 놀고 싶다. 시계를 보니 두시가 조금 넘었다. 영서는 이어폰을 끼고 휴대폰을 가동시켰다. 첫 번째로 생각나는 사람은 희선이다. 죽어도 먼저 연락을 안 하는 무심한 년, 영서는 또 다시 밑진다는 생각을 하면서도 신호음에 집중했다.

'어? 무슨 일이지?'

전화기가 꺼져 있다는 안내 멘트가 흘러나왔다. 일벌레의 전화기가 꺼져있다는 건 하늘을 날고 있다는 뜻이다. 혹시 다음 순번이 희선인가? 멀리 날고 있는 비행기가 혹시 상해 행이 아닐까하며 하늘에 시선을 고정시켰다. '영서 씨 어머님 성이 신 씨죠? 원래 가진 성씨는 뭔지 아나요?' 문득 트럭 기사가 잠시 자리를 비웠을 때 집주인이 했던 말이 생각났다. 영서는 격하게 고개를 좌우로 흔들었다. 차의 중심도 갑자기 출렁거렸다. 영서는 핸들을 고쳐 잡고 중심을 바로 잡았다. 아직 도로에서 개죽음을 당할 나이는 아니다. 영서는 창문을 열고 속도제한에 걸리지 않을 정도로 고속도로를 내 달렸다.


"바다야!"

"엄마!"

모녀의 상봉은 현관에서 이루어졌다. 다섯시 사십분에 공항에 도착한 희선이 언니 집에서 바다와 포옹을 한 시간은 일곱시였다.

"야! 나중에 유학 보내면 어떻게 버티려고 그러니? 갔던 일은 잘됐어? 일본 좋지? 참, 팔자가 폈단 말이야. 인생은 너 같이 살아야 하는데…"

언니의 말은 귀에 들어오지도 않는다.

"바다 연기가 대단해. 아마 크면 너 보다 훨씬 잘 하겠지? 아줌마가 데려다 주고 애들이랑 놀 때는 엄마의 '엄'자도 안 꺼내더라고."

"똑똑해서 그런 거야. 자! 이거 하나 써."

희선은 손바닥만 한 종이상자를 언니에게 건넸다. 기내에서 주문한 화장품이다.

"그렇지. 이제야 애가 좀 사람답게 보이네. 수분 크림이네? 마침 다 떨어졌는데 잘됐네. 고맙다 이년아!"

선물들을 챙겨주니 모두가 조용해졌다. 희선은 방금 언니가 한 말을 떠올리며 '연기? 지금도 나 보다 잘 하는 걸!'이라고 생각하며 서운한 표정으로 바다를 바라봤다. 희선이 시간을 확인했다. 공항에 내리자마자 부재중 전화의 주인공과 약속한 시간 때문이었다.

"이왕 도와주는 거 하나만 더. 나 영서 만나기로 했는데 열두시까지는 올게. 나도 오늘 여기서 잘 거니까 이불만 좀 봐주고, 괜찮지?"

"이년이! 날 아주 제대로 부려 먹네? 그깟 수분크림 하나 던져주고 또 나가겠다고? 나 참, 빨리 들어와 이년아!"


"여행은 어땠어?"

경리단 길이 끝나는 자락 자그마한 술집에 테이블을 사이에 두고 두 여자가 앉아 있다. 저녁을 걸렀던 희선을 배려해 간단한 요기와 부드러운 술을 즐길 수 있는 적절한 장소 섭외에 내심 흐뭇해하는 희선이 꼬치를 입에 물며 영서와 눈을 맞추었다.

"특별한 경험이었어. 외국에서 초대를 받긴 이번이 처음이었거든."

영서가 밑 부분에 구멍이 뚫려 있는 핫사케 컵을 한 손으로 받쳐

들고 뜨거운 기운을 입김으로 불어냈다.

"초대? 누가? 너 혹시 중국으로 스카우트되는 거니?"

"그렇게 좋은 일이 나한테 생기겠어?"

"안 그래도 이상하게 생각했었어. 중국이라면 치를 떨던 네가 갑자기 상해 여행이라니. 얘기 좀 해봐. 무슨 일인지…"

희선의 표정은 생선회를 뜨고 있는 주방장의 표정보다도 더 진지했다. 영서는 희선의 표정이 부담스러웠지만 하나의 사건을 진지하게 공유하는 것도 나쁘지는 않다고 생각했다. 어쩌면 혹시 희선이 먼저 선수를 치고 있을지도 모른다는 우려도 있었다.

"역시나 그 타임캡슐이 문제였어. 일이 일파만파 커지고 있다는 느낌이 들기도 해."

"타임캡슐? 그 상자? 중국과 무슨 관련이 있는 거야? 통 무슨 소린지 모르겠다. 도대체 무슨 일인데?"

"그 타임캡슐 상자 안에 우리가 상상도 하지 못할 물건이 들어있어. 중국에서 날 초대한 사람 말로는 돈으로 따지면 몇 조는 되는 물건이래. 혹시… 희선이 넌 알고 있었니?"

영서는 어이가 없다는 희선의 표정이 진심인지 읽을 수 없었다. 손가락을 쥔 젓가락이 살짝 떨렸다. 희선은 젓가락을 다시 입에 갖다 댄 후 살며시 내려놓았다.

"그런 일이 있었구나. 난 아는 게 없어. 만약 설사 그런 일이 사실이라 해도 알 수 있는 방법도 없었고 말이야. 근데 그 사람이 누구야? 널 초대한 그 사람?"

숫자 감각으로는 희선이 최고다. 학창시절 국어와 영어는 중상 수준이었지만 수학은 항상 일등을 놓치지 않았다. 영서의 '몇 조'라는 숫자를 그냥 하나의 단어로만 생각하는 희선이 신기하기만 했다. 감각을 잃어버린 걸까? 놀라야 할 상황을 그냥 담담하게 받아 넘기는 것이 과연 연기일까? 아니면 진심일까? 이것도 저것도 아니면 이미 그 요물과 같은 물건을 확보하고 있는 것일까? 영서의 머리는 더 복잡해져 갔다. 한편으로 끝까지 덮고 있어야 할 히든카드를 너무 일찍 공개해 버린 건 아닌지 후회가 되기도 했다. 이젠 어쩔 수 없다. 전면전 아니면 고개를 숙여야 한다. 희선의 눈동자는 흔들림이 없었다. 질세라 쳐다보던 영서가 입을 열었다.

"마영길이라고…"

잠시 침묵이 흐른 뒤, 영서가 입술을 띄었다.

"혹시 기억에 있니?"

영서는 희선의 입술에 시선을 고정시켰다. 희선의 눈이 가느다랗게 변했다. 영서는 오래된 기억을 뽑아내고 있는 중이라고 생각했다. 실마리가 잡힐 수 있다는 가능성이 존재할 수 있다. 영서가 숨을 죽였다.

"케이 이모부?"

희선의 대답은 숨을 토해내듯 나왔다. 영서는 정수리부터 발끝까지 고압전류를 때려 맞은 기분이었다. 멍한 표정의 영서 얼굴에 핏기까지 사라지고 있었다.

"똑똑히 기억해. 1995년 마지막 날 케이가 사라지고 제이가 그 아이를 찾아 미친 듯이 날뛰던 그 다음날, 언니 남자친구한테 부탁해 케이 집에 전화를 했어. 전화를 받고 이름을 밝힌 사람이 그 마영길이란 사람이었어."

"왜 이름을 말했지? 보통은 그냥 '어디 입니다.' 아니면 '여보세요'

라고 하잖아."

"경찰서에 실종신고가 들어와 전화를 하는 것이고 보호자가 누군지 알아야 된다고 물어봤던 거지. 나중에 이모가 전화를 바꾼 후 케이는 대전에 내려갔는데 무슨 소릴 하는 거냐, 며 막 따지더래. 그래서 전화를 그냥 끊어 버렸고."

"…"

영서는 고개만 끄덕였다. 내심 다시 한 번 희선의 치밀함에 놀라고 군더더기 없는 시나리오에 감탄하고 있었지만 티를 내고 싶지는 않았다. 하지만 얼굴을 보지도 않은 사람의 이름을 단 한 번 듣고 십여 년이 넘는 시간 동안 기억을 하고 있다는 것이 한편으로 의심스럽기도 했다. 희선의 눈빛은 또 다른 무언가를 찾고 있는듯했다. 사람을 꽤 뚫어 보는 통찰력, 하지만 영서에게도 카드는 있다. 오랜 경험에 축적된 정보가 바로 그것이다.

"그런데 왜 너야? 그 사람이 왜 널 지목한 걸까?"

희선은 젓가락 끝을 앞니로 깨물었다 놨다를 반복했다. 무언가 원하는 것이 있으면 자기도 모르게 나오는 습관이다. 과연 희선은 어떤 생각을 하고 있을까? 입 밖에도 꺼내지 않은 트럭 기사를 마영길과 연결해준 것일까? 그 남자가 중국에 있었다는 것을 알고 있는 것일까?

어느새 두 잔이 네 잔이 되었다. 오랜만에 들이키는 알코올, 여독을 풀기에는 체력이 너무 많이 떨어져 있었다.

"마영길. 아니 케이의 이모부를 아는 사람은 희선 너 밖에 없는 거지?"

침묵을 먼저 깬 건 영서였다.

"아마도…"

희선의 짧은 대답. 오늘 즐거운 2차는 어렵겠구나, 라고 영서는 직감했다.


오랜만에 깊은 잠을 잤다. 일본 갔던 일은 아주 성공적이었다는 말을 제외하고 아내는 특별한 말이 없었다. 제이는 며칠 사이에 상황이 어떻게 바뀌었는지 궁금했다. 제이는 이층 복도에 발을 올렸다. 멀리서 걸어오는 장 교수의 뜨거운 시선이 쏟아졌다.

"어이! 교수님. 만약 제수씨한테 전화라도 왔으면 내가 뭐라고 대답을 해야 하는지는 귀띔을 해주고 가야할 거 아냐. 살 떨려 죽는 줄 알았잖아."

입장을 바꾸어 생각해 보지 않아도 이상할 수밖에 없다. 항상 입을 맞추었던 단짝을 처음 배신한 것이기에. 보고의 절차 때문에 어쩔 수 없이 학장에게는 얘기했지만 그 무거운 입의 소유자는 누구에게도 제이의 휴가를 언급하지 않았다. 평소 깍듯이 모신 보람이 있구나, 생각하며 골이 단단히 나있는 장 교수의 표정을 보고 제이는 마냥 즐거워했다.

"밀회? 몇 살이야? 얌전한 고양이 먼저 부뚜막으로 올라간다더니."

"쓸데없는 상상하지 말고. 그런데 며칠 전에는 도대체 얼마나 따갔는데 학장의 심사가 저렇게 엉망진창이 되어있는 거야?"

주차장에서 만난 학장이 아침에 먹은 밥풀을 다시 확인시켜 줄 기세로 장 교수에 대한 푸념을 다 들어주고 난 뒤 알게 된 사실이었다. 살짝 고민했으나 만약 학장의 하소연이 사실이라면 장 교수에게 학장의 초대는 당분간 없을 거라고 말해줬다.

"야! 그 좀생이. 오랜만에 몇 푼 잃은 걸로 사람을 잡네. 나 참 더러워서. 학장이 먼저 스트로크로 하자고 했거든! 하여튼 그건 그렇고, 오늘 점심 사는 거 잊지 말고, 또! 저번에 부탁한 거 서랍에 넣어놨으니 확인해 봐. 이상! 난 수업 들어간다."

장 교수의 뒤태를 한참이나 쳐다보고 있던 제이가 서랍을 열었다. 친절하게 주기되어 있는 감람석에 대한 분석표, 제이는 그제야 일주일 전 장 교수에게 부탁했던 일을 떠올렸다. 하여튼 의리 있는 사기꾼이다. 제이는 서류봉투에서 A4용지를 꺼냈다. 관심이 있는 부분은 분포도를 포함한 산출 지역이다. 제이는 지면의 가장 밑 부분 국가와 지역을 표시한 곳으로 먼저 시선을 옮겼다. '역시 대만이다'.

전화가 울렸다. 박 형사다.

"민호 씨의 행선지는 북경이었어요. 어제 입국했고요. 기차면 몰라도 비행기로 다른 곳으로 이동한 적은 없습니다."

박 형사가 급히 조회한 내용을 제이에게 알려주었다.

"영서는 어디 있었습니까?"

"말했던 대로 상해가 맞습니다. 영서 씨도 어제 들어 왔습니다."

다음차례는 아내다. 순간이었지만 제이는 아내를 감싸고 있었다.

"상황이 변한 건 있습니까?"

"죄송합니다만, 계좌를 털었습니다."

"무슨 말이죠? 제가 비자금이라도 만들었다는 건가요?"

"아뇨! 희선 씨 계좌입니다. 그래서 말인데 좀 만나야겠어요."

"네? 그렇군요. 일곱시에 봅시다. 항상 만나던 그 카페에서."

바이어의 요청으로 북경에서 미팅을 가진 민호는 이대로 있다가는 공범이 아닌 주범으로 몰릴 가능성이 크다는 생각에 한국에 입국하자마자 추종자와 병선을 한 자리에 모았다. 민호가 그들을 한자리에 모이게 한 건 2001년 그날, 케이 사건 이외에 민호가 모르는 다른 사건을 확인하기 위해서였다.

민호는 케이의 시체가 어떻게 LA에서 뉴욕까지 전달되었으며 어떤 루트로 한국에 들어왔는지는 보고받은 적이 없다. 십 년이 지난 지금 사건이 다시 수면위로 떠올랐다. 큰 비즈니스를 하는 사업가로서의 느낌은 예리하지 않을 수 없다. 분명 무엇인가 더 굵직한 것이 있다는 그의 느낌이었다. 민호는 말 잘 듣는 병선이 뒤통수를 칠 이유 없고, 돈 맛을 아는 추종자가 내 등에 칼을 꽂을 리 없다, 고 확신했다.

"뭐. 아주 그대로는 아니네요. 오랜만입니다."

"나이가 세월을 추월하지 않은 게 다행이지요. 보스는 여전하십니다."

추종자는 몸을 비비꼬며 말도 안 되는 아부를 늘어놓는다. 추종자는 민호와 일 년에 한 두 차례 얼굴을 보는 연중행사를 십 년 넘게 해오고 있다. 언제나 이런 식으로 시작해 두툼한 돈뭉치가 움직이면 또 당분간 얼굴을 보지 않는다.

"내가 왜 보자고 한지는 잘 아실 겁니다. 9.11 그때 말입니다. 도대체 내가 알고 있는 일 말고 뭐가 또 있는 거죠?"

민호는 병선을 힐끗 쳐다봤다. 각오하라는 의미도 포함되어 있는 눈빛이다.

"알고 계신 것과 큰 차이는 없습니다. 전 분명 물건을 뉴욕에 있던 업자에게 전달했습니다. 그때 운전을 오래해서 생긴 허리디스크 때문에 아직도 비가 오면 통증이 심합니다."

추종자는 비굴한 표정으로 허리를 움켜잡았다. 의심하는 민호의 표정은 없었다. 병선은 아무 말 없이 추종자를 노려봤다.

"그렇지. 그 업자한테 확인전화도 받았고 말이야. 그런데 바로 옮겼나? 내 친구는 별일 없었던 거죠?."

민호는 다시 병선의 반응을 유심히 살폈다. 희선을 옭아매려는 작전은 병선의 표정을 보고 성공적이라고 생각했다. 초조해진 병선은 깍지를 끼고 추종자의 대답을 참을성 있게 기다렸다.

"파티장 정리는 보통 오후 한시부터 시작 되잖아요. 전 눈을 좀 붙이고 아침 일곱시 정도에 빠져 나왔습니다. 희선씨는 여섯시 정도에 떠난 걸로 알고 있어요. 차가 없어 서포터가 택시를 불러 주었거든요. 아마 바로 공항에 가셨을 겁니다. 제가 확인한 건 거기까지인데 혹시 다른 문제가 있었나요?"

"그랬군요. 만약 조금이라도 거짓이 섞여있으면 그 입을 보존하기 어려울 겁니다."

추종자는 바로 손으로 입을 막았다. 병선은 민호와 추종자를 번갈아 본 후 고개를 숙였다. 무슨 말을 하려고 하는 것 같았으나 참고 있는듯했다.

"별도의 연락이 있을 때까지 제 주위에 있으면 합니다. 세부사항은 비서가 연락을 줄 거예요. 아마 미국에 같이 들어갈 지도 모르겠네요."

추종자는 이마에서 흘러내린 땀을 슬쩍 닦으며 서서히 자리에서 일어났다. 추종자는 옆에 앉아 있던 병선에게 목례를 하고 민호 앞에 섰다.

"심려를 끼쳐드려 죄송합니다. 전 이만 물러가겠습니다. 언제라도 불러주세요. 스물네 시간 대기하고 있겠습니다."

구십 도 인사를 한 추종자에게 민호는 손을 한번 올리고 더 이상 쳐다보지 않았다. 추종자가 문을 닫고 나가자 어색한 분위기가 연출됐다. 민호는 병선의 입술을 뚫어지게 쳐다보고 있었다.

"왜 말 안 했어? 그것도 십 년이 넘도록 말이야."

병선은 눈조차 마주치지 않았다.

"그런 말을 어떻게 해. 그냥 묻고 살아야하는 일도 있는 거라 생각했어. 친구들이 알아서 좋을 것이 있고, 아닌 것도 있잖아."

"마지막 기회였잖아. 며칠 전 희선의 집에서 말했을 수도 있잖아."

병선이 분노를 삼키고 있는 듯 목소리가 점점 굵어졌다. 병선이 민호를 쳐다봤다. 칼날보다도 더 시퍼런 눈빛이었다.

"네가 인간이니? 어떻게 그런 일을 저질러 놓고!"

병선이 벌떡 일어났다. 민호는 소파 뒤로 몸을 젖혔다.

"잘 생각해. 그때 네가 모든 걸 다 공개했으면 지금의 넌 없었다고… 그런 걸 원한 건 아니겠지?"

민호는 이미 방어태세를 갖추고 있었다. 병선이 이렇게 무서운 표정을 지은 건 처음이었다.

"이! 미친… 개 같은 새끼!"

병선이 주먹을 불끈 쥐었다. 금방이라도 민호를 덮칠 기세다.

"알았어. 마음대로 욕해도 좋아. 자 진정하고 저기 술이나 가져와"

민호가 병선의 팔을 슬며시 잡아당겼다. 병선이 민호를 잡아먹을 듯 쳐다봤다.

"네가 갔다 먹어! 개새끼야!"

'쨍창'

병선이 휴대폰을 테이블에 던졌다. 유리파편이 사방으로 정신없이 튀었다. 민호는 얼굴을 잡고 소파에 몸을 웅크렸다. 주위가 다시 조용해졌다. 민호는 얼굴에서 손을 내렸다. 갑작스런 병선의 폭발은 예상치 못한 일이다. 병선은 없었다. 민호가 정신을 차리고 벌떡 일어났다.

"병선아! 병선아! 내가 잘못했어!"

문을 열고 밖으로 뛰어나간 민호는 병선의 모습을 찾을 수 없었다. 민호는 다시 방안으로 들어왔다. 부서진 테이블 밑에 배터리와 분리되어 있는 병선의 휴대폰이 있었다. 민호는 바로 추종자에게 연락을 취하고 어디에 있는지 파악만 하고 있으라는 지시를 내렸다. 밤이 깊었다. 선반 위에 있는 양주를 꺼냈다. 컵을 찾았지만 눈에 보이지 않았다. 민호는 뚜껑을 열고 병 체로 양주를 들이켰다.

'젠장. 이제 혼자 할 수 있는 것이 아무것도 없다니…', 갑자기 웃음이 나왔다. '병선이 곧 머리를 숙이고 돌아오겠지…'


삼십분이 지나도록 형사는 모습을 드러내지 않았다. 따로 전화는 하지 않았다. 제이도 나름대로 정리해야 할 것이 많았다.

여덟시가 다 된 시간이었다. 한 남자가 자리에 앉았다. 제이는 고개를 들었다. 고 팀장이 무슨 일이지?, 하는 제이의 표정을 보고 남자가 입을 열었다.

"스마트폰으로 전송할 수도 있었는데 빨리 가서 만나보라고 하더군요. 오래 기다리셨죠? 박 형사는 다른 일이 있어서…"

고 팀장은 미안한 듯 머리를 긁적였다.

"상황이 급박하니 먼저 이걸 한번 보세요."

고 팀장은 문서 한 장을 내밀었다. 문서에는 총 네 개의 계좌가 모두 아내 차희선 명의로 되어있었다.

"제가 아는 계좌는 두 개인데요. 나머지 두 개는 뭐죠? 뭐가 이상하다는 거죠?"

고 팀장은 펜으로 아래 두개의 계좌에 체크했다. 그리고 금액이 적혀있는 부분에 동그라미를 하고 '입금'이라고 적혀 있는 부분에 까맣게 밑줄을 그었다.

"위에 있는 계좌는 현재까지 사용하는 계좌로 금액도 많죠. 하지만 밑에 있는 두 계좌는 금액도 적고 현재 사용하지 않는 계좌입니다. 마지막 사용한 것이 2009년 초였으니 최소 4년 동안은 사용하지 않았다는 거죠."

제이는 고 팀장이 낙서를 한 문서를 보기 편하도록 자기 쪽으로 돌려놓았다. 문득 생각난 건 희선의 컴퓨터 엑셀 파일에서 봤던 숫자다. 오십만 원, 팔십만 원…

"그래서요? 이 계좌가 어떻다는 거죠?"

"제가 묻고 싶은 것이 바로 그겁니다. 혹시 아내 분께서 중국에 아는 분이 있거나, 아니면 어떤 거래가 있을까요? 비즈니스나 또는 다른…"

"없는 걸로 알고 있는데요. 도대체 뭐죠? 강남경찰서 사람들의 화법은 다 그렇습니까? 그냥 속 시원히 말해주면 될 걸. 계속 뜸 들이고 말이죠."

제이가 돌아앉으며 짜증을 냈다.

"저는 단지 제이 씨가 기분 나빠 할까봐 그렇습니다. 자. 이걸 한 번 보세요."

고 팀장은 문서를 뒤집었다. 문서에는 송금한 사람과 또 그 사람에게 송금한 사람이 연결되어 있었다. 중국 내에서 송금한 사람은 중국인, 중국 내에서 수취한 사람은 한국인, 중국에서 송금한 사람은 한국인, 한국에서 송금 받은 사람은 아내 희선이다.

"그러니까 중국내에서 중국 계좌로 한국인이 송금 받고, 한국에 계좌가 있는 한국인이 중국에서 아내 분께 송금한 겁니다. 주기적으로요."

"그러니까 2002년 12월부터 2009년 4월까지군요."

"그렇습니다. 혹시 알고 계시는?"

고 팀장의 인상이 굳어졌다. 제이의 표정은 더욱 심각했다.

"전혀요."

"그렇군요."

"근데 박 형사는 도대체 어딜 간 겁니까?"

"음… 어차피 아시게 될 테니까. 트럭 기사 일 때문에 급히 인천에 갔습니다. 오늘 입국했거든요."

"아! 네… 알겠습니다. 어! 비가 많이 오네요. 전 일찍 들어가 쉬어야겠습니다. 일부러 와 주셔서 감사합니다. 그럼 다음에 또 뵙죠."

아내 희선이 2002년부터 주기적으로 중국에서 송금을 받고 있었다. 큰돈은 아니지만 매달 정기적으로 돈이 들어온다. 제이는 적어도 책 인세에 관련된 것은 아니라고 판단했다. 아내의 엑셀 파일에 정리된 리스트와 완벽하게 일치한다. 통장은 유독 장을 볼 때만 사용하는 체크카드와 연결되어있다. 이상했지만 제이는 물어보지 않왔다. 그 카드를 쓸 때 아내의 표정이 너무 행복해 보였기 때문이다.

고 팀장은 점퍼를 뒤집어쓰고 차에 올랐다. 제이는 고 팀장이 차에 타는 걸 보고 반대방향으로 걷기 시작했다.

제이는 병선에게 먼저 연락을 취했으나 아직까지 목소리를 듣지 못했다. 민호에게도 전화해 보려다 휴대폰을 주머니에 꽂아 놓고 멀리 '바(bar)'라고 간판이 걸려있는 곳으로 향했다. 아내 몰래 가끔 들리는 곳이다. 아내의 모임이 길어진다는 문자를 받은 건 조금 전 카페를 나올 때 즈음이다.


작가들의 모임은 언제나 격식 차리기에만 연연할 뿐 별다른 소득을 얻진 못했다. 하물며 나누는 이야기의 소재와 내용들도 그저 그랬다. 희선이 걸려온 전화번호를 확인했다. 먼저 자리를 뜨게 해줄 구세주 역할을 기대했던 전화는 기대 밖의 인물인 '추종자'였다. 여덟시가 조금 넘었다. 휴대폰을 가방에 챙겨 넣은 희선의 손이 가늘게 떨리고 있었다.

추종자와 전화를 끊고 희선은 운전 때문에 술은 더 이상 하지 않았다. 열시를 넘겨 한강 고수부지에서 희선은 추종자와 만났다. 희선은 추종자가 원하는 장소에 별다른 이의를 제기하지 않았다. 추종자가 자신을 해치는 일은 없을 것이라고 확신했기 때문에 미리 준비해 놓은 것도 없다. 예전에 그랬던 것처럼…

"오늘 보스가 희선 씨 얘기를 꺼냈습니다. 그것도 당신 친구 병선 씨가 있는 자리에서요. 도대체 어디까지 알고 있는 겁니까?"

"빤하잖아요. 병선을 손안에 넣고 저를 몰아세우려는 계획이죠. 저도 하나 묻죠. 민호는 정말 아무것도 모른다는 거예요?"

희선은 소리를 낮추지 않고 강하게 쏘아붙였다. 추종자만 만나면 멘탈이 무너지는 것을 미연에 방지하기 위함이다.

"안전장치를 하나 해놓아야겠어요. 만약 거짓이 탄로 나면 난 입이 찢어져 성형외과 신세를 져야 하거든요. 만약 그 일이 보스 귀에 들어가면 난 제이 씨한테 말할 거요. 사실이니까 그대로 말이죠."

희선은 추종자가 어떻게 나올지 미리 다 퍼즐조각을 맞추어 놓았다.

"만약 남편 귀에 그 일이 들어가면 전 계약서를 당신 보스한테 보낼게요. 말 보단 문서를 더 신뢰할 테니."

추종자가 움찔했다. 추종자는 안전장치보다 안전핀을 건네준 것 같아 찝찝한 마음이 들었다. 하지만 견줄 수는 있다. 비록 안전핀이 뽑히면 병원신세가 아니라 무덤신세를 질지라도…

"자 그건 그렇고 중국 쪽과는 어떻게 아직도 이어지고 있는 건가요? 관건은 그거 아니겠어요?"

이번엔 희선이 움찔했다. 모든 걸 책임지고 죽을 때까지 인연을 놓지 않겠노라는 약속 때문이다.

"당… 당연하죠. 그쪽 일은 걱정 마세요. 연이 닿고 있는 이상 세상에 빛을 볼 일은 없으니까요."

"그렇다면 다행이고. 여하튼 우린 같은 배를 탔어요. 난 평소에 운동을 많이 해서 살아갈 날이 아직도 많이 남았어. 우리 잘해보자고요. 희선 씨!"

추종자가 손을 내밀었다. 희선은 악수를 청하는지 알면서도 딴청을 피며 차의 앞문을 열었다.

"이젠 서울말 잘 하시네요. 축하드려요."

"뭐. 축하까지야. 그때도 그랬지만 당신은 도도해서 매력적이야."

희선이 추종자를 날카롭게 쏘아봤다. 한 마디를 더 하고 싶었지만 부질없다고 생각한 희선이 먼저 승용차의 시동을 걸었다. 추종자가 차에 올라타더니 조수석의 창문을 내렸다.

"다 지나간 일이지만 처리하는 방법이 틀렸었어. 그게 분명 당신 목덜미를 잡을 거야. 분명히…"

추종자는 의미심장한 말을 남기고 어둠 속으로 유유히 사라졌다. 시간이 벌써 내일을 향해 가고 있었다. 다리 아래쪽이라 내리는 소리로는 비의 양을 가늠할 수 없었다. 다리 밑을 빠져 나가자 제법 비가 많이 오고 있었다는 걸 알았다. 비는 더 거세게 몰아쳤다. 앞이 안 보이는 게 꼭 자신의 앞날을 보는 것과 같았다. 악몽이 다시 떠올랐다. 희선은 꼭 그래야만 했는지, 그날 일을 후회하고 있었다.

### 2001년 9월 11일 4th

희선은 책상 위에 있는 종이를 추종자에게 들이 밀었다. 추종자는 영문을 모르겠다는 듯 희선을 올려다보았다.

희선이 오른손을 뒤로 돌렸다. 추종자는 등 뒤에 숨겨놓은 흉기를 빼는구나, 하고 순간 몸에 힘을 주었다. 하지만 예상은 빗나갔다. 희선이 원피스의 지퍼를 조용히 내리기 시작했다.

"먼저 종이에 각서를 쓰세요. 만약 싫으시다면 종이를 찢어버리세요. 그럼 저도 없던 일로 할 테니…"

"…험. 으흠. 어험…"

이 돌발 상황에 추종자는 연신 헛기침을 해댔다. 하지만 추종자의 시선은 여전히 희선의 몸에 꽂혀 입을 벌리고 눈빛까지 반짝였다.

추종자가 펜을 들어 종이 위에 손을 놀렸다. 오분 남짓 지났을까? 추종자는 종이를 들어 올려 희선의 얼굴 앞에 갖다 댔다.

"하나 빠졌네요."

"음? 뭔데? 이리 보여도 내가 한때 법무사 시험공부도 했던 몸이라고."

"서명이요. 그리고 인주가 없을 테니 이걸 쓰도록 하세요."

희선은 가방에서 빨간색 립스틱을 꺼내 추종자에게 들이밀었다. 금색으로 반들반들한 재질에 뚜껑 위에 거꾸로 된 알파벳 'C'와 정상적인 알파벳 'C'가 겹쳐진 모양이 새겨진 브랜드였다. 추종자는 씩 웃으며 립스틱을 받아 뚜껑을 열었다.

"참. 머리가 잘 돌아가는 친구야… 먼저 입술에도 좀 바르지 그래? 난 빨간색을 보면 더 흥분되거든."

희선은 아무런 반응도 하지 않았다.

"자! 됐지? 씨팔. 뭐가 이리 복잡한 거여!"

"됐네요."

희선은 종이를 곱게 접어 가방에 넣은 후 다시 허리를 꼿꼿이 세웠다.

"안내하세요. 여기서 그럴 수는 없으니까."

"오! 그라지! 자리는 봐야지? 음… 좀 누추하기는 하지만 그런대로 쓸만할 거라고. 자 가자고."

웬 떡이냐는 표정의 추종자가 희선의 손목을 덥석 잡아끌었다. 하지만 희선이 갑자기 추종자의 손을 뿌리쳤다.

"놓으세요! 가도 내 발로 걸어갈 테니…"

"허허허… 당돌하기까지!"

앞장선 추종자가 멈춰서 거울 옆의 벽을 밀자 벽면은 마치 마술을 부리듯 조용히 갈라졌다. 예상보다는 더 넓은 공간이 그들 앞에 펼쳐졌다. 게다가 가건물에 있을 거라고는 생각지도 못한 럭셔리한 인테리어가 눈앞에 펼쳐졌다.

"자 어때? 내가 그런대로 쓸 만하다고 했지."

무표정의 희선이 원피스를 발 아래로 떨어뜨린 후 하이힐에서 깃털같이 가벼운 몸을 내렸다.

"취향이 어떤지는 잘 모르겠지만 내가 어떻게 할 수 있는 건 아니에요. 지금이라도 늦지 않았으니 선택을 해요. 무슨 얘기를 하는 건지는 내가 먼저 보였으니 잘 아실 테고…"

선뜻 이해가 되지 않는다는 표정의 추종자였으나 속옷 옆으로 비집고 나온 하얀 빛깔의 생리대와 가랑이 안쪽에 살짝 번져 있는 피를 보고 추종자는 감을 잡았다. 불쾌하다는 눈치는 아니었다. 추종자는 오히려 자기 자신의 가랑이 사이에 손을 넣어 상하로 흔들며 마치 투우(싸움소)가 뒷다리로 땅을 파듯 앞으로 돌진할 태세를 취했다. 주위는 더 없이 조용했고 밤은 깊이를 모르고 어두워져만 갔다.

이윽고 시골 촌놈이 서울에 상경해 처음으로 도시의 여자를 안은 것처럼 남자의 둔탁한 몸짓과 억새풀과 같이 거친 소리가 여자의 가슴을 도려내기 시작했다. 여자의 손이 침대를 움켜잡았다. 수치심은 가랑이 밑으로 흐르는 시뻘건 핏물에 흘려보냈다. 돌이킬 수도 없고 더 이상 후회할 수도 없었다. 어차피 땅에 묻힐 비밀이라는 건 배 위에서 의미 없이 꿈틀거리는 추종자와 지금 이것이 최선일 수밖에 없다고 생각하는 여자가 잘 알고 있었다.

남자의 몸에서 서서히 힘이 빠졌다. 여자는 순간 아찔했다. 꿈인지 현실인지도 분간하지 못할 정도였다. 정신을 가다듬어보니 양쪽 귀에 눈물이 스며들고 있었다. 끝이다. 조금만 더 참으면 치유된 마음을 어느 정도는 주어 담을 수 있다. 그때였다. '딱' 밖에서 고요를 깨는 소리가 들렸다.

"누구야!"

바위도 부술 것 같은 남자의 힘에 숨이 턱 막혔다. 밑에 깔려 있는 여자를 누르는 반동으로 남자가 벽을 향해 몸을 날렸다. 벽면이 부셔지듯 열리고 남자가 사라졌다. 말발굽 소리보다도 더 경쾌한 소리가 세지 못할 정도로 빠르게 들렸고 잠시 뒤 주위는 다시 조용해졌다.

"씨팔새끼! 되게 빠르네."

일분이 지났을까? 남자가 덜렁거리는 물건을 달고 다시 모습을 드러냈다. 찜찜한 모습의 추종자, 들어오자마자 담배를 물었다. 희선의 얼굴에도 근심이 드리워졌다. 누군가 두 사람의 거래를 눈으로 확인한 것이다. 희선은 아무렇지도 않은 듯 가방을 집어 들고 화장실로 향했다. 누구라도 상관없다. 정도의 차이는 있지만 어차피 엎질러진 물, 케이나 자기 자신이나 상황은 비슷할 것이다. 비밀은 유독 빠른 발을 가지고 있다고 하지만 그저 제이 귀에만 닿지 않기를 바랄 뿐이라고 희선은 바랐다. 9.11 사건의 마지막은 그렇게 마무리되었다. 한 번의 수치심으로 용서가 되기를 원했다. 희선은 그냥 그렇게 끝나기를 간절하게 바랐다.

늦은 저녁, 온종일 환자에 시달렸던 영서는 욕조에 몸을 담그고 있었다. 피곤을 털어내기 위한 목적도 있으나 오늘은 깨끗이 몸을 씻어내는 다른 이유도 있었다. 영서는 중국에 가기 전 인터넷으로 구매한 자위기구의 포장을 뜯을 생각을 하니 아랫부분이 촉촉이 젖어온다. 영서는 이불을 목 위로 포근히 끌어올리는 것처럼 물속에 몸을 더 깊숙이 집어넣었다. 발을 담글 때는 몸을 집어넣지 못할 정도로 뜨겁다고 느꼈지만, 몸을 담그고 난 후 얼마 지나지 않아 미지근하다는 생각이 들었다. 사랑이 그런 것일까? 영서는 몇 년 동안 만났던 몇 명의 남자들을 떠올렸다. 돈과 섹스라면 사족을 못 쓰는 조악한 인간들… 영서는 유두에 손가락을 얹었다. 온몸이 녹는 듯이 물과 함께 풀려 내렸다. 이마에 땀이 맺혔다. 유난히 볼록 튀어나온 가슴 옆 부분이 찌릿찌릿 통증으로 결릴 때도 있다. 하지만 영서는 남자들의 흥분된 시선들을 생각하면 그 정도는 다시 태어나도 참을 수 있다고 생각했다. 영서는 흐뭇한 표정으로 눈을 감았다.

영서가 고3때 반드시 돈을 많이 벌어야겠다고 생각했던 이유는 엄마의 친구 때문이었다. 엄마 친구는 영서를 만날 때 마다 만 원을 쥐어주며 엄마가 얼마나 고생하는지는 아마 네가 엄마가 돼서도 모를 거야, 라고 말해주곤 했다. 그녀는 항상 짧은 치마에 빨간 립스틱을 발랐으며, 몸에서는 담배냄새를 없애기 위해 향수를 잔뜩 얹고 다녔다. 종교 활동을 같이 한다던 그 아줌마를 이해하기 어려웠다. 비가 억수 같이 오던 어느 날 밤, 그 아줌마가 술에 취해 머리가 벗겨진 남자와 실랑이를 벌이고 있는 모습을 우연히 지나는 버스 안에서 보게 되었다. 차가 오랫동안 막혀 있었고 잠시 후 대머리 남자는 중간에서 말리고 있는 어떤 여자에 의해 등을 떠밀렸다. 주위는 네온사인으로 환했고 거기에는 '빛나리 노래방'이라고 쓰여 있었다. 그 어떤 여자는 영서의 엄마였다. 영서는 화장을 진하게 한 엄마가 그렇게 예쁠 줄 몰랐다. 하긴, 엄마는 식사할 때 손을 모으고 눈만 감을 뿐 실제로 기도한 적은 단 한 번도 없었다. 영서가 엄마의 직업을 '노래방 도우미'로 쓴 적은 없다. 엄마에 대한 최소한의 배려라고나 할까. 영서가 직업을 구하고 남들보다 더 안정된 수입이 들어오자 영서의 엄마는 실제로 종교 활동을 시작했고, 엄마는 다시 그 아줌마를 만난 적은 없다.

'따르릉'

집 전화벨 소리가 울렸다. 엄마는 휴대폰이나 집 전화나 비용 차이가 거의 없다고 매번 설명을 해도 항상 집 전화를 고집하신다. 엄마라는 확신 때문에 받지 않을 수도 없다. 영서는 타월을 뒤집어쓰고 거실로 나갔다. 영서는 소파 위에 있는 자위기구를 한 손으로 들고 전화를 받았다.

"여보세요? 네… 엄마!"

멀리 들리는 엄마의 목소리는 평소보다 더 가라앉아 있었다. 엄마가 특정 장소로 오라고 한 적은 중학교 교복을 맞췄을 때를 제외하고는 처음이다. 그것도 병원이다. 인천에 있는 병원. 영서는 손에 들고 있던 자위기구를 소파 위로 집어던졌다. 아쉽지만 다음을 기약해야 한다.

영서는 어머니의 주문대로 검은색의 원피스, 스타킹, 구두와 백을 들었다. 기초화장만하고 입술도 바르지 않았다. 영서는 누구일까 생각하며 시동을 걸었다. 잠깐 인사하는 거니 많은 시간을 빼앗지는 않겠다,는 어머니의 말을 믿더라도 집에 다시 돌아오면 한시가 조금 넘을 것이다.

상가 집을 가본적은 손에 꼽을 정도다. 어머니는 병원 문 앞에 계셨다. 초췌하고 냉담한 모습이다. 영서도 은근히 긴장이 되었다.

"엄마? 누군데요?"

"들어가자."

어머니는 영서를 쳐다보지도 않고 등을 보였다. 등골이 오싹했다. 어머니의 표정은 영서가 어릴 적 아빠를 찾을 때 보여준 그 표정이었다.

분향소에는 자기보다 너덧 살은 어려 보이는 여자가 앉아 있었다. 느낌이 좋지 않았다. 엄마가 먼저 신발을 벗었다. 영서는 먼저 영정사진에 눈을 두었다.

"!"

아찔한 순간이었다. 영서는 어지러운 몸을 벽에 기대 버티며 이름을 확인했다. '조상진' 정확히 '조상진' 이었다. '어떻게 이럴 수가…' 며칠 전 상해 호텔에서 할 말이 있는 듯 어색한 표정을 짓다 끝내 고개를 떨구었던 트럭 기사의 얼굴이 눈에 선했다. 영서는 가뜩이나 핏기 없는 엄마 얼굴이 오늘따라 더 초췌해 보인다고 느꼈다. 영서는 엄마의 삶의 무게는 과연 어느 정도였을까? 생각하며 보일 듯 말 듯 코 잔등을 타고 내려오는 엄마의 눈물에 자신의 눈동자를 포갰다. 영서가 영정사진을 보며 고개를 쳐들었다. 마침 영정사진 옆쪽에 홀로 앉아 있던 여자가 영서를 향해 고개를 돌렸다. 소스라치게 놀란 그녀가 입을 가렸다.


희선은 사거리에서 우회전을 한 후 집으로 가는 방향으로 일 킬로미터를 더 달렸다. 비상등을 켜고 정차하고 있는 차량이 보였다. 원래 열한시에 만나기로 했던 서포터의 차였다. 희선은 범퍼가 닿지 않을 만큼의 공간을 두고 자신의 차를 앞차 가까이에 붙였다. 앞차에서 내린 남자가 성급히 달려왔다. 희선은 손이 하나 들어 올 수 있을 만큼만 창문을 내렸다. 남자는 희선에게 물건을 전달하고 차에 올라타 조용히 사라졌다.

시스템과 내용까지 완벽하게 복제된 휴대폰이다. 남편 제이의 것이다. 희선은 전원을 켜고 보안장치가 없는 휴대폰의 화면을 밀었다. 먼저 통화내역과 문자를 확인했다. 열한시 삼십일분 형사와 십초 동안 통화한 내역 위에 열두시 사십오분 영서와 통화한 내역이 마지막이었다. 발신이 아니라 수신이었다. 희선은 앞을 보고 한참을 생각했다. 희선은 자신의 휴대폰을 들어 영서의 번호를 찾았다. 번호에 손가락을 대고 다시 골똘히 생각하다 '이건 아니지' 하는 표정으로 휴대폰을 내려놨다. 희선은 노란색 폴더를 열어 '저장'이라고 되어 있는 부분을 클릭했다. 최근 사진은 케이 이모 집의 오렌지색 창문, 집의 전경, 택시를 타고 있는 자신의 모습 등이다. 희선의 표정은 더욱 굳어져 갔다. 골프클럽의 사진, 사과나무 입구 사진, 열흘 전의 사진은 의정부 모텔의 사진이다. 희선을 놀라게 한 건 서포터와 자신이 이태원에서 만난 사진이었다. 희선은 다른 일상적인 사진들은 관심이 없는 듯 빠르게 넘겼다. 사진들의 가장 아래 부분까지 내렸지만 희선이 찾고 있는 사진은 없었다. 희선은 한숨을 쉬고 기어를 드라이브에 놓았다가 다시 휴대폰을 잡았다. 바탕화면이 두 개로 구성되어 있는 자기 휴대폰에 비해 여러 개로 구성되어 있는 것이 의심스러워서다. 메인 화면은 바다가 제이 머리를 잡고 노는 모습을 찍은 사진이다. 두 번째는 희선과 제이, 바다가 함께 찍은 가족사진이다. 세 번째와 네 번째는 비어있다. 이제 마지막 화면만 남았다. 희선은 숨을 가다듬었다. 마지막 화면으로 넘겼다. 한참을 쳐다봤다. 손이 떨렸다. 얼굴이 일그러졌다. 심장소리가 핏줄을 타고 귀 안에서 '둥둥' 거렸다.

'개자식!'

마지막 화면은 제이와 케이가 의정부에서 찍은 사진이다. 병적인 집착이 다시 도진 것이다. 눈으로 똑똑히 봤다. 사정할 때마다 가슴을 초조하게 만드는 초점 없는 남편의 눈동자가 머리를 가득 메웠다. 몸은 있어도 영혼은 없는… 이젠 절대 집착이 아니다. 조수석에 덩그러니 놓여 있던 자신의 휴대폰에서 진동이 울리고 휴대폰에 저장되어 있지 않은 번호가 떴다.

"나. 병선. 어디?"

"응? 병선아 이 시간에 어쩐 일? 휴대폰 바꾼 거야?"

의외의 목소리에 희선은 정신을 가다듬었다.

"어 미안. 너희 집 앞에 있어. 잠깐 나올래?"

"지금? 그… 그래. 나도 마침 집 근처야."

심상치 않다고 생각한 건 시간과 전화의 대상이 아니다. 병선은 술을 많이 마셨고, 라디오 소리가 들리는 걸 봐서는 차 안이다. 음주운전이고 비도 많이 온다. 그런 위험을 무릅쓰고 집 앞까지 온 이유는 뭘까? 곰곰이 생각하던 중 차는 이미 유턴을 했다. 만약 넘어야 하는 산이 하나 더 있다면 흔쾌히 올라서야 한다. 눈앞에 비상등이 보였다.

희선의 차가 정지하자 병선은 곧바로 움직였다. 조수석 측 창문에서 '똑똑' 소리가 났다. 희선은 창문을 내리고 타라는 손짓을 했다. 어디에선가 비를 흠뻑 맞은 듯 머리와 옷은 물에 흥건히 젖어 있었다.

"미안. 이런 시간에. 제이는?"

"비 많이 맞았네. 술은 또 왜 이렇게 마신거야? 무슨 일 있는 거야?"

"제이는?"

"늦는데. 이미 늦었지만…"

사십오 도로 돌아앉은 희선은 정면만 주시하고 있는 병선에게 분명 무슨 일이 있구나, 라고 확신했다. 병선의 손에는 편지봉투 하나가 쥐어져 있었다. 병선이 편지봉투를 내밀었다.

"이거."

"뭐야! 이건?"

"…"

의아한 표정으로 희선은 편지봉투를 받아들었다. 손으로 만져지는 느낌은 자그맣고 딱딱한 물건이다. 병선의 표정이 더욱 굳어졌다. 마치 야야진 별장에서 제이가 자기 자신을 밀어내고 내비췄던 표정만큼 어둡고 차갑고 침울했다.

"미안해."

"뭐가?"

희선은 실내등을 켜고 편지봉투를 열었다. 손가락만 한 물건이다. 뚜껑에는 거꾸로 된 알파벳 'C'와 정상적인 알파벳 'C'가 겹쳐져 있었다. 퇴색된 골드 빛깔. 엄마에게서 뺏은 화장품. 9월 12일 악몽이 새겨진 빨간 립스틱이었다. 말문이 막혔다기보다, 심장이 멎는듯했다. 희선이 입술을 파르르 떨며 고개를 들고 병선을 바라봤다.

"LA… 그날. 나였어. 그리고 의정부 모텔. 나도 거기 있었어. 와이

프와 헤어지게 된 건 꼭 그년이 바람을 피워서가 아니야. 내가 썼던 편지와 여자의 사진을 버리지 않아서였던 거지. 하지만 이젠 그만 끝내려고 해. 우린 너무 와버렸어. 더 이상은 안 될 것 같아. 미안해."

초점 없는 눈동자는 단 한 번도 희선을 담지 않았다. 병선이 조용히 조수석의 문을 열었다. 시원한 공기가 문틈으로 들어왔다. 음악 소리가 빗소리와 뒤섞였다. 차에서 내리는 병선은 취기가 더 오르는지 비틀거렸다. 앞문이 쿵, 하고 닫혔다. 그리고 아무런 말도 없었다. 병선도, 희선도…

희선이 립스틱을 조수석 바닥에 힘차게 던져버린 후 잠시 시간이 흘렀다. 정신을 차린 건 복제폰의 전화벨 소리 때문이었다. 병선의 새로운 번호였다. 이십 여분이 이틀 같았다. 다행히 복제폰에 문자가 하나 들어왔다. 통화내용은 알 수 없으나 문자내용은 확인할 수 있다. 남편과 병선이 만난다. 장소는 사과나무다.

새벽 한시가 조금 넘었다. 모르는 번호로 밤늦게 전화가 걸려 온 건 살면서 손으로 꼽을 정도다. 바텐더 아가씨와 실없는 농담을 주고받던 제이는 이미 술에 흠뻑 젖어 있는 상태다. 처음 한 번은 그냥 흘렸다. 대화에도 템포가 있고 오늘따라 왠지 실없는 얘기들이 스트레스를 풀어주는 것 같았다. 두 번째 같은 번호가 휴대폰에 깜박였다. 제이는 다시 휴대폰을 들었다.

"네. 누구시죠?"

그리 유쾌한 건 아니었다. 혹시 잘못 걸려온 전화면 욕이라도 한 바가지 던져줄 심사였다. 하지만 전화 속 주인공은 병선이었다.

"어! 병선아 전화번호가 왜 이러니?"

병선은 자신만 밝혔을 뿐 아무 말이 없었다. 제이는 느낌이 이상했다. 혹시 무언가 큰일이 벌어진 건 아닌지 걱정이 되기도 했다.

"할 말이 있다."

병선은 이미 술에 취해 있었다. 주위는 조용했지만 숨소리가 거칠고 혀가 온전한 기능을 못하고 있어서 알 수 있었다.

"뭔데? 말해봐. 무슨 일 있는 거야?"

"…"

병선은 다시 조용해졌다. 거친 숨소리가 커질수록 제이는 심상치 않은 일에 대한 상상이 더 커져만 갔다.

"나 밖이야. 만날까? 도대체 무슨 일이야?"

"희선! 제이 네 여자 희선이…"

제이는 자리에서 벌떡 일어나 화장실로 향했다. 이십분이 지나도록 돌아오지 않는 손님이 걱정이 되는지 바텐더가 화장실 쪽으로 걸어갔다. 문 앞에 서서 노크를 하려던 참이었다.

'쨍창!'

바텐더는 깜짝 놀라 몇 발자국 뒷걸음질 쳤다. 매니저가 급히 달려오고 반대편 바 안에 있던 남자 바텐더도 합세했다.

'턱!'

문이 부서지는 것처럼 '꽝'소리를 내며 열렸다. 침울한 표정의 제이가 오른손을 축 내리고 걸어 나왔다. 한 걸음 한 걸음 뗄 때마다 손끝에서 피가 솟구쳤다. 바텐더가 재빨리 구급약품 통을 찾았다.

"괜찮으세요? 손이 많이…"

"죄송합니다. 거울을 깼어요."

바텐더는 붕대를 꺼내들어 돌돌 감기 시작했다. 제이는 별 다른 행동을 하지 않았다.

"가야겠어요. 자 여기 있습니다."

제이는 오만 원짜리 여섯 장을 바에 올려놓았다.

"혹시 누가 날 찾아오면 미안하다고 전해주세요."

"선생님! 우산이요!"

바텐더가 쫓아가봤지만 제이는 더 이상 뒤돌아보지 않았다.


약속된 장소의 문은 닫혀 있었다. 사과나무 주인아저씨의 말이 생각났다. 이제 이 주위 상권도 죽었고, 손님도 없다는…

한적했다. 늦은 시간, 비가 오고 있었고, 평일이다. 제이는 큰 길로 나왔다. 차 한대가 빗물을 가르며 제이 앞에 섰다. 흰색 세단, 빗물에 젖어 더 희게 보인다. 여자가 내렸다. 우산은 없다.

"이유를 말해봐!"

제이는 소리치듯 말했다. 여자가 보도블록 위로 올라왔다.

"당신부터 말해봐. 도대체 뭐지? 난 도대체 당신한테 뭐냔 말이야!"

여자는 남자를 마구 흔들었다.

"이젠 다 끝이야. 당신이 그러고도 숨을 쉬고 살 수 있을 것 같아? 미친년! 넌 미쳤다고!"

제이의 말에 여자가 남자를 놓고 뒤로 물러섰다. 눈빛, 감당할 수 없는 증오의 눈빛 이었다. 마치 금방이라도 떠날 사람에게 매달리는 것처럼 떨어져있던 여자가 다시 남자의 몸에 자신을 묻는다.

"제이. 사랑한다고 말해주겠어?"

목탄 같은 아스팔트는 쓸쓸하게 뿌려진 비에 젖어있다. 향기라고 하기에는 둔탁한 냄새였다. 오월의 새벽, 어릴 적 집 앞에 막 포장된 도로의 냄새를 끄집어내게 했다. 혼동이 왔지만 눈앞에서 들린 목소리는 분명 기억 속에 있는 그 소리였다. 그것도 아주 뚜렷이… 먼 옛날이 그리웠고, 금방 지나간 그 순간도 그리웠다. 그러나 이제 다 끝이다. 모든 것이 원점으로 되돌아가야 한다.

그녀를 보았다. 가슴 깊숙한 곳에서 올라와 목을 타고 넘어오는 묵직한 그것을 내뱉지 않으려 몇 번이고 침을 삼켰다. 의미 없이 매달고만 있던 두 팔, 안간힘을 쓰며 들어 올렸다.

"네가 맞는 거야? 내가 아는 여자가 맞는 거냐고!?"

흐느끼는 그녀의 얼굴을 요동치는 두 손으로 잡았다. 눈물이 빗물과 만나 손등을 타고 흘러내렸다. 물에 젖은 그녀의 독특한 향기가 코를 찔렀다. 헤드라이트 불빛이 덩그러니 서있는 남녀를 휘감고 난 후 뒤에 누군가가 서 있다는 걸 알았다.

"그만해. 내가 다 얘기할 테니…"

'바(bar)'로 들어가기 전 제이가 전화로 들었던 여자 목소리였다.

허탈한 신음소리가 터져 나왔다. 제이는 최소한 그 순간만큼은 여기서 끝냈으면 했다. 다시 내일이 오지 않기를 바랐다. 모든 것이 무너져 버릴 것이다. 시간을 잃어버리면 다시는 보상 받을 수 없다. 무엇을 잘못 했는지. 어디서부터 어떻게 어긋난 건지…

아주 가끔씩 도로에 지나다니는 차들이, 빗물을 훑고 멀리 사라지는 소리가 들렸다. 다시 적막이 찾아왔다. 남녀와 또 다른 사람은 아무 말도 하지 않았다. 단지 흐느끼는 소리만 적막을 질투할 뿐. 바퀴에 감기는 빗물소리가 또 다시 들려왔다. 그러나 이번에는 환한 빛과 함께 다가왔다. 그녀 뒤에서 빛과 소리가 점점 더 커졌다. 누군가

질주해 오고 있었다. 누구일까? 반드시 이렇게 잔혹하게 끝내야하는 것인가? 지금에 와서 아름다웠던 추억을 땅에 묻어버려야 하는 이유는 무엇일까? 손에 잡힐 만큼 시커멓고 거대한 괴물이 돌진해 왔다. 강렬한 헤드라이트 빛 때문에 운전자의 형체가 검은 그림자로 보였다. 기억이 모든 것을 잡아먹었다. 케이, 그녀의 이름을 빼고는 아무것도 기억이 나지 않는다. 그 후로…

# 내가 아는 여자

"상태는 어떻습니까?"

"보시다시피 다리 골절 빼고 외상은 거의 없습니다. 내부 출혈도 없고, 뇌 손상도 없고 말이죠. 그런데 이상합니다. 이런 적은 저희도 처음이에요. 이건 코마상태가 아니라 수면상태입니다. 벌써 2주 동안 한 번도 깬 적이 없어요. 황당하네요."

주머니에 양손을 꽂아 넣은 담당의사는 줄곧 고개를 갸우뚱거리고 있었다. 양 옆에 붙어서있는 레지던트의 표정도 어둡다.

"좀 더 기다려 봅시다. 이럴 경우 조심해야 하는 건 일시적 기억상실입니다. 오 년 전 사고로 입원했던 여성분도 그랬었죠. 얼굴이 좀 상하긴 했어도 생명에는 크게 지장이 없었거든요. 그래도 퇴원할 때는 기억이 거의 다 돌아 왔습니다. 일시적인 현상이었던 거죠. 너무 걱정하지 마시고요."

사고가 있던 날로부터 2주가 지났다. 사고 당시 제이는 근처 병원으로 이송됐고 그 주에 다리 골절접합 수술을 받은 것을 제외하고 별 다른 이상은 없었다. 단지 밤에는 알 수 없는 단어들의 조합인 방언과 함께 열이 삼십구 도까지 오르기도 했다.

휠체어를 타고 있는 영서는 오늘도 제이를 보기 위해 복도를 지나 1404호 병실로 향했다. 골절부위는 비슷했다. 제이는 오른쪽 다리, 영서는 왼쪽 다리, 사고 당시 잠시 기절한 걸 빼놓고 정신은 아주 멀쩡하다. 영서는 인생에 있어서 처음 맞는 장기휴가라고 내심 좋아하고 있었다.

"간호사 언니! 얘는 도대체 언제 깨는 거예요?"

제이 앞에서 링거를 체크하고 있는 간호사를 올려다보며 영서가 제이의 발을 손가락으로 톡톡 쳤다.

"그래도 어제는 그 진기한 방언 후에 알아듣는 얘기도 하던데요? 곧 돌아오겠죠 뭐."

"뭐라고 했는데요?"

"희선아 가지마! 케이가 오잖아. 이 말을 연달아 세 번이나 했어요. 아주 똑똑히요. 두 분 어렸을 때부터 친구라면서요?"

"아! 네… 네? 그렇죠. 아주 어렸을 때부터…"

'똑똑'

"안녕하십니까? 오늘은 날이 좋네요."

"어! 형사님. 또 오셨네요?"

"제이 씨는 좀 어떻습니까? 좀 진전이라도…"

"보시다시피. 이 상태고요. 그런데 어제는 드디어 정상적인 언어를 시작했다고 하던데요?"

"그렇군요. 조급해 하지 말고 기다려 봅시다. 서두르면 항상 일을 그르치는 법이지요. 일 년이면 어떻습니까? 그렇다고 케이 양이 돌아오는 것도 아닌데…"

"그렇긴 하죠."

맑은 하루를 뒤로 하고 비는 며칠 동안 끈질기게 계속되었다. 박도준 형사는 갑자기 뒤죽박죽되어버린 사건을 다시 정리하며 복잡해진 머릿속을 하드디스크 같이 정리할 수는 없나 궁리하고 있었다.

"그래도 정리는 안 되지?"

형사가 혼자 말로 중얼거렸다.

"뭐?"

옆에 앉아 있던 고형식 팀장이 미간에 깊숙한 주름을 잡으며 박도준을 쳐다봤다. 좋은 아이디어가 떠오르려고 하는 찰나에 집중력을 흩트렸다, 는 불만을 짜증으로 표현한 것이다.

"아무것도 아니에요. 혼잣말이에요."

"박 형사. 그런데 조상진은 왜 끝까지 숨겼을까? 신영서라는 능력 있는 딸을 더 이용해 먹을 수도 있었잖아."

"살아있었으면…그래도 곧 죽었을 겁니다. 노리는 사람들이 너무 많았어요. 자, 제가 정리한 건 이렇습니다."

"뭔데?"

"1988년에 서른한살이었던 조상진은 이미 전과 3범으로 사회에서는 아무 곳에서도 받아주지 않는 상황이었죠. 기본적인 경제생활을 할 수 없었던 조상진은 고향 선배인 차동일의 제안을 흔쾌히 받아드립니다. 그때는 이미 딸이 둘 있었죠. 조영서, 그리고 그녀의 동생. 조영서의 모친은 한 명을 선택합니다. 왜냐하면 한 명은 배 다른 아이였으니까. 조영서의 모친은 결혼한 후에 밖에서 낳아 온 아이를 인정할 수 없었겠죠. 그래서 보육원으로 보낸 것일 테고…

1988년 당시 그는 이천만 원으로 살인을 하겠다고 결정했습니다. 일은 잘못됐고. 조상진은 1988년부터 복역해서 2001년도에 출감합니다. 뭔가 줄을 잡아야 하는데 가장 확실한 줄은 차동일이었던 거죠. 아시는 것처럼 차동일은 조상진을 받아 주지 않습니다. 오히려 몇 번이고 제거를 시도하고, 또 그때마다 조상진은 미꾸라지 같이 버텨냈죠. 그러는 와중에 수소문을 해서 찾아간 곳이 막내딸입니다. 여우같은 놈이 막내딸과 케이의 관계를 모를 리 없었겠죠. 미행도 하고 했을 테니. 조상진은 케이의 따뜻한 마음을 알게 된 것이죠. 진심이었다는 것도요.

조상진은 케이가 처음으로 인간적으로 다가왔던 것에 감동을 느끼고 모든 일을 다 공개하겠다고 편지를 보냅니다. 하지만 더 큰 일이 벌어졌다는 것을 조영서의 모친을 찾아간 날 알게 되는데, 그날이 마침 케이의 발인이었던 거죠. 그날 조상진이 만난 사람은 마영길이고 둘은 바로 결탁을 하게 됩니다. 당연히 화장터에는 모습을 드러내지 않았고요. 케이의 이모는 아무것도 모르지만 마영길은 거의 모든 걸 다 알고 있었겠죠. 상상하지도 못할 큰돈의 흐름을 어디서 잡아야하는지를 말이죠. 한국을 떠나지 않겠다고 극구 반대하는 케이의 이모를 설득하여 이민호의 제의를 받아들인 것도 마영길이고 미국으로 옮긴 후에도 조상진과 계속 연락을 취했던 마영길은 이민호의 제의가 호의가 아니라 사건을 좀 더 확실하게 은폐하려고 했던 것임을 알게 된 거죠. 대충 이런 스토리입니다.”

“제이 씨가 숙면을 취하고 있는 2주 동안, 고민을 많이 한 흔적이 보이는구면.”

“나가시죠. 배고파요.”

"넌 입만 열면 밥 타령이냐? 맛있는 거나 사주면 졸졸 따라나가 보고."

"지난주 내내 미국에서 느끼한 건만 먹었단 말이에요. 오늘은 생태탕에 문어숙회 어때요?"

"인마! 형사 월급이 얼만 줄 알고… 넌 계좌 확인도 안 하냐? 나원 참! 그런데 내용은 어떻게 파악한 거야?"

"이거요."

형사는 낡은 공책을 집어 올렸다. 겉표지는 회색이고 속지는 가로줄이 그어져 있는 빛바랜 공책이다.

"공책이네? 나도 학창시절에 많이 썼었지."

"거의 자서전 수준의 조상진 일기장입니다. 맞춤법은 많이 틀렸어도 건질만한 내용들이 꽤 들어 있더라고요. 사고 차량 뒷좌석에 있던 오래된 가방 안에 들어 있었죠. 공공의 안녕을 위해 제가 슬쩍했습니다. 신영서가 상해에 간 건 조상진과 마영길을 만나기 위해서였고 조상진은 아마 그때 모든 걸 말하려고 했던 것 같아요. 하지만 딸보다는 돈을 선택한 조상진으로서 갑자기 자신이 아버지라는 말을 할 수 없었던 거죠. 돈만 아니면 신영서에게 접근할 필요도 없었고 돈을 뜯어내는 연기로 자기 자신을 끝까지 절묘하게 포장하지 않아도 됐으니까요."

"그 인간 인생도 참… 이용만 당하다 끝내는 개죽음이라니. 그 친구들 중에 한 명이겠지 안 그래?"

팀장이 겉옷을 들고 자리에서 일어났다. 형사가 공책을 다시 책상 서랍에 넣고 재킷을 집어 들었다.

"뭐 그럴지도 모르죠. 오늘 배가 터지도록 한번 먹어봐야겠어요."

"그래 가자. 이 웬수야. 먹다죽은 귀신은 때깔도 곱다더라."

"잠깐요."

형사가 다시 자리로 돌아가 서랍을 열고 공책을 꺼냈다.

"그건 왜?"

"들고 나가려고요."

"누가 가지고 간다고. 그냥 두고 와."

"태워버리게요."

팀장과 발을 맞춘 박 형사는 이제 다시 조상진의 이름 석 자를 기억할 사람은 아무도 없다고 생각했다. 관련당사자들은 모두 가면을 썼다. 그들은 그 가면을 절대 벗지 않을 것이다. 다만 그 한 명, 막내딸이 조상진을 기억할 가능성은 있다. 하지만 일기장이 그녀에게 줄 수 있는 긍정적인 내용은 아무것도 없다. 차라리 지하 깊숙이 묻히는 것이 낫다. 영혼을 묻을 수 있다면 그것보다는 더 깊숙이…

"양반은 아니네. 신영서 씨예요."

형사가 휴대폰을 올려 들었다. 문자를 확인하기 위함이다.

"배는 나중에 터져야겠습니다. 제이 씨가 드디어 잠에서 깼다고 하는데요? 저 먼저 갑니다!"

형사가 등을 돌렸다. 마침 주차장 앞을 지나고 있는 상황이었다. 형사의 차는 손에 닿을 듯 가까운 거리에 있었다.

"야! 같이 가!"

고 팀장도 형사의 뒤를 쫓았다.


"다시 살아서 보니 형사님 얼굴이 잘 생겨 보이네요. 그런데 옆에 계신 분은?"

제이가 천진난만한 미소를 띠고 팀장과 눈을 마주친 후 의아한 표정을 지었다. 형사가 잠시 고민하다 고 팀장의 다리를 쿡쿡 찔렀다. 영문을 모르는 고 팀장은 하려던 말을 꾹 참았다.

"새로 부임한 팀장님입니다. 고…영…식 팀장이고 제 보스입니다."

형사는 일부러 이름 석 자를 똑똑히 띄어서 읽었다. 혹시 이름은 기억하지 않을까 해서였다.

"아 그렇군요. 전 또… 고생이 많으십니다. 앞으로 잘 부탁드립니다."

제이는 부드럽게 눈인사를 하고 형사에게 다시 눈을 돌렸다. 형사는 직감적으로 알 수 있었다. 분명 아내인 여자 희선에 관한 질문일 것이다.

"형사님? 제 아내는 어디 갔나요?"

"음…"

"무슨 일이 있나요?"

"그게…"

"사라졌어."

영서의 목소리였다. '돌돌돌' 바퀴 돌아가는 소리가 목소리 뒤를 따랐다.

"영서! 그 옷은 뭐야? 어! 다리는 또 왜 그렇고?"

"살아서 눈 뜬 네 모습을 보는 게 신기하기만 하다. 무슨 잠을 그렇게 오래 자는 거야?

극단적인 상황이 지속된 건 아니었기 때문에 눈물이 시야를 가릴 정도는 아니었다. 영서는 오른손으로 바퀴를 한 번 더 돌렸다. 휠체어는 제이 앞에서 각도를 내며 부드럽게 정지했다. 영서는 제이의 손을 꼭 잡았다.

"영서… 너 괜찮아?"

"기억하지? 너 뒤에 서 있었던 사람이 나야. 달려오는 차에 치인 사람은 우리 둘이고… 그 '바(bar)' 앞에 나오자마자 네가 달려 나와 택시를 잡더라고. 그래서 나도 바로 뒤쫓아 갔어. 택시가 너무 빨라 잠시 놓쳤는데 가는 방향이 사과나무쪽인 거야. 그래서…"

"그럼 나랑 영서! 너였던 거야? 차에 치인 게… 희선이 아니고? 간호사가 여자 한 분이 더 있다고 해서 난 희선인 줄 알았는데. 도대체 희선인 어떻게 됐다는 얘기야?"

제이는 몸을 일으키려 했지만 현기증이 나는지 다시 침대에 누웠다. 손을 이마에 갔다 댄 제이는 마치 아무것도 생각이 안 난다는 듯 멍하니 천장을 바라보았다.

"사라졌습니다. 그것도 감쪽같이요."

"사라졌다고요? 어디로요? 어떻게요?"

제이가 흥분하기 시작했다. 제이는 깁스한 다리를 침대 밑으로 내리고 다시 상체를 일으키려 안간힘을 썼다. 박 형사가 제이를 진정시키기 위해 상체를 지그시 눌렀다. 오랫동안 미동도 없던 몸을 갑자기 격하게 움직이면 좋을 리가 없기 때문이다.

"천천히요. 진정 좀 하세요. 저희도 지금 최선을…"

"바다는요? 아니 실종이라니, 사람이 어떻게 없어져요?"

"바다는 아줌마와 언니가 잘 보고 있으니 걱정하지 않아도 돼. 좀 진정해봐. 너 몸 상태가 말이 아니라고!"

거센 파도가 잠잠해졌다. 영서의 말은 듣는듯했다. 발버둥 치던 제이가 크게 한숨을 쉬더니 다시 조용해졌다. 제이는 손을 머리에 얹고 다시 천장을 바라보았다.

"병선인? 걔는 어디 있어?"

제이가 그날 약속을 기억해 낸 것 같았다. 형사가 조심스럽게 다가가 보조의자에 앉았다.

카페 사과나무, 병선, 제이의 아내, 영서 그리고 블랙홀과 같은 불가사의한 사고… 형사는 그 짧은 시간에 어떻게 이토록 엉켜버렸는지 잘 이해가 되지 않는다는 표정이었다.

"사고를 내고 유치장에 이틀이나 있었어요."

"그럼 그 차가 병선이었단 말이에요? 왜요? 병선이가 도대체 왜요?"

"…"

잠시 침묵이 흘렀다. 제이는 심한 편두통이 오는지 눈을 지그시 감고 미간을 찌푸렸다. 박 형사가 침묵을 깼다.

"민호 씨한테도 연락을 안 했더라고요. 휴대폰은 계속 꺼져 있었고 유치장에선 단 한마디도 안하고 지냈답니다. 운 좋게 출입기자 때문에 알게 되었죠. 멀쩡한 사람이 음주사고를 내고 이틀이나 식음을 전폐하고 너부러져 있다고요."

영서가 말을 이었다.

"병선인 다른 곳에 있었어. 며칠 전에 왔다갔고."

"그럼. 병선이가 아니란 말이야?"

"네. 병선 씨가 음주사고를 낸 건 맞는데. 다른 곳이었습니다. 현장에서 현행범으로 바로 체포됐죠. 순찰중인 경찰차를 들이 받았거든요. 그것도 만취상태에서요."

"그렇다면 누구죠? 누가 우리를 치고 달아났을까요?"

"지금으로선 알 수 없습니다. 검은색 승용차라는 것 밖에는… 다

행히 택시기사의 제보로 두 분은 응급실로 데려올 수 있었지만 희선
씨는 사라졌습니다. 말 그대로 증발했습니다."

"그게 말이 됩니까!"

제이는 눈을 크게 뜨고 침대를 들썩였다. 제이는 분이 풀이지 않
는지 링거를 세차게 흔들었다.

"현재 실종신고가 되어있는 상태로 전국 모든 경찰서에 협조를 요
청해 놓았습니다. 해외출입국관리소를 실시간 체크하고 있으며, 하
물며 북한으로 망명하는 루트까지 모두 봉쇄해 놓은 상태니 너무 걱
정 하지 마세요. 저희가 최선을…"

"최선! 무슨 최선이요? 도대체 일을 어떻게 하는 겁니까? 케이가
죽고 꼭 십삼 년 만에 희선이 사라졌어요. 뭐죠? 도대체 어떻게 되는
겁니까?"

"문승일 박사 사망하고 꼭 십삼 년 만에 케이 양이 그렇게 됐죠."

꿈에서 깨니 현실은 악몽이다. 제이는 잠에서 깬 걸 후회했다. 십
삼이라는 숫자는 그렇다 치고 도대체 아내는 어떻게 된 것일까? 이
번에는 어떤 악마일까?… 그날 나타나지 않았던 병선일까? 지금 옆
에서 훌륭한 연기를 보여주고 있는듯한 영서일까? 아니면 계속 뒷
짐을 지고 있는 민호일까? 박 형사도 몹시 혼란스러운 것 같았다. 제
이와 형사가 동시에 땅이 꺼지는 듯한 한숨을 뿜어냈다. '이젠 그 어
떤 누구도 믿지 않겠어.' 제이는 속으로 다짐하고 케이 얼굴 위에 희
선의 얼굴을 올려놨다.

낙엽을 눈에 담는다고 가을이 마음에 새겨질까? 겨울의 모퉁이, 가을은 유난히 따뜻했다. 울긋불긋 형형색색의 나뭇잎 사이로 부서지는 태양의 빛을 흔쾌히 맞으며 제이는 찌뿌둥한 몸을 침대에서 떼어냈다.

"제이 씨! 몸은 좀 어때요? 기쁜 소식이 있던데 퇴원이 언제죠?"

박 형사는 제이가 좋아하는 초밥을 들고 있었다. 제이는 병문안도 자주 오는데다 올 때마다 빈손으로 오는 법이 없는 형사의 봉급이 궁금하기도 했다.

"잘 지내셨죠? 병동을 옮긴 건 참 잘한 일 같아요. 요즘은 새록새록 떠오르는 기억 때문에 밤잠을 설치기도 합니다만…"

"의사선생님이 그러시더군요. 팔십 퍼센트 이상은 회복됐다고요."

"네. 학교를 쉬는 게 이렇게 편한지 몰랐어요. 어제는 바다도 왔다 갔고, 아줌마가 싸다 준 도시락도 정말 맛있었어요. 참 이제와 생각해보니 아내가 가끔 해줬던 요리는 정말 입에 맞지 않았나 봐요. 맛이 없다고 하면 상상도 하지 못할 일이 벌어지니 그때는 내 오장육부의 성능을 믿었죠. 아내가 없어서 제가 이런 말도 하네요."

농담을 하고 있지만 제이의 얼굴은 그리 밝지 않았다.

"죄송합니다. 우리가 할 수 있는 게 아무 것도 없네요."

형사의 얼굴이 붉은 빛을 띠었다. 형사는 진심으로 제이에게 사과를 하고 있는 것이다. 경찰의 무능함… 사실 박 형사는 요즘 옷을 벗을까도 심각히 고려하는 중이다.

"내일 모레 다시 한 번 와주시겠어요. 혼자 집에 가려니 너무 쓸쓸할 것 같아요."

"아! 그래요? 당연히 시간을 내야지요. 그렇게 하겠습니다."

오랜만에 잡은 핸들은 어색했으나 언제 그랬냐는 듯 자동차는 도로를 타고 잘도 굴러갔다. 학교는 그대로였다. 주차를 하고 익숙한 건물을 눈에 담았다. 낙엽이 떨어지고 있었다. 벌써 겨울이 오는 걸까? 몇 개월간 여행을 떠난 것처럼 지나간 꿈같은 시간을 살며시 되돌아봤다. 몇 개월간 줄곧 머릿속을 짓누르던 말이 다시 생각났다. '익숙함에 속아 소중한 것을 잃지 말 것', 제이는 아내를 생각했다. 어디서 무엇을 하고 있는지, 누구와 같이 있는지… 그것도 살아 있어야 가능한 일이다.

문명은 공격적이고 원시적인 본능을 억누르는 것으로부터 시작될지 모른다. 충동 조절 없이 존재할 수 있는 사회는 없다. 인간관계는 더 말할 나위도 없다. 만에 하나 아내를 앗아간 인간을 찾게 된다면 가만두지 않을 것이다. 그것을 만약 '살인'이라고 칭한다면 이 세상에 존재하는 가장 잔인한 방법으로 그 작업을 진행할 것이다. 제이는 눈살을 찌푸리며 차 뒷문을 열고 가방을 꺼내들었다. 뒷바퀴 밑에 분필로 그린 하트가 있었다. 제이는 요즘도 이런 장난을 하나 피식 웃으며 언제인지 기억이 나지 않지만 케이의 손바닥에 빨간 사인펜으로 하트를 그렸던 것을 떠올렸다. 요즘은 아주 가끔 그녀가 생각난다. 아내를 잃어서일까? 바다가 안쓰러워서일까?

제이는 인간의 이중성을 생각하며 어느 영화에서 나왔던 장면을 머리에 떠올렸다. 시련당한 남자가 바닷가에 우두커니 앉아 자살을 기도하다가 파도가 삼켜버린 슬리퍼를 찾기 위해 바닷물에서 첨벙이다 찾은 슬리퍼를 보며 웃음을 터트리는 장면이다. 만약 슬리퍼를 한 쪽만 찾았다면 다른 한쪽은 과연 어디에서 찾아야 하는 것일까?… 제이는 건물 안으로 발길을 옮겼다.

'복도를 돌면 어슬렁거리는 장 교수의 영혼 없는 살덩어리가 보이 겠지,' 코너를 돌았다. 만남은 역시 드라마틱했다. 장 교수가 팔짱을 끼고 환하게 웃고 있었다. 우연히 만났다기보다는 기다린 것이다. 제이도 걸음에 속도를 붙였다.

"허허허… 어이! 친구! 이게 얼마 만인가?"

장 교수의 너털웃음이 공허한 복도를 가득 메웠다. 제이도 입 꼬리를 올렸다. 장 교수는 언제 만나도 기분이 좋은 친구였다.

"잘 지냈어? 여전히 풍채는 이제 옥쇄를 들어도 될 정도야."

"허허… 이 친구. 멀쩡한 농담을 하는 걸 보니 더 불안한 걸? 몸은 괜찮은 거지? 자! 자기 좋아하는 학장부터 만나러 가자."

제이가 오랜 기간 쉴 수 있었던 건 학장의 도움이 컸다. 평소에는 쪼잔하게 굴어도 큰 일이 있을 때마다 항상 교수들 편에 서 준다. 학장은 겨울이 얼마 남지 않았으니 몸이 괜찮으면 이번 주라도 운동을 하자고 했다. 비록 색깔이 바랜 풀이지만 좋은 사람들과 같이 어울 리는 것은 행복한 일이다. 제이는 흔쾌히 약속을 하고 자리로 돌아 왔다.

어색한 자리가 오랜 기간 제이를 기다려 주었다. 책상 위에 우두 커니 세워져 있는 가족사진 속에 아내가 웃고 있었다. 과연 희선인 살아 있는 것일까? 제이는 서랍을 열고 액자를 집어넣었다.

"돌아오시겠지 곧…"

뒤를 보니 장 교수가 서류봉투를 들고 서 있었다.

"수사에 도움이 됐으면 좋겠어. 좀 더 정확한 것이 필요할 것 같 아서."

제이는 장 교수가 내민 서류봉투를 받아 다시 서랍을 열었다.

"고맙긴 한데, 기억력의 문제는 나보다 장 교수 너한테 있는 것 같다. 예전에 준거 기억 안나?"

"같은 봉투는 맞는데 내용은 좀 다를 테니 읽어봐. 중국 어디라더라?"

"중국이라고?"

제이는 고개를 갸우뚱거리며 문서를 봉투에서 꺼냈다. 분석자료 맨 밑에는 '팰러사이트'라고 적혀있었다. 박 형사가 건네준 물건은 감람석이 아니라 팰러사이트라는 일종의 운석 조각인 것이다.

"감람석으로 싸여있어서 첫 번째 분석 자료가 그렇게 나왔었나봐. 엄밀히 말하면 니켈과 철이 섞인 합금 사이에 감람석 결정이 전체에 퍼져있는 거지. 싸여있는 게 아니라…"

제이는 감람석을 서랍에서 꺼내 눈높이에 맞췄다. 정말 그랬다. 감람석 결정체가 군데군데 퍼져있고 그 사이에는 감람석보다 옅은 색깔의 광물이 마치 거미줄처럼 감람석과 감람석 사이를 잇고 있었다.

"이 '푸캉'이라는 건 뭐지?"

제이는 광물을 이리저리 돌려보며 코를 실룩거렸다.

"도시 명이라고 하던데? '푸캉팰러사이트'는 중국 푸캉 시 인근 고비사막에서 발견된 운석을 지칭하는 거고, 자기가 들고 있는 그 애물단지는 아마 그 운석의 일부일거야. 자! 내 임무는 여기까지!"

장 교수가 손을 흔들며 사라졌다. 제이는 고맙다는 인사도 잊고 돌덩이를 이리저리 돌렸다.

"고비사막?"

제이는 손에 들고 있는 물건을 조심스럽게 책상 한쪽에 내려놓고 노트북 컴퓨터의 전원을 눌렀다.

제보자가 나타난 것은 성의표시를 하겠다는 광고물 때문만은 아니었다. 중국인들은 정이 많고 인간관계를 중요시 여긴다. 한국인들은 잘 되는 한국인 가게를 인수하려고 하는 반면 중국인들은 잘 되는 중국인 가게 옆에 똑같은 가게를 차리고 이윤을 나눠먹는다. 상생하는 법을 아는 중국인들은 LA에서도 똘똘 뭉쳐있다. 케이의 사진을 유심히 살피던 키가 백오십 센티미터도 안 되는 한 중국여인이 연신 '맞아 맞아'를 외치며 한국어 통역사를 쳐다봤다. 경찰복장을 한 한국어 통역사는 중국여자의 말을 하나도 빠짐없이 타이핑한다.

"파티 장에서 이 여자를 봤습니다. 저는 당시 열여덟 살이었고 이층에서 심부름을 했었어요. 지금은 결혼도 했고 시민권도 가지고 있지만, 당시에는 불법체류자로 숨어서 지낼 수밖에 없었죠. 솔직히 저는 사진속의 이 여자에 대해서는 관심이 없어요. 저는 제 친구를 찾고 싶습니다. 2001년 9월 11일 밤에 사라졌어요. 그 뒤로 한 달이 지난 후 전 다른 곳에서 지내야 했기 때문에 그 집을 나왔죠. 분명한 건 내 친구가 사라진 겁니다. 이제 저는 엄연한 미국 시민입니다. 제 친구를 찾아 주세요. 이름은 '탕탕(Tang Tang)'입니다."

"사라졌다는 것을 어떻게 확신할 수 있죠? 불법체류자라면 말없이 다른 곳으로 갈 수도 있는 거잖아요."

"제 룸메이트였고, 그날 저랑 교대 근무를 했거든요. 아침에 일어나보니 제 친구가 사라진 거예요. 혹시 몰라 신분증을 가방 맨 밑에 같이 보관했었어요. 그런데 제 친구 짐은 그대로 있고 그 친구와 신분증만 없어졌거든요."

"아! 그래요. 그럼…"

"어제 낮에 보낸 메일과 영상이네요. 그쪽 시간으로요."

"뭐. 흥미로운 것 좀 있어?"

박 형사가 미국 출장을 다녀오고 처음 받는 메일이다. 제이의 사고 전이니 시간도 꽤 지났다. 팀장이 박 형사의 컴퓨터에 얼굴을 들이밀었다. 세 개의 메일 중 가장 밑에 있는 메일을 클릭했다. 같은 발신일 경우 가장 먼저 보낸 메일을 먼저 보는 형사의 습관이다.

"흥미로운 내용은 맞는데 엄청 난해하네요. 어떻게 생각하세요?"

"두 번째 메일에 얼굴이 뾰족한 남자는 누구를 말하는 거지?"

"황갑수겠죠."

"그런데 이제 와서 찾는 이유가 뭘까? 십 년이 지나도록 먼 산만 보다가…"

"여기 있네요. 마지막 메일이요. 탕탕의 어머님이 위독하다고 연락을 받았고 중국에 귀국해서 잘 살고 있는 줄 알았던 친구가 그때 이후로 단 한번 연락도 없었다고 하니… 같은 고향 사람이래요. 광동성 불산이라는 곳이랍니다."

"요즘은 실종 되는 사람이 왜 이렇게 많아? 아참! 요즘이 아니지."

팀장이 자리로 돌아가자 박 형사는 제이에게 문자를 넣었다.

'이민오 씨가 아직 한국에 있나요?'

그리고 인터넷에서 '아시아나'를 검색했다. 오른손으로는 수화기를 들고 내선 번호를 눌렀다.

"박도준 입니다. 황갑수라고 오 개월 전 리스트를 보면 있을 거예요. 지금 즉시 출국금지 명령 좀 내려주세요. 바로 영장 보내겠습니다. 사유는 '케이 사건 용의자'입니다."

수화기를 내려놓자 곧 바로 휴대폰이 울렸다. 제이였다.

"네. 제이 씨?"

형사의 눈매가 가늘어 졌다. 형사는 뭔가 잠시 생각하다가 눈을 번쩍 떴다.

"어디라고요? '우루무치'?"

제이가 말한 출장지는 중국 신장웨이우얼 자치구의 성도 우루무치다. 중국 서북쪽에 위치하고 있으며 중국을 닭으로 표현하면 발에 해당하는 부분이 바로 이곳이다. 푸캉 시에는 공항이 없어 가장 가까운 우루무치로 먼저 이동해야 한다. 여름에는 한시적으로 직항편이 운항되기도 하지만 현재 대한민국을 경유하는 항공사 중 우루무치까지의 직항은 없다. 반드시 중국 어느 한 도시를 거쳐야 한다. 물론 정치의 도시 북경, 경제의 도시 상해에서 환승하는 것이 가장 편리할 것이다. 제이가 전화상으로 푸캉 시에 가야하는 이유를 한참동안 설명하는 동안 박 형사는 인터넷으로 스케줄을 체크했다.

"그런데, 제이 씨! 중국 '불산'이라는 곳을 먼저 가는 것이 순서일 것 같은데요."

"불산이요? 거긴 어디죠?"

전화 속 제이의 목소리가 한층 고조되었다.

"그리고 그보다 먼저 황갑수와 얘기를 해 볼 생각입니다. 미국시민권을 가진 양아치라 좀 다를 줄 알았는데 역시나입니다. 한국에 있는 걸 확인했고 그리 멀지도 않아요."

"황갑수가 뭔가 알고 있다고 해도 그 인간 입을 열기는 쉽지 않을 겁니다."

"저한테 생각이 있어요. 심증이 아니라 물증입니다."

호언장담한 형사는 책상서랍을 열고 위생비닐봉투를 꺼냈다. 그

안에는 금빛이 바랜 립스틱이 들어있었다."

"희선 씨 차에서 발견한 물건이 있습니다. 그 물건에는 황갑수의 지문이 있었어요."

"그건 또 어떤 물건이죠? 그게 어쨌다는 겁니까?"

"립스틱입니다. 그리고 다른 지문들도 있어요. 병선 씨, 희선 씨 지문이요."

"휴… 뭐가 뭔지 모르겠네요. 진실을 밝힐 수 있을지 모르겠어요."

제이가 마지막 말을 남기고 먼저 전화를 끊었다. 형사는 만약을 위해 케이의 지문이 있었다는 말은 숨겼다. 케이에 대한 집착이 많이 없어졌다는 건 냉정함을 유지하는 데 도움이 된다. 지금 구태여 제이를 자극할 필요는 없다. 언젠가는 알게 될 것이고 그 시간이 머지않았다는 건 느낌으로 알 수 있다.

호텔 로비에서 체포된 황갑수는 이민호의 지시에 따라 계속 한국에 머물고 있었다고 말하며 입을 열었다. 황갑수는 수개월간 고급 호텔에서 제법 그럴듯하게 지내고 있었다는 걸 제외하고는 그 동안의 행적에 대해서는 알 길이 없었다. 범죄는 마약 같은 거라 쉽게 손을 놓지 못한다. 황갑수 같은 프로는 충동적으로 범죄를 저지르지 않는다. 계획적으로 아주 은밀하게 검은 손을 뻗는다. 두 번의 신호위반 딱지를 빼놓고 법적 선을 넘은 적은 없다. 적어도 경찰서에서 관리하는 검색시스템에서는 그렇다. 삐딱하게 앉은 황갑수는 얄미울 정도로 기세등등하다. 형사의 질문에 실실 웃던 황갑수가 다시 입을 열었다.

"여보쇼! 형사양반. 지금 무슨 말을 하는 겁니까! 내가 말했잖아요. 그때 나는 보스의 지시로 뉴욕에 있었습니다. LA에는 그 다음 주에 갔어요. 엉뚱하게 사람 몰아세우면 저도 방법을 찾겠습니다. 저아직 안 죽었습니다. 이름만 대면 강남바닥에 찬바람이 쌩쌩 불만한거물 몇 명은 새벽 세시에도 내 전화를 받는다고! 알기나 해요?"

황갑수의 얼굴이 불씨가 한참 살아난 구공탄처럼 새빨갛게 붉어졌다. 형사는 감정을 심하게 표현하는 건 뒤춤에 감추고 있는 무엇인가를 들키지 않기 위함이라는 것을 잘 알고 있다. 형사는 이때다싶어 다시 미끼를 던졌다.

"음. 거물이요? 전 어제 실직한지 오 개월이 넘은 남자를 만났습니다. 칼자루를 쥐고 있더군요. 진실을 말한다면 정상참작은 한다는얘기입니다. 한 번의 기회를 더 드리죠."

"어이! 형사양반! 당신 위에 서장 있지? 그 사람 데리고 와! 이거영 얘기가 안 통해. 빨리!"

박 형사는 황갑수를 계속 뚫어지게 쳐다봤다. 그러다 왼쪽에 앉아있던 팀장에게 시선을 옮겼다.

"제 위에는 저 분이 계십니다. 고형식 팀장님입니다."

"어험! 우리 서장님까지 오실 필요가 뭐 있겠습니까? 하하하… 어제 우리는 병선 씨를 만났습니다. 귀에 익은 이름이죠?"

"병선? 내 보스를 만난 것도 아니고 일개 직원의 이름으로 날 협박하는 겁니까? 빨리 조치를 취해주세요. 그렇지 않으면 진짜 전화합니다. 진짜로!"

"그럼 이건 어떻습니까?"

형사가 위생비닐봉투를 꺼내들었다. 빛바랜 립스틱은 투명한 비닐 안에서 선명하게 보였다. 황갑수는 립스틱을 뚫어져라 쳐다봤다.

언제가 봤던 물건인데 잘 생각이 나지 않는 듯 눈두덩이를 느긋하게 여물을 씹는 황소처럼 껌벅거렸다. 잠시 시간이 흘렀다. 황갑수의 눈동자가 서서히 커지며 표정은 천천히 굳었다. 침을 한번 꼴딱 삼킨 황갑수의 얼굴색이 다시 변화를 일으켰다. 창백해졌다. 귀신을 본 것 같이 시퍼렇게 변하고 있다.

"이제 말을 하시죠. 제가 전해 듣기로는 보스한테 거짓말을 하면 입이 찢어진다고 하던데…"

형사는 전날 문제의 립스틱에 대해 확실한 답을 찾고자 병선을 만났다. 사실 손가락만 한 물건에 네 명의 지문이 찍히기는 교통정체가 심한 강남대로 한 복판에서 택시가 달리다 돼지를 치어 죽이는 것보다 가능성이 희박하기 때문이다. 가능성은 세 가지다. 네 명이 한 곳에 같이 있었거나, 물건이 네 명에 의해 차례로 전달되었거나, 아니면 특정인물이 함께 있었고, 나머지 사람들에 의해 립스틱이 차례로 옮겨 다닌 것이다. 첫 번째 케이스가 성립되려면 십삼년 전 단 하루다. 형사는 가능성이 가장 적은 케이스부터 병선에게 설명했다. 의외로 병선은 쉽게 입을 열었다. 몇 개월 전보다 더 수척해진 모습이다.

"지금 와서 진실을 말한다는 건, 제가 지금 거짓말을 한다는 것과 큰 차이는 없을 것 같지만 혹시나 제가 입을 열어 왜곡되었던 것이 올바르게 잡힌다면 의미가 있지 않을까하는 생각에서 말씀드리는 겁니다. 믿겨지지 않더라도 지어낸 건 절대 아니니 알아서 판단하시고 들어주세요. 저한테는 이제 큰 의미가 없거든요."

병선은 앞에 놓인 오렌지주스로 목을 한번 축였다.

"9월 11일 밤 LA저택에서 흠뻑 젖어있었어요. 정신을 차렸을 때 제 귀에 들린 목소리는 분명 케이의 목소리였습니다. 흐느끼는 소리여서 착각일수도 있겠다, 생각했는데 확신을 갖게 한 물건이 있었습니다. 바로 여자가 안고 있던 곰 인형 액세서리가 달려 있는 가방이었습니다. 만약 정신이 제대로 있었어도 저는 케이를 구하지 못했을 겁니다. 그런 분위기에서 그만한 자신은 없었을 겁니다. 무슨 말인가 하면 전 히로뽕을 하고 있었죠. 어떻게 해야 하나 생각하기도 전에요. 하지만 다행인건 알레르기였죠. 정신을 차려보니 병원이었어요. 비겁한 용기는 그나마 남아 있었는지 병원을 탈출해 다시 돌아갔습니다.

그때는 벌써 11일 자정을 넘은 시간이었고요. 기차 없는 철길 같았어요. 너무 조용해 발소리조차 조심해야 했습니다. 몸을 낮추고 케이를 찾으려고 이리저리 헤매다 수영장을 가로질러 어둠 속으로 향하는 여자를 발견했습니다. 온몸에 닭살이 돋았던 느낌. 전 정말 케이인줄 알았습니다. 어둠이 짙었고 거기에 있던 몇몇 중국여자들하고는 구분되는 옷을 입고 있었으니까요. 어둠속에서 희미하게 빛이 새어 나오고 그녀가 어렴풋한 빛으로 사라졌죠. 만약 거실 문을 이용해 수영장을 가로지른다면 노출될 가능성이 클 것 같아 밖으로 나와 건물을 한 바퀴 돌아 빛이 새어나오는 곳으로 향했습니다. 주차장에 민호의 차가 없었으므로 빛의 주인공이 민호는 아닐 거라고 판단했습니다.

라디오 소리가 들릴 만큼 가까워졌죠. 소스라치게 놀란 건 '희선 씨라고 했죠?'라는 남자의 말 때문이었습니다. 몇 시간 동안 감당할 수 없는 사건을 두 번이나 겪다니 전 정말 정신이 다 혼미했습니다.

쪼그려 앉아 숨도 쉬지 않고 두 명의 대화를 모두 다 들었습니다. 끔찍했고 두려웠습니다. 어쩔 수 없는 비겁한 인간 그게 바로 저였죠.

　정말 감당할 수 없었던 건 희선의 행동 때문이었습니다. 두 명의 목소리가 사라진 후 용기를 내어 건물 안으로 들어갔어요. 벽 쪽에 있던 시커먼 포대는 아마 사람이었겠죠. 케이라고 해도 확인할 만한 담력은 없었습니다. 온몸이 말을 안 들었어요. 전 케이의 생사를 확인할 생각도 하지 않고 소리가 새어 나오는 장소에 몸과 귀를 맡겼습니다. 조금 지나자 그 더러운 소리들이 각자의 몸속으로 사라졌죠. 그때 신기한 일이 벌어졌습니다. 제가 '도르르' 소리에 몸을 뒤로 한 뒤였죠. 아뿔사! 전 바닥에 구르고 있는 립스틱을 무의식적으로 잡고 뛰기 시작했습니다. 그땐 이미 포효하는 호랑이의 거친 소리가 귀를 때린 다음이었고요. 정신없이 뛰었습니다. 저도 제가 그렇게 빠른지는 몰랐어요. 한참을 뛰다, 뒤를 돌아보니 어둠과 나, 단 둘이었습니다. 조그만 야산에서 체력이 다 될 때까지 헤매다 제대로 된 길을 찾을 수 있었습니다. 흠뻑 젖은 몸으로 벤치에 누웠죠. 그리고 주머니를 뒤졌습니다. 오십 센트 두 개 그리고 립스틱…

　아무리 생각해봐도 이해가 되지 않는 건 제가 건물 안으로 들어갈 때는 립스틱이 시야에 없었는데 갑자기 도르르 굴러 소리를 냈다는 거예요. 그것도 제 뒤에서요. 만약 제가 발로 건드렸다면 느낌으로 알았을 겁니다. 지금 생각해보면 답은 하나에요. 금방이라도 끊어질 듯한 의식으로 케이가 저에게 뭔가 알리려고 립스틱을 굴린 겁니다.

　영서는 그 일에 대해서 알고 있습니다. 그리고 희선도 이제는 제가 그날 일을 알고 있다는 걸 눈치 챘겠죠. 립스틱을 건네준 사람이 저니까요."

병선은 오렌지 주스로 다시 목을 축이고 자리에서 일어날 준비를 했다. 앞으로 어떻게 할 계획이십니까?, 라는 형사의 질문에 병선은 떠날 준비를 하고 있다고 했다. 재산은 이미 다 정리했고 위자료 문제도 다시 전화를 받지 않을 정도로 깔끔하게 처리했다고 했다. 수척해진 모습은 뒷모습에서 더 베어 나온다.

"잠깐만요. 병선 씨!"

"네? 뭐 또 다른 질문이 있으신지…"

"이제까지 감추고 있다 희선 씨에게 립스틱을 전한 이유는 뭐죠?"

형사의 질문에 병선은 쓴웃음을 지었다.

"형사님. 의정부에서의 눈빛과 똑같네요. 제가 사랑한 사람이 희선이라고 아직까지 믿고 있는 건가요?"

병선은 다시 뒤돌아서서 걷기 시작했다.


"뭣같이 돼 버렸구먼. 흠! 큼!"

목소리를 여러 번 가다듬던 황갑수는 미간을 찌푸리며 눈을 지그시 감았다.

"이민호 씨는 전화 한 통화면 연결되고, 병선 씨는 계약서가 있다는 말까지 남겼습니다. 희선 씨가 사라졌다 하더라도 문서는 집안 어디인가에는 있겠죠. 계산이 빠른 분이니 잘 판단하세요. 자 이제부터 딱 셋만 셉니다. 하나, 둘."

"그 쥐새끼 같은 놈. 그때 처리했어야 했는데. 좋습니다. 그럼 형사님은 저한테 뭘 해줄 거요? 가는 게 있으면 오는 게 있어야지."

"진실을 말한다면 오늘은 온전히 집에 보내 드리겠습니다. 그렇지 않으면 바로 철창신세를 질 테니 알아서 판단하시고."

"허허… 이 아저씨 세게 나오시네. 어흠…"

황갑수는 계속 뜸을 들였다. 자기 자신이 궁지에 몰려 있는 웅크린 쥐새끼 신세라는 것도 잘 알고 있었다. 고양이를 물어 버릴까도 생각하다 다리를 내리고 허리를 곧게 세우고 비장한 각오라도 한 듯 황갑수가 드디어 입을 열었다.

"젠장! 9월 12일 새벽. 그 재수 없는 날에 난 결국 불여우에게 홀려 계획을 엎어버렸어. 성적 취향이 독특한 걸 빼놓고 선택을 안 할 이유는 전혀 없었으니까. 내 인생에 있어 가장 아름다운 여자와의 섹스… 일을 치르고 황홀함에 젖어 있는데 그 년이 또 다른 제안을 하더군."

"그게 뭡니까?"

"스와프"

"스와프? 그… 네 명이 돌리는 스와핑을 말하는 건가요?"

가만히 듣고 있는 고 팀장이 얼굴을 들이밀었다. 19금 이야기인 줄 알고 귀가 솔깃해졌을 것이다.

"그땐 '스위치' 바꿔치기라 표현했지. 그런 거랑은 조금 거리가 있지만 기발한 발상이기는 했지. 그년 머리가 보통이 아니야. 보스 방에서 시중을 드는 중국여자애가 두 명 있었어. 한 애는 키가 그년만큼이나 크고 다른 한 애는 아담했지. 그년이 그러더라고. 중국 애를 작업해서 뉴욕으로 띄우자고. 그리고 그 케이인가 뭔가 하는 년은 자기가 알아서 하겠다고 말이야."

"생긴 건 그렇게 안 생겼는데 정말 잔인하군요. 어떻게 그런 생각을…"

팔짱을 끼고 있던 형사도 황갑수와 한패가 된 거 마냥 말을 거들었다.

"나도 곱게 생겼는데 지금 이 짓거리 하고 있잖아. 어험… 뉴욕까지 차로 이동하는데 작업할 곳이 어디 한 두 군데겠어? 손 하고 발, 얼굴은 아예 형체를 알아 볼 수 없을 정도로 태워버렸지. 뉴욕에 도착해 브로커를 만나 중국 애를 전달하고 다시 LA에 돌아온 후 케이를 전달했어."

"누구한테요? 어디서요?"

"돌아올 때는 비행기로 왔으니까 내가 LA를 떠난 12일에서 4일이 지난 16일 이었겠지."

"누구냐고요?!"

"성질도 급하긴… 처음에는 한국인인 줄 알았지. 사투리도 아닌 것이 표준어도 아닌 것이 표현하는 게 좀 이상해서 물어 보니 중국 동포더라고. 이름은 까먹어서 잘 모르고. 지금 찾으려고 해도 어렴도 없는 얘길 테고. 어느 정도 감은 잡으셨나, 형사양반?"

"그 중국여자 말입니다. 가지고 있던 신분증은 없었나요? 예를 들어 우리나라 주민증 같은 거라던가, 아니면 출입국 서류라던가"

"그년 들쳐 업고 나올 때 가방 맨 밑바닥에서 꺼내온 것이 있었어. 신분증인데 이름은 알아보지도 못하는 한자였고 주소를 보니 아는 글자가 두 개 있더군."

"그게 뭔데요?"

"불교 할 때 '불佛', 그리고 '산山' 나중에 황비홍 때문에 더 정확히 알게 되었어. '불산'이 황비홍의 고향이라지?"

"불산!"

"왜, 그곳을 아나? 내가 아는 건 여기까지네. 죽다 살아난 여자의 행방은 나도 모르니까 거기서부터는 당신 몫이야. 내가 몸을 다 찢어 발겨 놨었는데 그 몸으로 살아 있기나 하겠어? 잘 찾아보라고. 자 그럼… "

황갑수의 엉덩이가 의자에서 들썩거렸다. 금방이라도 일어나려고 하는 자세다.

"하나만 더요. 그 중국여자! 그러니까 중국 밀입국자들은 어떤 루트를 통해서 미국에 들어오나요?"

"여러 루트가 있지. 내가 알기로 LA근방 무슨 섬에서 접선한다고 들었어. 나갈 때도 마찬가지겠지. 아마 지금은 다 폐쇄 됐을 거고."

"수고하셨습니다. 약속대로 보내드리죠. 하지만 출국금지 명령이 떨어졌으니 한국을 벗어나기는 힘들 겁니다. 또 뵙죠."

"마음대로 하시게. 자, 수고들 하시고!"


형사는 황갑수가 삼일 동안 호텔에 처박혀 꿈쩍도 하지 않고 있다는 정보를 로밍 된 휴대폰의 문자를 통해 전해 들었다. 미국으로 이메일을 보내고 현지에서 한국말을 아주 잘하는 경찰과 통화를 몇 차례 한 뒤 뜬눈으로 밤을 지새운 형사는 중국행을 결정했다. 이번 여행의 파트너는 제이다. 형사는 기대에 찬 얼굴로 제이를 반겼다. 자신은 제 3자지만 제이는 바로 당사자이기 때문이다.

형사와 제이는 백운공항을 통해 광저우로 들어가 불산으로 달렸다. 은밀하게 진행되어야 했기 때문에 사적인 도움이 필요했고 마침 제이에겐 꽤 오랫동안 광저우에 머물고 있는 지인이 있었기 때문에 심천으로 들어가 불산으로 가는 길 보다 광저우를 택했다.

고속도로를 타고 시내에 들어섰다. 오후 세시인데도 불구하고 교통체증은 저녁 일곱시 강남 테헤란로를 방불케 했다. 시내를 관통하여 편도 이차선 도로를 다시 삼십분을 달렸다. 운전기사는 내비게이션의 목적지를 두 번이나 수정했다. 이유는 목적지가 행정구역상 불산 시지만 운부 시와 맞닿는 고명구高明區에 있어 인식을 제대로 못하기 때문이라고 한다.

얼굴을 찌푸리고 있던 운전기사의 얼굴에 미소가 흘러나온 건 도시라기보다는 시골에 가까운 풍경이 나타난 후였다. 타일이나 페인트 같은 외장재까지는 신경을 쓸 수 없었는지 오층 아파트와 정부건물은 콘크리트블록에 모르타르를 바른 것이 많아 모두가 똑같이 칙칙한 회색이었다. 단층건물에 상점 간판은 알록달록 촌스럽기 그지없고 신호등은 그냥 장식품으로 만들어 놓은 것처럼 지나가는 차들은 교차로에서 잠시 속도를 줄이다 이내 스피드를 올렸다. 심지어 역주행하는 차량들, 조랑말이 끄는 수레 위에서 졸고 있는 농부, 치마를 입고 자전거를 타는 여자, 웃통을 벗고 맥주병을 들고 있는 젊은이들 등, 텔레비전에서 보던 풍경 그대로 눈앞에 펼쳐졌다. 차에서 내린 형사와 제이는 단층건물 식료품가게로 들어섰다. 주인으로 보이는 여자가 탕탕의 언니였고 미리 운전기사와 약속을 잡은 사람이기 때문에 반감 없이 한국 손님들을 반갑게 맞이했다.

탕탕의 사진은 마치 케이의 모습과 흡사했다. 만약 케이의 피부색이 좀 더 까무잡잡했더라면 쌍둥이라고 해도 믿을 만큼 닮아있었다. 제이가 중국 여행에 동참하게 된 가장 큰 이유도 그 사진 때문이었다. 불산 방문의 목적은 단지 탕탕의 가족을 만난다는 것만은 아니었다. 더 중요한 건 9.11 사건이 있었던 그 다음 해, 월드컵이 있었던 2002년 말에 탕탕이란 여자를 불산 근교에서 본 사람이 있다는 메일 내용 때문이었다. 탕탕을 본 사람은 석탄을 운반하는 대형트럭의 운전기사였으며, 탕탕의 아버지와 가깝게 지내는 동네사람이었다. 제이는 탕탕의 아버지에게 허리를 굽히고 '니하오'라고 말했다. 남자는 손만 내밀뿐 언니의 반가운 표정과는 상반되는 어두운 표정을 지었다.

"광동어가 어렵지만 이 친구는 보통어보다 더 잘해요. 십 년도 넘었지 아마?"

제이가 찻잔을 앞에 놓고 멀뚱멀뚱 앞만 쳐다보고 있는 까무잡잡한 남자와 지인을 번갈아보며 몇 마디를 먼저 던졌다.

"통역 시작해?"

제이의 지인은 다소 긴장한 얼굴로 제이를 쳐다봤다.

"아니, 그건 형사님한테 얘기 한 거고, 먼저 이것 좀 물어봐 줘? 딸이 집을 나간 지 얼마나 됐고, 언제 마지막 소식을 들었는지?"

"오케이"

제이의 지인은 침착하게 탕탕의 부친에게 말을 옮겼다.

"중학교를 졸업하고 바로 도시로 나갔는데 주로 식당일을 했었고 그때는 일 년에 한 번씩 꼭 집을 찾아 왔었는데 2000년도 초에 집에 들렀을 때 한동안 오지 못할 수도 있으니 걱정하지 말라는 말을 남기고는 연락이 끊겼다는데…"

"좋아, 그럼 '탕탕'을 마지막으로 봤다고 하는 사람이 있던데, 무슨 내용인지 설명을 해줄 수 있나 물어봐 줘."

지인의 통역에 모든 사람이 집중했다. 통역이 끝나자 탕탕의 아버지는 찻잔을 들며 굳은 표정으로 어색하게 세 명의 한국인들을 쳐다봤다. 남자가 찻잔을 내려놓고 입을 열었다. 지인은 그의 말을 한참이나 들은 뒤 제이를 쳐다봤다.

"솔직히 집안 망신이라 말하고 싶지 않지만, 딸아이를 찾을 수만 있다면 조상이고 명예고 다 필요 없대. 다 자기가 못나서 벌어진 일이니 어떻게 하겠냐는 거야."

"뭔데? 본론부터 말해봐."

"딸을 본 사람은 동네사람인데 그 장소가 애매하대. 이 곳에서 삼십 킬로미터 정도 떨어진 외진 국도에 장거리 트럭 기사들이 쉬어가는 식당이 몇 집 있는데 그 곳 뒤편에는 집창촌도 같이 있다는 거야. 탕탕을 봤다는 동네사람은 그 일이 있은 뒤 몇 년이 지나 탕탕의 아버지로부터 딸아이와 연락이 안 된다는 말을 듣고 고심 끝에 그곳에서 탕탕이와 비슷한 여자를 봤다고 하더라는 거야. 자기는 그 방에 들어갔다가 깜짝 놀라 바로 나왔는데 문 앞에 기다리고 있던 자기 동료가 그 방에 들어갔다는 거지. 자기도 어쩔 수 없었다네. 친구 딸이니 그러지 말라고 할 수도 없었고, 설사 탕탕이라고 확신을 했어도 같은 동네에서 오랫동안 얼굴 맞대고 지낸 이웃에게 책임질 수 없는 말을 그대로 옮길 수도 없었고. 뭐 그런 얘기야."

제이는 형사를 쳐다봤다. 형사도 같은 생각인지 제이와 눈을 맞췄다.

"아! 그리고 한 가지 더! 그 여자 이유는 모르겠지만 한마디도 못한대. 트럭 기사 동료가 일을 끝낸 후 나오면서 얼굴은 반반한데 벙어리라 재미없었다, 고 말했다는 거야."

동네에서 가장 좋은 식당은 그래도 규모가 꽤 있었다. 단지 위생적이지 않다는 것만 빼곤 음식도 적당히 입에 맞았다. 딸아이를 봤다는 사람과는 일곱시쯤 연락이 닿았고 다행히도 만남을 거절하지는 않았다. 탕탕의 부친은 꽤 세밀한 부분까지 신경을 써주었다. 제이는 시골 인심은 한국이나 중국이나 할 것 없이 좋구나, 라고 생각했다.

그 남자는 운전을 그만 두고 요즘은 건설현장에서 일한다고 했다. 제이 일행은 다시 찻집으로 향했다. 그 남자는 탕탕의 부친과 몇 마디를 나눈 뒤 찻집으로 들어왔다. 탕탕의 아버지는 배석하지 않고 문 밖에서 담배만 피워댔다.

햇볕에 장기간 그을린 모습은 중국인보다는 아프리카 사람을 연상케 했다. 키는 보통 여자 키보다도 작아보였고, 땅딸했지만 야무지게 보였다. 그 남자는 사실 방에 들어갔을 때 너무 놀라 줄행랑을 치기는 했어도 꼭 탕탕이라고는 확신할 수 없다고 했다. 이유는 두 가지인데 하나는 피부색이었고 또 하나는 자기를 알아보지 못했다는 것이었다. 서로 같이 놀라야 정상인데 그 여자는 자기를 보고 미동도 하지 않았다고 했다. 그 남자는 또 그 여자의 별명이 야바(벙어리)였고 인기가 아주 많아 트럭 기사들이 모이기만 하면 그 여자 얘기를 했다고 했다. 하지만 몇 개월 지나지 않아 돌연 사라졌는데 이유는 아무도 모른다고 했다. 오며가며 들은 얘기는 그 여자를 데리고 온 포주와 함께 사라졌다고 했다. 포주는 동북사람이었고 고향에서 큰 사고를 쳐 광동에 내려왔다고 했다. 그 남자가 남긴 정보는 여기까지였다. 그곳에 가보자는 박 형사의 제의에 그는 지금은 이미 고속도로가 놓여져 다 철거되었다고 했다. 많은 정보를 얻었지만 이제 또 원점이다. 제이와 형사는 광저우로 돌아와 호텔에 들어섰다. 냉장고에는 한국 편의점에서도 볼 수 있는 미국 산 맥주가 있었지만 그리 시원하지는 않았다.

"납골당에 있는 뼛가루는 탕탕 것이 분명하군요."

형사가 말했다.

"케이는 탕탕이 미국으로 밀입국한 루트를 통해 중국으로 흘러들어 왔고요."

제이는 말을 마치고 캔 맥주를 들이켰다.

"케이가 살아있으면 위조신분증이겠네요. 중국은 시스템이 잘 갖추어있지 않아 위조 신분증 만들기가 한국보다는 쉬울 테니까요."

손에 힘을 주자 맥주 캔이 날카로운 소리를 내며 종잇장 구겨지듯 쭈그러들었다.

"형사님. 질문 하나 있는데요. 말하기 싫으면 안 하셔도 됩니다."

"뭡니까?"

"탕탕의 아버지가 찻집 밖에서 담배를 태울 때 그분 뒷모습을 한참이나 쳐다보고 계셨죠? 제가 몇 번이나 불러도 정신이 빠져 돌아보지 않던데…"

맥주 캔을 주시하고 있던 제이는 형사의 얼굴을 쳐다봤다. 형사는 부자유스러울 정도로 입을 굳게 다물고 있었다.

"그렇죠. 뭐 별거 없으면 말고요. 피곤한데 일찍 쉬세요. 내일 아침이나 같이 합시다."

제이가 손바닥으로 땅을 짚으며 자리에서 일어나 힘든 몸을 곧게 세웠다.

"딸아이가 있었습니다."

형사의 목소리가 제이의 발목을 잡았다. 몇 발자국 슬리퍼를 끌던 제이가 멈춰 섰다.

"2001년 7월에 세상을 떠났습니다."

형사의 축 처진 어깨가 무릎까지 내려와 있었다. 처량해 보이는 남자. 어딘가 모르게 짙은 진회색 그늘을 달고 다니던 남자. 제이의 예상은 그대로 적중했다.

"우리는 대학 졸업과 동시에 결혼했습니다. 정상적인 결혼은 아니었어요. 그냥 교회에서 간단한 의식을 치르고 살았으니까요. 제 인생의 황금기였습니다. 그녀와 그리고 이듬해에 생긴 딸아이. 우린 부러울 것이 없었죠. 둘 다 열심히 일했고, 행복했어요. 넉넉하지는 않았지만 아름다운 시간들만 마시며 살았던 최고의 순간들이었습니다. 그때는 이유를 알 수가 없었죠. 나 같이 평범한 사람의 아기를 왜 유괴했는지요. 사건 발생 후 일주일이 지난 날 범인과 마지막 통화를 할 수 있었습니다. 약속장소로 갔죠. 네모난 상자가 있었습니다. 저는 결국 상자를 열어보지 못했지만요."

형사가 제이를 올려다보며 불행은 이미 가슴속에 묻었으니 위로하지 말라는 듯 고개를 좌우로 저었다.

"죄송해요. 형사님. 제가 괜한 얘길 꺼내서…"

제이가 다시 자리를 잡으며 형사의 옆쪽에 앉았다. 형사가 한숨을 깊게 몰아쉰 후 다시 입을 열었다.

"아내에게는 그냥 나갔다 온다는 말만 했죠. 아내는 극도로 예민해져 있었고 몸도 많이 쇠약해져 있었으니까요. 나중에 경찰이 얘기하더라고요. 아내가 잠시 집 앞 슈퍼마켓에 다녀온다고 했다고. 제가 집에 들어갔을 때 그 사람이 그러더라고요. 정말 죄송하다고."

"그럼…?"

"사건일지를 보니 역시 사십분 경이라고 되어 있었습니다. 택시를 잡으려 길을 건너다 사고를 당했죠. 생각해보니 그 뺑소니 차량도 트럭이었네요. 열한시도 안 되었는데 아무도 본 사람이 없었답니다."

"형사님… 정말 죄송합니다. 그런 일이 있었는지도 모르고."

"제이 씨?"

"네?" 제이가 토끼 눈으로 형사를 쳐다봤다.

"그 여자가 누구인지 아십니까?"

"형사님 아내 되시는 분이요?"

"네."

이번에는 형사가 자리에서 일어났다. 형사는 목이 마른지 다시 허리를 굽혀 맥주 캔을 들어 올려 몇 모금 마신 후 팔짱을 꼈다. 얼굴이 벌겋게 상기되어 있었다. 형사의 표정이 일그러지고 더 이상 못 참겠다는 듯 입술을 한 번 질끈 깨물었다.

"케이의 언니예요."

"네?! 케이 언니요?? 지금 무슨 말씀을… 케이는 언니가 없는데요?"

"놀라셨을 겁니다. 대부분의 사람들이 그렇게 알고 있죠. 하지만 케이 양은 친언니가 있었습니다. 부모님이 돌아가시고 둘은 친가와 외가로 헤어졌습니다. 두 사람이 서로를 숨긴 건 살아남기 위해서였죠. 문승일 박사의 영혼이 구름 뒤로 숨은 후에도 매 순간 위험이 도사리고 있었으니까요. 그 놈의 돈이 뭔지. 살아서 다 쓰지도 못할 걸 왜 그렇게 욕심을 내는지."

제이는 아무 말이 없었다. 혼란스러웠지만 케이가 아무 이유 없이 2001년 7월에 왜 귀국했는지 그제야 이해가 갔다. 형사의 딸, 아내, 형사가 케이 사건에 그토록 집착하는 이유도 자연스럽게 풀렸다. 제이가 호텔 방문을 닫고 우두커니 낡아빠진 복도 카펫 위에 발을 얹어 놓았다.

"제가 집을 나설 때 아내는 느낌으로 알았나 봐요. 눈동자가 심하게 떨렸어요. 손을 꼭 잡더니 같이 가자고 하더군요. 제발, 이라고 하면서요. 아내 말만 들었어도…"

형사가 마지막 남겼던 말이 귓등에서 윙윙거리며 메아리쳤다.

제이에게는 새로운 사실이 감당하기 버거운, 어쩔 수 없는 충격으로 다가왔지만 한편으로 진정한 동지와 파트너가 됐다는 안도감도 있었다. 형사의 마지막 모습이 자꾸 떠오른다. 오늘 깊은 잠을 청하기에는 무리가 있을 것 같다. 방안에 들어온 제이는 맥주 캔 하나를 다시 집어 들었다.


광저우에서 베이징까지의 거리는 부산에서 서울까지 거리의 다섯 배가 넘는다. 중국전역에 거미줄같이 퍼지고 있는 고속철은 중국에서 가장 긴 구간도 하북성 베이징부터 광동성 심천까지이며 길이는 무려 이천이백 킬로미터가 넘는다. 십 년 전만 해도 밤, 낮 스물네 시간을 달려야 도착하는 노선이었으며 개선을 해서 줄어든 시간은 고작 두 시간 남짓으로 고속철이 개통되기 전까지는 스물두 시간이나 소요되는 구간이었다.

비행기를 이용할 경우 공항 이동시간, 수속시간, 비행시간을 합하면 여섯 시간이 넘는다. 고속철을 이용할 경우 여덟 시간이 소요된다. 비용은 고속철이 이십 퍼센트 이상 저렴하다. 어떤 교통수단을 선택해야 하나, 이 구간을 자주 이용하는 중국인들은 또 다른 고민을 한다고 한다.

북경의 날씨는 서울의 날씨와 비슷했다. 한 나라지만 동남아를 연상하게 하는 광동지방과는 확연하게 다른 날씨였다. 북경에서 권력 자랑하지 말고, 광동에서 돈 자랑하지 말며, 해남도에서 정력 자랑하지 말라는 개방 이후에 생긴 재미있는 이야기가 있다. 제이는 순환도로를 달리며 북경의 건축물은 거부반응이 일어날 정도로 웅장하고 딱딱하다고 느꼈다.

제이 일행은 아직 곳곳에 사회주의 잔재가 남아있는 풍경들을 스치며 북경시내로 접어들어 '왕부정'에 도착했다. 왕부정은 중국 황실내부 저택 앞에 있던 우물의 명칭이다. 왕부정 거리에는 두 곳의 스타벅스가 있다. 약속 장소는 중앙에 위치한 두 번째 스타벅스이다. 만날 사람은 출납직원이고 이름은 제임스다. 제임스는 여섯시까지만 근무를 한다. 현재 시간 다섯시 오십분, 문을 열고 들어가자 남자 출납직원 앞에 두 명의 손님이 있다. 명찰에는 다행히 제임스란 이름이 새겨져 있었다.

앞 손님이 계산을 끝내고 자리를 내어주었다. 형사는 약속대로 여권과 흰 봉투를 준비했다. 여권은 출납직원이 잘 보일 수 있도록 얼굴 옆에 대고 흰 봉투는 최대한 보이지 않도록 카운터 틈새를 이용해 그 직원에게 전달했다. 안경 뒤에 눈동자를 몇 번 위아래로 올렸다 내렸다를 반복하던 제임스는 미리 준비를 했는지 십 위안에 포스트잇을 붙여 형사에게 내밀었다.

'7:00pm, 恭王府(공왕부) 1381111****'

"지금 몇 시죠?" 형사가 제이를 쳐다봤다.

"여섯시 십분이요."

"젠장! 빨리 갑시다."

박 형사는 전투적인 자세로 택시를 세웠지만 빈차를 잡기는 어려웠다. 십오 분쯤 지났을까, 형사 일행 바로 앞에 택시가 정차했다. 손님이 뒷문을 열고 내릴 준비를 했다. 형사는 재빠르게 앞좌석에 몸을 밀어 넣고 기사에게 쪽지를 내밀었다. 일곱시 십분이 돼서야 목적지에 도착했다.

1777년 청나라의 건륭제 신하이자 무소불위의 권력으로 상징되는 화신의 저택이었으나 부정부패로 실각하고 훗날 황족 공친왕의 저택이 된 곳이며 현존하는 가장 큰 청나라 저택인 '恭王府(공왕부)'의 불은 꺼져 있었다. 젠장, 이라는 말이 또 입에서 흘러나왔다. 형사는 쪽지에 적혀 있는 번호로 통화를 시도했으나 휴대폰 주인은 전화를 받지 않았다.

두 남자는 여행가방을 하나씩 잡고 덩그러니 서 있었다. 형사가 휴대폰을 귀에서 떼려고 할 때쯤 가로등 뒤에서 휴대폰을 들여다보며 걸어오는 남자가 보였다. 형사는 휴대폰에서 나오는 빛이 얼굴을 비추고 있는걸 보고 그 사람이 번호의 주인이라는 것을 직감적으로 알 수 있었다. 머리를 짧게 깎은 남자는 터벅터벅 다가왔다. 형사는 제이의 옆구리를 쿡 찔렀다. 어떻게든 대화를 해보라는 신호이다.

"니하오?"

제이 목소리는 목에서 나오다 입안에 걸린 것처럼 자신 없이 들렸다. 남자는 휴대폰을 안주머니에 넣고 두 발자국 더 앞으로 다가왔다.

"나이스투 밋 유. 아임…"

제이가 영어로 바꾸어 말하자 남자 입 꼬리가 보이지 않을 정도로 살짝 위로 올라갔다.

"저 조선말 조금 합니다."

"네! 저… 혹시?"

"네. 흑룡강이 고향입니다."

중국인보다 더 중국인 같이 보이는 남자는 또박또박 한국어를 사용했다.

"미안하지만 여권 좀 보여 줄 수 있겠어요?"

"네. 여기 있습니다."

형사와 제이는 이구동성으로 말한 후 지체 없이 손바닥만 한 증명서를 내밀었다. 사전에 약속된 것이기 때문에 한 치의 의심도 없었다. 남자는 사진과 실물을 천천히 비교한 후 여권을 다시 돌려줬다.

"북경공안국 정보과장님 맞으시죠?"

"따라오시죠."

남자는 뒤돌아 걷기 시작했다.

십분 남짓 걸어갔을까? 도로가 끝나는 부분에 승용차가 서 있었다. 남자는 짐은 밖에 두고 차에 타라는 손짓을 했다. 제이는 컨테이너의 악몽을 되새기며 신경을 곤두세웠다. 박 형사는 엄지를 올려 자신의 심장 부위를 쿡쿡 두 번 찔렀다. 자기를 믿으라는 표시이다.

제이가 마지막으로 운전석에 올라탔다. 형사는 조수석에서 앞만 보고 있다. 남자는 절대 뒤를 돌아보지 말라며 통역을 시작했다.

"이 사람이 정보과장입니다. 시진핑 체제로 바뀐 후 국가공무원들이 몸을 많이 사립니다. 양해해주십쇼."

남자의 말이 끝난 후 정보과장 입이 열렸다. 한 글자 한 글자를 말할 때마다 배에서 나오는 소리가 묵직한 호흡과 함께 고막을 때렸다. 제이는 지금까지 살면서 이렇게 무게 있는 목소리는 들어보지 못했다.

　이십여 분 동안의 대화가 오고 간 후 남자가 시간이 없다는 신호를 보내며 준비해온 사진을 달라고 했다. 제이는 실낱같은 희망과 함께 케이의 사진을 꺼내 뒤로 넘겨줬다.

　오 년 전부터 한국에 취업하기 위해 한족이 한국말을 배워 조선족의 아이디로 위조하는 경우가 부쩍 늘었다고 했다. 남자는 형사가 부탁한 명단에 대해 일주일의 시간을 달라고 했다. 명단은 두 가지이다. 한족이 조선족의 아이디로 위조한 명단, 다른 하나는 한국으로 밀입국한 중국인들의 명단이다. 통역사는 중국정부가 위조한 아이디의 구십 퍼센트 이상 관련정보를 가지고 있다고 했다.

　눈뜨자마자 벌써 오늘이 몇 시간 남지 않은 깊은 밤이 되었다. 박형사와 제이는 택시를 잡을 수 있는 큰 도로로 걸어 나와 슈퍼마켓에 진열되어 있는 각종 스낵만큼 다채로운 자동차들의 불빛을 받으며 구걸하듯 다시 손을 흔들었다. 퇴근시간이 지나서인지 예상외로 택시는 빨리 잡을 수 있었다.

　"이렇게 힘든 출장은 처음이네요."

　"저녁 뭐 하시겠습니까? 제가 살게요."

　형사가 지갑을 들어 올리며 말했다.

　"중국의 수도 북경에 왔는데 그래도 저녁 한 끼는 근사하게 먹어야 하지 않겠습니까? 일단 호텔로 가서 짐부터 품시다. 질질 끌고 다니려니 영 귀찮아서…"

　"그러시죠."

　제이는 스마트폰으로 북경의 맛집을 검색했다. 중국음식을 그리 좋아하는 편은 아니었으나 몇 년 전 대련에 갔을 때 맛보았던 샤브 샤브집이 생각이 났다. 북경은 선택하기 어려울 정도로 양고기 샤브 샤브 식당이 많이 있다. 제이는 일층 로비에서 호텔여직원의 추천을 받아 식당을 찾아 나섰다.

숙취는 없었지만 전날 먹은 양고기가 얹혔는지 아니면 오랜만에 독한 백주(밀로만든 중국술)를 마셔서 그런지 배가 부글부글 끓었다. 처음부터 통로 자리를 선택할 걸', 제이는 창가에 앉은 걸 줄곧 후회하고 있었다. 옆에 앉아 있는 형사는 날개에 달린 터빈 엔진의 소음에도 불구하고 숙면에 빠져있다. 두개의 좌석이 2열로 배치되어 있는 소형여객기는 처음이다. 작기도 작지만 기체 외부에 기류가 어떻게 움직이고 있는지 짐작할 수 있을 정도로 항공기가 심하게 흔들려 오분이 멀다하고 심장이 내려앉았다. 제이는 당장이라도 착륙하는 것만이 생명을 연장시킬 수 있는 유일한 방법일 거라 생각하며 팔걸이를 꼭 잡아 쥐었다.

세 시간을 넘게 비행하자 고도를 구름 밑으로 낮춘 비행기가 아득하게 먼 지상의 광경을 보여주었다. 척박하고 메마른 먼지 색깔의 땅 덩어리, 높낮이가 확연하게 차이가 나는 굵직한 고원지대와 드넓은 평지, 실크로드의 큰 줄기를 이루는 역사가 숨 쉬고 있는 곳. 드디어 도착인가, 어금니를 질끈 깨문 제이는 수첩과 볼펜을 꺼냈다. 그리고 별표를 하고 '단서' 라고 적었다.

'팰러사이드, 사진, 십삼(13), 위조 신분증, 9.11, 뒤바뀐 시체, 중국'

제이는 볼펜꼭지를 입으로 깨물고 창문 밖을 한참 주시했다. 그리고 갑자기 형사를 흔들어 깨우기 시작했다.

"형사님! 박 형사님!"

"네? 왜요?"

"그 팰러사이드와 사진을 배달한 사람이 누구죠?"

"그걸 알면 우리가 왜 여기에 왔겠습니까? 네모난 상자, 돌멩이 그리고 남녀의 사진"

형사가 입 꼬리에 묻어 있는 침을 닦고 다시 눈을 감았다.

"일부러 형사님께 전달한 것이겠죠? 저와 형사님을 연결시켜 주기 위해?"


공항 출구를 빠져나오자마자 뭘 해야 될지 걱정부터 앞섰다. 누군가를 찾지 못하면 그 흔적이라도 눈에 담아야 한다.

이제부터 해야 할 일은 최대한 상상력을 발휘하되 사실에 입각하여 스토리를 만드는 것이다. 언제 떠나게 될지 모르나 북경을 경유해 한국으로 돌아가는 항공권 예약은 이틀 뒤로 되어있다. 포근한 잠자리가 그리워진다. 정신이 엉망진창이면 몸이라도 편해야 하니까…

신장웨이우얼 자치구 우루무치 디워푸 국제공항에서 시내까지는 거리는 십칠 킬로미터 정도 된다. 하늘에서 보던 것과는 정반대의 풍경이 눈앞에 펼쳐졌다. 형사는 입까지 떡 벌리고 어린아이가 교외로 첫 나들이를 나온 것 같이 창문에 두 손을 얹고 자연경관을 즐겼다.

박 형사는 호텔을 미리 예약하지 않은 걸 아파 오는 다리를 두드리며 크게 후회했다. 씩씩하게 앞에 가고 있던 제이가 손가락으로 뭔가를 가리켰다. 삼십 미터 전방에 '콘 필드 유스호스텔'이란 간판이다.

　숙소 안으로 들어가자 젊은 남자가 눈을 껌벅이며 예약을 했는지 물었다. 제이는 미리 예약을 하지 못했었다. 젊은 남자는 노트북 자판을 두드리더니 어디론가 전화를 걸고 난 뒤 다시 제이와 눈을 마주쳤다.

　방을 안내 받고 짐을 침대에 올려놓았다. 형사는 이층이 좋다고 하며 등에 짊어지고 있던 배낭을 눈높이 보다 높은 침대에 던져 놓았다. 방에는 머리가 노란 외국인 한 명과 일본어로 떠드는 남자 두 명, 등을 보이고 숙면을 취하고 있는 머리가 까만 청년이 있었다.

　세계에서 가장 내륙에 위치하고 있다는 우루무치는 '투쟁'이라는 뜻과 '아름다운 목장'이라는 두 가지 뜻을 지녔다. 톈산(天山)산맥 북쪽 기슭, 해발고도 구백십오 미터의 고지에 위치하고 있으며 중국정부의 서역개발정책으로 급성장하고 있는 고대와 현대가 공존하는 도시이다.

　이동 경로의 길이만 따졌을 때 지구의 반 이상을 돈 셈이다. 한 시각이라도 지체해서는 안 된다. 제이와 형사는 안내책자와 지도를 펼쳤다. 일단 푸캉팰러사이드가 의미하는 '푸캉 시'로 이동해야 한다. 푸캉으로 이동하기 위해선 우루무치 북부 버스터미널로 이동해야 할 것이다. 정확한 정보가 나와 있는 안내책자를 참고하면 택시와 불필요한 실랑이를 하지 않아도 된다는 편리함이 있다. 버스요금은 백 위안이 조금 넘는다. 밤이 되자 기온이 급격히 내려갔다. 우루무치는 사막의 기후 특성상 여름에는 영상 사십 도까지 기온이 올라가고, 한겨울에는 영하 이십 도까지 기온이 내려가는 등 봄과 가을에도 일교차가 삼십 도 이상 날 때도 종종 있다고 한다.

북부 역에 도착한 시간은 저녁 여덟시가 다 되어서였다. 안으로 들어가니 의외로 붐비는 광경은 연출되지 않았다. 표를 사러 창구 쪽으로 이동했다. 창구는 한 군데만 열려 있었다. 전광판을 유심히 보던 형사가 제이의 등을 쳤다.

"공쳤네요."

"네?"

제이는 형사의 시선이 머물고 있는 전광판을 올려보았다. '안내 데스크'쪽에 다시 되물을 필요도 없었다. 푸캉시로 가는 버스는 일곱시가 막차였다.

저녁 아홉시 삼십분이 되었어도 한여름 일곱시 삼십분처럼 밝았다. 대충 배를 채운 제이와 형사는 숙소에서 멀리 떨어지지 않은 화려하지는 않지만 고풍스러움과 현대적인 분위기가 조화로움을 이루고 있는 거리로 향했다. 오랜만에 여유로운 시간이다. 두 남자는 둔탁하게 박혀 있는 돌을 하나 둘 밟으며 감성과 이성을 조절했다.

"마음이 상할 수도 있지만 냉정하게 봐서 케이가 중국에 들어왔다는 것. 불산에 잠시 머물렀을 가능성이 크다는 것. 그리고 몸을 파는 직업을 가졌을 가능성이 있다는 것과 그녀를 붙잡고 있는 거친 동북 사람이 있었다는 점을 알아낸 건 큰 수확이라고 할 수도 있는 거죠? 그리고…"

"그리고 뭐요?"

제이가 형사를 쳐다봤다.

"배달되어 온 상자를 잘 생각해 보세요. 문제는 제이 씨 혼자만 풀 수 있습니다. 지금까지 우리가 조사한 게 맞는다면 케이가 살아있을 확률이 높습니다. 그 상자를 케이가 보냈을 가능성도 절대 배제할 수 없습니다. 국제우편은 보편화되어 있으니까요."

"한국에서 누군가가 그 물건을 받아 다른 사람한테 넘겼으면 가능하겠지만… 안 그래도 머리에 있는 모든 것들을 꿰어 맞추고 있습니다."

"그 상자 안의 엽서 사진 그 엽서 뒤에 뭐라고 적어놓았다 했죠? 그리고, 그 푸캉팰러사이드는 돈으로 따지면 도대체 얼마나 되는지… 제이 씨?"

형사의 말에 제이는 반응하지 않았다. 형사가 뒤를 돌아다봤다. 얼굴이 한껏 상기된 제이가 '얼음땡' 놀이라도 하듯 꼼짝도 안하고 우두커니 서 있었다.

"제이 씨? 괜찮아요?"

"그래요! 숫자!"

"무슨 숫자요?"

"갑시다! 조각이 맞춰지는 것 같아요."


인포메이션(Information)이라고 써놓은 뒤편에 컴퓨터 두 대가 구비되어 있었다. 제이는 검색사이트를 통해 그림을 찾았다. 심장이 비정상적으로 빠르게 뛰었다. 인터넷 속도 때문에 그림의 픽셀은 서서히 만들어졌다.

드디어 명작 '입맞춤(The Kiss)'이 브라운관의 반을 차지하고 그림에 대한 설명이 나왔다. 프란체스코 하예즈의 1859년 작품, 이탈리아 밀라노 브레라 미술관에 소장되어있다. 제이는 엽서를 건네던 케이의 향기롭고 부드러운 손가락을 다시 느끼고 있었다.

"입술을 만지던 케이의 손가락, 그리고 귓불을 간지럽히던 케이의 질문…"

제이의 눈동자가 그림 위에서 빠르게 움직였다. 제이는 그림을 확대 했다.

"보이는 손가락 열 개, 그리고 여자의 머리를 받치고 있는 잘 보이지 않는 손가락 세 개, 합이 열세 개! 눈에 보이는 남녀의 손가락이 열세 개입니다."

제이가 의자를 뒤로 밀고 벌떡 일어났다. 형사를 쳐다보고 있는 제이의 얼굴은 바로 이거야, 라는 표정이었다.

"뭔데요? 말을 해야 알죠!"

제이의 얼굴이 벌겋게 상기되어 있다. 형사의 심장도 주체할 수 없을 만큼 빠르게 뛰었다.

"그때 제가 하려고 했던 대답은 '열개' 였어요. 케이는 아무 반응이 없었죠. 하지만 지금 다시 자세히 보니 열이 아니에요. '열셋', 그러니까 십삼이에요. 지금 갈까요? 아니면…"

"확실하면 지금 갑시다. 수단과 방법은 내가 찾아내죠."

"좋아요. 그 상자. 해석이 가능해요."

제이는 종이에 다음과 같이 써 내려갔다.

팰러사이드= 푸캉 시, 제이와 케이의 첫날 그 장소= 404, 엽서그림 '입맞춤'= 십삼(13).

"즉, '푸캉시 404-13번지'가 답이에요!"

눈을 맞추고 있던 두 명의 남자는 약속이나 한 것처럼 말도 없이 의자에서 일어나 짐이 있는 방으로 향했다. 옆에 앉아 컴퓨터에 얼굴을 묻고 있던 긴 머리의 남자가 두 명이 떠난 자리에 놓여 있는 종이를 보고 고개를 갸우뚱거렸다. 그 남자는 종이를 쓰레기통에 구겨 넣고 컴퓨터에 얼굴을 다시 들이밀었다.

밤거리를 오랫동안 헤맬 생각을 하니 보다 두꺼운 겉옷이 필요했다. 형사와 제이는 각자의 트렁크에서 바람막이와 스웨터를 꺼내 채비를 단단히 갖췄다.

"아마, 그 곳에 없을 걸요?"

배낭을 메고 방문을 나갈 때 등을 돌리고 누워 있었지만, 머리가 평범한 남자들보다 훨씬 긴 남자가 말을 걸어왔다.

형사와 제이가 침대에 걸터앉은 남자를 동시에 쳐다봤다. 일본인일 거라고 생각했던 남자는 다름 아닌 한국인이었다.

"네? 그게 무슨 말씀이죠?"

당황한 제이가 남자를 쳐다보며 질문을 던졌다.

"그리고, 여기가 어떤 동네인데 겁도 없이 밤에 외출을 하세요?"

꽤 앳돼 보이는 긴 머리 남자는 발목까지 올라오는 신발의 끈을 풀며 고개를 숙이고 있었다.

"혹시 한국분이신가요?"

이번에는 형사가 남자에게로 한 발자국 다가서며 말했다. 남자는 귀찮아하며 처음 본 모습과 똑같이 등을 보이고 다시 들어 누웠다. 제이는 형사의 등을 떠밀며 입술로 '어떻게 좀 해봐'라는 모양을 만들었다.

"도움이 필요합니다. 백 불 정도면 되겠습니까?"

형사가 제이를 쳐다보며 입술로 '돈 있죠?'라는 모양을 만들었다. 기대했던 남자의 반응은 전혀 없었다. 제이는 형사에게 검지를 올려 보였다. 한 장 더 더해 이백 불을 얘기하라는 표시였다.

"이백 불까지는 가능합니다. 혹시 가 보신 곳인가요?"

형사의 표정은 진지했다. 미동이 없던 남자가 두 발의 엄지를 움직여 비벼댔다. 제이는 반응이 있군, 생각하며 제이는 평소에 가지고 있는 버릇이라고 생각했다.

"남자들이 다 그렇죠 뭐."

벽을 보고 있던 긴 머리 남자의 반응은 이색적이었다. '남자들이 다 그렇죠,' 라는 표현은 일반적으로 여자들이 남자들을 폄하할 때 쓰는 보편적인 말이다.

이번에는 고개를 갸우뚱거린 제이가 침대 가까이에 붙었다. 뭔가 특별한 것을 일러줄 수 있는 사람이라고 생각했기 때문이다.

"괜찮으시면 저희랑 맥주라도 한잔 하시겠어요? 이 지역에 대해서는 통 아는 게 없어서요. 괜찮으시면 말입니다."

"그러시죠."

긴 머리 남자가 유난히 말라 보이는 길쭉한 다리로 반동을 주며 벌떡 일어났다. 형사가 제이를 쳐다봤다. 제이는 형사를 보며 엄지로 가슴을 두 번 쿡쿡 찔렀다. '거봐요'라고 하는 제스처다.

우루무치에 들어온 지는 두 달이 넘었다고 한다. 최종 목적지는 유럽이지만 중국 대륙에 매력을 느껴 세 달째 정처 없이 떠돌아다니고 있다, 고 긴 머리 청년이 자신을 설명했다. 국적은 미국이며 어렸을 때 미국으로 이민을 떠난 부모님이 사업실패 후 홍콩에서 뿌리를 내려 언어적으로 3개 국어를 유창하게 하고 중국 본토 언어는 대화할 수 있을 정도의 실력은 된다고 했다. 서울에 있는 대학에 재학 중이고 휴학한지 일 년이 넘었다고 했다. 형사는 제이를 힐끔 보며 고개를 아래위로 움직였다. 믿어도 괜찮지 않을까 하는 의미일 것이다.

"이런 곳까지 와서도 여자가 생각나나요? 전 솔직히 잘 모르겠습니다. 멀쩡하게 생기고 배울 만큼 배운 사람들이 꼭 해외에 나오면 행동하는 건 쓰레기 같으니까요. 우리나라 정치인들, 교수들, 의사들 등등 그리고 소위 '사'짜라고 하는 인간들 뭐… 그런 것 아니겠어요? 솔직히 아저씨들 직업이 뭔지 모르지만요…"

청년은 따가운 말을 거침없이 뿜어대다 형사와 제이의 눈을 한 번씩 골고루 맞추고 수줍게 마무리했다. 형사와 제이는 오히려 쓰레기로 위장하면 우루무치에 온 목적에 대해 이상한 의심은 받지 않겠구나, 생각하며 청년이 무슨 말을 하는지 충분히 알고 있었지만 반박은 하지 않았다. 청년은 계약금 백 불을 요구했다. 만약 밤을 새면 두 배로 줘야 한다며 딱 잘라 말해 둘은 울며 겨자 먹기로 동의를 해야만 했다. 하지만 몇 분 지나지 않아 크게 손해 보지 않을 계약이라는 걸 깨달았다. 청년이 어디론가 전화를 걸자 십분도 채 되지 않아 검은색 독일 승용차가 카페정문에 도착했다.

"가시죠!"

청년은 차에 올라타더니 유창한 중국말로 기사와 대화를 나누었다. 구면인 것 같은 기사는 중국인이라고 하기에는 이목구비가 너무 뚜렷했고 깔끔한 복장에 휴대폰도 최신형이었다. 검은색 세단은 소리 없이 날렵하게 움직였다. 청년은 시간이 좀 걸릴 테니 한숨 자두는 게 좋을 것이라는 조언과 함께 귀에 이어폰을 꽂았다.

제이는 어디로 얼마만큼 달렸는지 알 수 없을뿐더러, 지금 잘 하고 있는 건지 혼란스러웠다. 긴 머리 청년이 이어폰을 빼고 뒤를 돌아봤다.

"중국의 큰 도시들은 대부분 위성도시를 가지고 있어요. 한국도 마찬가지겠죠? 그 위성도시를 통해서 공산품, 농산물 등 기본적으로 생활에 필요한 것들이 물류로 들어오죠. 푸캉 시는 그런 역할을 하고 있는데 다른 도시와는 좀 다른 부분이 있어요. 바로 사막으로 이어진다는 거죠. 컨테이너를 실은 큰 트럭들은 사막에 외롭게 난 도로를 달리다 시작과 끝이 머무는 푸캉 시에서 잠깐이나마 쉬었다 가죠. 자치구에서도 법적으로 문제를 삼지 않습니다. 암묵적으로 용인하고 있다는 거죠. 왜냐하면 모두들 먹고 살아야 하니까…"

"그럼 그 곳에 모든 것이 다 있다는 건가요? 유흥시설까지요?"

형사가 졸린 눈을 치켜세우며 청년을 똑바로 쳐다봤다.

"한국에서 유흥시설이라고 하면 꽤 거창할지 모르지만 여기서는 판자촌만 아니면 최고급 술집으로 생각해요. 그러니까 시설은 형편 없다는 얘기죠. 왜 마음이 안 내키세요?"

"아니요! 아닙니다. 괜찮습니다."

"그리고 404-13이라는 곳은 없어요. 아까도 말했지만…"

"네? 그럼 가봤다는 곳은 뭐죠?"

"추측입니다. 아니. 추측이 아니라 들어서 알고 있는 거죠. 404-12는 푸캉 시에서 가장 외곽에 위치한 유럽골동품을 파는 곳이고 그곳을 넘어서면 다 십삼 번지니까요. 실제로 번지수를 잘 안 따져요, 하지만 사람들은 그곳을 십삼 번지라고 합니다. 그 골동품가게 아저씨가 관심 있으면 자기한테 말하라고 그랬어요. 좋은 애들을 데리고 있는 포주가 자기 고향친구라고 하면서요."

긴 머리 청년의 말이 끝나자 잠시 침묵이 흘렀다.

"저…"

제이가 입을 열려고 하자 형사가 제이의 무릎을 잡았다.

"그 아저씨의 고향이 어딥니까?"

"음… '장춘' 어디라고 하던데."

"'장춘'은 중국대륙으로 보면 동북인가요?"

형사가 질문을 던지고 제이의 무릎에서 손을 떼었다. 제이의 다리가 가늘게 떨고 있던 걸 느꼈기 때문이다.

"맞아요. 동북이죠. 저쪽에 보이는 네온사인이 그 골동품가게 옆 식당이에요. 404-13은 저 언덕을 넘으면 나옵니다. 꽤 길어요. 한 삼 킬로미터 정도 되려나? 듬성듬성 삼삼오오 떨어져 쭉 이어져 있어요. 모두 십삼 번지라고 생각하시면 돼요. 자! 일분만 달리면 나옵니다. 밖이 이렇게 어두워도 그 곳은 알 수 있어요. 촌스러운 네온들이 반짝반짝하니까요."

긴 머리 청년은 특급주방장을 만날 확률은 제로라고 했다. 식당 음식은 절대 기대하지 말라는 운전기사의 중국어를 자기 나름대로 가공해서 통역으로 옮긴 것이다. 언덕을 지나자 말 그대로 우아하지 못한 빛깔들이 제멋대로 반짝였다. 운전기사는 긴 머리 청년을 흘끔 쳐다본 뒤 식당 앞에 섰다. 열한시 이십분, 족히 한 시간 삼십분을 달려온 셈이다. 저린 다리를 뻗기도 전에 제이는 식당으로 향했다. 긴 머리 청년이 뒤를 따랐지만 제이의 모습은 이미 문 뒤로 사라진 뒤였다. 식당에 들어선 제이는 사방을 두리번거렸다. 여주인, 문 앞을 지키고 있는 더벅머리 남자. 제이의 눈은 끊임없이 움직였다. 식당 안은 싸늘했고 반면 제이의 이마에는 송골송골 땀방울이 맺혔다. 여 주인이 알아듣지도 못하는 중국말을 뱉으며 어색한 웃음을 흘려보냈다. 긴장한 탓일까? 갑자기 현기증이 일어났다. 제이는 의자에 힘없이 걸터앉았다. 긴 머리 청년이 여주인과 이야기를 나눈 뒤 흡족한 표정을 지어보였다. 그녀는 문 앞 더벅머리 남자에게 손짓을 했다. 남자가 일어나 주전자와 물 컵을 식탁위에 올려놓은 후 자기를 따라오라는 손짓을 했다. 형사가 앞장을 섰고 청년이 그 뒤를 이었다. 제이는 다시 현기증을 느꼈다.

뒷마당으로 통하는 쪽문을 연 후에야 며칠 전 불산에서 들었던 설명과 크게 다르지 않은 곳이라는 것을 알았다. 앞은 식당, 뒤쪽은 깍두기를 썰어 놓은 듯한 네모난 단칸방들. 사내 두 명이 살짝 열려 있는 방문 앞에서 시시덕거리고 있었다. 청년이 형사 앞으로 다가왔다.

"뭐 쓰레기장 같다고 생각하실 텐데 나름 수준이 있는 곳입니다. 대부분의 여자들이 서구적으로 생겼기 때문이죠. 아. 그게 아니라 정말 유럽 애들이 많습니다. 그 있잖아요. 중국보다 더 생활이 안 좋은 동유럽 국가들…"

"방이 네 개네요. 그럼 네 명의 여자가 있다는 건가요?"

형사가 주머니에 손을 넣고 네 개의 방을 하나 둘 유심히 살폈다. 긴 머리 청년은 더벅머리 남자에게 그대로 형사의 말을 전했다.

"세 명이랍니다. 오늘 한 명이 몸이 안 좋다고 하네요. 그리고 자기네 집이 가장 크다는데요? 다른 집들은 다 두 명씩이래요."

"저 남자는 어디 사람입니까?"

"발음이 심하게 새는 걸 봐서, 밑에 지방이에요. 그 정도는 물어보지 않아도 알 수 있죠."

긴 머리 청년은 담배를 물고 어깨를 들썩거리며 우쭐댔다. 그때 제이가 쪽문을 열고 걸어 나왔다. 얼굴이 상당히 상기되어 있었다.

"그냥. 그냥 들어가서 보면 되는 거죠? 뭘 그렇게 망설이죠?"

뭔가 결심을 한 듯. 입 꼬리에 주름이 가도록 입술이 굳게 닫혀있었다. 제이가 첫 번째 방문을 열고 고개를 집어넣었다. 한참동안 문고리를 잡고 있던 제이는 다시 고개를 뻣뻣하게 세웠다.

"이렇게 하는 것이 맞는지 모르겠어요."

보이고 싶지 않은 눈물이 어느새 고여 있었다. 제이는 눈물을 닦기보다 고개를 돌렸다.

"제가 할게요. 그 편이 낫겠어요."

형사가 제이의 어깨를 손으로 잡았다.

바로 옆 두 번째 방에서는 격한 남자목소리만 들렸다. 더벅머리 남자는 양팔을 벌리며 형사를 저지한 후 방을 가리키며 엄지를 세워 보였다. 자기 집에서 에이스라는 의미이다. 형사는 할 수 없이 두 번째 방을 건너뛰고 세 번째 방에 눈을 돌렸다.

세 번째 방 앞에도 포주는 없었다. 형사는 안내하는 남자의 손짓을 따라 방안으로 들어갔다. 방안은 조용했다. 그도 그럴 것이 둘이 소통할 수 있는 언어는 없었기 때문이다. 잠시 후 형사가 방문을 열었다. 형사는 자기를 뚫어져라 쳐다보고 있는 제이를 보고 고개를 떨구었다.

첫 번째 집에서는 소득이 없었다. 세 사람은 식당으로 향했다. 그 사이 운전기사는 국수 한 사발을 다 비우고 이쑤시개로 이를 닦고 있었다. 제이는 주인에게 백 위안을 집어 주었다. 주인은 방긋 웃으며 아무 말도 하지 않았다.

검은색 세단은 다시 흙먼지를 일으켰다. 두 번째 집이 손에 닿을 듯 보였다. 형사는 제이가 볼 수 있도록 무릎 위에 사진을 올려놓았다. 반이 접힌 원본과 크게 다르지 않은 복사된 사진이다. 형사는 방

안에 들어가서 사진을 보여 주었다고 말없이 눈으로 표현했다. 그리고는 고개를 흔들었다. 사진을 본 여자가 전혀 본 적 없다는 표시로 고개를 절레절레 흔들었다는 뜻이다. 고개를 흔든 건 모른다는 뜻일까?. 아니면 알아도 말을 못한다는 뜻일까. 제이는 과연 만날 수 있는 건가?, 생각하며 무릎 위에 올려 있는 케이를 손바닥으로 살며시 덮었다.

세 번째 집에 도착했다. 제이와 형사는 뒷마당으로 향했다. 방 앞에서 여자가 낡아 빠진 의자에 앉아 연기를 뿜고 있었다. 눈을 마주친 여자는 싸구려 미소를 계속 날렸다. 눈동자는 깊이를 알 수 없을 정도로 허공에 뜬 혼불처럼 광기로 번들거렸다. 제이가 형사의 옆구리를 쿡쿡 찔렀다.

"뽕일 수도 있겠네요. 아마 그럴 거예요."

형사도 눈빛을 보고 있었는지 즉시 반응이 왔다.

"뽕이 뭐죠?"

"히로뽕이요. 마약전담반에 일 년 정도 근무했었죠."

형사가 제이의 질문에 대답을 한 후 뒤를 돌아봤다. 뒤쪽에서 굵은 남자의 목소리가 들렸기 때문이다.

"저 사람은 동북사람이에요. 표준어를 기가 막힌 발음으로 하니까요."

어느새 긴 머리 청년이 남자 옆에 있었다. 나이가 지극한 남자는 통통한 체격에 꽤나 선해 보이는 인상이었다. 뒤에는 온통 검은색 털의 사람만 한 개가 어슬렁거렸다. 남자에게 말이라도 걸면 금방 달려들 태세다.

"걱정 말아요. 사람은 절대 안 문다고 하네요. 제가 방금 물어봤어요."

긴 머리 청년의 말을 듣고 난 후 이번에는 형사가 제이의 옆구리를 툭툭 쳤다. 검은색 개 때문이 아니라 '동북사람'이라는 말을 들었기 때문이다. 형사의 눈빛이 거침없이 반짝거렸다. 드디어 때가 왔다, 라는 표정도 한껏 머금었다. 형사가 남자를 보고 불이 켜져 있는 방을 선수같이 가리켰다. 남자가 굵은 목소리를 다시 냈다.

"얼마든지 보랍니다."

긴 머리 청년은 흥미 있다는 표정을 지으며 통역을 했다. 제이가 형사의 어깨를 잡았다. 자기가 직접 가보겠다는 의미이다. 형사는 마지못해 주머니에 손을 넣고 하늘을 올려다보았다. 제이가 방문을 열었다. 빛은 유난히 넘실거렸다. 틱, 하며 문이 닫히고 제이의 그림자가 문 앞에서 사라졌다. 심장이 가슴을 뚫고 터져 나올 것만 같았다. 호흡도 제대로 할 수 없었다. 일분이 지났다. 그리고 다시 삼분이 지났다. 방안에서는 여전히 아무 소리도 없었다. 형사가 흙으로 된 땅에 발자국이 남지 않을 만큼 소리 없이 방문 앞으로 발길을 옮겼다.

"제이 씨?"

형사는 신경 써서 작게 말했는데 그 소리조차도 크다고 생각했다. 방안에는 여전히 아무 소리도 들리지 않았다.

"제이 씨? 제이 씨?"

다급해진 형사가 문고리를 잡았다.

"아저씨 두 명은 안 된대요."

뒤에 서 있던 긴 머리 청년이 말했다. 형사는 청년의 말을 무시하고 문고리를 돌렸다. 그때 방문이 열리며 제이가 모습을 드러냈다.

형사가 한 발 뒤로 움직였다.

"갑시다."

기대 반 걱정 반이던 형사가 가슴을 내려놓으며 크게 한숨을 내쉬었다. 형사가 제이의 표정을 살폈다. 역시나, 하는 얼굴이었다. 제이가 방안에 오래 있었던 이유는 방안을 조금 살펴도 된다는 동의를 받았기 때문이라고 했다. 당연히 동의를 얻어 낸 건 다름 아닌 백 위안짜리 몇 장이다. 통신수단이 전혀 없고, 쓰레기통에 빈 주사 몇 개가 있었다는 것 이외에 특별한 건 없었다.

그렇게 일곱 군데를 다 돌았다. 긴 머리 청년은 도대체 눈이 얼마나 높길래, 하는 부루퉁한 표정을 짓고 운동화로 땅을 긁었다.

"벌써 새벽 세시에요. 여기 말고는 없으니 그만 들어가죠. 갈 길이 멀어요."

맥주대신 이름 모를 음료수를 들이키던 긴 머리 청년이 짜증 섞인 말투로 제이와 형사를 번갈아 쳐다봤다. 제이의 표정은 암울했다. 형사는 연락 올 곳도 없는 휴대폰을 줄곧 만지작거리고 있었다.

"마지막으로 한 곳만 갑시다."

"어디요?"

"첫 번째 집, 두 번째 방."

제이의 말에 형사도 이내 동요했다. 놓친 부분을 까맣게 잊고 있었다는 눈빛이다.

"갑시다."

형사가 일어나 먼저 식당을 나섰다. 제이가 그 뒤를 따랐고 긴 머리 청년과 운전기사가 차례로 의자를 뒤로 미는 소리를 냈다.

첫 번째 집도 마지막 집과 마찬가지로 파장 분위기였다. 형사는 차 안에서 기왕 이렇게 된 거 큰 기대는 갖지 말고 모든 곳을 다 조사한 것만으로 만족하자, 라고 하며 제이를 위로했다. 제이는 아무 대꾸도 하지 않았다. 만약 아무것도 나오지 않는다면 자기 해석이 잘못된 것이라고 생각하고 있었기 때문이다.

목적지에 도착하자마자 뒤편으로 향하는 문을 열었다. 별들은 쏟아질 것처럼 많았지만 칠흑을 밝혀주기에는 역부족이었다. 첫 번째 방에 불은 이미 꺼져 있는 상태였다. 주위는 발에 확성기를 달아 놓은 것처럼 한발 한발 움직일 때마다 민감하게 반응했고 밤은 얼음같이 점점 더 차가워졌다.

'똑. 똑.'

제이는 두 번째 방문을 두드렸다. 노크소리에도 방안의 반응은 없었다. 제이는 문고리를 돌렸다. 문은 철컥 소리를 내며 요란하게 열렸다. 긴 머리 청년은 식당에서 다시 자리를 잡았는지 보이지 않았고 형사는 팔짱을 끼고 제이를 쳐다보고 있었다. 제이는 형사를 한 번 쳐다본 후 입술을 굳게 다물고 방 안으로 들어갔다.

방안은 의외로 아늑했다. 한 곳에서 구입한 것 같은 쓰레기통은 역시 침대 옆에 있었고 한 명이 간신히 들어가 앉을 수 있을 정도의 공간에는 초라하게나마 화장대가 있었다. 제이는 에이스한테만 주어지는 특권은 이런 곳에서도 있구나, 생각하며 이불을 꼭 덮고 미동도 하지 않는 물체를 뚫어지게 쳐다봤다. 제이는 갑자기 감기에 걸린 것처럼 한기를 느꼈다. 제이는 말없이 듬성듬성 얼룩져있는 이불에 떨리는 손을 갖다 댔다. 체온이 느껴졌다. 주체할 수 없을 정도로 가슴이 두근거렸다.

"여보세요? 저…"

흥분한 나머지 한국말이 불쑥 튀어나왔다. 물체가 아주 작게 움찔했다. 제이는 안도의 한숨을 내며 침대 옆으로 돌아 이불을 움켜쥐었다.

"헬로? 저…"

상태가 많이 안 좋은가? 제이는 다시 아무 반응 없는 여자의 몸에 손을 올렸다. 조금씩이나마 숨을 쉬고 있다는 것이 느껴졌다. 다시 이불을 움켜쥐었다. 이불을 조금 내리니 짙은 갈색 머리카락이 눈에 들어왔다. 여자는 여전히 반응이 없었다. 이불을 조금 더 내렸다. 뒤통수가 보였다. 제이는 턱 근육에 힘을 주어 어금니를 질끈 깨물었다. 숨소리가 맥박과 같이 거칠어졌다. 이불이 움직여도 여자는 반응이 없었다. 피부가 머리카락 사이로 모습을 드러냈다. 흘러내린 머리카락에 피부가 조금 보였지만 동양인이라는 건 알 수 있었다. 중국인일까? 생각한 제이가 손을 뻗어 여자의 머리카락을 귀 뒤로 넘겼다. 송골송골 맺혀있는 땀이 정상적인 몸 상태가 아니라는 걸 알 수 있게 했다. 붉은 조명 때문에 하얀 얼굴 피부가 분홍빛을 띄었다. 여자가 한번 몸을 꿈틀한 뒤 괴로운 듯 얼굴을 침대 깊숙이 묻었다.

"케… 이…"

제이가 가늘게 소리를 전달하자 여자가 다시 움찔하며 이불을 조금 끌어내렸다. 여자의 귀가 눈에 들어왔다. 하나, 둘, 셋, 제이의 눈동자가 귓불에 선명하게 박혀 있는 까만 점을 스치고 지나갔다.

"흡! 이…!"

제이는 짧은 비명을 지르고 손으로 입을 틀어막았다. 제이는 차라리 악몽과 현실을 택하라고 한다면 악몽을 택하겠다고 마음먹었다.

악몽 정도로는 표현되지 않을 수도 있다. 후회가 폭풍처럼 밀려왔다. 제이는 방금 고요함에 파묻힌 자신의 목소리를 증오했다. 이젠 정말 돌이킬 수 없다. 경솔한 혀와 입을 몸에서 떼어내어 두 발로 질근질근 밟고 싶었다.

온몸이 부서질 듯 요동쳤다. 눈에 실핏줄이 갈라지는 느낌까지 들었다. 팔자로 변해버린 눈썹 위로 땀방울이 흘러내렸다. 온몸이 불같이 뜨거워졌다. 여자가 이불 밖으로 손을 뻗어 머리 위쪽 빨간 조명스위치를 만지려 한다. 손등 군데군데 마치 곰팡이가 피어 있는 것처럼 시퍼런 멍이 들어있었다. 여자의 손목엔 손가락의 힘을 지탱할 만한 힘이 없었다. 심하게 떨리는 손은 이미 수전증의 수준이 아니었다. 제이는 멍하니 불빛을 감추려고 애쓰는 여자의 손을 지켜보고만 있었다. 멀리서 개 짖는 소리만 들려올 뿐 주위는 여전히 고요했다.

이불이 느리지만 서서히 들썩였다. 슬픔을 삼킨, 서럽고 또 서러운 눈물이 가슴을 갈기갈기 찢어놓았다. 방안, 거미줄이 매워 놓은 외로운 구석구석까지 슬픔과 분노로 채워지고 있었다. 절망에 상처를 얹고 상처 위에 다시 칼자국을 냈다. 잔인하기 짝이 없는 쓸모없는 인간. 눈 깜짝하는 것보다도 짧은 순간, 티끌만큼 남아있는 희망조차도 발로 짓밟아버린 쓰레기 같은 인간… 그녀에게 어떻게 그런 말을…

제이는 힘없이 방바닥에 주저앉았다. 이십 년을 알았고, 칠 년을 같이 산 사람이다. 빛은 숨겨도 소리의 향기는 감출 수 없다. 여자의 실루엣이 한번 움찔하고 절망을 토해내기 시작했다. 방안에 있는 모든 물체가 블랙홀로 빨려 들어가는 느낌이다. 고개 숙인 남자는 고통을 눈물과 함께 목구멍으로 눌러 삼켰다. 만약 피를 토해내어 오장육부를 꺼내 뱉을 수만 있다면 지금 느끼고 있는 고통과 흔쾌히 바꿀 수 있을 것이다. 뼛속까지 절망이 번져가고 있었다. 이제 정말 어떻게 해야 하나…

"제이 씨?"

형사의 목소리에 제이는 현실과 손을 잡고 정신을 가다듬었다. 형사가 여자의 울음소리를 듣고 낌새를 챈 것이다.

"제이 씨? 들어갑니다!"

찬바람이 소리 없이 흘러들어왔다. 제이는 눈물을 훔치고 형사를 올려봤다. 제이의 모습을 본 형사의 표정이 일그러져 있다. 형사가 주머니에서 손을 빼고 들썩거리고 있는 여자에게로 다가갔다.

"누굽니까?"

형사는 일부러 더 큰 소리로 말했다. 전문가는 달랐다. 형사가 서랍을 열었다. 화장대 밑에 달려 있는 한 칸짜리다. 개 짖는 소리의 울림이 더 크게 들렸다. 형사는 CD를 담는 것으로 보이는 사각플라스틱 케이스를 손에 올려들었다. 한글이 쓰여 있었다. 머리가 긴 남자, 환하게 웃는 얼굴, 가수 김광석의 마지막 앨범이다. 형사가 CD를 제이에게 보여주자 제이는 꼴딱, 소리가 나게 마른 침을 한 번 더 목 뒤로 넘겼다. 제이가 바로 케이스를 열었다. 아무것도 없는 백지 위에 또렷한 글자가 있었다. 만감이 혼동과 교차했다. 백지 위에 케이의 사인이 있었다.

"그럼. 이곳에. 케이 양이?"

제이는 작은 소리로 형사에게 말했다.

"갑시다!!"

형사가 핏대를 세웠다. 제이도 정신을 차렸는지 벌떡 일어났다. 두 번 다시 이런 기회는 오지 않을 것이라는 생각이었기 때문이다.

"자! 제 말 잘 들어요. 여자는 제가 업을 테니 일단 옷가지와 가방, 그리고 서랍에 있는 물건들 챙길 수 있는 것까지만 다 챙겨요. 가방 안에 지갑이 있으면 안에 신분증이 있나 꼭 확인하고요. 자! 서둘러요!"

형사는 과감하게 이불로 여자를 싸고 어깨에 둘러멨다. 다행히 여자는 더 이상 소리를 내지 않았다.

"자! 갑시다! 서둘러요!"

형사가 앞장섰고 제이는 주섬주섬 물건들을 챙겨 뒤를 따랐다. 개 짖는 소리가 더 굵어졌다. 식당으로 통하는 문을 열고 홀로 향했다. 다행이 주인은 없고 안내를 해 주던 중국남자만 구석에서 쪼그려 누워있었다. 식당 출입문을 열었다.

"젠장! 내 이럴 줄 알았어."

몇 시간 전에 봤던 큰 개와 그 옆에 서 있던 덩치 큰 남자가 떡 하니 버티고 있었다. 운전기사, 바로 그 남자 뒤에 있었다. 사자 같은 개는 호랑이처럼 포효했다. 포주가 손가락을 아래위로 까딱까딱 거렸다. 당장 여자를 내려놓으라는 의미이다. 십 미터, 점점 모습이 뚜렷해진다. 포주가 거친 말을 반복했다. 알아듣지는 못해도 분명 저속한 욕일 것이다. 남자가 외투 안으로 손을 집어넣었다. 칼이라도 꺼낼 작정인가? 남자가 꺼내든 건 다름 아닌 권총이었다.

"어떻게 해야 하는 거예요? 뛸까요?"

제이가 속삭였다. 눈빛이 매서울 정도로 반짝거렸다. 자세를 낮추고 고개를 쳐들었다. 방금 보였던 나약한 모습은 온데 간데 사라졌다.

"혼자 뛰세요. 저쪽 옆으로요, 만약 실탄이 장전 되어있다고 해도 나한테 쏘지는 못합니다. 돈 덩어리를 업고 있으니까요."

"네 알았어요."

제이가 몸을 한 것 낮췄다.

"잠깐!"

형사가 제이를 저지했다. 제이는 형사의 시선을 쫓았다. 식당주차장 쪽이다. 환한 빛이 '스스스' 소리와 함께 이마를 때렸다. 도로로 나갈 것 같았던 검은색 세단이 갑자기 방향을 선회했다. 포주 뒤에서 멍하니 옆집 불구경하듯 쳐다보던 운전기사가 소리를 지르며 뛰기 시작했다. 헤드라이트가 상향등으로 바뀌었다. 속도를 낸다. 비포장도로를 거침없이 달려온다. 잡아먹으려고 작정을 한 것일까? 정면, 정면으로 돌진해 오고 있다.

'빠!앙!'

어둠을 뚫고 괴물 같이 달려오는 검은 세단. 제이는 교통사고가 나던 그날이 눈에 어른거렸다. 몸이 굳은 제이는 꼼짝도 할 수 없다. 포주는 기계가 내뿜는 소리에 질세라 굵은 소리를 내지르는 애견을 왼손으로 잡고 세단을 향해 총구를 들이 댔다. 흙먼지는 더욱 굵어졌다. 검은 세단이 포주와 그의 애견을 밀어버릴 태세다.

"이! 야야야!"

운전대를 잡은 긴 머리 청년은 애국투사같이 소리쳤다.

'쿵!'

'깨갱.'

옆으로 몸을 날린 포주가 허공에 떠오른 개를 표정 없이 바라보고 있었다. 검은색 세단은 진한 흙먼지를 뿌리며 정지했다.

"타세요!"

긴 머리 청년은 벌겋게 달아오른 얼굴로 벌벌 떠는 손을 올려 손짓을 했다. 제이와 일행이 차안으로 몸을 쑤셔 넣자마자 승용차의 바퀴는 거칠게 회전했다. 관성 때문에 앞문이 날개 짓을 하듯 퍼덕이자 제이는 중심을 잡기 위해 CD와 목숨 둘 중 하나를 선택해야 했다. 손바닥만 한 CD 케이스가 흙바닥에 나뒹굴었다. 차가 도로로 나가기 위해 방향을 틀었다. 손을 뻗은 제이가 중심을 잃고 왼쪽으로 출렁이자 앞문도 제자리를 찾았다. 총소리도 없었고 뒤따르는 차도 없었다.

"휴…"

세 남자가 동시에 깊은 한숨을 쉬었다. 검은색 세단은 어둠으로 내달리며 외로운 아스팔트를 부드럽게 쓰다듬었다.

"운전면허증은 있는 거죠?"

형사의 질문에 청년이 뒤를 돌아보며 하얀 치아를 보였다. 온통 땀범벅이 된 긴 머리 청년의 표정은 마치 혁명과 사랑을 동시에 가진 나폴레옹처럼 해맑았다.

"홍콩 거 있긴 한데 공안한테 잡혀야 대륙에서 쓸 수 있는지 알 수 있을 것 같아요. 이십오 년 만에 애국하는 기분. 좋은데요? 히히…"

청년이 어깨를 들썩이며 기분을 냈다.

범법행위를 한 건 사실이다. 하지만 인신매매, 마약유통, 불법성매매 영업을 하고 있던 포주에 비하면 차량을 탈취하고 개를 치어죽인 건 경범죄에 불과할 것이다. 차안에 고요함이 안정을 찾았다. 눈물은 더 이상 대기의 달콤한 맛을 보지 않았다. 어느덧 하늘을 꼼꼼하게 메우고 있던 빛들의 무리가 서서히 사라지고 있었다. 마침내 동이 트는 것인가? 뜨거운 불덩어리가 수줍게 하늘을 붉히기 시작했다.

제이는 잠시 눈을 감고 고개를 뒤로 돌렸다. 헝클어진 머리카락 사이로 아내 희선의 영혼 없는 얼굴이 눈앞에 들어왔다. 아내는 한동안 눈을 뜨지 않을 것이다. 뒤를 돌아볼 수 없는 제이는 요동치는 가슴을 누르고 또 눌렀다. 아내를 위한, 아내를 다시 찾은, 최소한의 배려이다. 아내가 좋아하는 커피 잔, 바다향기 같은 바다의 웃음, 늘 달고 다니는 코감기, 보라색 네일, 아내의 속옷 그리고 책… 아내가 다시 아내가 될 수 있을까?

눈시울이 떨려온다. 이글거리는 노을처럼 맺혀 있던 눈물이 뺨을 타고 흘러내린다. 두 눈을 감고 가슴에 손을 올려본다. 아내와 가졌던 행복한 시간들이 파노라마처럼 머리를 스치고 지나간다. 바다가 엄마의 손을 놓고 다가온다. 평소 가지고 있던 개구쟁이 얼굴은 아니다. 아이는 빨간색 구두와 하얀 치마를 입고 있다. 나는 아이의 눈동자를 넋을 놓고 바라본다.

"아빠, 엄마도 같이 가는 거지?"

아이가 손을 내밀며 대답을 기다린다. 난 고개를 숙인다. 눈물이 폭풍같이 터져 나오며 곧 숨이 멎을 것 같다. 침묵이 대답을 가로막았다.

제이는 두 주먹을 움켜쥐며 몸 안에 있는 묵은 호흡을 밖으로 내뿜었다. 어느덧 태양이 새벽을 가르고 새빨간 광환을 이뤘다. 형사가 통화 버튼을 누르기 시작했다. 제이는 형사를 굳게 믿고 있다. 하지만 한국에 도착하는 여정은 그리 녹록치는 않다는 것도 잘 알고 있다. 어쩌면 집창촌 어디엔가 있을지도 모르는 케이를 뒤로 한 것이다. 또 다시 올 수 있을까? 다시 케이를 찾아야 하는 것일까? 더욱더 절망적인 건 이젠 차를 세울 수도 없다는 것이다. 제이는 조금 전 아내의 몸을 앞에 두고 다른 여자의 이름을 불렀다. 잠꼬대도 술주정도 아니다. 지옥의 한 가운데서 절망을 부둥켜안은 여자 뒤에서… 정말 아직도 케이일까? 제이가 다시 눈을 감는다.

생각만큼 끔찍하지 않다. 감옥에 갇혀 있는 여자는 뻥 뚫린 하늘을 보고 멈추지 않는 장대만큼 길고 머리카락처럼 얇은 바늘 빗물을 입을 벌리고 받아먹는다. 감옥 문을 열면 끝이 보이지 않는 낭떠러지고 뒤를 돌아 밑을 내려다보면 코끼리만 한 악어들이 몸뚱이를 움직일 수 없을 만큼 촘촘히 붙어 내장에 붙어 있는 물고기 가시가 보일만큼 주둥이를 크게 벌리고 시퍼렇게 눈을 뜨고 있다. 한 발자국 옮기면 바닥이 끝나서 허공과 만나고 있고 그 바닥은 영원히 녹지 않는 불같이 차가운 얼음이었다. 간수가 찾아와 아무것도 걸치지 않은 여자의 알몸을 보고 있노라면 여자는 그래도 수치스러운지 많이 자란 머리카락을 이빨로 뜯어내 중요한 부위를 가린다. 간수가 하루에 한 번씩 던져주는 식사는 시체의 피부를 벗겨 피 냄새가 사라지고 곰팡이가 날 때까지 정성들여 보관해 둔 늙은 노인의 살점이다. 시궁창 냄새가 온몸을 감싸고 추악하고 비열한 웃음에 애벌레 한 움큼을 잘근 잘근 씹어 나온듯한 진득한 침을 질질 흘리는 간수는 물대신 고드름 같이 차가운 바늘을 여자의 팔뚝에 꽂고 여자가 가리고 있는 머리카락을 아가리로 씹어 먹는다. 그래도 여자는 감옥 문이 잠겨 있지 않아도 문을 열고 나가지 않고, 악어에 몸을 던지지 않으며 곰팡이 냄새가 나는 살점을 이틀에 한 번은 눈을 감고 꿀떡 삼킨다. 옆을 보면 비웃고 있는 케이가 보이고 반대편을 보면 제이가 보이고 눈을 감으면 바다가 보였다.


　여자는 어슴푸레 밝아오는 낯선 새벽을 느끼며 머리카락으로 얼굴을 가리고 온몸을 방금 덮어준 겉옷 속에 집어넣어 남편의 체온을 어색하게 만지며 눈을 감고 감정을 어루만진다. 바람소리가 폭풍소리만큼 크게 들릴 정도로 차안이 조용해지자 여자는 속눈썹을 올렸다. 여자는 소리 없이 몸을 들썩거리는 남편의 뒷모습을 보며 어금니가 부셔져버릴 만큼 턱관절에 힘을 주고 들썩거리는 남편의 어깨와 리듬을 맞춘다. 희선은 케이가 살았던 그 지옥의 방에서 지옥의 늪을 경험하며 지옥의 끝을 꿈꾸며 하이에나의 배설물만큼 더러운 간수들을 보고, 느꼈던 기억을 모두 지워버리겠다고 다짐했다. 희선은 남편이 등 뒤에서 한 말을 오랫동안 생각하고 다시 한 번 혀를 깨물었다. '이제 정말 다시는 남편을 용서하지 않을 거야…'

# 사랑! 그 지긋지긋한 아이러니

형사는 한국에 도착하자마자 립스틱 내부에 기체 상태의 환각제가 있었다는 검사결과가 나왔기 때문에 더 분주하게 움직였다. 사람에 따라 한 시간에서 두 시간 정도 정신을 잃게 하는 이 환각제는 후각이 반응을 한 후 삼십여 분이 흘려야 효과가 발생한다. 희선의 차에 올라탄 병선이 다시 내린 시간은 오분도 채 되지 않는다는 걸 CCTV가 보여주고 있었다. 형사는 즉시 인터폴에 협조공문을 띄웠고 국내에는 전국에 수배령을 내렸다. 타 부서와 공조해 탈세혐의로 민호를 강제 입국조치 했지만 실제 실형을 살게 할 죄목은 컨테이너를 이용했던 살인청부였고, 그 사건은 형사와 절친이었던 동료 형사의 계좌를 열어본 뒤에 그 베일이 벗겨졌다. 사마귀 황갑수는 살인 및 시체유기의 죄명으로 수배령이 내려졌다. 그리고 조상진 살인사건 피의자로 영서에게도 체포영장이 발부되었다.

형사는 가장 운이 나쁜 친구가 영서라고 말하며 제이에게 사진을 보여주었다. 아이돌 가수로 이름을 날리고 있는 여자의 사진이었다. 밝게 웃으며 'V'자를 그리고 있는 사진의 배경은 공항이고 편의점 옆 커피 전문점 안에 있는 모든 사람의 시선은 아이돌 가수를 향하고 있었다. 하지만 한 쌍의 남녀는 마주앉아 심각한 표정을 짓고 있었는데 그 여자가 영서였고 남자는 장기주차 서비스를 담당하는 젊은 남자였다. 형사는 그 광경이 이상하다는 것이 아니었다. 커피전문점에서는 분명 흰색 손가방이 영서의 백 옆에 놓여 있었는데 공항의 보안시스템을 확인해본 결과 영서가 차를 받을 때 문제의 그 가방이 남자의 손에 들려져 있었다는 것이었다. 자동차공학과 교수가 설명하지 않아도 공항고속도로를 달리던 멀쩡한 차의 바퀴가 갑자기 빠진다는 건 전문지식이 없는 사람도 설명을 할 수가 있다. 누군가 손을 댔다는 것이다. 존속살해, 케이 부친의 살해범이 그 딸에게 살해되었다는 말은 덧붙이지 않았다. 제이의 눈빛이 말해 주고 있었다. 말하지 않아도 이미 알고 있었다고…

겨울은 그렇게 매섭게 다가왔다. 중국에서 생긴 근육통은 아직까지도 허벅지를 얼얼하게 한다. 중국대륙 그 곳을 빠져 나오기 위해 아내를 업고 다섯 시간을 걸을 수 있다니, 인간의 초인적인 힘은 끝이 없구나, 제이는 생각했다.

아내의 병명은 단순 영양실조였지만 치료와 요양이 끝나고 곧장 시립정신병원에 입원할 수밖에 없었다. 누구보다도 멘탈이 강했던 아내였다. 하지만 필로폰이란 놈은 보석같이 빛나던 한 여자를 갈기갈기 찢어놓고야 말았다. 환각 및 정신분열, 우울증, 혈관수축 및 상승작용으로 인한 감정의 격화, 대인기피, 거기다 자살시도까지. 사람이 반년 만에 이렇게 망가질 수 있을까?, 제이는 죄책감에 하루하루를 보내야 했다.

아내는 단 한마디도 하지 않았다. 하물며 눈 한 번 마주친 적도 없었다. 아내가 소리를 지르고, 발버둥치고, 깔깔대고 웃고, 많은 땀을 흘릴 수 있는 건 아줌마의 음식 때문이었다. 다른 음식은 입에도 대지 않았으나 그녀의 음식은 단숨에 먹어 치운다. 이상할 것도 없이 아내는 조미료를 사용하지 않고도 깊은 맛을 낼 줄 아는 그녀의 손맛에 길들여져 있었다. 그나마 다행이었다. 바다를 정성껏 보살펴주고 아무 문제없이 집안일을 처리해주는 아줌마에게 항상 감사하고 어떻게 보답해야 할지 온종일 고민할 때도 있었다.

크리스마스가 막 지난 평일 오후 제이는 급히 아줌마를 찾았다. 중요한 저녁 모임을 깜박 잊고 있었던 것이다.

"아줌마 제가 오늘 중요한 모임이 있어 집사람한테 가지 못할 것 같은데요. 준비해 놓으신 음식, 수고스럽겠지만 병원으로 갔다 주셨으면 하는데 괜찮으시겠어요?"

제이와 아줌마의 통화는 그녀가 흔쾌히 제이의 부탁을 들어 주었기 때문에 그리 길지 않았다. 제이는 전화를 끊고 문자로 병원의 주소를 보낸 후 하나의 문자를 더 보냈다.

'아내의 모습은 예전과는 다릅니다. 그럴 일은 없겠지만 바다한테는 꼭 비밀로 해주세요. 감사합니다.'

다음날 콕콕 찌르는 위통 때문에 잠에서 깬 제이는 버릇처럼 시간을 체크했다. 12월 30일 오전 여덟시 십분. 집에 어떻게 들어왔는지 기억이 없다.

도대체 케이는 어디에 있는 걸까? 180일의 밤, 아내는 케이와 똑같은 밤을 보냈을 것이다. 비록 그 암흑에 죄를 씻어 흘려보낼 수는 없어도 가혹하다고 하지 않을 수는 없다. 어떻게 해야 하지. 도대체 어떻게 해야 할까. 제이는 숨취를 딛고 화장실로 향했다. 방에서 익숙한 소리가 들렸다. 학교는 아니겠지 하며 제이는 화장실 문을 열었다. 침대에 몸을 던지고 휴대폰을 얼굴위로 가져갔다.

'무슨 일이지?'

전화는 다름 아닌 병원이었다. 전화는 오초도 걸리지 않았다. 화장실에 다시 갈 일은 없었다. 모자만 하나 눌러 쓰면 나갈 채비는 끝이다. 차 키는 다행히 주머니에 있었다. 가슴이 다시 저미었다. 아내의 상태가 이상하다고 한다. 병원을 옮겨야 하나? 벌써부터 걱정이 앞선다.

"어제 방문한 사람이요?"

"네."

"김 간호사 명단 좀 가지고 와 봐요."

의사는 안경을 위로 올리고 뜨거운 차를 마신다.

"그동안 연극인지 의심을 하기도 했습니다만, 어제부터 증상이 아주 심해졌어요. 건장한 남자 세 명도 못 당해냈으니까요. 지금은 어쩔 수 없이 독방에 감금한 상태인데…"

"갑자기 왜 그런 거죠?"

제이가 의사가 앉아 있는 테이블 앞으로 바짝 다가갔다. 술 냄새가 진동할 테지만 지금 염치 같은 걸 생각할 때는 아니다.

"그분이 전달해 달라고 해서 갖다 드렸거든요. 저 상자요, 저 상자를 열어보고 나서요."

의사는 조그만 상자를 손으로 가리켰다.

"다 깨진 걸 우리가 어느 정도 수습해 놓은 겁니다. 대체 저게 뭔데 사람을 그렇게 슈퍼맨으로 만들었는지…"

제이는 간호사가 가져다준 상자를 무릎 위에 올려놓았다. 심장이 쿵쾅거렸다. 대체 이게 뭘까? '용기'라는 놈은 눈에 힘을 주게 하고 손을 움직이게 했다. 상자 안에는 한 장의 메모와 눈에 익숙한 가수의 앨범이 들어있었다.

"헛!"

온몸의 핏줄이 한곳으로 쏠렸다. 의사와 간호사는 이미 제이의 곁에서 멀리 떨어진지 오래다. 똑같은 사인, 우루무치에서 도망가면서 놓친 가수 김광석의 앨범케이스다. 희선이 부숴버렸는지 플라스틱은 모두 산산조각 나 있었다.

"누구죠?"

얼굴이 새파래진 제이가 간호사를 쏘아봤다. 제이의 표정을 본 간호사가 한발자국 뒤로 물러서며 입술을 파르르 떨었다.

"여성분이었어요! 키가 좀 크고, 도시락을 가지고 오셨던… 명단을 보니 다른 분은 없었는데요."

"이런! 이런! 이런 일이… 어떻게 이런 일이…"

머리를 움켜쥐고 고개를 책상 위에 파묻었다. 한참동안 정적이 흘렀다. 의사와 간호사는 눈을 동그랗게 뜨고 제이를 주시했다.

"상태가 더 심각해지면 연락주세요. 그리고 이제 그 누구도 면회 못하게 하세요!"

제이는 벌떡 일어서며 휴대폰을 꺼내들었다. 다음날 만나기로 했지만 그 약속을 지금 당장 앞당기기로 했다. 제이는 쿵쾅거리는 심장의 박동보다 더 빨리 다리를 움직였다. 이미 결론을 짓고 있었지만 이것이 끝인가 하는 검은 두려움이 서서히 밀려오고 있었다.

집에 도착한 제이는 오랫동안 굳건하게 잠겨 있던 아내의 책상을 조금의 주저함도 없이 부숴버렸다. 아내는 계약서 등 중요한 문서들을 모두 서랍 안에 보관해 두었는데 아줌마의 이력서도 함께 넣어 두었을 거라 생각에서였다. 다행히 다른 수고는 필요 없었다. 아줌마의 사진과 이름, 기타 신상에 관한 전반적인 내용들이 적혀 있는 이력서는 서랍 안에 안전하게 보관되어 있었다.

제이는 집안일과 바다의 교육에 관해서는 아내에게 전적인 신뢰를 가지고 있었다. 몇 년 전일까? 도우미 아줌마를 구하는데 지나칠 정도로 신중했던 아내는 여름 한 철이 다 가고 단풍이 짙게 물들 무렵이 돼서야 이력서를 제이에게 보여주었다. 처음에 면접을 봤던 여자였고, 그녀를 마지막으로 다시 한 번 더 만난 그날이었다. 가사 도우미가 결정된 후 아내가 했던 말이 생각났다. 침대 위, 묵은 섹스가 끝난 다음이었다.

"같은 금액이라도 그 아줌마가 제격이야, 똑똑하고 야무지고 게다가 영어도 수준급으로 하고, 어디서 그런 아줌마를 구하겠어?"

"중국 동포라며! 영어는 어떻게 잘 한대?"

"어릴 때 미국에 살았었대, 아버지가 이혼하고 다시 중국으로 돌아온 후 계속 연변에 있긴 했지만. 대학교도 명문을 나왔더라고. 집안이 좋은가봐."

"자기 보는 눈이 정확하겠지. 여하튼 잘됐다. 수고했어."

"가장 신나는 건 뭔지 알아?"

"뭔데?"

"이제 시간만 맞으면 자기랑 신나게 섹스 할 수 있다는 거. 후훗…"

제이는 손에 들려 있던 이력서를 다시 꼼꼼히 살폈다. 믿을 수 없었지만 확신에 가까운 느낌이 있었다.

"어떻게 이런 일이…"

그동안 아줌마와 있었던 일들이 주마등처럼 지나갔다. 영서를 의심했던 대전 주소, 한여름에도 신고 있었던 흰 양말, 아줌마의 남편, 집 주소, 친구들이 모두 모였을 때 부엌에 앉아 힐끔힐끔 쳐다보던 아줌마의 시선, 부부의 체취가 진하게 남아 있는 빨래를 털던 모습, 바다를 바라보던 측은한 눈동자, 귀와 목선도 보이지 않는 보수적인 단발머리, 손등의 화상, 몸매에 비해 유난히 큰 엉덩이 사이즈, 허스키한 목소리, 갑상선 수술 자국, 부자연스러운 토끼 이빨, 항상 눈빛을 피하며 고개를 숙였던 모습…

"정말 내가 아는 여자가 맞는 걸까?"

아줌마에게 여섯 번째 전화를 돌렸지만 이젠 아예 전화가 꺼있다. 세 살이 많고, 고향은 연길이고, 이름은 김순자, 기혼에 아이는 중국에 있다고 했다. 아줌마를 증명해주는 주민등록증 사본은 이름과 나이가 거짓이 아니라고 말해주었다. 누굴까! 도대체 진실은 무엇일까?

제이는 아줌마의 집 주소를 머리에 넣고 이력서를 돌돌 말아 주머니에 넣었다. 주소가 정확하다면 뭔가 집히는 게 있을 것이다. 형사에게 문자를 보내자 몇 초 지나지 않아 바로 문자의 주소로 오겠다는 회신이 들어왔다.

버스 정류장을 지나 골목으로 들어섰다. 형사는 편의점 앞에서 통화를 하며 손을 흔들었다.

청파동! 어릴 적 삼각지를 가본 적은 있지만 이곳은 처음이다. 제이가 앱을 사용하여 주소를 찾았다. 두 남자는 눈인사만 나누고 완만한 오르막길에 발을 올려놓았다. 서울은 생각했던 것 보다 훨씬 넓어서 아직도 모르는 곳들 투성이다. 누구에게는 생활공간이고, 누군가에게는 새로움을 느낄 수 있는 여행지가 될 수 있고, 또 다른 누군가에게는 끔찍한 추억을 뒤로 숨기고 떠나고 싶은 지긋지긋한 곳일지도 모르는 서울, 청파동은 과연 어떤 곳이고 그녀에게는 어떤 의미가 있을까?

조금 걷지도 않았는데 낡고 아주 낮은 건물들이 듬성듬성 보이기 시작했다. 오르막길은 점점 가파르게 변하고 숨도 조금씩 차올랐다. 좁은 골목길을 지나왔다는 것이 무색할 정도로 한 사람이 간신히 지나갈 수 있을 정도의 좁은 골목길에 들어서자 고개를 젖히기도 어려울 정도의 가파른 계단이 눈에 들어왔다. 제이는 다리에 힘을 주고 아줌마와 케이를 번갈아 생각하며 계단을 오르기 시작했다.

깨진 유리들이며 난잡하게 흩어져있는 쓰레기들, 군데군데 나뒹구는 부서진 가구 조각들, 계단의 끝은 언덕이었고 언덕 한 구석에는 마치 낭떠러지 위에 세워놓은 것과 같은 아파트가 외롭게 서 있었다. 제이는 주소를 대조해보고 아파트를 올려다 보았다. 번지수는 정확한데 아파트 이름은 없다. 지상 오층의 허름한 아파트…

제이는 자신의 나이보다 훨씬 더 오래되었을 거라고 생각했다.

"모를 땐 물어봐야지. 호수가 없는 거죠?"

멍하니 서있는 제이를 뒤로하고 형사는 이불을 털고 있던 중년의 여자에게 다가 갔다. 형사가 말을 걸자 그 여자는 기다렸다는 듯 고개를 쳐들며 손가락으로 방향을 가리켰다.

"왼쪽에서 네 번째, 아래에서 네 번째라고 하네요."

"…"

"갑시다."

제이에게로 걸어 왔던 형사가 다시 앞장을 섰다. 요즘에도 이런 아파트가 있을까, 형사가 철문을 잡으며 고개를 사선으로 한번 갸우뚱거렸다.

"이런 곳에서 어떻게 살지…"

당연히 초인종은 먹통이었다. 호수 없는 문을 한참 두드렸지만 사람의 인기척은 없었다. 형사가 제이를 한번 쳐다보고 기대하지 않는다는 표정으로 문고리를 천천히 돌렸지만 결과는 예상 밖이었다.

결국 판도라 상자가 되는 것인가? 상자가 열리면 모든 것들이 쏟아져 나오는 것일까? 두려움이 앞섰지만 눈앞엔 이미 호기심을 잠재울 만한 물건들로 가득 차 있었다. 인간의 욕망은 호기심에서부터 시작한다. 누군가가 알고 싶은 건, 그 누군가가 숨기고 싶은 것일 수 있다. 모든 걸 그냥 덮는다고 아무것도 볼 수 없는 건 아니다.

집안은 먼지 하나 없이 깔끔했다. 남자의 흔적도 전혀 없었다. 한쪽 벽을 메운 책장, 그 안에 틈이 없을 정도로 빽빽하게 꽂혀 있는 책들. 1인용 이불, 손님 한 번 온 적 없는 듯한 1인용 식기, 손바닥만 한 식탁 그 위에 가지런히 올려 있는 소설책 한 권.

"우리가 올지 알았나 봐요. 하긴 이 정도로 감쪽같이 속일 수 있다면 우리가 예상하는 건 이미 알고 움직였을 거예요. 한 수가 아니라 두 수 세수는 더 위에 있다고 봐야죠."

식탁의자를 조용히 뺀 제이는 책장을 하나, 둘씩 천천히 넘기기 시작했다.

"밑줄은 왜 그렇게 많이 그어져 있는 거죠? 온통 새까맣네요."

형사가 호기심에 가득 찬 얼굴로 질문을 던졌다. 제이는 '드디어 꿈이 이루어질 날이 얼마 남지 않았어. 곧 탈고의 기쁨을 만끽 할 수 있을 지도 몰라, 라는 얘기를 기억해냈다. 케이를 마지막으로 만났을 때 들었던 말이다. 아내는 케이가 그토록 소망했던 '꿈'까지 빼앗아버린 걸까? 제이의 머리는 점점 더 복잡해졌다. 아내는 케이의 소설로 거짓된 부와 명예를 얻었다. 이제와 돌이킨다고 해서 모든 것이 제자리로 돌아갈 수 있을까?, 과연 진심으로 케이에게 되돌려 줄 수 있는 것은 무엇일까?

책상 옆에 있는 네모난 상자가 눈에 들어왔다. 무릎까지 올라오는 걸 봐서 꽤 큰 물건이 들어있는 상자인 것 같았다. 제이가 다가가 상자를 조심스럽게 열었다. 다행히 잠금장치는 없었다.

상자 안에는 스크랩북 두 권과 낡은 다이어리 두 권 그리고 짙은 자주 빛 얼룩으로 물든 곰 인형이 달린 빛바랜 가방이 들어있었다. 한참을 쳐다보던 제이가 양반 다리를 하고 상자 앞에 자리를 잡았다. 제이는 먼저 스크랩북을 들어 올려 커버를 넘겼다. 가슴이 '쿵' 하고 내려앉았다. 20대 때 미모와 피부는 아니지만 전혀 흠 잡을 곳 없는 케이의 사진이다. 눈동자가 사진위에 오래 머물렀다.

한 장을 넘기니 A4용지 위에 듬성듬성 타이핑을 해놓은 의료기록부가 비닐 속지 안에 끼워져 있었다. 문서 아래에는 제이가 몇 달 전 입원했던 병원의 이름이 기록되어 있었다. 우연일까?, 다음 쪽부터는 교통사고에 관한 내용들이다.

케이는 2009년 7월 8일 교통사고를 당했다. 뺑소니 사고였고 전치 12주의 중경상 사고였다. 의료기록부를 다시 보았다. 담당간호사의 이름이 적혀 있었다. '조연정' 어디선가 본 듯한 이름인데 기억이 잘 나지 않는다. 다음 장은 일반 사진과 엑스레이 사진이다. 교통사고로 엉망이 되어 버린 얼굴, 손에 있는 흉터, 깁스를 한 다리, 침대에 누워 있는 병실내부 사진, 얼굴은 엉망이 되어 있어도 표정은 밝다. 누군가 친한 지인이 사진을 찍어 주었구나 생각하며 다시 의무기록표를 보았다. 병실이 기록되어 있었다. 1404호 제이가 입원했던 2인용 병실이었다. 퍼즐 같이 잘 짜 맞추어진 스토리. 제이는 이제야 엄청난 상상력을 동원했던 이야기들의 조각이 제자리를 찾아가는구나, 느끼고 있었다. 그것은 우연이 아니었다.

"여보세요? 예…, 거기 혹시…"

뒤에서 형사가 병원에 전화를 걸고 있었다.

진단은 12주인데 퇴원은 한 달 만에 했다. 형사를 따라다니다 보니 매사를 좀 더 신중하게 생각하게 되었다. 형사가 항상 자신 있게 말하는 분석력과 통찰력이다. 다음 장을 넘기니 구강 구조를 찍은 엑스레이 사진이 들어있었다. 옆에는 백옥같이 희고 피아노 건반처럼 가지런하고 크지도 그렇다고 작지도 않은 치아의 사진이 있었다. 제이는 첫 키스를 한 그날 밤을 떠올렸다. 향기가 날 것 같은 치아. 치아에 닿은 혀끝이 그렇게 가슴을 떨리게 할 줄은 몰랐다. 다음 장을 넘겼다. 엑스레이 사진인데 치아가 고르지 않다. 옆에 사진이 있었다. 항상 귀엽다고 생각했던 아줌마의 토끼치아다.

다음 장을 넘겼다. 쌍꺼풀이 없는 큰 눈에 눈 꼬리가 살짝 올라가 고양이 눈을 닮았다고 했던 케이의 두 눈이다. 사진에 메모가 되어 있었다. 지워지지 않은 걸 봐서 유성펜일 것이다. '제이가 가장 사랑해주던 눈, 이제 다시 눈꺼풀에 키스를 받는 일은 없겠지, 라고 적혀 있었다. 뜨거운 용암이 가슴 안에서 꿈틀거렸다. 정신을 차리려고 노력했지만 의지만 있을 뿐이다. 이미 사진 위에 투명한 액체방울이 떨어지고 있었다. 눈물을 닦을 여력도 없었다. 제이는 허리를 더욱 구부렸다. 보기 싫었지만 옆에 사진이 눈에 들어왔다. 눈꼬리는 내려가고 눈꺼풀은 어색하게 굵은 선을 이루었다. 게다가 쳐다보기 민망할 정도로 퉁퉁 부어 있었다.

"미치지 않고서는…"

다음 장은 연예인 누군가를 닮았다고 하던 코였다. 점까지 똑같아서 붕어빵이라고 했던 오뚝한 코! 사라졌다. 누가 가져도 잘 어울릴 것만 같았던 예쁜 코를 매의 부리와 비슷하게 만들어 달라고 주문했을 때 의사의 반응은 어땠을까? 눈썹엔 진한 문신을 했고, 입술 끝의 점과 콧잔등의 귀여운 점도 다 없앴다. 다음 페이지는 눈송이 같이 하얀 발이다. 마디 하나가 없는 새끼발가락이지만 전혀 어색함이 없다. 옆 페이지에는 라텍스 재질로 보이는 골무와 그 골무를 착용한 발을 찍은 사진이 있었다. 사이즈에 맞게 잘라 새끼발가락에 끼운 것이다. 그 사진 밑에는 아줌마가 항상 신고 다니는 흰색 양말을 착용한 사진까지 있었다.

제이는 완벽하다, 탄식하면서도 가슴이 계속 저며 오는 것을 느끼지 않을 수 없었다. 다음 장은 엉덩이 보정용 거들 사진이다. 엉덩이에 살이 없어 항상 불만이던 케이. 제이는 누구보다 잘 안다. 특징이란 특징은 모두 다 제거해 버리려고 노력한 흔적. 그렇게 두꺼운 스크랩북이 의무기록으로 가득 찼다. 마지막은 아름다운 목선에 스크래치였다. 아줌마는 갑상선 수술의 자국이라고 했다. 하지만 기록에는 성대수술이고 목소리 포기각서까지 동의를 한 상태로 수술대에 올랐다. 이래도 여전히 희선을 선택해야 하는 건가! 아내이기 때문에 용서해야 하는 걸까? 혼란스러웠다.

제이는 지옥을 향해 걸어가고 있었다. 크게 다르지 않은 다른 한 권의 스크랩북을 제 자리에 놓아두고 두 권의 다이어리 중 빛이 더 바랜 것을 손에 들었다. 첫 장을 넘겼다. 케이와 의정부에서 찍은 눈에 익은 사진이다. 그 옆에는 '입맞춤(The Kiss)' 그림의 엽서도 함께 있었다. 제이가 먹먹한 마음을 달래며 가늘게 떨리는 손가락으로 첫 장을 넘겼다.

8월 31일

팔월의 마지막, 구월의 시작이 두렵다. 제이와 떨어진지 두 달도 지나지 않았는데 벌써 지친다. 이력서를 내고 집에 들어와 구월 한 달간의 계획을 세웠다. 몸이 좋지 않다. 추운데 땀이 나는 이유는 무엇일까? 제이가 보고 싶다. 조용히 불러 본다. 사랑해 제이.

9월 4일

두 달째 소식이 없다. 누구한테 상의 할 수도 없다. 불안하기만 하다. 약국에 가겠다고 몇 번이나 다짐을 하고서도 끝내 문을 열지 못했다. 내일은 반드시 가야 한다. 반드시…

9월 7일

제이에게 알려야 하나? 부담을 가지면 어떡하지, 생각이 들면서도 내일이라도 당장 말하고 싶은 이유가 뭘까? 군복무를 마칠 때 까지만 이라도 혼자 감당해야 한다. 하지만…

## 9월 8일

새벽에 일어나려면 일찍 잠을 청해야 하는데 요즘 통 잠이 오질 않는다. 언니는 왜 그렇게 갔을까. 지켜주지 못한 내가 밉기만 하다. 한국에 있었으면 서로 의지하고 지냈을 텐데… 아빠를 원망하다가도 아빠가 보고 싶다. 엄마 품이, 엄마의 향기가 그립다. 온종일 글을 써서 그런지 눈이 너무 뻐근하다. 탈고의 기쁨을 누릴 날이 얼마 남지 않았다. 이제 정말 몇 장 남지 않았다.

## 9월 9일

배가 나오고 있다는 얘기를 장난기 있게 메일에 담아 보냈다. 제이가 알아차리지 못해도 상관없다. 조금만 더 참으면 된다. 속이 좋지 않아 끼니를 계속 거른다. 아기에게 안 좋을 텐데… 조깅도 좋지 않을 수 있다. 제이가 보고 싶다. 그 남자의 머리를 품에 안고 아기를 다루듯 쓰다듬어 주고 싶다. 지금 쓰고 있는 이 일기도 언제가 제이에게 보여줄 것이다. 서로 부둥켜안고 평생 같이 있게 될 그날을 고대하며… 사랑해 제이.

## 9월 10일

신분이 다른 민호를 미국에서 만날 일은 전혀 없었다. 소문도 좋지 않아 계속된 초대에도 응하지 않았다. 그렇다고 제이에게 말할 수도 없다. 남자들이 말하는 의리라는 그들만의 엄숙한 단어에 금이 가게하고 싶지는 않다. 연락이 뚝 끊기고 몇 달 만에 민호에게서 연락이 왔다. 희선이 집으로 오기로 했다고 한다. 바로 내일이다. 어쩔 수 없이 민호의 얼굴을 봐야 한다. 조상진의 편지를 보고 과연 희선은 어떤 표정을 지을까. 드디어 때가 왔다. 차동일이 무너질 날이 얼마 남지 않았다. 일이 순조롭게 되어가고 있다. 곧 아빠와 엄마의 영혼이 평안을 찾을 것이다.

9월 10일 일기 이후로 다른 글은 없다. 다이어리 대부분이 백지다. 마지막 장에는 사과나무의 벽면을 찍은 사진이 붙어 있었다. 반쪽 항아리. 오랜 기억 속에 숨어 있었지만 좋아했던 인테리어라 한눈에 알아볼 수 있었다.

404호 의정부의 첫날 밤 케이의 뱃속에 또 다른 제이가 생겼다. 태동, 아기 울음소리, 홀로 장례식을 치룬 케이를 생각하니 가슴이 갈기갈기 찢어진다. 제이는 다이어리를 꼭 끌어안았다. 인간의 욕망과 추악한 욕심이 모든 것을 뒤바꾸어 놓았다. 잃은 것을 후회하기에는 현실이 너무 참담하다. 아이. 또 다른 핏줄…

"형사님은 알고 계셨나요?" 제이가 입술을 떼었다.

"대부분은요. 이제 어떻게 하실 겁니까?"

"아이를 가졌었다는 건 왜 말씀 안 해주셨어요? 도대체 왜요!"

"저도 단지 추측일 뿐이었습니다. 제 삼자가 보면 다를 수 있습니다. 모든 가능성을 열어두니까요. 일단 여기까지만 하시죠. 조연정씨 신병이 확보됐습니다."

형사가 갓난아이를 안고 있는 것처럼 품고 있던 케이의 다이어리를 제이의 가슴에서 천천히 떼어냈다.

"누굽니까? 어디죠?!"

"생각나시죠? 담당 간호사였던…"

"네?…그렇지! 왜 이제야 생각이 났을까요? 갑시다!"

상자를 다시 원위치 시켜놓고 제이가 몸을 일으켜 세웠다. 해가 지고 다시 떠도 아줌마는 돌아오지 않을 것이다. 신발을 신고 현관문의 손잡이를 돌렸다. 형사가 뒤에서 제이의 어깨를 톡톡 쳤다. 뒤를 돌아본 제이는 형사가 쳐다보고 있는 곳으로 눈길을 돌렸다. 현관 신발장 위에 사진이 한 장 있었다. 의정부 사진이다. 반이 잘린 사진에 케이는 없었다. 한참을 쳐다보던 제이가 사진을 뒤집었다. 그리고 다시 현관문 고리를 돌렸다.


"만약에 찾아오시면 모든 걸 다 말해 드리라고 그랬어요. 근무하는데 지장만 없게 해주세요."

삼십분이 지나서야 간호사는 모습을 나타냈다. 거리가 있어 '조연정' 명찰이 보이지 않았는데도 두 남자는 여자에게 손을 흔들었다. 반갑게 맞이한 것 치고 표정은 다소 굳어 있었다. 여자도 다소 흥분된 모습이다.

"네. 법적으로 전혀 문제될 것이 없으니 걱정하지 않으셔도 됩니다."

"법적으로 문제가 있을 겁니다. 잘은 모르지만…"

"그래도 정상참작이 될 겁니다. 최대한 말이죠."

"그러지 않으셔도 돼요. 그런 것들 두려웠으면 시작도 안 했을 테니까요."

"1404호부터 말씀해 주세요. 그것도 혹시 설정인가요?"

입을 연 제이가 간호사를 물끄러미 쳐다봤다. 간호사는 제이를 정면으로 쳐다보지 못했다. 병원생활을 하는 동안 줄곧 따뜻함을 보였던 간호사의 모습은 온데 간데 사라졌다.

"언니는 제게 있어서 아주 특별한 분이에요. 유일하게 마음을 연 사람이고 유일하게 아무 이유 없이 사람으로 대해준 사람입니다. 보육원시절부터죠. 마음만 써 준 것이 아니라 제가 올바른 길로 갈 수 있도록 도움을 준 분이에요. 제가 이렇게 인간답게 먹고 살 수 있는 것도 부모도 친척도 선생님도 아닌 바로 언니 때문이에요. 아시겠지만 '엄마'라는 사람은 날 버렸고, '조상진'이라는 애비는 단 일초도 절 돌보지 않았어요. 교도소에서 나온 날도 삼겹살이 뭐 그리 대단한 음식인양 저녁을 사주고 생색을 내면서 절 취조하듯이 대했죠. 도와주는 사람이 있느냐. 여자냐. 뭐하는 사람이냐. 이름은 뭐냐 하면서요. 만 원짜리 몇 장 던져 주고는 몇 달 동안 연락 한번 없었죠. 늘 그런 식이었어요. 그 인간 죽은 날 눈물 한 방울 흘리지 않았습니다. 언니는 달랐죠. 한 마디로 은인이죠. 인생을 갖게 해준 은인이요. 그런데, 그런 언니인데. 2009년 7월 몇 년 동안 단 한번 연락도 없었던 언니를 다시 만나게 되었습니다. 그것도 응급실에서요."

"1404호는 케이가 원해서였던 건가요?"

"네. 원래는 6인용 실에 있다가 옮긴 거죠. 굉장히 기뻐했어요. 언니는 뺑소니 사고를 당했었죠. 기억이 전혀 나지 않는데요. 처음에는 정말 당황했어요. 중국 신분증에 새로운 이름. 의료보험은 되지도 않고 시스템 조회를 해보면 계속 '말소'라고 뜨기만 하고 얼굴이 엉망으로 되어버린 걸 제외하곤 그래도 크게 다친 곳이 없어서 그나마 다행이었죠. 외과진료를 다 받고 언니는 퇴원했습니다. 퇴원하기 삼일 전에 언니가 계획표를 한 장 주면서 부탁을 하더군요. 꼭 해야 할 일이 있다면서요. 전 어쩔 수 없이 계획에 동참하겠다고 동의했습니다. 그만큼 언니는 절실했으니까요. 그 다음부터 차근차근 계획대로 병원을 돌기 시작했어요. 모두 제가 소개한 병원이었죠. 언니가 원하는 모습으로 변신 한 뒤에는 마치 신부 수업을 받는 여자처럼 요리학원을 다니더라고요. 아마 그 다음 해였죠? 언니는 갑자기 시골로 내려갔어요. 그 전까지는 저희 집에서 같이 살았었거든요. 이 년간 농사일을 했고 지금 얼굴에 달고 다니는 기미 주근깨 주름은 다 농사일 때문에 생긴 겁니다. 고운 피부를 망치기 위해 일부러 그랬죠. 나중에 언니가 웃으면서 얘기하더군요. 한 여름에 햇빛 차단도 안하고 뙤약볕에서 해가 넘어 갈 때까지 일을 하면 얼굴이 벌겋다 못해 핏물을 뿌려 놓은 듯한 검붉은 색깔로 바뀌고 지하수를 사용하여 빨래비누로 세면을 한 후에 아무것도 바르지 않고 수면을 취하면 아침에 군데군데 실핏줄이 터져, 라고요. 언니가 다시 서울로 올라온 날 제가 언니 얼굴을 보고 얼마나 울었던지…

　몇 달 동안은 글을 쓰는데 만 집중하더군요. 그러다 가사도우미 일을 구했다고 얘기했어요. 그것도 입이 닳도록 말하던 첫사랑 '제이'라는 분의 집이라고요. 이해가 되지 않았지만 언니가 하는 일에 제가 뭐라고 할 수 있는 처지도 아니고 항상 기쁘게 일하는 언니에게 그냥 응원만 해주었지요. 언니는 현실 속의 제이를 보면서 그 사람을 그의 아내와 함께 소설 속에도 등장시켰다고 했어요. 그들이 사는 모습이 그대로 소설 속에 그려지고 있다고 했고요. 그리고 십 년을 넘게 보지 못했던 사랑하는 사람을 눈앞에서 바로 볼 수 있어 너무나 행복하다고 했어요. 세상을 다시 얻은 듯한 그런 느낌이라고. 그런데…"

　잠시 침묵이 흘렀다. 간호사는 모으고 있던 허벅지를 더욱 타이트하게 조였다. 머리를 숙이고 불안한지 손가락은 까딱까딱 거렸다.

"말씀하세요. 무슨 일이 있었던 겁니까?"

"참을 수가 없었대요. 제이 씨를 보는 것만으로 만족하려고 했는데 도저히 참을 수가 없었대요. 그리곤 일어서서 거울을 바라보더니 펑펑 눈물을 쏟아냈어요. 전 언니가 속에 응어리졌던 모든 것을 털어낼 때까지 한참을 기다렸어요. 거의 반 미친 사람처럼 몸부림치다 잠이 들더라고요. 제가 이불을 덮어주고 어깨를 토닥일 때였죠. 언니가 굳게 다물고 있던 입을 열었어요. 바로 그 사건에 대해서요."

간호사의 눈에는 이미 눈물이 한 가득 들어차 있었다. 형사는 손수건 대신 자기의 외투를 벗어 간호사의 어깨를 감싸주었다. 여자는 눈인사로 고마움을 표시하고 다시 입을 열었다.

"전 죽이자고 했어요. 당장 쫓아가 갈기갈기 찢어버리자고 했어요. 여자구실을 할 수 없게 자궁을 들어내고 얼굴에는 염산을 뿌리고 온몸에 포크를 꽂아 피를 깔끔하게 모두 뽑아낸 다음 숨이 붙어 있을 때 피부를 한포 한포 떠서 속안이 훤하게 비치는 비닐봉투에 담아 그년의 부모 얼굴에 던져버리자고 했어요. 인간의 탈을 쓰고 어떻게 그런 끔찍한 짓을. 그것도 한 때 우정을 나누었던 절친했던 친구에게… 말이 거칠었다면 이해해주세요. 죄송합니다."

간호사가 흥분을 달래기 위해 등을 돌렸다. 형사는 팔짱을 끼고 몸을 한번 부르르 떨었다. 꼭 추워서만은 아닐 것이다. 간호사가 다시 몸을 돌려 입을 열었다. 마치 몇 달 동안 완벽하게 준비한 것처럼 이야기는 단계단계 차곡차곡 쌓아졌다.

"언니는 변해 갔어요. 세상에서 가장 추악한 것이 질투라고 하면서 자신을 질책했죠. 주말에 한 번도 빠지지 않고 개척교회를 다녔는데 어느 순간부터 나가지 않더라고요. 결국 인간에게 용서라는 말은 어색할 뿐이에요. 그렇게 인성이 좋은 언니도 결국 무너지고 말 았으니까. 언니 자신도 알고 있었는지 집도 혼자 생활할 수 있는 곳으로 옮겼죠. 그렇게 다시 일 년이 흘렀습니다. 언니와 한 번 만났어요. 이번이 마지막이라고 하면서 계획표를 한 장 주더라고요. 혼자가 아니었어요. 옆에서는 병선 씨라고 하면서 친구가 앉아있었으니까요."

"네? 병선이요? 그 사람! 병선이가 확실한가요?"

"네. 확실합니다."

제이는 다시 고개를 숙일 수밖에 없었다. 케이를 사랑한 사람은 자기 자신만이 아니었다. 의정부 모텔도, LA에서의 사건도… 병선이 마음에 두고 있던 사람은 희선이 아니라 케이였다. 그렇게 생각할 수밖에 없다. 안도의 한숨이 나오는 건 왜일까? 이중성, 아내가 아니라서 다행인 걸까? 그 요물이 질투를 희석시키고 있는 걸까?

케이의 대리인 자격으로 말을 마친 간호사는 지친 모습으로 병원 로비를 향해 걸어갔다. 제이와 형사는 허탈한 마음을 가슴 밑으로 내리고 주차장을 향해 걸어갔다. 언제 시동을 걸었는지 언제 도착했는지, 도착한 장소가 어딘지 전혀 인지할 수 없을 정도로 머릿속은 온통 하얗고 까만 백지였다. 형사가 제이를 불렀다. 위를 올려다보니 막걸리와 전을 파는 선술집이다.

형사는 자리에 앉자마자 마치 자주 와본 단골마냥 안주와 막걸리를 주문하고 일부러 익살스러운 표정을 하고 있다. 제이의 표정이 너무 어두웠기 때문에 재롱이라도 피워 볼 심상이었다. 눈썹 한 가닥, 주름 하나 꿈쩍도 하지 않던 제이가 입을 열었다.

"결국 그녀를 처음 만난 남자 두 명이 같은 사랑을 품고 있었네요. 이해할 수 없습니다. 전혀 티를 안냈으니 알 수 있는 방법도 없었고요. 끝까지 버텨 제 감정이 진실이었다는 걸 보여주었어야 했는데. 제 잘못도 큽니다. 감정을 속이고 희선을 받아들였으니까요. 속물, 그 근성이 나한테는 없는 줄 알았어요."

"한 얘기를 둘이 같이 들었는데 어쩌면 이렇게 해석이 다를까요? 그래서 바로 인간이 재미있다는 겁니다. 전 병선 씨가 케이를 사랑했다고 생각하지 않습니다. 병선 씨가 사랑한 여자는 희선 씨죠."

형사는 막걸리를 크기가 같은 두 개의 사발에 똑같이 따르고 사발 하나를 제이 쪽으로 밀어 올렸다. 고개를 들어 제이의 표정을 살폈다. 생각했던 것보다 많이 일그러져 있지는 않았다.

"무슨 뚱딴지같은 소리를 하는 거죠?"

제이가 막걸리 잔에 가려져 있는 형사의 얼굴을 쳐다보며 막걸리 병을 들었다.

"가만히 생각해 보세요. 병선 씨가 케이의 행방을 알고 있었겠습니까? 병선에게 연락한 사람은 바로 케이입니다. 케이는 제이 씨의 가사도우미였으니 어떻게든 병선의 연락처를 아는 데는 그리 어렵지 않았을 겁니다. 병선 씨와 케이, 다시 시작된 교류의 시점은 제이 씨가 결혼한 이후이고, 병선 씨가 여자랑 헤어진 이후이며, 영서 씨와 병선 씨 둘이 압구정 카페에서 만난 이후이고, 제이 씨 집에 친구들 모두가 방문한 다음입니다. 그러니까 미국이 아니라 한국이라는 거죠."

"그래서요?"

제이가 완전히 이해하지 못한 듯 고개를 갸우뚱거렸다.

"삼 년 만에 본거라고 했죠? 결국 병선, 희선, 케이가 한자리에 있던 건 제이 씨 집이었어요. 혹시 그날 뭘 나눠 주거나 그러지 않았나요? 사소한 거 라도요."

"흐음… 아줌마가 손수 만든 과자를 포장해서 한명씩 들려주었지요. 그거 말고는 없습니다."

"가능성이 충분합니다. 치밀하고 상상력이 대단히 풍부한 여자니까요. 그날 병선의 표정을 유심히 살폈을 겁니다. 희선 씨에 대한 감정이 그대로 나타났을 테니까요. 아줌마 혼자의 힘으로 그렇게 큰 사건을 벌일 수 있겠습니까? 분명 도움이 필요 했을 테고 그 표적이 바로 병선 씨였을 겁니다. 케이의 논리에 병선이 동의했을 거고요. 병선이 큰 빚을 졌다는 건 둘 다 공감하고 있었던 부분이니까요. 엮는다는 표현은 좀 그렇죠?"

"음… 음…"

제이의 얼굴이 벌겋게 달아올랐다. 과연 알코올 도수가 육도 밖에 되지 않는 막걸리 때문일까? 형사가 너무 나갔지 않나 짧게 후회를 하며 잔을 들어올렸다.

"그러니까 사과나무 앞에서 우리를 덮치고 조금 뒤에 일부러 사고를 내서 알리바이를 만들었다는 얘기인데…"

"그렇죠. 희선 씨에게 전달한 립스틱에 기체로 된 환각제를 넣은 것도 병선 씨고요."

"제가 정신을 잃은 것도 꼭 사고 때문만은 아니었다는 건가요?"

"그렇죠. 그 단골 '바', 비 오는 날 바로 앞에 있던 택시, 둘 중에 하나 아니겠습니까?"

"그럼 영서는요?"

"그날 119에 전화 한 사람이 누군지 아십니까?"

"누구죠?"

"영서 씨예요. 아줌마가 케이라는 사실은 모를지언정, 사고를 낸 사람이 두 명의 남녀라는 건 알고 있었을 겁니다. 희선 씨 차의 블랙박스 영상에 남자가 아주 잠시 나왔죠. 검정색 가죽 옷을 입고 검정색 마스크를 한 모자 쓴 남자예요. 영서 씨는 희선 씨가 블랙홀에 빨려 들어간 게 아닌지를 확실히 알고 있었다는 거죠. 알고도 숨긴 거죠. 인생 최고의 경쟁자가 바로 눈앞에서 당하는데 얼씨구나 하지 않았겠습니까? 정말 대단한 여자들이에요. 정말 엄청난 친구들입니다."

"휴! 이젠 어떡하죠? 모두 다 잃었어요. 삼십 년 인생을 통째로 날려버린 기분입니다. 이젠 어떻게 살아야 됩니까? 뭘 믿고 누구에게 의지하며 살아가야 할까요?"

"힘내세요. 모든 것이 정리되면 다시 제자리로 돌아올 수 있습니다. 죄송합니다. 이 말밖에 해드릴 수가 없네요."

"갑시다."

사발을 내려놓은 제이가 서서히 자리를 털었다.

"어딜?"

"대충 짐작이 갑니다. 가야죠. 항아리 보러 가자고요."

말을 마친 제이가 문 쪽으로 걸어갔다. 형사는 멍하니 앉아 있다가 목적지가 어딘지 생각난 듯 벌떡 일어나 제이의 뒤를 따랐다.

12월 30일 열한시 이십분이 지나 삼십분을 향해 가고 있었다. 제이는 사고현장을 지나 골목으로 들어서 멀리보이는 조명에 시선을 맞추었다. 언제나 있는 그 자리, 인생에 있어서 변하지 않은 건 카페 '사과나무'밖에 없지 않겠는가, 생각하며 제이는 씁쓸한 미소를 지었다. 형사와 제이가 사과나무 앞에 섰다. 조명은 그대로였지만 지하로 내려가는 입구에는 종이 한 장이 붙어 있었다.

– 알림 –

그 동안 사과나무를 사랑해 주신 여러분께 진심으로 감사하다는 말씀을 올리고 싶습니다. 이제 카페 사과나무는 12월 29일자로 문을 닫습니다. 오랜 세월 같이했던 자그마한 공간과 이별하게 되어 아쉽지만 또 뵙게 될 날이 꼭 있을 겁니다. 부디 건강하고 반드시 행복하세요.

주인백

"불은 켜 있으니 사람은 있겠죠?"

형사가 먼저 계단을 내려갔다. 여전히 음악소리는 새어나오고 있었다. 제이도 벽면을 손으로 훑으며 서운한 마음을 밑으로 내렸다.

'딸랑'

많은 물건들이 어지럽게 널려져 있었지만 주인아저씨는 빈 테이블에 찻잔을 벗 삼아 앉아있었다. 두 남자를 보자 아저씨는 수줍게 손을 들어올렸다. 마치 오랫동안 기다렸던 친구를 맞이하듯 표정이 따뜻했다. 조명을 가로질러 테이블로 향했다. 은은한 재스민 차의 향기가 느껴졌다. 입꼬리가 축 처진 것이 가까이에서 본 아저씨의 얼굴은 쓸쓸하고 초라해 보였다. 드디어 새로운 출발을 하시는 걸까?

"제이 교수님. 죄송합니다. 허허허…"

눈물일까… 반사된 빛일까. 맥없이 눈동자가 잔잔하게 춤을 추었다.

"오랜만입니다. 오래 하셨는데 다른 일을 준비하시나요?"

"허허허… 그게 아니라. 음… 좀 몸이 안 좋아요. 몹쓸 병에 걸렸네요."

일부러 웃어 보이는 어색함. 제이는 할 말을 찾았지만 딱히 떠오르는 말이 없었다.

"뭐. 좋아지겠죠. 많이 편찮으시지 않으면 한 동안 쉬는 것도 방법이에요."

"아주 쉬게 될까봐 문제지. 허허허… 나이가 들어가니 별소릴 다 하네. 처자식도 없고 내 몸뚱이만 챙기면 되니까. 근데 연말에 그것도 이렇게 늦게 웬일이지?"

"여쭤볼 말이 있어서 왔습니다."

"그래요. 내려가면 한 동안 볼 수도 없으니, 말해 봐요. 무슨 일?"

"타임캡슐이라고 제 친구들이 여기 한참 올 때 같이 만들었던 조그만 박스예요. 혹시 알고 계신지해서요."

"타임캡슐? 주먹 두 개만 한 직사각형 박스를 말하는 건가?"

"네! 비슷해요."

"난 개인적으로 '약속'이라는 걸 가장 중요하게 생각하는 사람이요. 하지만 더 이상 내가 개입할 일은 없을 테니 말해주겠어요. 혹시 중요한 물건인가? 음…어떤 법적인 소송이 걸릴만한 그런 경제적인 가치가 있는 물건이냐는 거지."

"중요한 물건입니다. 하지만 경제적인 가치는 모르겠어요. 저희 친구들한테 중요한 거죠."

"음. 그렇다면 말해주지. 2001년 7월 케이가 여기에 왔을 때 맡겼던 물건이 있어요. 그게 바로 그 상자인 것 같아. 케이가 남긴 말은 다시 찾으러 올 테니 절대 친구들한테 비밀로 해달라는 거였어. 친구들한테 말이에요. 그리곤 저 항아리에 넣어 달라고 했지. 그런데…"

"그런데. 뭐죠?"

"몇 달 전에 가지고 갔어."

"누가요?"

"케이의 이모라는 분이. 유품을 가지고 왔어. 낡은 일기책 그리고 일기책 맨 뒤에는 사과나무 반쪽자리 항아리 사진이 있었고. 난 약속을 어기지 않았어요. 친구들한테 비밀로 해달라고 했지 다른 사람들에게 비밀로 해달라는 말은 없었으니까. 그 쌍꺼풀이 진하고 매부리코에 목소리가 허스키한 아줌마에게 주었어요. 케이와 닮은 모습은 찾아볼 수 없었지만…"

주인아저씨는 눈을 껌벅거리며 두 남자의 반응을 지켜보았다. 즉각적인 반응이 올리는 만무하다. 이미 모든 걸 정리해 놓은 케이. 과연 빈틈을 찾아낼 수 있을까? 제이와 박 형사는 아저씨를 짧게 위로하고 자리에서 일어났다. 아저씨가 받아두었다는 이모의 연락처는 받을 필요가 없었다. 사과나무를 뒤로 했다. 추운 겨울이었고 카페 사과나무에 녹록치 않은 추억을 남긴 채 다시는 오지 않을 그날은 그렇게 지나갔다.

12월 31일 2014년이 끝나는 날이다. 며칠 지나지도 않았는데 집안 곳곳에 아줌마의 빈자리가 느껴진다. 정신없이 어질러진 거실,

빨래더미, 음식물이 덕지덕지 붙은 식기들, 세면대의 물때, 바닥에 머리카락, 삐뚤어진 침구, 보이지 않는 공간을 점유하고 있는 쾌쾌한 냄새들. 한숨을 쉬고 다시 침대에 몸을 붙였다.

눈이 온다. 창밖을 보고 간신히 감성을 자극했다. 나이를 먹는다는 건 슬프지만은 않지만 여름 한 낮 태양을 바라보고 웃음 짓는 해바라기처럼 통통했던 감성이 순간가뭄에 황토 흙처럼 메말라 있을 때면 첫사랑에 실패했을 때처럼 가슴이 아려 무너져 내린다. 아직은 필요한 거겠지. 제이는 최근 들어 부쩍 친해진 '안방의 천장'과 대화하며 또다시 눈을 감는다. 이틀 후면 바다를 데려와야 한다. 보고 싶지만 걱정이 먼저 앞선다.

준비를 해야 한다. 형사의 설득에 완강히 버티던 제이가 병선을 만나기로 결심한 건 십분도 채 되지 않았다. 잠금장치를 확인하고 길을 나선다. 현관문 비밀번호를 바꿀까? 망설이다 그냥 돌아섰다. '아직도 그녀를 기다리는 것일까', 제이는 주머니에 손을 넣고 고개를 숙였다.


경찰서에서 안배한 방은 심하게 주먹다짐을 해도 될 만큼 큼직했다. 책상 한 개 의자 둘, 말로만 듣던 취조실인가? 조금 서성이자 병선이 문을 열고 어색한 표정을 짓고 들어왔다. 경찰관은 조용히 문을 닫고 자리를 비켜주었다. 형사의 배려였다.

"몸은 괜찮아? 해외에서 고생 많았지?"

"본론부터 얘기해. 안 보면 더 좋았을 걸."

방어를 하는 것인지 병선의 목소리는 날카로웠다.

"그래. 피차 이렇게 된 마당에. 난 그저 네가 사랑한 사람이 누군지 알고 싶은 거야. 사실 그게 알고 싶어서 만나자고 했어."

예상했던 침묵이 한참동안 흘렀다. 제이는 병선을 똑바로 쳐다보고 조급해하는 마음을 달랬다. 드디어 병선이 입을 열었다.

"케이를 도와준 이유를 알고 싶은 거지?"

병선이 눈을 가늘게 뜨고 손을 모아 책상 위에 올려놓았다.

"희선이 없어지면 모든 것이 끝나니까. 추악해지고 더러우면 마음이 생기지 않으니까. 희선의 약점을 알고 있으면서도 끝까지 숨긴 건 내가 희선을 용서할 줄 알았으니까. 하지만 나도 사람이기에 그렇게 하지 못했지. 너와 결혼하기 한 달 전 난 희선에게 프러포즈를 했었어. 보기 좋게 퇴자를 맞았지만 말이야. 그녀 안에 있는 너를 대신 할 수 없었던 거야. 껍질인지 알면서도 가지고 싶었던 거야. 누군가를 대신한 사랑인지 알면서도 널 가질 수 있었던 건 희선이가 나보다 월등히 똑똑하고 탁월하고 치밀했다는 거지. 늑대는 절대 여우를 이길 수 없는 거고. 결국 난 결심을 했어. 너를 없앤다고 내가 희선의 품안에 들어갈 수 없다는 걸 잘 알기 때문에 희선을 없애려고 결심을 한 거야. 없어지면 끝나는 거야. 조금 얼마간은 괴롭겠지. 하지만 평생 질투심을 느끼며 사랑하는 사람을 빼앗긴 패배감을 안고 사는 것 보다는 낫다고 생각했어. 그게 다야. 미안하지만 미안하다는 말은 못하겠다. 왜냐면 너도 너 자신을 속였으니까. 비록 법적으로 자유로울 수는 없어도 난 최소한 나 자신을 속이지 않았어. 순수함. 난 아직 그걸 가지고 있는 거야."

괴변은 온전하지 않은 사람만이 할 수 있는 것은 아니다. 순수함은 '더러움을 응시하는 힘'이라고 했던가. 그렇다면 병선은 제이를 더럽다고 표현하고 있는 것일까? 순수함을 흔드는 건 욕망뿐일까?

생물학적 본능, 자본주의적인 물질숭배, 정신과 육체가 하나 되는 이상적인 쾌락과 욕망은 확연한 차이가 있다. 본질을 벗어난 대화는 전혀 의미가 없다. '질투' 그것이 사람을, 사랑을, 우정을 빗나가게 한다. 사랑이 순수한 욕망이면 질투는 불순한 욕망에서 비롯된 것일까?

"더 할 얘기가 없다. 나도 미안하지만 미안하다는 말은 안 한다. 몸 건강히 잘 지내라."

"그런 동정은 집어치고! 네 아내가 우아하지 않다는 건 옛날부터, 아니 그 어렸을 때부터 알고 있었어. 같이 살고 있어도 희선인 네 여자가 아니다. 친구니까 여기까지만 한다."

"이자식이!"

얼굴이 상기된 제이가 금방이라도 주먹을 날릴 것 같이 자리에서 벌떡 일어났다.

"그만들 하세요!"

형사가 황급히 문을 열고 들어와 제이와 병선의 중간에 섰다. 사나운 눈빛이 병선을 한 번 더 쓸고 지나간 후 싸늘한 바람을 일으키며 제이가 모습을 치웠다. 짧지만 나눌 건 다 나눈 셈이다. 제이는 한숨조차, 곁눈질조차 하지 않고 경찰서를 빠져나왔다.

눈이 녹고 바람은 더 거세졌다. 해가 지는 마지막 날의 겨울저녁 무렵. 제이는 볼륨을 높이고 소리가 세어나가지 않도록 문을 모두 닫았다. 아내가 하는 방법. 진공관이 달려있는 앰프를 통해 이슬 조각 같은 소리들이 바람에 벚꽃 흩날리듯 허공에 뿌려졌다. 제이는 눈을 감고 생각에 잠긴다. 아내도 이런 감성이었을까?

모든 걸 잃었다. 사랑했던 사람도, 사랑하는 사람도, 선택했던 사람도, 우정도, 의리도, 감성도, 이성까지도, 삶의 의미조차… 몇 군데 약국을 돌면 수면제 정도는, 몇 발자국만 걸어가면 날카로운 흉기를, 운이 좋으면 러시아에서 밀수하는 권총이라도, 튼튼한 로프를 이용해 키보다 높은 곳에서 목젖이 떨리도록 입을 크게 벌리고, 아파트 옥상에서 머리부터, 가족끼리 놀러 갔던 홍천 팬션의 어두컴컴한 지하실에서, 욕조에 담겨있는 빨간색 물감 깊숙이 잠겨 있는 나체의 모습을 상상했다. 숨이 멎을 땐 과연 어떤 느낌일까. 숨이 멎을 땐 과연…

눈물이 뺨을 타고 내려온다. 이미 흥건하게 젖어있는 눈물길을 따라 한 줄기 두 줄기. 삽시간에 목 밑이 차가워진다. 젠장, 이것밖에 안 되는 인간인가. 모든 걸 다 내려놓을 생각을 하고 있다니… 상처는 아물 수 있을까. 목숨을 놓지 않으면 다시 사랑할 수 있을까. 정말 살아 있는 것처럼 다시 가슴이 뛸 수 있을까. 아내를 용서할 수 있을까. 과연 아내로 다시 인정할 수 있을까. 정말 바다의 엄마가 다시 가능할까. 케이! 그녀를 기억 속 저 멀리 지울 수 있을까…

'똑똑똑'

눈을 떴다. 몸을 세우고 리모콘의 빨간색 버튼을 눌렀다. 소리가 공기 속으로 빨려 들어갔다. 어색하고 멍한 정적이 청각을 불편하게 한다.

'똑똑똑'

급하게 소리를 잡아 왔지만 느낌상 꽤 오래 문을 두드린 것 같았다. 분명 현관문을 두드리는 소리다. 누굴까? 세탁소를 부른 적은 없다. 그렇다고 이렇게 늦은 시간에 택배일 리는 만무하다. 주차는 제

자리에 정확히 해놓았다. 볼 때마다 졸고 있는 경비아저씨일까? 제이는 고개를 절레절레 흔들고 눈물자국을 지웠다.

"누구세요?"

현관 문고리를 돌리기 전 손가락을 번호식 잠금장치 열림 버튼 위에 올려놓았다.

"누구?"

문이 열리자 시원한 바람이 문틈을 비집고 몸에 부딪혔다. 스산한 느낌. 무섭게 온몸에 조용히 퍼지고 있다. 수줍고 조심스럽게 몸을 밖으로 꺼내고 앞에 섰다. 비틀거린 몸. 현기증이 온 몸을 사로잡는다.

"…"

입술조차 흔들림 없는 아주 작은 소리. 여자는 새하얀 단화를 신고 파란색 원피스를 입고 있다. 기억 속 아주 먼 곳에 겹쳐 있는 소녀의 모습이 보인다. 발을 동동 구르고 까치발을 세우며…

돌망치가 뒤통수를 강하게 내리쳤다. 속이 울렁거릴 정도로 정신이 혼미했지만 두 눈은 여자에 그대로 머물고 있다. 표정 없는 여자의 얼굴. 여자가 신발을 벗었다. 아이보리 빛깔의 눈부시게 아름다운 발. 피부와 전혀 다른 빛깔. 시선이 그대로 여자의 의미에 포겠다. 한마디가 없는 새끼발가락. 여자는 가늘게 떨고 있다. 갑자기 생긴 오른쪽 발등에 물방울. 미소였다면 눈을 의심하지 않을 수 없었다. 남자가 뒷걸음쳤다. 눈물길이 다시 열린다. 소리 없이 목 아래가 다시 차가워진다.

"미안해요."

오랜 시간이 흐른 것 같았다.

"하지만 아내 분께는 미안하다는 말을 하고 싶지 않아요."

"저…"

남자가 목에 힘을 주어 소리를 꺼내려 했지만 이내 삼키고 만다. 표정은 최악의 밀고자다. 여자! 매부리코 아줌마. 십삼 년 전의 그녀. 완전히 사랑했던, 사랑하고 기다렸던, 내가 아는 여자, 첫 사랑의 그녀, 모든 것이 떠나간 그녀. 세월이 기억을 지울 수만 있다면, 기억이 현실의 고통을 해갈시킬 수만 있다면…

"갖고 싶었어요. 당신 냄새를 맡으며 하루에도 수없이 당신을 생각했어요. 완전히 사랑했던 날. 그날 이후로 지금까지. 내가 약속한 그 순간부터 지금 이 순간까지… 단 한시라도 잊은 적이 없어요. 지옥의 끝에서 절망의 시작에서 내 몸이 더럽혀지고, 가슴이 갈기갈기 찢기고, 숨 쉬는 것조차 사치이고, 눈을 뜨고 있는 것도 수치라고 생각 했던 때에도 이 남자를 가슴에 담고 다시 올지도 모른다는 재회의 기쁨을 누르고 또 누르며… 결혼을 했더군요. 감히 용서할 수 있다고 말할게요. 난 기약 없이 당신을 떠나게 됐으니까.

당신을 갖고 싶었어요. 단 한 순간만이라도. 예전으로 돌아가고 싶었어요. 만약에 그것이 꿈이라고 해도. 그 아내라는 여자의 자리로 들어가고 싶었어요. 딸아이의 엄마가 되고. 남편의 속옷을 말리고. 와이셔츠를 다리고. 출근할 때 넥타이를 고쳐 매주며 잘 다녀오라고 엉덩이도 토닥거려 주고 싶었어요. 뜨거운 찌개를 호호 불며, 화장실에서 휴지가 없다고 소리쳐 불러보고, 빨래 널어달라고 앙탈도 부리며, 술 취해 들어오면 뜨거운 수건으로 얼굴을 닦아주고, 아이와 셋이 누워 음악을 듣고, 봄날 벚꽃 바람을 맞으며, 가을 낙엽을 밟으며, 짙은 키스에 서로의 호흡을 느끼며, 침대에서 영혼이 빠져 나갈

만큼 사랑도 하고, 따뜻한 체온을 느끼며 머리를 쓰다듬어 주고, 함께 웃고, 함께 울고, 함께 행복해 하며, 기쁨과 슬픔. 그리고 오랜 시간동안 함께 하고 싶었어요.

하지만 씻어도 깨끗해지지 않는 몸뚱이 태워버리고도 싶었지만, 다시 새롭게 깨어났을 때 흔적도 없을 줄 알았는데, 제이 당신을 만나면 아무 일 없었다는 듯 발걸음을 맞추고, 아무 일 없었다는 듯 서로 보고 미소 지으며, 바로 어제 안녕이라고 말 한 것처럼. 오늘 다시 안녕이라고 말 할 수 있을 줄 알았는데. 누군가가 옆에 있다는 것이… 당신 아내가 느꼈던 그 잔혹한 질투를 내가 스스로 만들고, 그런 비참함 속에서도 단 일초라도 원하는 감정을 빼앗아 오고 싶어서…

사랑은 잠시 쉬었다 가는 거라고, 그 짧은 시간에 느낄 수 있는 것이 과연 얼마나 많겠냐고… 더 가혹하지만 제게는 순간이었네요. 그렇게 짧은 순간이었어요. 미안해요. 내가 당신 아내를. 당신 아내가 나를. 그리고 당신이 나를 용서하지 못한다는 거 알고 있습니다. 잘해주셔서 고마웠습니다. 가지고 있다는 건 정말 소중한 거예요. 부디 다시 행복한 가정 이루길 바랍니다. 진심이에요."

여자의 발이 신발 위로 올라갔다. 여자는 아주 서서히 몸을 돌려 등을 보였다.

남자는 생각한다. 단, 단 한마디라도. 하지만 중병에라도 걸린 것처럼 한마디 소리조차 내뱉을 수 없다. 목이 터질 것 같이 힘을 주어 소리를 끌어올려도, 뒤통수가 뜨거워질 정도로 그녀의 이름을… 문이 열린다. 네모난 문이 여자의 몸을 빨아들인다. 문이… 이젠 정말 마지막인데. 문이…

"케이! 헉헉…"

숨을 토해낸다. 문이 닫히기 시작한다. 양쪽에서 밀고 나오는 문이 그녀의 모습을 잡아먹기 시작한다. 그녀의 모습을…

"케이! 케이! 헉헉…"

숨을 몰아내며 남자가 소리친다. 오랫동안 묵었던 음성을 내장을 토해내듯 꺼낸다. 문을 잡으려 손을 뻗지만 발이 땅에 박혀 꼼짝도 할 수가 없다. 간신히 몸을 앞으로 내지만 이내 땅바닥에 무릎을 꿇고 만다. 손으로 바닥을 잡고 얼굴을 묻고… 여자의 모습은 실눈 같은 빛을 남기고 완전히 사라진다. 손으로 바닥을 친다. 주먹으로 바닥을 때린다. 둔탁한 소리가 핏물을 튀기며 세 번, 네 번, 다섯 번, 눈물이 바다가 되어 흐른다. 핏물이 눈물이 되어, 눈물이 핏물을 뿌리며, 걸쭉한 액체가 입과 코를 메우고 이내 흥건히 바닥을 점유한다.

'죽을 만큼'

소리가 산이 되어 울려 퍼진다. 비명이 울음곡이 되어 모든 공간에 안개를 채워 넣은 것처럼 정처 없이 떠다닌다. 간절한 만남. 하지만 가혹한 만남. 감정이 감정을 뚫고 또 다시 원하고 또 다시 바라고 또 다시 사랑을 시도하며. 이별인줄 알면서. 용서받지 못한다는 걸 느끼면서. 질투의 속삭임. 질투의 굴레에 갇혀 있다는 걸. 그래서 처절하고 그래서 잔인한 인연. 그리고 또 인연…

'보고 싶었다…'

"바다야! 바다야!"

일 년의 세월에 감사했다. 아니, 더 감사한 건 나의 노력이다. 내가 아내를 용서할 수 있었던 건 단지, 나를 먼저 용서했기 때문이다. 내가 선택한 것, 내가 선택받은 것, 그리고 신이 선택해 주신 것에 대해 순응하고 순리대로 받아들이기로 했다. '가지고 있는 건 정말 소중한 거니까'라는 그녀의 말을 되 뇌이고 또 곱씹으며…

케이와 희선. 사랑하는 그녀들의 방법이 저속하고 유치하다 비난할 수 없다. 억세지만 치열하고 사납지만 그만큼 뜨거웠으니까. 남자들의 사랑? 조금은 알 것 같다. 병선과 민호의 사랑이 조악하고 치졸했으니까.

"바다야! 밥 안 먹을 거야?"

아내가 딸아이를 부르고 있다. 다시 만난 엄마 곁에 붙어 한 시라도 떨어져있지 않을 것 같이 응석을 부리던 아이는 시간이 흐르자 다시 자기 모습을 찾아갔다. 기억할 수 있다는 것이 행복이면 망각을 할 수 있다는 건 축복이니까…

아내가 요리를 한다. 이제 더 이상 도우미도 쓰지 않는다. 사무실도 정리하고 차도 소형차로 바꾸고, 백화점 나들이도 인터넷 쇼핑으로 대체하고 멋을 부릴 시간에 가족의 식단을, 자신을 가꿀 시간에 집안청소를, 친구를 만날 시간에 아이의 학원을 쫓아 다닌다. 많이 웃고 많이 표현한다. 날로 밝아지는 표정. 아내의 상태를 잘 알 수 있을 것 같다. 표정은 최고의 밀고자니까. 고통을 거푸 증류한 끝에 다시 만들어진 행복. 침묵으로 서로가 용서했기에 이제는 절대 놓치고 싶지 않다.

"여보 건강식이라고 가끔 해주던 흑미 죽. 요즘은 왜 안 해 주는데? 먹고 싶은데?"

"언제? 흑미하고 양파 갈아서 만든 수프 얘기하는 건가? 나 딱 한 번 해 봤는데? 그것도 아줌마가 알려줘서."

"응? 재작년에도 했잖아. 내가 냉장고에서…"

"몇 년 됐지? 그 수프는 아줌마 당번이야. 내가 한줄 알았어?"

아내는 흰 사기그릇을 들고 찌개를 뜨고 있다.

"그럼 냉장고에 들어있던 시커먼 죽은 뭐였지?"

"응? 냉장고 안에?"

"응? 음…"

아줌마의 탈을 쓰고 있던 케이는 어떤 순간에는 자기가 케이라고 의미 있는 메시지를 전달하곤 했다. 나는 보스턴백에 젖은 속옷을 넣어 두던 그날을 생각하며 숟가락을 내려놓고 물 잔을 들었다. 유리창에 비친 내 모습이 우습기만 하다. 나는 현관에 가지런히 놓여 있는 신발을 신고 문을 열었다.

"그런데 아줌마 말이야. 정말 서운해. 작별 인사도 없이 떠나고 그렇지? 사람은 정말 모르는 거야. 그렇지 여보? 어! 이 남자 또 어디 간 거야? 밥 먹다 말고. 여보!"


새 학기가 시작되고 새로운 얼굴들과 만나 평소와 똑같이 많은 대화를 주고받았다. 일상이 주는 혜택은 여유로움 그 이상은 없는 것 같다. 하지만 과연 그것보다 더 좋은 것이 있을까? 라고 반문도 해본다. 한때 아내와의 사이가 소원했을 때 침대에서 등을 돌린 아내가 나지막하게 했던 말이 생각난다.

"섹스가 삶에 가장 중요한 것 일수는 없는데, 하지만 그보다 더 좋은 것도 없다고 하더라고. 조물주가 왜 성행위를 만들어 놨는지 잘

생각해봐. 아침에 눈을 뜨면 당신 품에 안겨있던 그날들이 생각이
나. 꿈에 나올 정도로. 좋은 꿈 꿔…"

이제야 난 둘째를 가져볼까 조심스럽게 생각해보고 있다. 케이를
더 이상 찾지 않겠다고 마음먹은 지 두 달이 넘었다. 지금까지는 잘
버텨왔다. 생각날 때마다 아내를 생각하고 케이를 지우고, 바다를
생각하고, 다시 그녀를 삼키고를 수도 없이 반복했다.

"교수님? 택배 왔습니다. 퀵 서비스인데 비용은 그쪽에서 지불했
대요."

"택배? 뭐지?"

조교에게 고맙다는 눈인사를 하고 연구실을 나왔다. 서두르면 교
통체증 시간을 피할 수 있을 것 같다. 하지만 바다를 보는 기쁨보다
궁금증이 더했다. 시동을 걸어 엔진 예열을 시작한 뒤 상자를 들어
올렸다. 흔들어 보고 또 육 면의 빈 공간을 다 확인했다. 역시 발신인
에 대한 정보는 전혀 없다. 조심스럽게 테이프를 뜯고 포장지를 벗
겨냈다. 그렇게 찾고 있었던 문제의 그 상자였다.

손이 떨리고 있다는 건, 그 만큼 오랜 시간을 기다렸던 탓인지도
모르겠지만 또 다시 케이를 기억 속에서 꺼내고 있기 때문일 것인
지도 모른다. 그렇게 진지하게만 여겨졌던 자물쇠는 그저 조그만 장
난감처럼 느껴졌다. 하지만 보이는 것과는 다르게 굳건히 잠겨 있었
다. 번호 404를 맞추자 자물쇠는 '톡'하고 가볍게 풀어졌다. 드디어
열렸다. 여섯 개의 타임캡슐을 넣었던 비밀의 그 보라색 상자가…

세상을 떠난 마지막 증인이 남겼다는 편지는 예상했던 대로 상자
안에서 찾을 수가 없었다. 손가락만 한 인형이 달린 주머니가 가장
눈에 띄었다. 나는 기억을 더듬으며 단추를 열었다.

## 영서

난 신영서. 열아홉 살. 고3을 앞에 두고 떨고 있는 평범한 학생이다.
대학을 졸업하고 빨리 결혼하고 싶다. 나 때문에 재혼도 안 하시는 엄
마를 위해 나이가 좀 있더라도 자상하고 능력 있는, 가족이 많은 남자
를 만나 엄마를 모시고 살고 싶다. 애들은 두 명 정도 낳고 싶고, 딸과
아들이었으면 너무 좋을 것 같다. 병선? 계속 귀찮게 굴지만 솔직히 싫
지는 않다. 단지 공부를 좀 잘했으면⋯ 가끔 질투가 나긴 해도 희선은
참 좋은 친구다. 케이는 이해할 수 없는 부분이 있긴 해도 배울 점이 많
은 친구다. 오래오래 같이 지내고 싶다.

## 민호

형이 아버지 사업을 물려받겠지. 형은 장남이고 나와는 다르게 냉정하
니까. 돈은 쓸 만큼 있을 테고. 좋아하는 음악이나 들으며 평범하게 좋
은 여자를 만나 행복하게 살고 싶다. 마음속에 두고 있는 사람은 희선
이지만 그 아이 마음에는 항상 제이가 있다. 솔직히 잘될지 의문이 든
다. 제이가 부럽다. 돈으로도 안 되는 것이 있는가 보다. 지금처럼 좋은
친구들과 오래오래 지내고 싶은데, 십 년 뒤 과연 나는 어떤 모습일까?

## 희선

*나의 바람

첫째 케이보다 좋은 대학에 가는 것, 둘째 제이를 내 남자로 만드는 것,
셋째 아빠 사업을 물려받는 것. 그리고 십 년 뒤 가장 행복한 여자가 되
는 것.

## 병선

친구들 한명 한명에게 편지를 쓰려고 했으나 포기했다. 십 년 뒤, 솔직히 친구들을 만날 자신이 없다. 비밀은 언제나 베일을 벗는 법이니까. 술을 많이 마신 탓이라고 할 수 없다. 나를 제이로 착각했을지도 모르지만 희선은 분명 쾌감을 느끼고 있었다. 십 년 뒤, 난 친구들 곁에 없을 것이다. 이 글로 희선을 비롯한 모든 친구들에게 용서를 구한다. 하지만 내 사랑은 진심이었고…. 그것만은 확신한다. 희선은 내 여자다.

## 제이

1. 친구들의 변함없는 모습을 십 년 뒤에도 보고 싶다.
2. 타임캡슐은 케이와 내가 살고 있는 우리 집에서 공개하게 될 것이다.
3. 처음 사랑한 여자와 마지막까지 사랑할 것이다.

## 케이

처음 봤을 때부터 지금까지, 그리고 영원히 난 제이를 사랑할 거야. 졸업하고 사회에 나가면 내가 먼저 제이에게 프러포즈도 할 거고. 앞으로 십 년이 넘는 먼 미래지만 희선아 미안해! 날 용서해 줄 거지?


제이는 그 후에 벌어진 상상할 수도 없는 일련의 사건들의 무게가 너무 컸기 때문에 병선이 말하는 희선과의 사건이 실수가 아니라 정말 진실한 사랑이었다고 해도 한번 눈을 질끈 감고 좋아하는 노래를 여러 번 반복해서 부르면 감히 용서라는 단어를 쓸 수도 있겠다고 생각했다. 하지만 제이가 정말 견딜 수 없는 건 희선과 결혼하기 전에 그 일에 대해 알지 못했다는 사실이고, 케이를 머릿속에 떠올릴 때 마다 아내에게 죄책감을 느꼈던 기억들이며, 더 견딜 수 없는 건 1995년 케이와 김광석 콘서트를 함께 했던 그날 밤 집 앞에서 물끄러미 서 있던 병선의 얼굴 표정을 읽지 못한 것이었다. 결국 그 대가는 방금 그 더러운 진실을 알아버린 것으로 귀결되었다. 납골당의 그 뼛가루로 만들어진 조소작품은 더 이상 필요하지 않다. 제이는 이제 타임캡슐과 조소작품이 있을 자리는 아야진 별장에서 내려다 보이는 수평선 가까운 곳 넓고 깊숙한 바다라고 생각했다. 그건 케이를 잊는 마지막 의식이 될 지도 모른다.

동해안을 다녀오고도 며칠이 지나 편지의 후유증이 사라질 때쯤 제이는 보통 일상에는 없는 꿈이 깊고 낯선 늦잠을 후회하며 거실로 나왔다. 아내와 바다는 이미 나갔는지 보이지 않는다. 제이는 소파에 드러누워 리모콘의 버튼을 눌렀다.

9월 11일 SBS 뉴스입니다. 지난 10일 검찰이 한국의 무기제조 설계 도면을 중국에 불법으로 유출한 이모 씨를 기소했다고 밝혔습니다. 방배동에서 작년까지 카페를 운영했었던 이모 씨는 설계도면이 저장되어 있는 마이크로 칩을 길을 걸어가던 중 주웠다며, '몇 조원의 가치가 있는 물건인지는 전혀 몰랐다.'고 말했습니다. 중국에 넘어간 마이크로 칩은 1988년 사망한 천재박사 문승일 씨의 소유였으며… 중국 공안당국은 브로커 마모 씨를 긴급 수배하고….

제이는 한숨을 크게 한 번 쉬고 서재로 들어왔다. 노트북을 부팅 시켰다. '피아노 소년'이 포털사이트 인기검색어 1위에 랭크되어 있었다. 클릭을 하니 사진이 나온다. 애틀랜타에 사는 재미교포로 최연소 피아노 콩쿠르 우승자라고 한다. 남자아이는 피아노 옆에 앉아 눈이 유난히 동그란 고양이를 안고 있다. 고양이에 방울목걸이가 걸려 있다. 낡은 목줄, 파란색 방울. 제이는 사진을 확대한다. 길고 곧은 손가락, 나이에 비해 유난히 오뚝하고 날카로운 콧날, 도톰한 입술, 쌍꺼풀이 없는 크고 깊은 눈, 갈색 눈동자… 자세히 들여다보니 남자 아이 뒤편 외국인 관중들 사이에 동양인 여자가 한 명 서있다. 제이는 사진을 더 확대했다. 슬프도록 미소 짓고 있는 매부리코 바로 그 여인! 제이는 무의식적으로 아내의 책상을 바라본다. 가지고 나갔는지 아내의 노트북은 없다.

'또롱!'

휴대폰을 보니 아내의 문자다. 또 무슨 심부름이겠지 하며 제이는 문자를 확인한다.

'포기브 미'

다시 문자 하나가 들어온다.

'여보 내 신간 제목이야, 마음에 들어?'

## 에필로그

### 희선

남학생을 본 희선은 눈이 휘둥그레졌다. 혹시 언니의 남자친구! 줄곧 도둑사랑을 하고 있던 그 남자! 희선은 옷매무새를 가다듬고 남자에게 다가갔다.

"오빠!"

희선이 허리를 숙이고 얼굴을 들이밀자. 책을 보고 있던 남자도 고개를 들었다.

"앗! 죄송해요."

희선이 더욱 가파른 각도로 허리를 숙였다. 남자는 희선을 아래위로 한 번 훑어보고 마침 정류장에 들어오고 있던 버스에 올랐다. 아무 말 없이 냉정하게, 한 번의 눈길도 주지 않고… 희선은 사라져가는 버스를 계속 바라봤다. 심장의 과장된 떨림이 최소한 언니 남자친구보다는 더 근사한 사람이라는 걸 확인해 주고 있었다. 근처에 살고 있다는 것과 학생일지 모른다는 기대감은 보너스다. 희선은 가끔씩 대중교통을 이용하라는 아빠의 조언도 감사했다.

희선은 '퀸카'라는 말이 싫지 않은데도 정작 그 말을 들을 때면 자기 자신은 그 이상이라 생각했기 때문에 전혀 우쭐대지 않았다. 난생 처음 그 대단한 자존심에 상처를 준 사람은 바람처럼 스치고 간 그 '버스남자'였다. 그날 이후 그 남자는 더 이상 희선 앞에 나타나지 않았다. 정류장에도, 편의점에도, 동네 분식집에도…

대부분의 여학생들 마음속에 자리 잡고 있던 소문 무성한 '민호'라는 남학생 정도가 아니라면 퀸카의 대명사인 희선으로서는 그 어떤 제안도 받아들이지 않았을 것이다. 희선과 영서는 카페 '사과나무'에 약속 시간보다 오분 늦게 도착했다. 매너 좋은 남학생 세 명은 먼저 와 물 잔을 들고 어색하게 자리를 잡고 있었다.

"안녕?"

희선과 영서가 남학생들에게 손을 들어 보였다.

"안녕?"

남학생들이 이구동성으로 대꾸하고 희선의 눈을 피했다.

"어! 버스남자?" 희선이 남자를 보며 환하게 웃었다.


### 제이

고2라는 절망감은 아직 고3이 아니라는 것에서 위안을 얻을 뿐이다. 제대로 잘난 형은 완벽에 가까운 탁월함으로 일류대학교에 합격을 하고 부모님 앞에서 우쭐댄다. '아버지 이제 사법고시를 준비하겠습니다.', 형이 숟가락을 내려놓고 야심찬 표정으로 입을 열었다. 제이 부친은 반짝이는 장남의 눈을 보고 마치 빛을 잃어가는 가문을 살리겠다는 비장한 각오를 들은 것처럼 눈물을 글썽인다. '대단히 유치해' 제이는 날로 발전하는 형의 연기가 점점 마음에 들지 않는다.

평생 높지 않은 계급으로 나라에 봉사한 제이 부친이 이 년 전 평수를 줄여 작은 아파트로 이사한다는 결정을 내리자 제이 어머니는 죄책감에 고개를 숙였다. 제일 가까운 친구에게 10년 부은 곗돈을 날렸단다. 어머니를 믿고 그 계에 들어온 사람들 돈도 일부 변제해 주었다고 하니…

제이가 얼굴을 알아보고 '아빠'라고 부른 이래로 아버지의 굵은 뿔테안경은 단 한 번도 바뀌지 않았다. 철저하게 보수적이고 병적으로 고리타분한 아버지, 고향사람이라면 뭐든지 다 퍼다 주는 순진한 어머니, 제이는 아버지와 어머니가 어떻게 만났는지는 관심이 없다. 다만 이토록 몇 십 년을 같이 사는지 이해가 되지 않을 뿐이다.

볕이 좋고 산들산들 봄바람이 마음을 흔들어 놓은 그런 토요일 오후, 제이는 병선의 주선에 어쩔 수 없이 미팅에 참석했다. 제이는 자기를 보고 놀란 얼굴로 자리에 앉은 여학생이 말로만 듣던 S여고 '퀸카'라는 걸 듣고 똑같이 놀란 표정을 지었다. 제이의 시선은 영서를 한번 바라본 후 줄곧 희선에게 머물러 있었으나 조금 뒤 또 다른 여학생 한 명이 늦어서 미안하다, 는 말과 함께 의자를 잡아당긴 후에는 더 이상 희선에게 눈길을 주지 않았다.

## 영서

키가 작은아이, 눈이 작은 아이, 다리가 짧은 아이, 가슴이 없는 아이, 발육이 덜된 못생기고 깡마른 아이. 영서는 거울을 보고 얼굴을 찡그리며 또 읊조렸다. 영서는 엄마가 쓰는 화장품의 향기를 맡아보고 화장대 의자에서 일어나 방바닥에 엉덩이를 붙였다. 텔레비전을 켜고 자기모습처럼 덩그러니 자리를 잡은 회색빛 밥상을 끌어당기고, 일식 삼찬. 차갑게 식은 밥, 김, 김치, 어제도 먹었고, 일 년 전 오늘도 먹었던 김칫국 같은 김치찌개. 영서는 밥상을 다리로 밀고 방바닥에 벌렁 들어 누워 천장을 응시한다. '서운하지 않아, 외롭지 않아, 서럽지 않아. 엄마는 지금도 기도원에서 나를 위해 기도하고 계실 테니까… 눈을 감자마자 버릇같이 흐르는 눈물이 또 다시 귀 안에 고였다.

영서는 세상과 만난 이래로 단 한 번도 아버지의 얼굴을 본적이 없다. 하물며 목소리는 물론 그 이름조차 알지 못한다. 알고 있는 거라곤 엄마와 결혼을 했었고 성이 조 씨인 한국남자라는 것뿐이다. 그 흔한 형제자매도 없고 대문만 열고 나가면 볼 수 있는 개 한 마리도 없다. 오랫동안 그렇게 살아 왔고 엄마의 기도가 어딘가에 있을지도 모르는 신의 마음을 움직여 갑자기 외모가 변하지 않는 이상 또 이렇게 몇 십 년은 살 것이다. 영서는 드라마를 보다 장례를 치르는 장면이 나오면 고개를 길게 빼고 유독 관심을 보인다. '엄마가 죽으면 내가 저렇게 검은색 상복을 입고 향 옆에 앉아 있게 되는 걸까? 올 사람도 없을 텐데…' 영서는 엄마가 눈에 보이지 않으면 불안하지만 다시 나타나면 돌연 영원히 없어질까 봐 또 다른 불안과 강박에 눈을 질끈 감는다.

영서가 가까이 할 수 없었던 희선과 친해진 건 우연이 아니다. 영서는 친구가 필요했다. 희선은 영서가 갖지 못한 근사한 가정과 인기 두 가지를 모두 가졌기 때문에 제격이었다. 일학년 때 단 한 번도 놓치지 않았던 일등의 비결을 자존심과 바꾸었기 때문에 가능한 일이었다. 영서는 온힘을 다해 희선을 코치했다. 희선의 성적은 수직 상승했고, 그것은 희선이 그래도 수학만큼은 다른 애들보다 월등해서 가능한 일이었다. 영서는 희선과 이학년 때 같은 반이 된 후로 한시도 떨어진 적이 없다. 엄마보다 희선이의 부모님이 더 따뜻했고 집에 덩그러니 놓여 있는 밥상보다는 희선네 집 고풍스러운 고급 식탁이 좋았다.

영서는 희선의 독선과 이기심이 싫었으나 잃는 것 보다 얻는 게 더 많았으므로 항상 희선 편에 섰다. 영서는 희선의 관심이 좋았고, 그녀의 인기를 같이 느낄 수 있어서 기뻤으며 혼자가 아니어서 행복했다. 그러나 영서가 받고 있던 희선의 사랑은 케이의 등장으로 반으로 쪼개지고 말았다. 케이가 선망의 대상이 되자 희선은 케이가 우월하다는 것을 인정하며 자기가 더 우월하다는 것을 과시하듯 단 한 번의 잡음도 없이 케이를 친구로 끌어들였다.

단 한 번도 남자에 대해서 관심을 보이지 않았던 희선이 미팅 후 제이라는 남자에게 푹 빠져있다. 영서는 제이와 민호 둘 중 한명이 파트너가 되면 좋겠다는 생각을 했으나 희선의 눈빛을 보고 제이를 마음에서 지웠고 민호는 엄두가 나지 않았기 때문에 짐짓 가벼운 병선을 바라보며 지뢰는 폭탄으로 처리한다는 마음가짐으로 병선의 장점을 찾으려고 더 유심히 관찰했다.


## 민호

'그림자처럼 소리 없이, 고양이보다 민첩하게'. 민호는 마음속으로 중얼거렸다. 복도에 슬리퍼를 올리고 와인창고와 관리인 방을 지나 차 키 보관함으로. '람브르기니. 람브르기니. 오늘은 반드시 람브르기니'. 민호는 두근거리는 가슴을 진정시키며 보관함을 열었다. 휘둥그레진 눈. 오랜만에 고마운 형. 민호는 로망카 람브르기니의 키를 집어 들고 최대한 소리를 죽이며 차고로 내려갔다. 한시 반, 차고는 일층, 아버지는 사층. 유난히 민감한 아버지. 쓸데없이 방음을 잘해놓아 시동 켜는 소리는 들리지 않을 것이다. 민호는 집과 차고가 연결된 문을 열었다. 아버지의 대형 벤츠. 어머니의 진주색 벤틀리. 포르쉐 SUV와 관심 없는 일본제 세단 옆에 가지런히 놓여있는 기품 그 자체 람브르기니. '아!', 민호는 자세를 낮추고 동태를 살폈다. 민호는 형 차인 포르쉐 SUV 쪽으로 눈을 돌렸다. 며칠 전 새벽 그 장면이 떠오른다. 민호는 포르쉐를 떠나 다시 실내로 통하는 문고리를 잡아 당겼다. 한숨을 내쉬고 차 키를 제자리에 걸어놓았다. 람브르기니! 내일은 반드시 람브르기니다.

민호는 병선처럼 숫기가 없어 사람 앞에 나서기를 좋아하는 성격은 아니었고 특히 이성 앞에서는 얼굴까지 빨개지기 때문에 만약 병선 같이 익살스럽고 위트 있게 말을 잘할 수 있는 특효약이 있다면 돈이 얼마가 들더라도 평생 동안 복용할 수 있는 양을 한꺼번에 사들이고 싶은 심정이었다.

오늘도 여전히 심장 뛰는 소리가 귀에서 둥둥 거렸다. 자리에 앉자마자 여자아이는 환한 치아를 보이며 제이를 뚫어져라 쳐다봤다. 민호는 분명 어릴 적 어디선가 본 애라고 생각하며 벌벌 떨리는 손을 다른 한 손으로 잡았다. '젠장, 얘가 포르쉐에 있었다면…' 민호는 며칠 전 새벽, 형 차에 있던 화장을 떡칠한 여자의 모습을 떠올리며 이 여자 아이는 형 같은 망나니한테 걸리지 않도록 목숨 걸고 보호해야겠다는 마음이 들었다. 잠시 뒤 또 다른 여자아이가 미안하다는 말과 함께 의자를 잡아당기고 긴 머리를 찰랑거렸다. 민호는 두 여자를 번갈아 쳐다봤다. 깜찍하고 세련된 단발머리, 우아하고 청순한 긴 생머리. 심장이 둥둥거리다 가슴을 뚫고 나올 지경이다.

## 케이

평생을 눈물로 보낼 수 없었기에 울만큼 울고 눈물이 마르자 케이는 다시는 울지 않겠다고 다짐했다. 모든 것을 앗아간 그 일이 있은 후 얼마 지나지 않아 케이는 할 수 있는 모든 정보를 모아 정리한 후 서울 행을 결정했다. 신을 탓할 수도, 부모님을 탓할 수도, 자신을 원망할 수도 없었다. 원망해야 할 사람은 따로 있었다.

막내 이모는 다행히 케이를 위해 다리를 조금 굽히면 수면을 취할 수 있는 독립된 공간을 마련해 주었다. '미안해. 그래도 창문이 있어서 답답하지는 않을 거야.' 이모는 애써 케이를 위로하려 했지만, 그녀는 케이와 눈을 마주치지 못했다. 케이는 고등학교 이학년인데도 불구하고 어른만큼 키가 컸으나 창문은 손을 뻗어야 간신히 닿을 정도로 높은 곳에 위치해 있었다. 그래도 케이는 이곳은 서울이고 목표한 학교에 전학할 수 있어 신에게 감사했다. 그래도 책을 올려놓고 펜을 긁적일 수 있는 초등학교 나무 걸상만한 앉은뱅이 테이블이 있어 좋았고 방안에 테이블과 이불, 케이 자신을 제외하고는 아무것도 없어 좋았다. 세상과 단절되어 뭔가에 집중할 수 있어 감사했다.

전학을 위해 낯선 학교를 찾아 반 배정을 받고 교우들 앞에 선 첫날, 케이는 단 한 번도 본적 없는 그녀를 똑똑히 알아봤다. 아니, 그녀 말고는 눈에 들어온 사람이 없었다는 것이 더 정확한 표현일 것이다. 케이는 선생님의 목소리도 자기가 무슨 말을 하고 있는지도 여자아이들의 표정도 웅성거림조차도 느끼지 못했다. 그때 그녀가 손을 번쩍 들었다. '선생님, 저 케이랑 짝하고 싶어요.' 희선은 담임선생님이 답을 주기까지 올리고 있는 손을 내리지 않았다. 담임선생님은 희선의 옆자리는 비어 있지 않았으나 뛰어난 사회성을 발휘하여 자리를 조정해 주었다. 그제야 희선은 손을 내리고 케이를 자기 옆에 앉혔다.

예상외로 희선은 예절의 화신이었다. 케이에게 어디서 왔는지, 어떻게 왔는지, 집은 어디며, 공부는 얼마나 잘하고, 관심사는 무엇인지 궁금해 하지 않았다. 단지 같이 있어주길 바랐다. 희선은 예절의 화신이었지만 케이에게 희선은 단지 논리적으로 정리해 놓은 시나리오의 주인공이었고 어둠으로 빚어낸 그림자와 같은 심장 없는 형상에 불과했다.

시베리아 바닷바람 같이 차갑고 공사판 흙바닥처럼 거친 서울생활에서 케이를 처음으로 미소 짓게 한 건 의외로 남자였고, 더욱이 희선이 원하는 그 남자였다. 같은 남자라는 건 느낌으로 알 수 있었고 영서를 통해 다시 확인할 수 있었다. 그의 목소리에서는 향기가 났고 눈빛은 엄마의 가슴살만큼 부드러웠다. 케이는 그에게 감정을 내보이는 것보다 희선에게 감정을 들키지 않기 위해 더욱 심혈을 기울였다. 그와 같이 있을 때도, 그에 대해서 얘기를 할 때도, 희선이 그에 대해 말 할 때도 그랬다. 케이는 그가 떠오를 때면 세상과 단절된 창문 높은 독방에서 그를 글로 표현하며 몰래 사랑을 나누었다.


## 희선

추억을 만들기에 일탈이 최고라는 병선의 제안에 입을 삐쭉거리는 사람은 아무도 없었고, 방학은 그들에게 용기를 낼 수 있게 했다. 바다와 수직을 이룬 암벽 꼭대기, 바위만큼 거대한 소나무들에 둘러싸여 자리 잡은 삼 층짜리 별장은 아야진해변과 동해바다를 한눈에 볼 수 있으며 고층아파트처럼 하늘과 맞닿은 높은 암벽 안에는 별장과 해변 끝이 시작되는 곳을 연결하는 초고속 엘리베이터가 설치되어 있어 별장에서 해변의 모래를 밟기까지는 단 몇 초의 시간만으로도 족했다.

여행을 떠나기 전 케이 안에 제이가 있다는 것을 영서의 속삭임으로 알게 된 건 아니었으나 사실로 인지한 후부터 희선의 마음은 용광로에 휘발유를 퍼부은 것처럼 시뻘건 화염을 토해냈다. 희선은 일탈의 기회가 절호의 찬스라는 걸 제이 옆에 앉아 있는 케이를 보고 곱씹고 또 곱씹었다.

병선이 또 잔을 들자 난생 처음 알코올의 마술을 온몸으로 느끼고 있던 영서만이 반쯤 감긴 눈을 술잔과 함께 치켜들었다.

"내가 키가 작아서 초등학생 같다고 맨 날 나를 놀리는데. 초딩이 아니라는 걸 보여주겠어."

잔을 내려놓자마자 영서는 울음을 터트렸고 케이와 병선은 영선을 데리고 테라스로 나갔다. 민호는 피곤하다며 먼저 방으로 들어갔다.

"그러다 진짜 취하겠어. 그만 마시지 그래?"

제이가 희선의 술잔을 잡으며 말했다.

"날 생각해서 그러는 거라면 너도 한잔 더 마시는 게 어때? 그게 나를 위하는 거야."

희선이 붉은 액체를 단 한 번에 입안으로 털어 넣었다. '윽' 소리를 내며 희선이 손으로 입을 막고 옆에 있던 벽을 짚었다.

"괜찮아? 속이 안 좋은 거야?"

제이는 바로 앞쪽에 앉아 있던 희선의 옆으로 다가가 벽을 짚고 있던 팔을 잡았다. 희선이도 제이의 어깨를 잡으며 중심을 잡았다.

"화장실로 가자. 빨리."

제이는 방안에 들어간 민호를 부를 수도 없고 테라스에서 영서를 달래는 병선을 부를 수도 없었다. 아주 적절한 때에 테라스 문틈으로 영서의 울음소리가 들려왔다. 당분간 케이는 영서 옆에 있을 것이다. 화장실에 들어서자 희선은 변기통을 껴안고 몸이 들썩일 정도로 목 놓아 쏟아냈다. 제이는 한 손으로 머리를 잡고, 다른 한 손으로는 희선의 등을 두드렸다.

"이제 괜찮아?"

정신을 차린 희선이 세면대를 잡고 거울에 비친 자신의 모습을 보고 있을 때 제이는 희선에게서 등을 돌렸다.

"제이! 뒤에서 나를 좀 잡아 주겠어? 어지러워서 그래."

희선의 목소리가 가늘게 떨리고 있었다. 그녀는 물로 입을 행군 후 고개를 들어 다시 거울에 자기 얼굴을 그렸다.

"제이!"

희선의 눈이 해돋이처럼 붉게 물들었다. 희선이 허리에 있던 제이의 손을 잡으며 몸을 돌려 얼굴을 쳐다봤다. 희선이 눈을 깜박이자 맺혀있던 눈물이 뺨을 타고 빠르게 떨어졌다. 그녀는 왼손으로 제이의 허리를 감싸 안고 가슴으로 부드럽게 밀었다. 조금 열려 있던 문이 둔탁한 소리를 내며 굳게 닫혔다. 불안한 생각이 엄습했으나 그것보다 먼저 제이의 가슴을 내려앉게 한 것은 그녀의 입술이었다.

느낌! 따듯하고 차가웠다. 저항할 수 없고 손가락 하나 까딱할 수 없는 치명적인 부드러움이 제이의 이성을 파괴했다. 희선이 입을 벌리자 입술을 뚫고 뜨거운 것이 안으로 들어왔다. 황홀함에 빠져 있다는 생각은 가운데 부분이 거칠게 부풀어 올라 있다는 것을 느꼈을 때 알게 되었다. 머릿속이 하얗고 심장은 검게 타 들어갔다. 제이는 죄책감을 뒤로하고 희선을 두 팔로 안았다. 그때였다.

"희선아! 괜찮아?"

케이의 목소리가 문을 뚫고 들려왔다. 이것 또한 희선에게 희망의 이유가 되리라. 희선은 눈을 더 질끈 감고 입술에 힘을 더했으나 제이는 순간적으로 희선을 벽으로 밀쳐버렸다. 숨을 토해낸 제이가 헉헉거리며 입을 닦았다. 희선의 해돋이 같았던 눈이 회색으로 변해버리고 이내 젖은 눈에 수치스럽다는 표정으로 제이를 노려봤다. 제이가 먼저 문고리를 잡았지만 희선은 문고리를 낚아채 도망치듯 화장실을 나가버렸다. 당황한 제이는 덩그러니 화장실에 혼자 남게 되었다.

"응. 괜찮아. 제이가 등을 두드려줘서 시원하게 뱉어 냈지 뭐야. 영서는 이제 진정된 거니?"

희선은 케이의 질문에 언제 술을 마셨냐는 듯 또박또박 대꾸했다. 한편 제이는 이율배반적인 자신의 행동을 땅 속 깊숙이 묻어버리고 싶은 마음에 고개를 들지 못했다. 제이는 수도꼭지를 조금 열어 떨어지는 물을 한참 동안 바라보다 손으로 물을 받아 입안을 헹궜다. 그리고 입술을 씻고 다시 입안을 닦아내는 행동을 반복했다.

별장은 새벽 두시가 되서야 자명종 시계의 초침 소리가 들릴 정도로 조용해졌다. '하필 그런 때…' 희선은 옆으로 누워 베개를 꺼안았다. 희선은 신에게 기도하는 것보다 자신을 더 굳게 믿는 것이 낫다고 생각하는 여자다. '제발 절 냄새나고 천박한 여자로 만들지 마세요' 하지만 자신이 가장 자신 같지 않다고 생각되는 시간이 오면 어쩔 수 없이 신을 붙잡고 놓지 않는다.

아랫배가 자갈이 들어간 것처럼 뒤틀리고 걷지 못할 정도로 허벅지 안쪽이 묵직하게 절여온다. 한 달에 한 번 일 년에 열두 번. 때가 오면 극심한 히스테리도 절친한 친구처럼 따라다닌다. 세계 최고 소프라노의 노래도 못으로 칠판 긁는 소리같이 들릴 정도로 소리에 민감해지고 애완견을 집어 던질 만큼 신경질적이고 괴팍해진다. 나름 해소하는 방법도 터득했다. 엄마 립스틱 세 통을 바닥이 보일 때까지 한꺼번에 입술에 바르거나 언니가 좋아하는 물건을 가위로 오려 조각을 만들거나… 옷이나 신발이나 남자친구 사진이나. 조각이 많으면 많을수록 약효는 좋다. 천박한 기간에 제이를 볼 수 없다는 것이 단점이라면 단점일까. 하지만 괜찮다. 나머지 이십육일은 남들하고는 비교도 안 될 정도로 훨씬 더 정상적인 여자니까. 그러나 별장 안에 언니 물건은 없다. 그렇다면 케이가 가장 소중하게 생각하는 물건은 무엇일까?

### 제이

별장에서 보낸 밤은 제이를 그림자처럼 따라 다녔고 최소한 그날까지 희선은 그 사건에 대해서 누구에게도 입을 열지 않았다. 어느 날 하얀 단화를 신고 파란색 원피스를 입은 케이가 제이 앞에 나타나 들이민 건 공연 티켓 두 장이었다.

"7시, 김광석 콘서트, 관심 있어?"

제이는 고개를 끄덕이는 대신 케이의 손을 잡고 버스정류장으로 달려갔다.

공연이 끝나고 사람들이 돌아가기 시작할 때 케이가 제이의 손을 잡았다

"오늘 어땠어?"

제이는 '오늘 내 인생 최고의 날 이었어,' 라고 말하며 케이의 손을 꼭 쥐었다. 케이 집 근처까지 왔을 무렵 케이는 꾹 다물고 있던 입을 열었다.

"어제가 엄마 아빠 기일이었어."

제이가 말없이 케이의 어깨를 잡았다.

"칠년이야 벌써…"

제이는 생각해보니 케이에 대해 아는 것이 하나도 없었던 것 같다.

"너도 나한테 비밀이 있으면 털어놔도 돼."

제이는 뜨끔하며 잠시 걸음을 멈추었다.

"무슨 비밀?"

당황한 기색이 역력한 제이가 반문했다. 케이는 모든 것을 다 알고 있다는 표정으로 미소를 지었다.

"없으면 말 안 해도 되고…"

케이는 걸음을 멈추고 느긋하게 작별 인사를 했다. 그녀는 산 같이 높은 계단을 뛰어 올랐다. 제이는 케이가 보이지 않을 때까지 멍하니 서 있었다.

제이가 케이를 데려다 주고 집에 도착했을 때 제이를 반겨 준 건 다름 아닌 병선이었다. 병선은 웃지도 그렇다고 울먹거리지도 않았다. 그냥 초췌한 표정으로 뭔가 할 말이 있는 듯 계속 손가락을 꼼지락거리다 엉뚱하게 시험범위를 물어보고 잘 자, 라는 말과 함께 손을 흔들었다. 힘없고 초점 없는 눈동자, 평소 병선의 모습은 온 데 간데 없었다. 1995년 겨울은 그렇게 지나가고 있었다.